吴礼权

字中庸，安徽安庆人，1964年7月生。文学博士（中国修辞学第一位博士学位获得者）。复旦大学中国语言文学研究所教授、博士生导师，中国修辞学会会长，日本京都外国语大学客员教授，台湾东吴大学客座教授，湖北省政府特聘"楚天学者"讲座教授。

迄今已在国内外发表学术论文200余篇，出版学术专著《中国笔记小说史》《中国言情小说史》《清末民初笔记小说史》《古典小说篇章结构修辞史》《中国修辞哲学史》《中国语言哲学史》《修辞心理学》《现代汉语修辞学》《汉语名词铺排史》等24部。另有《阐释修辞论》《中国修辞学通史》《中国修辞史》《中国辞格审美史》等合著9种。

学术论著曾获国家级奖3项，省部级奖7项，专业类全国最高奖1项，国家教育部科学研究一等奖1项。三十多岁就以突出的学术成就破格晋升为教授，成为复旦大学百年史上最年轻的文科教授之一。曾多次赴日本等海外高校讲学或作学术研究、学术交流，并受邀在日本早稻田大学等国际知名学府作学术演讲。

文学创作方面，著有说春秋道战国系列历史小说。目前已出版《说客苏秦》《策士张仪》《游士孔子》《刺客荆轲》四部，2011年开始由台湾商务印书馆、云南人民出版社、暨南大学出版社陆续以繁简体两种版本隆重推出，在海峡两岸读书界与学术界产生了强烈反响。《文艺报》《文汇报》《解放日报》《新民晚报》《南方日报》《羊城晚报》等全国各大媒体均有报道，同时新浪、搜狐、雅虎、香港凤凰网、人民网等各大门户网站亦有报道。2014年11月29日，由复旦大学与暨南大学出版社联合主办的"吴礼权历史小说研讨会"在上海召开，来自北京大学、复旦大学、南京大学、华东师范大学、中国现代文学馆等全国各大科研院校的十位著名文学批评家会聚复旦，对《说客苏秦》《游士孔子》等四部长篇进行了热烈的讨论。专家们一致认为，"吴礼权教授是一流学者，以深厚的学术功底为依托，以修辞学家的语言修养为基础，从事历史小说创作，起点高、品位高、格局大"，"其建树是一般历史小说作家所难以企及的"。

说春秋道战国系列历史小说

道可道

The Speakable Dao
Laozi the Daoist Sage

复旦大学　吴礼权　著

智者
老子

暨南大学出版社
JINAN UNIVERSITY PRESS

中国·广州

图书在版编目（CIP）数据

道可道：智者老子／吴礼权著. —广州：暨南大学出版社，2018.12
（说春秋道战国系列历史小说）
ISBN 978 - 7 - 5668 - 2547 - 6

Ⅰ.①道…　Ⅱ.①吴…　Ⅲ.①长篇历史小说—中国—当代　Ⅳ.①I247.5

中国版本图书馆 CIP 数据核字（2018）第 301278 号

道可道：智者老子
DAOKEDAO：ZHIZHE LAOZI
著　者：吴礼权
···

出 版 人：徐义雄
项目统筹：晏礼庆
策划编辑：杜小陆
责任编辑：陈俞潼
责任校对：林　琼　冯月盈
责任印制：汤慧君　周一丹

出版发行：暨南大学出版社（510630）
电　　话：总编室（8620）85221601
　　　　　营销部（8620）85225284　85228291　85228292（邮购）
传　　真：(8620）85221583（办公室）　85223774（营销部）
网　　址：http：//www.jnupress.com
排　　版：广州良弓广告有限公司
印　　刷：广州市穗彩印务有限公司
开　　本：787mm×1092mm　1/16
印　　张：20.25
字　　数：400 千
版　　次：2018 年 12 月第 1 版
印　　次：2018 年 12 月第 1 次
定　　价：68.00 元

吴礼权说春秋道战国系列历史小说

第一辑

1. 《远水孤云：说客苏秦》（35 万字）

（云南人民出版社，2011 年；台湾商务印书馆，2012 年；暨南大学出版，2014 年）

2. 《冷月飘风：策士张仪》（30 万字）

（云南人民出版社，2011 年；台湾商务印书馆，2012 年；暨南大学出版社，2014 年）

第二辑

1. 《镜花水月：游士孔子》（40 万字）

（台湾商务印书馆，2013 年；暨南大学出版社，2014 年）

2. 《易水悲风：刺客荆轲》（20 万字）

（台湾商务印书馆，2013 年；暨南大学出版社，2014 年）

第三辑

1. 《道可道：智者老子》（40 万字）

（暨南大学出版社，2018 年）

2. 《化蝶飞：达者庄子》（60 万字）

（暨南大学出版社，2018 年）

第四辑

1. 《武一统：权相李斯》（50 万字）

（暨南大学出版社，2020 年）

2. 《法天下：帝师韩非》（50 万字）

（暨南大学出版社，2022 年）

第五辑

1. 《王道梦：儒生孟轲》（60 万字）

（暨南大学出版社，2024 年）

2. 《霸道剑：强人商鞅》（50 万字）

（暨南大学出版社，2026 年）

卷首语

中国是一个历史悠久的国度，中华文化源远流长，博大精深。因此，曾在中国历史天空中划过璀璨光芒的人文之星不知凡几。其中，有两颗在众星之中可谓最为耀人眼目。这两颗耀眼之星，一是孔子，一是老子。

孔子在中国是一个家喻户晓的人物，知名度极高。这是因为孔子首先是个教育家，有弟子三千，贤者七十，对后代社会政治产生了极大的影响。其次，孔子是思想家，而且是专讲"道德哲学"的思想家，他的思想因契合了中国封建时代所有统治者希望政权稳定、社会和谐的治国理想，所以一直被历代统治者所供奉，并被尊为"圣人""至圣先师"。

老子在中国也是一个家喻户晓的人物，知名度应该说也不小。但是，老子不是教育家，虽有弟子，却为数不多，而且没有培养出一个像孔子弟子子贡那样可以左右现实政治的杰出干才，能够推广老师的思想并扩大影响力。老子虽是思想家，但不是讲"道德哲学"的思想家，而是专讲"思辨哲学"的思想家，因此他的思想对统治者治国安邦没有太大的实用价值。因此，老子的思想始终不是中国任何朝代的统治者治国安邦、维系统治基础的统治思想，其拥趸大多是失意的读书人或避世的边缘人。

孔子之道的核心是"克己复礼""天下大同""君君臣臣"，这些政治主张虽然在他生活的年代不为诸侯各国之君认同，但秦灭六国，天下归于一统后，统治者们就看到了它们的特殊价值，于是便有了长久的生命力。加上孔子弟子与再传弟子人数众多，人多势众，又有一部语录体的《论语》广泛传播，所以到汉武帝时代，当封建大一统的政治格局确立后，汉武帝便毅然决然地实行了"罢黜百家，独尊儒术"的统治方略。从此，孔子便被中国历代封建统治者当神一样地供奉着。

老子之道的核心是"清静无为""顺其自然""清心寡欲"，这些思想主张虽然对治国安邦并非没有价值，但即使有帝王愿以"清静无为""顺其自然"为借口而怠政不作为，也不可能愿意"清心寡欲"。因为做帝王的，没有人愿意放弃积极有为、彪炳千古的理想，当然更不可能放弃欲望享乐。故而老子的思想整体上是不可能为大多数封建统治者认同的，并作为治世法宝。正因为如此，老子之道在他生活的当代被冷落，在他死后的后世被疏远，乃是自然之理。

老子之道被冷落、被疏远，由此带来的结果便是老子本人也被当世与后世冷落、疏远，以致他的身世与生平活动皆少有历史记载。西汉立国之初虽然相当长一段时间是以黄老之学治天下，但到汉武帝时代司马迁提笔为老聃（即老子）作传时，则发现没有可用的史料甚至民间传说，以致陷入无法下笔的窘境。正因为如此，《史记》中没有《老聃世家》，而只有《孔子世家》（尽管孔子在世时与老子一样，也只是一个失意的读书人，并未封王封侯）。虽然太史公最终硬着头皮给老聃立了传，却是与庄子、申不害、韩非等人合为一传。虽然老聃之传也有454字，但真正涉及老聃本人的有用信息只有这样几句话："老子者，楚苦县厉乡曲仁里人也，姓李氏，名耳，字聃，周守藏室之史也"，"孔子适周，将问礼于老子"，"老子修道德，其学以自隐无名为务。居周久之，见周之衰，乃遂去。至关，关令尹喜曰：'子将隐矣，强为我著书。'于是老子乃著书上下篇，言道德之意五千余言而去，莫知所终"。数一数，一共是约一百字。就是这么几句有用的信息，太史公还非常不自信，随后又附了一笔，说："或曰：老莱子亦楚人也，著书十五篇，言道家之用，与孔子同时云。"

因为有关老子的史料匮乏，所以老子的形象在人们的心目中总是模糊的，捉摸不定的。尽管老子有《道德经》五千言留存于世，但因文义与道理太过玄奥，很少有人敢自信满满地宣称老子的思想就是如此如此。结果，千古以降，不仅对于《道德经》五千言的微言大义有争议，甚至对老子其人也有争议。中国学术界一度有一种说法，认为老子在孔子之后，对孔子问礼于老子的史实也提出了疑问。现在虽然有考古材料为证，推翻了孔子先于老子之说，但老子究竟是个什么样的人，至今仍然是个谜。这不能不说是令人非常遗憾的事。

记得鲁迅20世纪20年代曾说过一句话，说有些人在外国把老子庄子写成论文，把洋人吓了一跳，回国后却偏又讲康德、黑格尔。鲁迅说这话的意思，当然是讽刺当时那些假洋鬼子与学术骗子的。但是，这句话除了批评与讽刺以外，实际上还说出了一个事实，这就是老子与庄子的著述都是不容易读懂的，但是老子庄子特别是老子的哲学思想却对西方哲学产生了深刻影响。哲学界都知道，包括莱布尼茨、笛卡尔、康德、黑格尔等西方大哲学家，都公开承认受到老子哲学思想的影响。可见，就学术思想来说，老子在西方世界的影响力比孔子要大得多。

虽然老子堪称中国古代学者学术思想深刻影响了西方的第一人，但是我们又不得不承认，老子在当今世界的知名度远不及孔子。现在，不论走到哪里，都能听到外国人口中时不时地蹦出一个"孔夫子"。至于以孔子之名命名的孔子学院，差不多已经遍及了世界主要国家。与此形成对照的是，老子在世界上的知名度，至今仍然局限于西方哲学界的小圈子里，普通大众是不了解的。之所以如此，乃是因为孔子讲的是直指庙堂和治国安邦的"道德哲学"，是普通人听得懂的普世道理；而老子讲的是直指人类心灵和宇宙天地的"思辨哲学"，是普通人听不懂的玄妙道理。如果打个不恰当的比方，孔子之道是"下里巴人"的小调，老子之道则是"阳春白雪"的雅曲。俗调和者众，雅调和者寡，这是自然之理。

正因为如此，文学上写孔子的作品很多，特别是以传记的形式呈现的《孔子传》，更是不乏其作。但是，写老子的文学作品则几乎看不到，即使是《老子传》这样的作品，也是看不到的。能够看到的，只是《老子评传》之类的学术著作。这类著作虽然讲老子的哲学思想头头是道，但都是各人凭自己的理解所作出的解读，正如他们很多人自己所言，是"臆见"。至于老子是个什么样的人，老子是怎样过日子的，老子的音容笑貌如何，等等，没有人脑海中有印象。可以说，直至今日，老子给人的印象仍然是一个可望而不可即的得道高人，也可以说是远离我们的神仙。真实的老子，始终未能走进我们生活的世界；有血有肉的老子，始终没有走到我们中间，让我们有即之可温的感觉。

这本小书名曰《道可道：智者老子》，是一部历史小说，是企图还原老子哲学思想真相及其肉身凡胎形象的文学作品。老子所著的五千言《道德经》，是小说还原其哲学思想的历史依据；老子生活于其间的春秋时代的人与事，则是小说据以呈现老子肉身凡胎形象的历史情境。老子的日常生活，老子的一举一动，老子的一颦一笑，老子的喜怒哀乐，等等，凡此种种描写，则是文学想象的产物，是小说，而不是历史。

众所周知，只有史实的考据，而无文学想象与文学描写，那是人物评传，不是历史小说；只有文学想象与文学描写，而没有史实的考据，那是纯粹的小说，也不是历史小说。这本《道可道：智者老子》的定位是历史小说，至于在"历史"与"小说"之间所作的平衡是否恰当，就像我们解读老子哲学思想一样，大家是可以见仁见智的。

不过，我还是希望能够透过这部历史小说，让大家走近老子，理解老子，并喜欢老子，做他的知音。

吴礼权
记于复旦大学
2015 年 3 月 12 日

主要人物表

老　聃　　即老子，楚人，姓李名耳，道家创始人，有《老子》（即《道德经》）五千言传于世。曾任周王室守藏室之史。史书记载，孔丘曾专门向他问过礼。

孔　丘　　即孔子，名丘，字仲尼，鲁国大夫，儒家学派的创始人和著名教育家。一度出任鲁国中都宰，后又短暂担任过鲁国小司空、大司寇并代摄鲁相之职。一生致力于恢复已经崩坏的周公礼法，执着于"克己复礼""天下大同"的理想。但周游列国，游说诸侯却处处失败碰壁。教育上主张"有教无类"，培养了大量弟子。史书记载他有弟子三千，贤者七十。

苌　弘　　字叔，又称苌叔。东周内史大夫。孔丘至周室参访时曾向其问乐。

南宫韬　　即南宫敬叔，字子容，鲁人，孟懿子之弟，孔丘得意弟子。以智自持，世清不废，世浊不污，孔子以兄长之女嫁之。曾陪孔丘至周都洛邑向老聃问礼。

庚桑楚　　老聃弟子，据说最得老聃真传。《庄子·杂篇·庚桑楚》有"老聃之役有庚桑楚者，偏得老聃之道，以北居畏垒之山"之类的话。

南荣趎　　庚桑楚的弟子。庚桑楚因有自己不能解答的问题，曾让他专程南下向老聃求教。事见《庄子·杂篇·庚桑楚》篇。

士成绮　　慕老聃之道，远道而至周都洛邑求教于老聃的年轻人。事见《庄子·天道》篇。

崔　瞿　　向老聃求学问道的年轻人。事见《庄子·在宥》篇。

柏　矩　　老聃弟子。《庄子·则阳》篇有"柏矩学于老聃"的话。

关　尹　　即《史记》所记关令尹喜，或称关尹子，周敬王大夫，曾为函谷关令。老子晚年欲出函谷关西行化胡，关尹留住老子，令其著书。事见《史记·老庄申韩列传》。

列御寇　　即列子，郑国人。一般认为他是战国时代的道家代表人物。但是，《列子·说符》记有关尹教列子学射的故事。关尹与老聃同时，《史记》记载在籍。若《列子》所记为实，则列子应该是春秋时代人，与关尹同时。

阳子居　老聃弟子。《庄子》内篇《应帝王》、杂篇《寓言》等都有记载他向老聃求学问道的情节。《寓言》篇明确记载阳子居南行到沛请教老聃，路出于梁，二人相遇，阳子居自称弟子，老聃则以老师的口气教训他。

叔山无趾　鲁人，曾向孔子问学，因不满孔子对他的态度，转而南下向老聃求教。

子　轩　小说中的虚构人物，老聃弟子，宋国公室成员。老聃在宋隐居清修悟道时，曾得他帮助。老聃漫游楚国时，亦得他相助。

华　兮　小说中的虚构人物，楚国人，老聃弟子，师从老聃时间甚久，陪同老聃漫游楚国。

役　夫　小说中的虚构人物，乃周敬王配给老聃的差役，陪同老聃在宋国沙丘清修。

胖仆役　小说中的虚构人物，为老聃和子轩的一个仆役，于老聃漫游楚国时驾车随行。

瘦仆役　小说中的虚构人物，为老聃和子轩的另一个仆役，于老聃漫游楚国时驾车随行。

周王特使　小说中的虚构人物，周王派往宋国请回在沙丘隐居的老聃的特使。

河洛老伯　小说中的虚构人物，老聃漫游楚国时误入谷中所遇世外之人。

上蔡老伯　小说中的虚构人物，老聃漫游楚国时借住其家，乃避乱于楚国的上蔡移民。

主人之子　小说中的虚构人物，上蔡老伯之子，陪同老聃师徒入楚深山游玩。

广成子　传说中的上古得道圣人，见于《庄子·在宥》篇。黄帝曾向他求教，自称活了一千二百岁。

子　路　即仲由，弁人。孔丘早期弟子，有勇力才艺，以政事著名。曾任蒲邑宰。后在卫国任职，因卷入卫国内部权力斗争而被乱刀砍死。《庄子》中《盗跖》《渔父》等篇都提及他。

子　贡　即端木赐，卫人，以口才著名，有杰出的外交与经商才能。《庄子》中《天地》《养生主》《逍遥游》《渔父》《盗跖》《至乐》等篇都提及他。

颜　回　字子渊，鲁人。孔丘弟子，是孔丘大弟子颜由之子，七岁拜孔丘为师。以德行著名，孔子称其仁。《庄子》中《人间世》《大宗师》等篇都提及他。

冉　求　　字子有，鲁人，孔丘弟子，冉雍的晚辈，同属仲弓宗族。做过季
　　　　　孙氏家臣，有军事才能，率师击败齐国的入侵，立有大功。有才
　　　　　艺，以政事著名。

曾　参　　字子舆，鲁南武城人，孔丘晚期弟子，少孔子四十六岁，曾点之
　　　　　子。志存孝道，故孔子因之以作《孝经》。

有　若　　字子有，鲁人，少孔子三十六岁，孔丘晚期弟子，博闻强记。在
　　　　　吴国入侵鲁国的战争中，随鲁国大夫微虎率领的三百死士夜袭吴
　　　　　王驻扎的泗水大营，取得大胜。

子服景伯　孔丘弟子，姬姓，子服氏，名何，字伯，曾任鲁国大夫，谥景。
　　　　　曾为鲁君与吴王会盟之襄礼，为吴王向鲁国索要百牢之礼而据理
　　　　　力争。有外交才能。

樊　迟　　孔丘弟子，名须，字子迟，亦称"樊迟"。参与冉求指挥的击败齐
　　　　　师入侵的卫国战争。

阳　虎　　即阳货，季孙氏家臣，亦是季府总管，号为宰臣。因长得一副凶
　　　　　神恶煞的样子，人称阳虎。面貌与孔丘极为相似。叛乱失败后，
　　　　　逃到齐国，被齐国囚禁。用计脱狱后，率领残兵败将逃往晋国。

公孙不狃　季孙氏的另一个家臣，盘踞在季孙氏的封地费邑，将费邑变成了
　　　　　自己的独立王国。曾召孔丘到费邑。后公孙不狃见叛乱失败，逃
　　　　　奔到了齐国，后转往吴国。

费无忌　　楚平王时太子少傅，谗言加害太子太傅伍奢父子。后因祸害楚国
　　　　　太甚，而被楚国令尹子西诛杀以谢国人，并夷其全族。

伍　奢　　楚平王时太子太傅，伍子胥之父，因费无忌谗言，被楚平王所杀。

伍　尚　　伍奢长子，与父伍奢同被楚平王所杀。

伍　胥　　即伍子胥，伍奢次子，楚平王杀其父伍奢后，亡奔吴国，为吴王
　　　　　之臣。后助吴攻入楚国，掘楚平王墓，鞭尸三百而去，报得父仇。

伯　嚭　　郤宛的宗姓伯氏之子，与伍子胥一同逃往吴国，吴王夫差时为吴
　　　　　国太宰。

桓　魋　　齐桓公之后，宋国司马，孔丘弟子司马黎耕之兄。孔丘到宋国时，
　　　　　曾企图加害于孔丘。

申包胥　　楚国忠臣。楚昭王时，吴楚交战，吴国五战五胜，占领了楚国之
　　　　　都，楚昭王出亡至随国。申包胥只身逃奔秦国，泣于秦庭七日七
　　　　　夜，滴水未进，最后感动了秦哀公，同意发兵相助。最终，在秦
　　　　　国大军的帮助下，楚昭王得以复国。

南　子	卫灵公夫人，美艳而放荡。孔丘曾与之相见，子路曾为此怀疑孔丘的人品。
叶　公	芈姓，沈尹氏，名诸梁，字子高，因封地在叶邑而自称"叶公"，又称"沈诸梁"。楚国大夫。孔丘曾专门赴负函见他。
季武子	鲁昭公时鲁国执政。
季平子	即季孙意如，季武子之子，鲁国执政，将鲁昭公驱逐出境。
季桓子	即季孙斯，季平子之子，鲁国执政。
季康子	即季孙肥，季桓子之子，鲁国执政。
孟懿子	鲁国孟孙氏第九代宗主，名何忌，世称仲孙何忌。南宫敬叔之兄。孔丘早期弟子。
郈昭伯	鲁昭公时权贵，因与季平子斗鸡而结仇，遂联合臧昭伯、鲁昭公共同攻打季氏，结果失败。
臧昭伯	鲁昭公时权贵，曾联合鲁昭公、郈昭伯攻击季平子，结果失败。
宾　孟	周景王宠臣，周景王病逝后因拥立王子朝而与单穆公、刘文公起了矛盾冲突，被单、刘二人杀害。
籍　谈	晋国大夫。周景王死后，周悼王即位，王子朝发动叛乱，周悼王被驱逐出王城。籍谈与荀跞率九州之戎与晋国军队帮助周悼王复国，打退王子朝，将周悼王重新送入王城。
荀　跞	晋国大夫。周悼王即位不久，王子朝发动叛乱，自立为王，并将周悼王驱逐出王城。荀跞与晋国另一位大夫籍谈一同率兵支持周悼王，击败王子朝，助周悼王重新入主王城。
晏　婴	齐景公之相，春秋时代著名政治家、外交家。
王子朝	即姬朝，周景王庶长子，有王者风范。因不满周景公传位于无能的嫡长子姬猛（即周悼王）而起兵叛乱。周悼王被害后，晋国拥立周景王另一子姬匄为王，是为周敬王。王子朝则在另一派势力拥戴下自立为王。为王五年而败，乃携周室典籍奔楚。
季札	吴国公子。姓姬，名札，乃吴王寿梦少子。因封于延陵，故称延陵季子。后又封于州来，亦称延州来季子或季子。
公子光	即吴王阖闾，一作阖庐。吴王诸樊之子。派刺客专诸刺杀吴王僚而取得王位。执政期间，任用楚人伍子胥为相、齐人孙武为将，使国力迅速强盛。楚昭王时，在伍子胥与孙武的协作下率军攻楚，五战五胜，攻克楚国之都，楚昭王出亡于随国，楚国几乎被灭国。后来，在与越国的槜李之战中受伤，不治而亡。

蒯聩　　卫灵公之子，卫太子。其母南子行为不检，羞而欲弑之，事败而逃往晋国，并参与到晋国内部赵氏与范氏、中行氏之间的权力斗争。

太子建　楚平王太子，先为少傅费无忌怂恿而被其父平王夺去其妻，后因费无忌谗言，被逼出奔到宋国。不久，因宋国内乱而至郑国，最后被郑人以作乱罪而处死。

周景王　姬贵。公元前544年至公元前520年在位。

周悼王　即姬猛，周景王嫡长子，周敬王同母兄。即位不久，即因王子朝兵变而被赶出王城。后在晋国的帮助下回到王城，但不久就被王子朝杀害。

周敬王　姬匄，周景王之子。公元前519年至公元前476年在位。

单穆公　周景王时单国国君，名旗，伯爵。周景王病逝后，周景王宠臣宾孟支持周景王庶长子姬朝为王，单穆公与宾孟有矛盾，乃与刘文公联合，杀死宾孟，立周景王嫡长子姬猛为王，是为周悼王。但是，毛伯得、尹文公、召庄公支持王子朝，乃起兵驱逐了周悼王与单穆公、刘文公。

刘文公　刘献公庶子，为单穆公所立。周景王死后，与单穆公联合，杀死支持周景王庶长子姬朝为王的宾孟，拥立周景王嫡长子姬猛为王。未久，与单穆公、周悼王一起被王子朝势力驱逐出王城。

鲁昭公　鲁襄公之子。公元前541年至公元前510年在位。

鲁定公　鲁昭公之子。公元前509年至公元前495年在位。

齐景公　齐国之君。公元前547年至公元前490年在位。

楚平王　名弃疾，继位后改名居。乃楚共王幼子、楚灵王之弟。在位期间，先听信太子少傅费无忌怂恿，抢娶太子建之妇，后又听信费无忌谗言，迫害太子建与太子太傅伍奢父子。伍奢与其长子伍尚被害后，次子伍子胥逃亡吴国。楚昭王时，伍子胥协助吴王阖闾率兵打败楚国，并占领楚国之都，楚昭王逃亡到随国。伍子胥乃掘楚平王墓，鞭其尸三百而去。

楚昭王　名珍，楚平王幼子。公元前515年至公元前489年在位。

楚惠王　名熊章，楚昭王之子，公元前488年至公元前432年在位。

吴王僚　姬姓，名僚，号州于，吴王夷昧之子。春秋时代吴国第二十三任国君，在位十三年。后被其堂兄弟、诸樊之子姬光派刺客专诸杀害。

秦哀公　　嬴姓，名籍，春秋时代秦国之君。吴王阖闾率兵攻入楚国，占领楚国之都后，楚国之臣申包胥到秦庭哭泣七日七夜，乞求秦国出兵相助。秦哀公为其忠心感动，乃派兵助楚，最终迫使吴王阖闾从楚国撤兵，楚昭王得以复国。

卫灵公　　卫国之君。公元前534年至公元前493年在位。

卫出公　　卫灵公之孙，太子蒯聩之子。公元前492年至公元前481年在位。

蔡昭侯　　姬姓，名申，蔡灵侯之孙、蔡悼侯之弟。鲁定公元年，蔡昭侯朝楚，携有两件皮裘、两块玉佩。其中的一裘一玉献给了楚昭王，另一裘一玉则自用。楚国令尹子常欲得之，蔡昭侯不肯让与，遂被子常谗言于楚昭王，被扣留楚国三年。

目　录

第一章　在　朝

1. 道可道

"先生，您看，周都到了。"

"是吗?"一直坐在车中打盹的孔丘，突然惊醒过来，两眼放光地探出头来张望。

"看，先生，那就是周都的城门了。"南宫敬叔一边说着，一边指给孔丘看。

孔丘顺着南宫手指的方向望去，大约两百步远处，确实就是一座巍峨的城门。

车夫听着孔丘师生的谈话，似乎也兴奋起来，猛地甩了一个响鞭，马车箭一般地冲向了城门。终于，他的这趟千里之行也算完满结束了。

这一天，是周敬王二年，亦即鲁昭公二十四年（公元前 518 年）的三月初五。

三月初六，周都洛邑阳光明媚，和风轻拂，吹面不寒。

一大早，南宫敬叔就早早地起来了，在驿馆周边溜达了一圈。刚回到驿馆，就迎面碰到孔丘从里面出来了，便信口说道：

"先生，您也起来了呀!"

孔丘点了点头。

"先生，您看今天天气多好啊!"

孔丘情不自禁地向周围看了看，又点了点头。

"要不，俺们今天就去拜访老聃吧。"

孔丘看看天，又看看周围的街景与建筑。然后，摇了摇头。

"先生，您来周都不就是为了专程拜访老聃，向他请教学问的吗?"南宫不解地问道。

孔丘看了看南宫，莞尔一笑道：

"你不是说今天天气好吗？这么好的天气，俺们何不先逛逛周都，再看看天子明堂。有了些感性认识后，再就周礼的相关问题请教老聃，岂不更好？"

"先生说的是。"

于是，师生二人略略用了些朝食后，便出门参观周室宫殿庙堂等建筑了。

沿着洛邑东西走向的大街，孔丘师生二人一边走一边看。大约烙二十张大饼的时间，他们便到了周天子的明堂。

望着远较鲁国曲阜宫室高大巍峨得多的周宫殿，孔丘与南宫师生二人就像是没进过城的乡下人，顿时呆住了。

呆了好大一会儿，还是南宫先清醒过来，对孔丘说道：

"先生，您看周天子这宫殿，远比俺们鲁君的宫殿雄伟多了。俺们上前仔细瞧瞧吧。"

孔丘下意识地点了点头，一边继续抬头观望着宫殿前高高的台阶。

"先生，当心脚下。"南宫见此，连忙抢步上前，一边提醒着孔丘，一边扶住了他的胳膊，伴他一起爬着台阶。

上了台阶后，师生二人先围着宫殿转了一圈，然后驻足于四道宫门之间的一面墙。只见墙上并列刻着尧、舜、桀、纣的画像，旁边各有善恶褒贬的评语，以及国家兴衰、治乱得失的警世格言，还有周公辅佐成王听政，背倚斧扆（绘有斧形图案的屏风）而受诸侯朝见的图像。

孔丘仰望这些图像，来来回回地看了好几遍，最后，回过头来对南宫敬叔说道：

"看了这些图像，就可以了解周之所以兴盛的原因了。"

"先生为什么这样说？"南宫敬叔不解地问道。

孔丘看了看南宫渴切求知的眼神，从容说道：

"察镜者可以照形，观古者可以知今。一国之君不知借鉴前代治乱得失的经验，使国家沿着和谐安定的道路前进，结果必然会人亡政息。为政轻忽，不知危机之所在，不察前代灭亡之原因，就像一个人倒行而想超越别人一样，岂非糊涂至极？"

"先生说的是，弟子谨受教。"南宫敬叔恭敬地答道。

师生二人一边说着，一边在宫廷有司的导引下恭敬有加地迈步进入天子明堂。参观一番后，又请教了执事者有关天子明堂的建筑规制等。之后，就转往周太祖后谡之庙参拜。

未近太庙，二人远远就看到庙堂右阶之前，有一尊高大的金人铸像。走近一看，见金人嘴上竟然贴有三道封条。师生二人不解其意，乃围金人转了一圈，发现金人背后刻有一段很长的铭文。南宫敬叔看了半天，不明其意，遂问道：

"先生，这段铭文是什么意思？弟子看不明白。"

孔丘见问，遂指着铭文，一字一句地给南宫敬叔解释道：

"这个金人是古代说话谨慎之人。立此金人，意在告诫后人，不要多说话，多说话就会多失败。不要多事，多事则多患。安乐之时要保持清醒，多加警惕；做事之前要多加考虑，思之周延，才不至于失败而后悔。不要以为说话无关紧要，说错了也无伤大雅，其实很多时候都是祸从口出，影响深远。不要以为自言自语，别人听不见，其实神灵时时都在监视着你。小火初起不加控制，等到变成熊熊大火，就无法扑灭了。涓涓细流不加堵塞，就会积小成大，汇成大江大河。纤纤蛛丝不予剪断，就有可能织成罗网。小树幼苗不拔，不要几年就会长成大树，可以用作斧柄。诚能出言谨慎，便是幸福之源。嘴巴能损伤什么？其实它是祸患出入的门户。强横之人，不得好死；好胜之人，必遇劲敌。盗贼憎恨财主，民众怨怼国君。圣人君子知不可妄自尊大，居万民之上，所以放低姿态，屈身下人；自知不可居众人之前，所以甘心屈居人后。谦恭温和，谨慎修德，就会让人敬仰；表现柔弱，谦卑居下，则反而无人超越。人人争趋彼处，我独坚守此处；人人变动不居，我独坚定不移。智慧过人，却深藏不露，不向别人夸耀自己的技艺。如此，我虽尊贵，他人也不会嫉妒而攻毁。这样的境界，何人能够臻至呢？江海地势虽低，却能纳百川，因为能谦卑处下；苍穹在上，不与人亲近，而能让人对之敬畏有加，甘居其下。以此为戒，方能立于不败之地！"

南宫敬叔听了，不住地点头称是。孔丘又回头对他说道：

"你把铭文上这些话记下来，它说的道理合情入理，真实可靠。《诗》曰：'战战兢兢，如临深渊，如履薄冰。'一个人立身行事，若能如此，还会口无遮拦，祸从口出吗？"

"弟子谨受教！"南宫敬叔虔诚地回答道。

接着，师生二人就进了太庙仔细瞻仰了一番，并向人请教了有关太庙祭祀的礼仪，以及朝廷的法度，等等。

出门时，孔丘喟然长叹道：

"丘今日始知周公之圣明，以及周王能够称王天下的真正原因。"

回到驿馆，孔丘好像还沉醉于周公时代。南宫敬叔不时发现他精神恍惚，一人独坐时总在自言自语。

在周都观游了三天后，南宫敬叔提醒孔丘道：

"先生，您来周都除了观光，还有问礼、问乐之事呀！要不，弟子明日就去接洽，如何？"

孔丘想了一想，说道：

"那好。你先打听到苌弘先生的住处，我们后天拜访他，请教一下古乐的问题。然后，再拜谒老聃，约定拜谒的时间，我想好好请教一下有关礼的问题。"

"弟子遵命！"

第二天，南宫敬叔就出去将老师所交代的事情都办妥了。毕竟他在鲁国是朝臣，有实际行政工作经验，办事颇是干练。

第三天，孔丘在南宫敬叔的陪同下拜访了苌弘。苌弘早就听说孔丘其人，并为其好学深思的精神所感动。因此，关于乐的问题，凡是孔丘问到的，他都知无不言，一股脑儿说出，毫无保留。孔丘没有问到的，苌弘也主动告知，大有"宝剑赠英雄"的意味，丝毫不存垄断知识以炫世人的想法。

第四天，南宫敬叔遵从孔丘之命，一大早就前往周天子守藏室，想跟老聃约定一下孔丘前往拜见的时间。可是，到了守藏室官署，门者却告知南宫说，老聃最近几天没来官署上班。南宫向门者请问原因，门者却摇头不语。

南宫敬叔没有办法，只得怏怏然地离开了守藏室官署，回驿馆向老师孔丘汇报去了。

孔丘听了，沉默半日，方才幽幽地说道：

"既然没到守藏室官署上班，那么就应该在其府第，也许是身体有恙吧。"

南宫觉得老师说得对，点了点头。

师生相对无语。约有烙两张大饼的工夫，孔丘突然说道：

"老聃主张一切顺其自然，为人处事难免就会自由散漫，对他的职守也许并不怎么上心，所以才会不到官署上班吧。要不，明天你去打听一下他的守藏史官邸在哪里，俺们到他府上拜访请教。"

"诺。弟子现在就去打听，明天一早就到老聃府上投名刺，与他约时间，以便先生与他早些相见。"南宫说道。

孔丘点点头。

南宫敬叔于是弓着身子，慢慢地倒退着出了孔丘的住室。

日中时分，南宫敬叔回来了。

"南宫，怎么样？"南宫一进来，坐于驿馆住室之中不曾动弹过的孔丘便急切地问道。

"老聃的府第虽然找到了，但是他也不在府中。"

"那他到哪去了？"孔丘又急切地问道。

"弟子倒是意外地见到了一个人。"

"何人？"孔丘再次急切地问道。

"庚桑楚。"

"庚桑楚是何人？"孔丘不解。

"他是老聃最得意的弟子。"

"哦？那么，他应该知道老聃的去向吧。"

南宫敬叔摇摇头。

"那就奇怪了，难道从人间蒸发了？莫非他真的是像人们所传说的那样，是个闲云野鹤式的怪人？"

"先生说的是。弟子问过庚桑楚，他说老聃确实就是这种人。不过，这些年老聃比以往更加自由散漫了，对职守似乎更不上心了。"

"这是为什么呢？"孔丘这时更加想了解个究竟。

"庚桑楚说，老聃对于周王室内部的倾轧，还有天下诸侯的乱象，越来越反感。他认为，这些都是有违'道'的。"

"他是认为一切权斗与人为的努力，都是无益的，违背了他所主张的'顺其自然''清静无为'的治国理念，是吧？"

"先生说的是。正因为如此，老聃对于守藏室的职守就更不上心了，认为守藏室里的那堆老古董毫无用处。既然一切人为的努力都是无益的，这些记录前代君王违拗天道的人为历史之木札竹简又有什么守藏的价值呢？"

"唉，看来他不仅是一个消极的出世者，还是一个历史虚无主义者。"孔丘感叹道。

看到老师颇是失望的样子，南宫敬叔连忙说道：

"不过，先生不必失望，庚桑楚说过，老聃虽然对职守不怎么上心，但还是不时到守藏室上班的。即使出去漫游，也是不出三五天就回来了。"

"既然如此，那么你每天都往他府上去打探消息，一俟他漫游回来，立即与他约定时间，为师就去拜见他，并向他请教周礼。"

"难道先生只想向他请教周礼，而不想向他问'道'？"南宫望着孔丘，认真地问道。

"道不同，不相为谋。为师之'道'跟他的'道'不同，还是不问为好。"

"先生，弟子觉得，您的'道'与他的'道'不同，就更有必要问了。了解了他的'道'究竟是什么，然后比较一下，就知道谁的'道'可能更有价值，将来才能大行其道。"

"你说的也对。届时相机而动吧，反正为师是以问礼为主。"孔丘说道。

果然不出南宫敬叔所料，三天后，老聃漫游回来了。南宫敬叔通过庚桑楚，跟老聃约定了时间与地点，因为南宫一连好几天都上老聃的府第打探消息，早跟庚桑楚混熟了。

南宫敬叔完成了任务，立即回到驿馆，向孔丘禀报道：

"先生，老聃已经漫游回来了，弟子已经通过庚桑楚，与老聃约定了拜见的时间与地点。"

"什么时间？在哪里？"孔丘急切地问道。

"就在明日巳时，地点则在守藏室。"

"好。"孔丘点了点头。

第二天，孔丘带着南宫敬叔准时前往守藏室官署。

宾主揖让行礼，并互道了一番仰慕之类的客气话之后，孔丘便开门见山地说道：

"先生乃当今天下最博学之人，丘渴慕久矣。今日相见，希望先生就周公之礼，以及夏、商两朝之礼的相关问题予以教诲。"

老聃将了将满头雪白的头发，停了好一会儿又不经意地拂了一下飘在胸前的雪白长须，然后才从长须间发出了一缕如蚊蝇似的声音：

"仲尼乃北方圣人，于学无所不窥，三皇五帝之事无所不知，老朽何敢言教？"

孔丘以为老聃这是在谦虚，遂连忙说道：

"先生之言，真是令丘惭愧之至！丘生不逢周公之时，又未曾有机会一睹先朝典籍，所以对于周礼，以及夏、商两朝之礼，实在是知之甚少。所以，不远千里前来求教于先生。希望先生不弃丘之鄙陋，不吝赐教！"

"周礼也好，夏礼、商礼也罢，其实都是已然逝去的历史记忆，就像从我们眼前流过的河水，早已无法追踪了。今人不行古人之礼，何必再翻旧时之礼？不过，仲尼既然千里迢迢而来，求知欲如此强烈，又以未一睹先朝典籍为憾，那么老朽倒是有个建议。"

"什么建议？先生请说。"孔丘急切地说道。

"仲尼想知道的周礼，还有夏礼、商礼的典籍，这里几乎都有，不妨先仔细地读一读。如果读后尚有什么疑问，而老朽又能回答得上来的，仲尼有问，老朽必答。"

"谢先生！"

于是，每天守藏室一开门，孔丘就进来阅读。可是，有关周礼，还有夏礼、商礼的相关典籍，很多年甚至几十年都无人翻阅了，积尘甚厚。因此，孔丘每天进来的第一件事，便是清除木札或竹简上的灰尘，然后再展卷细读。一连读了七天，这才将守藏室内堆积如山的相关木札、竹简读完，算是对于周礼以及夏、商二代之礼的相关情况有了比较清楚的了解。

第八天，孔丘依先前与老聃的约定，将逐日记录下来的有关周礼、夏礼、商礼的疑问作了整理后，开始逐个问题求教老聃。老聃坐在席上，犹如枯木一般，整日一动不动。孔丘提问时，他看也不看孔丘一眼，一直双目紧闭。但是，只要孔丘的问题一出口，他就立即对答如流。孔丘求知若渴，老聃有问必答。二人都沉浸于其中，乐此不疲，既忘了吃饭喝水，也忘了休息。就这样，二人一问一答，一直持续了近四个时辰，这才闭馆离去。

孔丘回到下榻的驿馆时，夜幕都快降临了。南宫敬叔不知发生了什么事，焦急地等在驿馆门口，不时延颈企踵朝着守藏室的方向张望。

等了不知多久，终于看到孔丘脚步轻快地走过来了。大约还有二十步之遥时，南宫敬叔就迫不及待地迎上去问道：

"先生，怎么今天回来得这么晚？"

"今天收获太大了，有关周礼，还有夏礼、商礼等古礼的相关疑问，为师今天都有了答案。"

"哦？是老聃告诉先生的吗？"南宫问道。

孔丘点了点头，脸上洋溢着无比的满足之情。

"怪不得先生今天走起路来也是脚步轻盈呀！"

回到驿馆坐定后，孔丘这才想起了饥渴。南宫敬叔知道老师一天没吃喝，连忙递水备饭。

饭后，孔丘除了简单地跟南宫敬叔介绍了白天与老聃问答的情况外，还高兴地与南宫说了许多闲话。

南宫看得出来，老师今天精神非常好，兴奋劲儿还没过去。但是，看看时间已经不早了，南宫还是忍不住打断了孔丘的谈兴，说道：

"先生，时间不早了，您也累了一天，该早点休息了。"

孔丘看了看室内那根快燃尽的松明，这才意识到时间真的不早了。于是，对南宫重重地点了点头。

南宫从席上起来，给孔丘施了礼后，就慢慢地倒退着出去了。但是，退到室门口时，南宫突然又停住了，对孔丘说道：

"先生，既然您想了解的礼都弄明白了，那么俺们明天是否就回曲阜呢？"

孔丘连忙摇头道：

"不急，再待几天。上次你不是建议为师向老聃问问‘道’吗？今天听了他对礼的见解，为师更想听听他对‘道’的看法了。"

"那好，先生好好休息，养足了精神，明天再去问‘道’吧。"

第二天，孔丘又是早早到了守藏室。可是，今天老聃却没有正常上班。孔丘不知道他到底来不来上班，于是就一边等，一边随意翻阅木架上陈列的木札与竹简。等了将近一个时辰，老聃这才一步三摇地来了。孔丘远远望见，连忙迎出守藏室，躬身施礼毕，便随着老聃进了守藏室。

老聃见孔丘如此殷勤，遂不咸不淡地问道：

"仲尼不是昨天已将想问的都问完了吗？难道今天还有什么问题需要老朽解答？其实，老朽早已腹中空空矣。"

"先生还有‘道’啊！今天丘就是专程来请教先生有关‘道’的问题。"

老聃一听孔丘要请教他"道"的问题，立即坐到席上，闭上了眼睛，好像是对孔丘说，又好像是自言自语：

"道可道，非常道。"

孔丘听了，先是一愣，然后突然醒悟过来，原来老聃已经在跟自己谈他的"道"了。于是，立即接住他的话问道：

"先生的‘道’太深了，恕丘愚钝，不知您这说的是……"

老聃闭着眼，坐得纹丝不动，半天也没回应，活像是个木头人。

孔丘等了好大一会儿，终于耐不住了，遂试探性地小声说道：

"先生的意思是不是说，‘道’是不可言说的，能用语言表达出来的‘道’，就不是永恒不变的‘常道’了？"

孔丘说完，偷眼向老聃瞅了一眼，发现原本像枯木一样的老聃竟然手捋着飘在胸前的雪白长须，微微点了点头。孔丘大为高兴，遂又接着问道：

"先生，那为什么说出来的‘道’，就不是‘常道’呢？"

孔丘话音刚落，枯木似的老聃竟然又说话了：

"名可名，非常名。"

孔丘这次明白老聃的套路了，遂立即接口问道：

"先生的意思是不是说，‘道’就像‘名’一样，是不能言说的。能说出来的‘名’，就不是永恒不变的‘常名’；所以，能说出来的‘道’，也就不是永恒不变的‘常道’，是吗？"

老聃又点了点头。

孔丘觉得老聃说得太玄了，遂情不自禁地脱口而出道：

"依先生的意思，世界万事万物到底是应该有名呢，还是应该无名呢？"

"无名，天地之始；有名，万物之母。"老聃几乎也是脱口而出。

"先生的意思是不是说，世界万物万事一开始本来就是无名的，后来之所以又有了名，是人们给它们加上的。有了名后，此物就能区别彼物，此事就异于彼事，人们认识世界万事万物就有了一个基础，是吧？"

老聃又点了点头，虽然仍然没睁开眼睛，但矜持劲儿稍微松弛了一些。

孔丘看到了老聃表情的这一细微变化，遂也神情放松了一些，又接着问道：

"那先生觉得应该如何看待'有'跟'无'呢？"

"常无，欲以观其妙；常有，欲以观其窍。"

孔丘愣了一下，看了看老聃，又想了想，然后小心地问道：

"先生这话的意思是不是说，看待世界万事万物，常持虚无的态度，心中不存先入为主之念，就能发现其奥妙所在；常以已有的认识为基础，就能追踪万事万物发展变化的轨迹，是吗？"

老聃又点了点头。

孔丘觉得老聃有点故弄玄虚，遂有意刁难似的问了一句：

"那先生觉得'有'与'无'是什么关系呢？"

孔丘说完，得意地瞅了老聃一眼，看他如何回答。

没想到，枯木一般的老聃又是脱口而出：

"此两者同出而异名，同谓之玄。玄之又玄，众妙之门。"

这一下孔丘真的是觉得太玄了，好半天没反应过来，只是一个劲地反复念叨着老聃的这句话。

过了好久，老聃终于开口：

"无中生有，有无相生，有即无，无即有。"

听老聃这样一提醒，孔丘茅塞顿开，遂兴奋地说道：

"先生刚才说的那句话，是不是说，'有'与'无'只不过是事物同一来源的不同名称而已，两者的关系深邃而看不透，却是洞悉天地万物与一切微妙的门户？"

老聃仍然没说话，只是微微点了点头。

孔丘为刚才没能立即解读出老聃的玄义而惭愧，遂连忙起身告辞，不敢再向他问"道"。如果再问下去，这脸就要丢大了。

2. 顺其自然

"先生，今天您向老聃问'道'，觉得如何？"孔丘刚回到驿馆，还未在室内坐定，南宫敬叔就急切地问道。

"为师以为，老聃谈礼凿凿有据，令人敬佩。至于谈'道'，实在是让人摸不着头脑，不知所云。"

南宫见老师说话的口气不对，知道今天他向老聃问"道"大概是不如意了。他想就此闭嘴，但内心却有一股冲动，急于想了解老师到底对老聃的"道"是什么态度，难道真的是"道不同，不相为谋"？如果老师没有有容乃大的胸襟，那么今后如何教书育人，完善自己的"道"，立不朽之言而传之万世？

想到此，南宫遂小心翼翼地问道：

"先生，您向老聃问'道'，他是不是回答说'道可道，非常道'？"

孔丘一听南宫的话，顿时吃惊地看了他半天，然后才说道：

"你怎么知道他是这么回答的？难道你今天尾随为师到了守藏室，偷听了为师与老聃的谈话不成？"

南宫莞尔一笑道：

"先生，弟子倒还不至于这样，而且从未有过偷听别人谈话的癖好，更何况是偷听先生与别人的谈话呢？"

"那你怎么知道老聃是这么回答的？"孔丘反问道。

"先生，您不是连续七天到守藏室阅读藏籍吗？弟子无所事事，所以每天就到老聃府上，找他的得意弟子庚桑楚聊天，想了解一下老聃的'道'到底是什么，跟先生的'道'有什么区别。"

"结果呢？"孔丘倒急了。

"弟子就跟庚桑楚说：'您的先生讲"道"，我的先生也讲"道"。我先生的"道"，就是"天下大同"。为此，我先生的思路是，首先恢复周公礼法，让天下人都懂得尊卑有别，长幼有序，使得社会秩序井然，最终实现世界和谐安乐的目标。'"

"那庚桑楚怎么说？"孔丘兴趣更浓了。

"庚桑楚听了弟子的话，莞尔一笑道：'你先生的"道"跟我先生的

"道"根本不是一回事，是两个层次的概念。'"

"这是什么意思?"孔丘又急了。

"弟子听了也感到困惑，遂请求他说清楚，讲明白。庚桑楚说：'您先生的"道"是"形而下"的"道"。'"

"这话什么意思?"孔丘追问道。

"意思是说，您的'道'是关注现实世界的，是看得见、摸得着的，是具体的，可以说得清楚，也能看到结果的。"

"那么，老聃的'道'呢?"孔丘又问道。

"庚桑楚说，他先生的'道'是'形而上'的'道'，关注的是人的精神世界，讲的是统驭天地万物的规律，是看不见、摸不着的，但又处处发挥统率作用。所以，他先生阐释其'道'时有一句名言，叫作：'道可道，非常道。名可名，非常名'。"

南宫话还没说完，孔丘就急切地岔断道：

"庚桑楚有没有对老聃这句话进行解释呢?"

"庚桑楚说，老聃这句话的意思是，'道'是万物之本原，但'道'是抽象的、无形的，没有具体的特征，所以就无从给它命名，当然也就无法用语言来表达它。可是，人们要谈论它、表达它，所以无奈之下不得不用语言来形容，勉为其难地给它一个名字，称为'道'。其实，'道'不是一个名字。"

"不是名字，那又算什么呢?"孔丘又急切地追问道。

"庚桑楚说，他先生的意思是，人们称'道'为'道'，跟称一棵树为'树'是不同的。因为，当我们称一棵树为'树'时，它是有某些属性的，比方说树有树干、树叶、树冠、树根等，这就使我们可以称它为'树'。可是，我们称'道'为'道'时，则不是因为它有某些可以名状的属性，而只是为了表达的方便。也就是说，'道'这个名字只是一个指称，也可以说是一种'无名之名'。"

孔丘听到这里，觉得庚桑楚的解说确实比较清楚，看来是自己领悟力不够，还比不上老聃的弟子庚桑楚呢。想到此，孔丘情不自禁地点了点头，原本心中对于老聃的不以为然或曰不屑顿时打消了。

南宫见老师点头，遂深受鼓舞，续又接着说道：

"庚桑楚认为，老聃所说的'道'，是指天地宇宙之间万物之所由来，不管人们是否意识到它的存在，它都客观存在于万事万物的发展变化之中，而且不以人的意志为转移，亦即'常道'。天地万物是客观存在，也有具体特性，所以可以赋予它们不同的名字，以让此物与彼物有所区别。我们可以称天为'天'，指地为'地'，还有草木虫鱼，万事万物，都各有其名。也就是说，有天地万物，就必然有天地万物之名。但是，'道'是万物之所由来，不属于万物之一，所以'道'无从命名。因此，天地万物可以各有其名，但'道'却没有名字。这便是老聃所说的'道可道，非常道；名可名，非常名'的真谛。"

孔丘觉得庚桑楚的这个解释也有道理，遂又点了点头。顿了顿，又问道："除了这一句，老聃对庚桑楚还说过什么有关'道'的名言？"

南宫见老师如此感兴趣，于是又接着说道：

"庚桑楚说，关于'道'，老聃还跟他说过一句话，也非常耐人寻味，启人心智。"

"什么话？"孔丘急切地催促道。

"老聃说：'道生一，一生二，二生三，三生万物。万物负阴而抱阳，冲气以为和。'"

"那这是什么意思呢？"孔丘问。

"庚桑楚告诉弟子，老聃这句话的意思是说，'道'生太极，太极裂而为阴阳。阴阳二气对立，但交会之后则生出第三者。由第三者再生变化，遂有了天下万物。"

孔丘听了，不禁莞尔一笑道：

"老聃又搞怪了。他的意思是不是说，万物化育，都是阴阳消长的结果？"

"先生说的是。庚桑楚也是这么说的。"

"既然如此，人为万物之一，为什么人与鸟兽昆虫不同，生命化育之期各有奇偶，气分不同呢？"孔丘反问道。

"庚桑楚说，他也问过类似的问题。"

"那老聃是怎么说的？"孔丘追问道。

"老聃说，这个道理，一般人很难明白，只有通晓'道'之奥蕴的人，才能从中推求出其本源。"

"他是故弄玄虚吧？一定是他说不出什么道理来，故意拿这种话来搪塞他的弟子。"孔丘不以为然地说道。

"先生，不是这样。"

"那又怎样？"孔丘直视南宫道。

"老聃开始不肯跟庚桑楚说明其中的道理，后来经不住庚桑楚反复央求，就跟他说明了。"

"那他是怎么说的？"孔丘催促道。

"老聃说，天为一，地为二，人为三，三三得九，九九八十一。一代表日，日之数为十，故人类十月怀胎而生。八九七十二，偶与奇相承。奇代表辰，即日、月交会之点，位在十二支之五。辰为月，月代表马，故马孕育十二月而生。七九六十三，三代表斗。斗星代表狗，故狗三月而生。六九五十四，四代表时，即季节。时代表猪，故猪四月而生。五九四十五，五为音。音代表猴，故猴五月而生。四九三十六，六为律。律代表鹿，故鹿六月而生。三九二十七，七代表星，星代表虎，故虎七月而生。二九一十八，八代表风。风为虫，故虫八月而生。余下的则各随其类属之特征。鸟、鱼生育于阴，却属于阳，故皆卵生。鱼游水中，鸟飞云间，故到立冬季节，燕、雀即入大海化为蛤蜊。蚕食而不饮，蝉饮而不食，蜉蝣不饮不食，万事万物皆有不同。介虫与鳞虫，夏季进食，冬季蛰伏。吞咬进食的动物卵生，居有八穴；咀嚼进食的动物胎生，居有九穴。四足动物无翅，长角动物无上齿。无角无前齿者，油脂呈膏状；无角无后齿者，有油如脂状。昼生者类父，夜生者似母。所以，阴极代表雌性，阳极代表雄性。"

南宫复述完，孔丘半日无语。

南宫不知孔丘为什么突然不说话了，遂小心地问道：

"先生，您以为老聃的这番解释有道理吗？"

孔丘看了看南宫，还是没发表意见。过了一会儿，突然又问南宫道：

"老聃跟庚桑楚谈'道'，还说过什么话吗？"

"当然有。"

"那再说说看。"孔丘催促道。

"庚桑楚说，有一次，老聃带他外出漫游，俯察苍茫大地，仰望深邃苍穹，情不自禁间，脱口而出：'道，覆载万物，洋洋乎大哉！君子不可以不刳心焉。'"

"他这是感叹天地之阔大，宇宙之无穷吧？"孔丘问道。

"当然有这个意思，不过不是主要的。"

"那主要的是什么呢？"孔丘觉得奇怪了。

"庚桑楚说，老聃这是在感叹'道'之无所不包，'道'既能覆盖一切，也能承载一切，所以人在'道'面前只能虔诚地敞开心扉，抛弃心中一切自以为是的私智，排除一切可能有的'有所为'的情感冲动。"

"哦，他这是在自神其'道'呢！接下来，他又说了些什么？"孔丘问道。

"庚桑楚问他为什么这样说，他给出了十条理由。"

"哪十条理由？"孔丘问道。

"无为为之之谓天，无为言之之谓德，爱人利物之谓仁，不同同之之谓大，行不崖异之谓宽，有万不同之谓富，执德之谓纪，德成之谓立，循于道之谓备，不以物挫志之谓完。"

见南宫说得如此娴熟且头头是道，孔丘倒是感到困惑了，遂连忙问道：

"这话怎么讲？"

"庚桑楚说，老聃的意思是，以'无为'的态度处世，便叫合乎'天道'；以'无为'的方式表达，即不强辩，便叫'美德'；爱人类，推及利万物，便叫'仁义'；让不同的事物回归同一的本性，并等同视之，便叫'伟大'；行为不乖张奇怪，不标新立异，便叫'宽容'；包容万物，容忍差异，便叫'富有'；坚守自然赋予的禀性，便叫把握了'纲纪'；成就德行，便叫'立身'；遵循大道，便叫'完备'；不因外物干扰而乱了心志，便叫'完美'。"

南宫话音刚落，孔丘接口说道：

"何必说得这么复杂，一言以蔽之，不就是'顺其自然'四个字吗？"

"先生概括得真是精当，老聃'道'的精髓就是'顺其自然''清静无为'。"

"那老聃还有什么说法？"孔丘又问道。

"老聃认为，君子若是能做到以上十点，就能心胸宽广，包容天下万事万物，处世就能无往而不利，可以与万物同生同灭。达到这种境界，那么他就像是藏黄金于深山，沉珠宝于深渊，不会再有谋取财货之心，不再有求取富贵之念，不会因长命百岁而喜，也不会因夭折不寿而悲，不会因仕途通达而觉得荣耀，也不会因处境困顿而感到羞耻，当然更不会贪天之功而为己有，以称王天下、统治世界而以为显要。追求显要，就是自我夸耀，这是不符合'道'的。万物一体，生死其实都是一样，不必执着地追求什么。"

"呵呵，老聃这是在讲君子治国之道，主张'无为而治'吧。"孔丘问道。

"先生说的是。其实，老聃不仅讲循'道'治国的道理，还讲遵'道'修身的道理。"

"是吗？他是怎么讲的？"孔丘又来了兴趣。

"庚桑楚说，一次，他随老聃来到一座山前，山间有一汪澄澈的溪水。老聃望山凝水，又大为感慨。"

"说什么了？"孔丘急忙问道。

"他说：'道，渊乎其居也，漻乎其清也。'"

"什么意思？有何玄义？"

"庚桑楚说，老聃的意思是，'道'是幽深静默的，也是澄澈清明的。它静止时犹如深不可测的渊海，运动时犹如溪水奔流，洁净无比。"

"他不是说'大道无形'吗？不是说'道可道，非常道；名可名，非常名'吗？怎么一会儿'道'又有深度，又有颜色了，还澄澈清明，洁净无比。这不是自相矛盾吗？"孔丘不以为然地评论道。

"先生，老聃这是打一个比方。庚桑楚说，他也问过这个问题，老聃又给他打了一个比方。"

"什么比方？"孔丘问。

"金石有声，不叩不鸣。"

"老聃的意思是说，金石虽有发出声音的本能，但是不敲也是不会自然发出声音的，是吧？"孔丘问道。

"先生说的是。老聃这个比方，意思是说，天地万物都是有感才有应，'道'虽是客观存在，但需有领悟力的人才能感知。"

孔丘点了点头。

南宫接着说道：

"老聃还说过：'道，视乎冥冥，听乎无声。冥冥之中，独见晓焉；无声之中，独闻和焉。故深之又深，而能物焉；神之又神，而能精焉。'"

"这话怎么讲？"孔丘又感到困惑了。

"庚桑楚说，老聃的意思是，'道'是抽象的，看上去是那么幽暗深渺，听上去又那么寂然无声。但是，得'道'之人，却能在这幽暗深渺之中看到光明的真迹，在寂然无声中听出万窍共鸣的和谐之声。大'道'虽幽深而又幽深，却能主宰万物；大'道'虽玄妙而又玄妙，却能发挥微妙的作用。"

"为什么这么说？"孔丘反问道。

"据庚桑楚说，老聃的解释是：'道'与万物相接，虽然虚无幽寂，却能满足万物的需求；'道'运行不止，使万物驰骋纵放皆有所归宿，无论大小，无论长短，也无论高远，概莫能外。"

"呵呵，他的'道'有那么神呀？"孔丘不以为然地莞尔一笑。

"老聃还认为，只有有盛德之人才能感知'道'，与'道'有感应。这样的人治理天下，就会顺应天道，抱朴而行，耻于为细琐的事务所牵累。他们立足于天道之根本，秉持人固有的真性而处世，智慧通达，能够臻至神秘莫测的境界。正因为如此，他们的德行更显圣明而广大。他们的心志纵然有所显露，也是受外物的感应，是一种自然的反应。"

"他的意思是不是说，盛德的修炼是与掌握'道'分不开的，得'道'便成圣人，不得'道'便是庸人？"孔丘问道。

"先生说的是。老聃还认为，万物形体若不凭借'道'，则无以产生；有了生命，而不顺'道'，明德则不能显达。保全身体，是为了维系生命；建树盛德，是为了彰明大'道'。得'道'便有盛德；有盛德，就能表率天下，谓之王德之人。"

"呵呵，依老聃的说法，那简直是顺'道'者王，逆'道'者贼。"孔丘脱口而出道。

"先生看问题真是一针见血！"

南宫说这话虽然是情不自禁，发自内心，但在孔丘听来却有阿谀献媚的嫌疑。所以，孔丘立即追问道：

"这话怎么讲？"

南宫知道老师不喜欢学生当面奉承他，更不愿意见到学生说假话。于是，立即解释道：

"据庚桑楚说，老聃曾经就跟士成绮说过类似的话。这说明，先生与老聃的看法是不谋而合，可谓智者所见略同。"

听南宫这样一说，孔丘终于明白原因了。于是，又接着南宫的话题问道：

"士成绮是谁？"

"哦，士成绮啊，是一个曾经专程来洛邑向老聃问'道'的年轻人。"

"那么，他向老聃问'道'的情况如何？"

南宫见孔丘又来了兴趣，终于明白，老师虽然口头上对老聃的"道"不以为然，内心应该还是敬重的，不然就不会这样一而再、再而三地追问自己跟庚桑楚问"道"的情况。现在，听说士成绮也向老聃问过"道"，他又来劲了，岂不更是印证了他内心对老聃之"道"存有敬畏之意，想一窥其究竟吗？

想到此，南宫遂又从容说道：

"据庚桑楚说，那是十多年前，一个冬天的午后，洛邑正下着鹅毛大雪。士成绮不远千里，千辛万苦来到洛邑，并找到了老聃府上。可是，老聃却因风雪之故，迟迟没有归来。庚桑楚见风雪太大，士成绮衣着单薄，感其求学心诚，遂自作主张，邀请士成绮入室避寒。但是，士成绮执意不肯，一定要立在老聃府外等着老聃回来。"

"士成绮这是为了表达自己对于老聃的敬意吧？"孔丘问道。

"先生说的是。士成绮站在风雪之中，面朝老聃要回家的方向翘首以望，苦苦等着老聃，希望他快点归来。但是，等来等去，望眼欲穿，却不见老聃的影子。过了好久好久，士成绮觉得眼花，什么都看不见了。无意间，他抬手揉了揉眼睛，一团雪花随手而落，原来是积在眉睫上的雪花太多，挡住了视线。就在一低头的瞬间，士成绮突然发现有一只硕大的老鼠从老聃门口的雪地中钻了出来。士成绮顿时来了精神，连忙俯下身子，发现雪上除了刚才老鼠跑过的足迹外，还有从洞中带出的些许菜屑与谷壳。这一下，士成绮更来了兴趣，连忙从旁边找来一根树枝，往老鼠洞中掏挖。结果，掏出一堆谷壳与细小的菜叶。"

"呵呵，士成绮还有这种兴趣呀？"孔丘听到此，不经意地问道。

"就在此时，老聃已经顶风冒雪回来了。看着门口一个衣裳单薄而不整的汉子蹲在地上掏鼠洞，好奇地停住了脚步，静静地站在旁边观察。"

"那士成绮没感觉到吗？"孔丘又问道。

"老聃站着看了好久，士成绮才感觉到旁边有人，遂抬头看了一眼，发现是一位须眉皆白的老人，心知这就是他要拜见的老聃了。于是，士成绮连忙起身，与老聃施礼。宾主揖让一番后，士成绮就随老聃来到府中明堂。二人分宾主刚刚坐定，士成绮就开口了。"

"大概是说些久慕奉承的话吧？"孔丘问道。

"不是，是批评老聃的话。"

"士成绮不是执意在风雪中恭候老聃，以表敬仰之意吗？怎么一见面，开口就批评老聃呢？"孔丘觉得奇怪。

"士成绮对老聃说：'我听说先生是个圣人，所以不辞山高水险，不远千里，来到洛邑。路上走了一百多天，脚掌都生出了老茧，也没敢停下来休息一下，为的就是早一天能见到您。可是，如今我对先生略作考察，竟然发现您根本就不像个圣人。您府前的老鼠洞里，掏出来的泥土中有许多谷物菜蔬。可见，您根本就不珍惜粮食，甚至是暴殄天物，这算得上是仁吗？您为周天子守藏室官员，粟谷、布帛享用不尽，还要聚敛财物不止。"

"老聃是周天子的守藏室主管，享用朝廷俸禄，也是理所当然。周天子所给的那点俸禄，只能说解决温饱，谈不上粟谷、布帛享用不尽。至于聚敛财物，那更是与老聃不沾边吧。为师虽没到过老聃府上，但在守藏室与老聃相处多日，觉得他并不是一个奢侈的人。"孔丘为老聃鸣起了不平。

"大概是因为士成绮没见过世面，来自穷乡僻壤，所以觉得老聃的生活非常奢侈，这才倍感失望，一见面就忍不住批评起老聃吧。"

孔丘听了，点了点头。接着，又问道：

"那老聃听了士成绮的批评，是什么反应呢？"

"老聃好像是没听见，对士成绮的话没作出任何回应。"南宫说道。

"接下来呢？"孔丘又问道。

"士成绮看老聃态度冷漠，又见天色已晚，于是就告辞离去了。"

"回家了？"

南宫看了看孔丘，摇了摇头，说道：

"没有回家，是回到客栈。第二天，士成绮一大早就赶到老聃府上。"

"他批评老聃，老聃都不搭理他，他还到老聃府上干什么？"孔丘问道。

"是为昨天的冒昧而向老聃道歉。"

"他是怎么道歉的？"

"一见老聃，士成绮就说：'昨天我有些情绪过激，批评讽刺了您。今天我心里有所觉悟，而且改变了先前的嫌隙，这是什么原因呢？'"

"呵呵，士成绮这话好像不是在道歉，而是在绕着弯子考察老聃。"孔丘说道。

"先生说的是。士成绮事实上是在考察老聃的容人雅量，同时想听听他由此会发出什么高论。"

"那老聃最后发表了什么高论呢？"孔丘急切地问道。

"据庚桑楚说，老聃的回应是，他本来就没自认为是圣人，而且早已从智巧神圣的这类人中超脱出来了。以前别人称他为牛，他就是牛；称他为马，他就是马。假如自己真的是牛或是马，别人给他相应的称呼，他不愿接受，反而会遭受第二次祸殃。老聃说，他做人处事从来都是顺其自然，一切都是自然而然。"

"那士成绮听了怎么样？"孔丘又问道。

"士成绮听了，心服口服。老聃说完就起身离开堂上，慢慢往内室而去。士成绮也连忙起身，在斜后方跟随着老聃，生怕踩到老聃的影子，其侧身而行的样子，就像是群雁伴随头雁飞行的阵形。"

"呵呵，士成绮看来这次是真的敬服老聃了。"孔丘说道。

"老聃进入内室时，士成绮来不及脱鞋，就跟着进去了，并迫不及待地向老聃请教如何修身。"

"那老聃怎么跟他说的？"孔丘又问道。

"据庚桑楚说，老聃对士成绮很不耐烦，直言批评他表面看起来道貌岸然，看人目光专注真诚，额头高阔像个君子，说起话来却专横暴戾，行为举止显得自命不凡，就像是一匹奔马，身子虽被拴住而止步，但其心犹在奔腾。认为他想动而又受到约束，但一旦行动起来，就像是箭发弩机。并直言不讳地指出士成绮为人明察而精审，自恃智巧而外露骄恣之态，认为这种种表现，都让人无法相信他是一个真实自然的人。并说僻远闭塞的边境就有这样的人，他的名字叫'窃贼'。"

"老聃这是说士成绮为人不真实，太装了，所以才直斥他是'窃贼'吧。"孔丘说道。

"先生说的是。老聃就是这个意思，认为为人应该率性而为，是什么样就什么样，不要装，才算顺其自然，符合'道'。只有符合'道'，才能称得上是圣人。"

南宫说完，孔丘重重地点了点头。

3. 上善若水

周敬王二年，亦即鲁昭公二十四年（公元前 518 年）三月二十三日，天气晴好，鸟语花香。一大早，南宫敬叔就起来了。

在驿馆周围溜达了一阵后，估摸着孔丘也应该起来了，南宫便回到驿馆，守候在孔丘住室门外。当孔丘推门出来时，南宫毕恭毕敬地问候道：

"先生好！"

孔丘点了点头，慈爱地看了看南宫。

"先生，俺们在洛邑已经十八天了。您看还有什么事需要办？如果没有，天气不冷不热，俺们不如早点回曲阜吧。"

"哦？俺们在洛邑都待了十八天了呀！"

说着，孔丘信步走出了驿馆，看看周围的街景，又望望驿馆周围葱郁的花草树木，闻着远近飘散于空气中的各种花香，不禁感慨系之，脱口而出道：

"时间过得真快呀！俺们刚来时，这草儿刚刚泛绿，树枝刚刚吐芽，一转眼，已经是绿草如茵，花开花落，枝繁叶茂了。"

南宫见孔丘没正面回答他的问题，跟在孔丘身后走了一阵后，忍不住再次问道：

"先生，您看俺们什么时候离开洛邑回曲阜？也许鲁君早已记挂您了。"

孔丘又朝周围街景看了看，伸展了一下肢体，顿了顿，这才回答道：

"出来已经不少时间了，回去路上还要不少天，现在是该离开洛邑，动身回曲阜了。洛邑虽好，终究不是久留之地啊！"

"先生，那么是否今天就走呢？如果要走，弟子这就要去收拾收拾了。"南宫怯怯地问道。

孔丘低头想了一想，回答道：

"收拾是要收拾了，但今天不必忙于离开洛邑。"

"那么，先生是否还有什么事？"

孔丘看了看南宫，认真地说道：

"子容，俺们不能这样就走了啊！"

南宫糊涂了，不这样走了，难道还要等周天子送行不成？

孔丘看着南宫困惑的神情，莞尔一笑道：

"俺们离开洛邑前，是否应该与老聃道个别？为师在守藏室读了那么多天典籍，又向他请教了许多有关礼的问题，还向他问了'道'的问题，打扰了他这么多时间，临走时总得专程登门表达一下谢意，顺便辞个别才对啊！"

"先生说的是。弟子谨受教！"

"好，那俺们用过朝食后，就往老聃府上，向他道别。"说完，孔丘转身走向驿馆。

因为孔丘对老聃上班与作息时间已然了解，南宫又经常跑老聃府上，且跟老聃弟子庚桑楚混得很熟，所以孔丘师生拜别老聃的行程特别顺利。

宾主行过揖让进退之礼，老聃便引孔丘到堂中。宾主分庭抗礼坐定后，孔丘先说了一番表示感谢的话，然后说明了辞别洛邑回曲阜的意思。

老聃听了点了点头，从表情上，比前天孔丘向他问"道"时显得要热情。

孔丘抬眼看到老聃的这一表情，心里觉得暖洋洋的。于是，一时情不自禁，又脱口而出道：

"先生，洛邑与曲阜山水相隔，路遥遥，道迢迢，今日一别，弟子不知何时才能再见先生。所以，今日弟子希望先生不吝再赐教一二。"

老聃沉吟了一会儿，捋了一捋飘于胸前的长须，悠悠地说道：

"老朽闻先贤有言：'富贵者赠人以财，仁义者赠人以言。'老朽不富不贵，无财以遗仲尼，故愿以言相赠。"

"赠人以言，重于金石珠玉；劝人以言，美于黼黻文章；听人以言，乐于钟鼓琴瑟。先生赠丘以言，胜似连城之璧，其价无限。"孔丘连忙接口说道。

老聃又捋了捋胸前长须，悠悠地说道：

"当今之世，聪明而深察者，其所以困厄不遇，而几至于死，皆因好讥人之非；善辩而通达者，其所以招祸受难，而屡祸及于身，皆因好扬人之恶。为人之子，勿以己为高；为人之臣，勿以己为上。"

说完，老聃就闭上了双眼，再也不言语了，坐在席上一动也不动，就像一根枯木似的。

孔丘见此，再思味老聃刚才的一番话，觉得他话中有话，似乎在告诫自己别再耍小聪明了，也别强辩以为智了。

想到此，孔丘觉得不便再说什么了，遂连忙起身，躬身行礼毕，说道：

"先生之言，乃是金玉之论，弟子谨受教！不敢再打扰先生，弟子就此别过。"

道别老聃后，孔丘便与弟子南宫敬叔立即上车离开洛邑，准备北渡黄河，往东北的鲁国之都曲阜而去。

行行重行行，师生二人昼行夜宿，四月十五到达黄河之畔的一个小村庄。在渡口等船时，孔丘望着浩浩荡荡、一泻千里、奔流东去的河水，情不自禁地感叹道：

"逝者如斯夫，不舍昼夜！"

"先生为何如此感慨？"南宫站在孔丘身后，轻声问道。

"河水日夜奔流不息，一去而不复返；人亦如水，韶华易逝。河水奔流，千里而归大海；人生几何，不知何归？"

南宫听孔丘这样说，终于明白了他感慨何为。遂也感慨系之，脱口而出：

"先生志在恢复周公礼法，恨不能早日见到世界清平、天下大同的局面，所以见河水而感韶华易逝吧。"

孔丘没有吱声，只是远眺河水东去，面带忧虑之情。南宫见此，遂又说道：

"弟子以为，先生之'道'与老聃之'道'不同，人生态度也有很大不同。"

"这话怎么讲？"孔丘突然收回目光，侧过头来看了南宫一眼。

"先生为人太过执着，所以活得很累很苦。而老聃则为人达观，将一切都看得通透，所以活得自由自在。"

孔丘听南宫这样赞赏老聃的人生态度，不以为然地反问道：

"那老聃的人生态度到底如何？"

"庚桑楚曾跟弟子说到，老聃认为，人生天地之间，乃与天地为一体。天地为自然之物，人亦为自然之物。人有幼、少、壮、老之变化，犹若天地有春、夏、秋、冬四季之交替，何悲之有？何喜之有？"

"这话又怎么讲？"孔丘追问道。

"老聃以为，人乃万物之一，亦如万物一同，生于自然，死于自然。顺其自然，则本性不乱，忧虑不生；不顺其自然，执着奔波于追求之中，则本性羁绊，忧患无穷。功名之心存，则必生焦虑之情；利欲之念存，则必增烦恼之情。"

"为师追求的并非功名、利欲，所以烦恼焦虑也不为功名、利欲。为师所忧者，乃是大道之不行，仁义之不施，战乱之不止，国乱而不治，故有人生苦短之感叹，感叹自己不能有功于当世，不能有为于万民。"

南宫听了，不禁莞尔一笑道：

"弟子还是没说错，先生就是太执着，太想'有为'了，不像老聃信奉的是'无为'。"

孔丘听南宫还是为老聃辩护，遂又反问道：

"老聃的'无为'论，合理性何在？"

"老聃曾说过，天地不推而自行，日月不燃而自明，星辰不列而自序，禽兽不养而自生，此皆自然而为之，何劳于人力？人之所以生，所以死，所以荣，所以辱，皆有自然之理，皆合自然之道。顺自然之理而为，循自然之道而行，国则自治，人则自正，何须倡礼乐而劝仁义？孜孜以求于仁义，津津乐道于礼乐，皆有违于人之本性。求之愈切，则逝之愈远矣！"

孔丘越听越感到困惑，遂情不自禁地反问道：

"这话怎么讲？"

"庚桑楚听老聃说这番话时，也感到困惑。老聃给他打了个比方，他就豁然开朗，茅塞顿开了。"

"那老聃打了什么比方？"孔丘顿时来了兴趣。

"老聃说，倡礼乐，劝仁义，希冀国治人正，譬如击鼓而追逃犯，击鼓愈响，则人犯逃之愈远矣！"

孔丘听了老聃的这个比方，虽然没有说话表达肯否，但南宫从其神色可以看出是有敬服之意的。

顿了顿，南宫指着眼前滔滔远去的河水，对孔丘说道：

"同样是面对河水，先生见之，油然而生韶华易逝的感叹；而老聃见之，则悟出了一番治国安邦与处世为人的大道理。"

"哦？什么大道理？说说看。"孔丘催促道。

南宫一听孔丘的口气，立即洞悉老师内心既有不服之意，又急切想了解真相的欲望。于是，放缓语气，从容说道：

"庚桑楚说，有一年的春天，他随老聃到洛邑城外踏青，行到洛水之滨，老聃凝视洛水良久，突然脱口而出道：'上善若水。'"

"老聃的意思是不是说，最高的道德境界应当是像水一样？"

"先生说的是。庚桑楚跟弟子也是这样说的。"

"那为什么最高境界的道德不像别的什么，而一定要像水呢？"孔丘反问道。

"老聃认为，水有谦下之德，善利万物，而不与万物争短长。"

孔丘点点头。

"老聃还认为，水往低处流，甘愿居于低洼之处，这便是顺其自然，最接近'道'的精神。"

孔丘又点了点头。

南宫看了看孔丘，见他正凝神观看河水，若有所思，遂又接着说道：

"老聃还说，江海之所以能为百川之王，乃是因为江海甘居低处，有包容百川之德。万物处上，水独处下；万物处易，水独处险；万物处洁，水独处秽。水之所处，皆人及万物之所恶，则谁与之争？因为无争，所以万物皆不能与之相争。"

"其实，水并非是不争，而是水至柔至弱，无法与万物相争。"孔丘不以为然地说道。

"先生说的也对。老聃也说，天下没有柔弱于水者。但是，他又认为，水虽至柔，却能裂岩穿石，决堤溃坝；水虽至弱，却能荡污涤垢，清洁万物。所以说，天下攻坚摧强者，莫能胜于水。"

南宫说到这里，仰面侧身望了一眼孔丘，见其微微点了点头。于是，又继续说道：

"老聃认为，水因为至柔至弱，所以近乎无。因为无，故能入于无间，无孔不入，就像'道'无处不在一样。大'道'无形，却能时时发挥作用。万物因无形之'道'而生灭，四时因无形之'道'而交替，天地因无形之'道'而运行。圣人治世，行不言之教，无为而治，正是循'道'而行，效水之德。"

"那么，水德具体有哪些表现呢？"孔丘问道。

"据庚桑楚说，老聃对水德有过这样的概括：'水，避高趋下，未尝有所逆，此乃善处地之德；水，积于低处而为潭，澄澈空碧，湛深不见底，此乃善为渊之德；水，取之不尽，用之不竭，施不求报，此乃善为仁之德；水，圆必旋，方必折，塞必止，决必流，此乃善守信之德；水，柔而无骨，却能洗涤群秽，平准高下，此乃善治物之德；水，弱而无形，以之载物则可浮，以之为镜则可察，以之攻坚则莫能敌，此乃善用能之德；水，不舍昼夜，满盈而后流，此乃善待时之德。'"

"水有此七德，跟治国安邦与为人处世又有什么直接关系呢？"孔丘见南宫复述老聃的观点如此凿凿有据，遂不以为然地反问道。

"庚桑楚说，他也曾问过这个问题。"

"那老聃是怎么回答的？"孔丘连忙追问道。

"老聃说，圣者与时俱进，贤者应事而变，智者无为而治，达者顺天而生，正是效法于水之七德。"

"老聃的意思是不是说，圣人治国安邦，应该听其自然，不强自作为？"

"正是如此，这便是老聃所主张的'无为而治'的境界。"南宫回答道。

"如果不强自作为，或说有所为而为，就像流水一样随其避高趋下，放任自流，那天下如何能够治理得好呢？比方说，久旱不雨，百姓不想方设法引水灌溉，难道秋后地里能自动长出庄稼？又比方说，久涝不晴，百姓不挖沟开渠以泄洪，难道淹死的庄稼还能复活不成？再比方说，百姓冥顽不化，杀人越货，无恶不作，在上者不以法律震慑之，不以礼乐教化之，难道他们能自动改邪归正？"

南宫见孔丘如此激烈地反驳老聃的观点，遂连忙解释道：

"据弟子的理解，老聃不是这个意思。"

"那他是什么意思呢？"孔丘反问道。

"老聃主张圣人治国安邦要学习水德，主要是说治国安邦者要有水那种谦卑的态度，不要自以为是，不要以为自己无所不能，要有贱己贵人的胸怀。庚桑楚曾跟弟子说过，老聃还有一句名言，可以与上述水之七德相互印证。"

"什么名言？"孔丘又来了兴趣。

"老聃说：'虽贵，必以贱为本；虽高，必以下为基。侯王自谓孤、寡、不穀，此非以贱为本乎？'认为孤、寡者，皆是人困贱之谓，而侯王以之自称，正是贱己下人、贵人尊士的表现。尧传舜，舜传禹，周成王而任周公旦，而世世称为明主，正是贱己下人、贵人尊士的结果。"

"如此说来，倒也有些道理。看来，老聃所说的'无为而治'，不是不要有所作为，而是说君王治国安邦，自己不要管得太多，不必亲力亲为，放手让手下能人去做就好。"孔丘说道。

"先生说的也有道理。不过，据庚桑楚说，老聃的'无为而治'，主要还是强调循'道'而行，即遵循自然规律，不蛮干，不妄为。"南宫又解释道。

"那什么叫不蛮干，不妄为？"孔丘又问道。

"庚桑楚也曾问过老聃这个问题。"

"那老聃是怎么回答的？"孔丘连忙追问道。

"老聃给庚桑楚举了一个例子。他说，禹与其父鲧都受舜帝之命治水，鲧以筑坝造堤的方法，结果越堵洪水越是泛滥；而禹治水，则是依地形高低曲直，顺势疏导，结果费力少而效果好。鲧治水，便是蛮干，便是妄为。禹治水，则是循'道'而行，无为而治。"

孔丘听到此，情不自禁地点了点头。

南宫见孔丘终于明白了老聃"水德"的内涵，脸上顿时漾出欣慰的笑意。

孔丘侧身看到南宫的这一表情，则莞尔一笑。

"先生笑什么？"南宫好奇地问道。

"没什么？刚才说到水之七德与治国安邦的关系，那你再说说看，水之七德与为人处世又有什么关系呢？"

"老聃认为，一个人如果能够像水一样，避高趋下，甘居卑下之位，那么就能虚怀若谷，容易长进，而且能够与人处好关系；如果像水一样处低积流，就会有海纳百川一样广阔的胸怀；如果像水一样利万物而不争，有助人为乐的精神，那么就会让人觉得可亲；如果有像水'圜必旋，方必折，塞必止，决必流'一样的秉性，那么他就会成为一个'言必行、行必果'的守信之人，让人觉得可靠，值得信任；如果像水一样无偏无党，那么他为政就会公平无私；如果像水一样入于无间，无孔不入，无坚不摧，那么他办起事来一定会机智果敢，无所不能；如果像水一样待时而动，那么他一定能把握住机会，行动无往而不利。正因为水有不争之德，所以才不会导致失败，也不会招致怨恨。"

南宫敬叔说到这里，孔丘一边点头，一边好像是自言自语地说道：

"老聃确实是个智者。"

孔丘说这话时，声音虽然很低，但南宫还是听得真切，知道老师还是打心眼里敬佩老聃的，尽管他不赞同老聃"清静无为""顺其自然"的观点，也不认同老聃对世事"不作为"的人生态度。

就在这时，渡船来了。

"先生，俺们准备上船吧。"

船夫帮助安顿好车马后，孔丘与南宫敬叔才上了船。

上船坐定后，看着滔滔东去的河水和宽阔的河面，南宫顺口向船夫问道："要多久才能到对岸渡口？"

"不会太久，俺们从这边到对岸是顺水，要不了一个时辰就可以到对岸渡口了。如果是从对岸往这边，因为是逆水，如果是东风还好，要是西北风，逆水行舟，不仅俺撑船吃力，客人也要费时更多。"

"那为什么不走直线，而要走斜线到达对岸呢？"南宫不解地问道。

"官爷有所不知，这河岸并非所有地方都宜于停泊靠船，必须地势合适，同时还得考虑客流。"

"原来如此。"南宫恍然大悟道。

看着河面波澜不惊，船夫轻快点篙，船儿便顺水快速而行，南宫又情不自禁地对孔丘说道：

"先生，您看，船夫顺水行舟，多么轻松！上次俺们来洛邑时，因为是逆水行舟，加上有风，您还记得俺们费了多少时间才渡到彼岸的吗？"

"好像有一个多时辰，而且那次马在船上也差点受惊，真是很让为师捏了一把汗。"孔丘说道。

"先生，弟子从这行船中若有所悟。"

"子容，你悟到什么了？说说看。"孔丘和蔼地说道。

"先生，弟子觉得，老聃之'道'，就像这顺水行舟，任其自然，无须有所为，却事半功倍。而先生之'道'，则像是逆水行舟，强不可为而为之，却事倍功半。"

"这话怎么说？"孔丘明知故问道。

南宫看了看孔丘，又望了一眼船头的船夫，从容说道：

"'大道之行也，天下为公'，那确实是令人向往憧憬的社会。然而，今日之世，已非昔日周公之世。人心不古，人心思变，早已是不争的现实。先生志在恢复周公礼法，实现天下大同的理想，岂非如逆水行舟？"

孔丘听南宫这样说，知道他已经受老聃及其弟子庚桑楚影响甚深了。于是，反驳道：

"逆水行舟确实不如顺水行舟省力，但是如果俺们要渡河，有时不得不逆水行舟。所以，有时明知不可为而为之，也是一种面对现实的表现。"

南宫明白孔丘的意思，遂连忙回答道：

"弟子明白了，弟子谨受教！"

4.　绝圣弃智

岁月就像是逝而不止的流水。自孔丘师徒来洛邑问学后，转眼间日子过去了两年。但是，老聃的心却像是一潭死水，生活也像是一潭死水，每日不喜也不忧，早上按时到守藏室上班，晚上按时从守藏室下班。上班时，在守藏室内正襟危坐，双目紧闭，清静无为。有时，会从席上爬起，在守藏室内走动走动，漫无目的地翻检一下架上的简札；下班后，回到宅府，除了吃饭、睡觉，或是偶尔与弟子庚桑楚说些闲话，就是双目紧闭，端坐于席上，不言也不语，就像一根枯木头。

庚桑楚追随老聃多年，早就了解了老聃，也习惯了这种寂静平淡的生活。虽然他整天在老聃府上，但一天真正能跟老聃说上的话也是有限的几句。他知道，老师是圣人，是思想家。老师整天双目紧闭，端坐席上半天一动不动，就像一根枯木头，那是老师在作深度思考。因此，在这种时候，庚桑楚从来都是不愿意打扰老师的。甚至对于一些从远道赶来向老聃问学的人，庚桑楚也是能挡就挡，不愿让老师平静的生活受到干扰。

但是，有一天，庚桑楚还是忍不住打扰了老聃一次。这是周敬王四年（公元前516年）五月十五。这天，老聃傍晚从守藏室下班回来，仍像平常一样，喝了口水，吃了点饭后，就又开始在席上坐下，正准备闭目深思时，庚桑楚终于说话了：

"先生，有一位远道而来的客人，已经来洛邑半个月了。他多次来府上，要求弟子给他跟先生约个时间，想登门求教学问。弟子怕打搅了您的作息时间，所以一直找理由帮先生推挡。可是，这几天弟子实在推挡不了，他连续三天登门苦苦求托弟子，希望能当面向先生求教一二。"

"既然他那么想见老朽，那就让他三天后来见吧。"老聃仍然闭着眼。

三天后，庚桑楚所说的那位远道而来的客人如约来到了老聃府上。庚桑楚恭恭敬敬地将那位客人引到大堂上，老聃已然坐在大堂上等候了。

来者一见老聃白须飘胸，鹤发童颜，正端坐在堂上候着自己，连忙小步快跑，趋前施礼，并说道：

"远方无识之人崔瞿，久闻先生道德学问满天下，故不以千里万里为远，不以山高水深为险，冲寒冒暑，历时近一年，来到洛邑。"

崔瞿刚说到这，正准备上题时，老聃突然睁开眼睛，瞟了崔瞿一眼，岔断他的话，问道：

"先生不辞辛苦如此，到洛邑就是为了见老朽一面吗？"

"弟子不才，生于荒远僻壤之地，不曾沐浴圣人教化，孤陋寡闻。闻先生乃天下最为博学之人，所以才不辞辛劳来洛邑拜谒先生，希望得到先生耳提面命，学问上有所长进，心智有所提高。"

"呵呵，老朽可没有你所听说的那么博学，那都是坊间传说。如果你这一趟果真是来向老朽问学，恐怕会让你失望的。"

崔瞿听老聃口气平和，态度颇是谦和，并没有先前听人所说的那样不可接近，说话也并不那么玄乎。于是，大起胆子说道：

"先生过谦了。弟子听人说，鲁人孔丘杏坛授徒，弟子遍天下，世人号曰圣人。就是这样的圣人，前年还特意千里迢迢前来洛邑向先生问学。可见，弟子耳闻不虚。"

"孔丘向老朽问学，那是误传。他来洛邑，不过是为了到周天子守藏室来看看先朝文献典籍，顺便问了问老朽一些有关夏商周之礼的问题，根本谈不上是向老朽问学。"老聃好像很不经意地说道。

崔瞿不明白老聃的意思，以为他是在谦虚，遂立即补充道：

"弟子来洛邑的路上，曾在一个客栈听一个鲁国的客人说过，孔丘从洛邑问学回到曲阜后，众弟子都问他向先生问学的情况，而且还问到孔丘对先生的印象。"

老聃一听这话，顿时来了兴趣，遂连忙追问道：

"那他怎么说？"

"孔丘说：'鸟，我知其能飞翔于天上；鱼，我知其能游弋于水中；兽，我知其能行走于山林。走者，可用网缚而获之；游者，可用钩钓而得之；飞者，可用箭射而取之。至于龙，我不知何以亲之近之。龙乘风驭云而上九天。我所见之老聃，即乘风驭云之龙也！老聃学识渊博而莫测，老聃志趣高远而难知。老聃为人，则如蛇之随时屈伸，如龙之应时变化。老聃，真我师也！'"

老聃听崔瞿说得凿凿有据，意态庄严，不禁莞尔一笑道：

"呵呵，孔丘那么佩服老朽吗？他在守藏室与老朽相处过不算短的时间，怎么老朽感觉不到他的崇敬之意呢？"

"孔丘对先生的崇敬之意，先生之所以不能洞察，是因为先生乃出世之人，看淡了人世间的荣辱得失，所以对他人的崇敬之意早已木知木觉。孔丘是入世之人，对人情世态洞若观火。所以，他对先生的观察与评价应该是不会有偏差的。"崔瞿解释道。

老聃见崔瞿说得一脸认真，遂又莞尔一笑道：

"出世与入世，姑且不论。孔丘说过：'道不同，不相为谋。'老朽之'道'不同于孔丘之'道'，孔丘何来崇敬老朽的理由？"

崔瞿听老聃说到他的"道"与孔丘不同，觉得是上题的绝好机会，遂立即接口说道：

"孔丘之'道'是克己复礼，恢复周公礼法，实现天下大同。先生之'道'是顺其自然，无为而治。不过，弟子有一个疑问，想请教先生，不知是否太过唐突了？"

"但说无妨。"老聃微微合上了眼皮。

"依先生之'道'，治理天下顺其自然，清静无为，那怎么让万民得到教化，使人心向善呢？"

崔瞿话音刚落，老聃立即睁开微闭的眼睛，正色说道：

"你这样说，事实上就是在扰乱人心。今后你说话必须谨慎，三思而言之。"

崔瞿一听老聃说话的口气，再抬眼看了看老聃一脸认真的神态，顿时愣住了。他无论如何也想不通，自己这样问了一句，何至于就有扰乱人心的后果呢？吃惊地看了老聃好大一会，崔瞿这才回过神来，不解地问道：

"先生，恕弟子愚钝，不知先生的话到底何意？"

"人心受到压抑时，就会显得消沉颓丧；人心受到鼓舞时，就会显得亢奋激动，变得趾高气扬。不管是消沉颓丧，还是趾高气扬，都会让人像受到拘禁和伤害的囚徒一样自苦自累。听其自然，柔弱顺应，才能软化刚强；端方处直，棱角外露，则往往容易受挫，甚至遭到伤害。一个人在情绪亢奋时，心里就像是燃起熊熊大火；情绪低落时，心里则像是塞满凛凛寒冰。世上万物，要数人的心绪变化最快，转瞬之间便能往还于四海之外。静处之时，人心安定，深沉静默；活动之时，人心腾跃，高悬九天。骄矜不禁而不受拘束的，恐怕就是人心吧。"

老聃说到此，顿了顿，看了一眼崔瞿。

崔瞿也看了看老聃，怯怯地问道：

"先生的意思是不是说，人心是最变动不安的，最易受外物的影响。因此，人要免于囚徒一样的自苦自累，最好的方法就是保持心情平静，顺其自然，不为外物所惑，是吗？"

老聃微微点了点头。

"那么，顺其自然，不为外物所惑，保持心情平静，这与治国安天下又有什么关系呢？"崔瞿又追问道。

"顺其自然，不为外物所惑，人人心情平静，天下岂不就不治而安了吗？"

崔瞿听老聃这样一说，觉得更加糊涂了。遂又问道：

"人人心情平静，怎么就能使天下不治而安呢？"

老聃见崔瞿还没明白自己的意思，情不自禁地又睁开了微闭的双眼，看了一眼崔瞿，莞尔一笑道：

"人人顺其自然，不为外物所惑，保持一份平静的心情，岂不就清心寡欲？既然清心寡欲，何来强取勉求，何来胡作妄为，何来尔虞我诈？如此，谁还需要别人教化，天下还需要谁来治理呢？"

老聃话音刚落，崔瞿立即反问道：

"先生的意思是不是说，治国的最高境界就是清静无为？"

"正是此意。"

"既然治国的最高境界是清静无为，那么为什么人们还热烈地歌颂黄帝与尧、舜德化天下的功绩呢？"崔瞿直视着老聃，问道。

老聃将了将飘在胸前的白须，呵呵一笑道：

"谁说黄帝与尧、舜有德化天下的功绩？"

崔瞿听了老聃的话，先是一愣，接着瞪大眼睛问道：

"先生难道是认为黄帝与尧、舜治理天下没有功绩吗？"

老聃见崔瞿吃惊的样子，又是呵呵一笑道：

"上古先民本来都淳朴质素，就是从黄帝开始，提倡什么仁义道德，将人心扰乱了。"

"黄帝提倡仁义道德，怎么就将人心扰乱了呢？弟子实在不明白。"崔瞿又瞪大了眼睛看着老聃。

"上古的人们，本来就天然淳朴，不知道什么叫仁义道德，只知道别人有困难就伸手帮一把；自己碗里有饭，别人饿了，就分给别人。这些在今人看来是仁德的事，在上古先民那里丝毫没有感觉，认为是理所当然的，就像一个人饿了就要吃饭，渴了就要喝水一样。可是，黄帝打败蚩尤，一统天下之后，就开始提倡什么仁义道德了。"

"提倡仁义道德，那是劝民向善啊！难道有什么不对吗？"崔瞿不解地问道。

"老百姓本来不知道助人就是仁德，他们悲天悯人，助人为乐，乃是出于天性。你现在跟他们说破，讲助人就是'仁德'，有'仁德'就要奖赏。那么，结果必然就会唤起人们心中本来不存有的追求奖赏的欲念。而人一旦有了欲念，势必就会弄虚作假。一个人知道弄虚作假，这不是失去本性、道德沦丧的开始吗？天下人人都会弄虚作假，天下还能治理得好吗？"

"可是，自古及今，大家都认为黄帝好啊！先生怎么说他没治理好天下呢？"崔瞿又不以为然地反问道。

老聃听了，又是呵呵一笑道：

"老朽以为，黄帝不仅自己没治理好天下，还给后来的尧、舜二位治理天下带来了困难。"

"先生，您这话从何说起，弟子实在是不明白了。"崔瞿茫然地看着老聃，怯怯地说道。

"尧、舜二人秉持黄帝治国之理念，承其余绪，终其一生都在竭力宣扬什么仁义道德，殚精竭虑地推行所谓的仁政，还费尽心机地制定出一套法律制度。应该说，他们对治理天下可谓竭尽心力矣。可是，结果呢？"

"先生，您认为尧、舜治国的结果不好吗？"崔瞿迫不及待地追问道。

老聃顿了顿，看了一眼崔瞿，然后才接着说道：

"你认为好吗？尧、舜奔波一生，累得小腿上的汗毛都磨光了，可还是不能让天下百姓获得温饱。不仅如此，在他们的治理下，社会越发人心不古，顽劣之辈尽出。为此，他们不得不将驩兜放逐到南方的崇山峻岭间，将三苗发配到西方的三危之山中，将共工赶到了北方的幽州荒远之地。这些不都是尧、舜治理天下不胜其任的表现吗？"

老聃说到这里，看了看崔瞿，见其神情专注，遂又继续说道：

"到了夏、商、周三代，人心受到的干扰更多，天下的乱象也就愈益严重。下有暴桀盗跖，上有仁人孝子；儒者倡言'大道之行，天下为公'，墨家主张'非攻非战，兼爱天下'。于是，人们或喜或怒，相互猜疑；或智或愚，相互欺骗；或善或恶，相互指责；或真或假，相互讥讽。由此，世道日益衰落，人的天然本性丧失殆尽。试看今日之天下，治国者不以大德为依归，而是一味崇尚智巧；老百姓上行下效，也在使智弄巧。于是，天下纷争迭起，没有一日之安宁。"

崔瞿听到这里，终于重重地点了点头。

老聃顿了顿，又接着说道：

"老百姓本来天性淳朴，蒙昧自然，无须什么仁义道德的教化，天下也能安宁无事。可是，治国者却硬要自作聪明，大讲什么仁义道德，以此化育万民，显得自己治国安民有成。结果呢？恰恰相反。老百姓不仅没被化育，反而被他们教坏，学会了欺诈，学会了争斗，以致世无宁日。面对混乱的局面，治国者不反躬自省，改弦易辙，回归大德，却反过来依靠斧钺等刑具制裁老百姓，制定所谓的法律制度来约束老百姓，动用椎心凿骨等酷刑来迫害老百姓。天下本无事，百姓本无辜，都是治国者多事，自作聪明，扰乱了人心，这才造成了天下的纷争与混乱。正因为如此，所以有许多贤者不愿目睹世之乱局而隐居于高山溪谷之中，一些明君洞悉了原委而日夜忧虑于朝廷之上。"

崔瞿听到这里，脱口而出道：

"先生说的是。"

老聃见崔瞿已然接受了自己的观点，遂又接着说道：

"放眼今日之天下，惨遭杀戮的无辜之人不知多少，他们身首分离，尸体堆积如山；披枷带锁的犯人更是难以计数，他们塞满了道路，互相推搡地挤满了牢房；而被酷刑折磨至死的人则更是满眼皆是。世道都到了这个地步，儒者与墨家还在妄谈'仁义''兼爱'，还企踵攘臂于刑徒之间而争辩。唉，真是无可救药了！老朽不明白，他们怎么竟然如此不知羞耻！依老朽看来，治国者自以为是的圣智，其实就是陷害百姓的刑具的开关；他们高喊于嘴上的'仁义'，其实就像是戴在百姓身上的枷锁的部件。他们越是崇尚'智巧'，越是高喊'仁义道德'，老百姓就越会遭殃，天下就会越发不得安宁。只有绝圣弃智，天下才会大治。"

"依先生的看法，要想治平天下，最高明的策略就是四个字：'绝圣弃智'，是吧？"崔瞿总结似的问道。

崔瞿话音未落，老聃就斩钉截铁似的回答道：

"正是此意。绝圣弃智，民利百倍；绝伪弃诈，民复孝慈；绝巧弃利，盗贼无有。"

"先生的'三绝''三弃'，是不是说，民智不被开发，老百姓都愚昧无知，世界就太平了，天下就不治而安了？"崔瞿问道。

老聃点点头，拈了拈飘拂于胸前的白须，悠悠地说道：

"上古圣贤治国，非以明民，而以愚之。"

"哦，弟子明白了！原来先生是说，治理天下最好的办法就是使老百姓都愚昧无知。大家都愚昧无知，就不知使诈弄巧，治国者就好管理他们了。老百姓都服服帖帖，天下就太平了，是吧？"崔瞿兴奋地脱口而出。

"老朽并没有提倡'愚民'之意，而是使老百姓少私寡欲，绝弃智巧伪诈，见素抱朴，恢复淳朴自然纯真的天性和道德心。自古以来，民之难治，以其智多。所以，在上者以智治国，乃是国之贼也。在上者不以智治国，则是国之福也。"

"先生，为什么这样说呢？"崔瞿又不解地问道。

老聃看了一眼崔瞿，顿了顿，又不紧不慢地说道：

"如果说老百姓弄巧使诈，世多刁民，而国家难治的话，那么根源还在治国者本身。绝圣弃智，关键还在于治国者。治国者不崇尚智巧，遵行'顺其自然''清静无为'的原则，老百姓就会抱朴见素，葆有其淳朴自然的天性，无私无欲。世无刁民，天下自然不治而安。如果居上位的治国者使诈弄巧，那么居下位的老百姓必然起而效仿。上行而下效，天下岂能不更加混乱？所以，老朽以为'以智治国，国之贼也；不以智治国，国之福也'。"

崔瞿听到这里，连忙接口说道：

"这一下，弟子算是真正明白了先生'绝圣弃智'的奥义精蕴了。"

老聃见崔瞿已然彻底明白了自己所说的意思，也感到非常欣慰，遂补充说道：

"所以圣人治天下，皆虚其心，实其腹，弱其志，强其骨。常使民无智无欲，使智者不敢有为。"

"先生这话的意思，是不是说，圣人治理天下，让老百姓吃饱穿暖，却不使他们心生贪念。即肚子是饱的，心则是净化空灵的；让老百姓的体魄得到强健，却不使他们有奔竞于名利场之心。即增强他们从事生产活动、免除疾病侵害的体质，弱化他们贪图名利的心志。这样，就能使老百姓永远处于一种无智无欲的状态，不生事，不惹事，即使是有智者，也不敢贸然自作聪明而胡作妄为。"

老聃听崔瞿对自己的话作出这样一番详尽的解读，更加觉得欣慰了。于是，情不自禁地拈须而笑。

崔瞿见老聃露出了难得的笑容，知道他对自己的悟性表示满意。于是，又大起胆子，问了一个老聃没想到的问题：

"刚才先生说到圣人治天下的境界，不知先生所说的圣人包不包括黄帝、尧、舜？"

"当然不包括。就以黄帝来说，他治天下的时候，广成子就对他不以为然。"老聃几乎也是脱口而出。

"广成子是谁？"崔瞿没听说过这个人，所以立即追问道。

"广成子是黄帝时代的至圣。黄帝立为天子十九年，令行天下，自以为治世有功，听说广成子隐居于崆峒山之上，特意前往拜访。"

"广成子是隐士，他有兴趣会见黄帝吗？"崔瞿兴味盎然地问道。

"是否有兴趣，老朽不得而知。但是，广成子确实会见了黄帝。黄帝一见广成子，就开门见山地说道：'我闻说先生已经修炼到至道的境界，所以冒昧地前来拜见先生，想向先生请教有关至道的奥义精蕴。'"

"广成子怎么说？"崔瞿迫不及待地追问道。

"广成子问黄帝为什么要请教至道的奥义精蕴，黄帝回答说：'我想寻求至道的奥义精蕴，不为别的，乃是为了使五谷丰登，以养育万民；我还想调和阴阳，以成就万物。不知如何实现这些目标？'"

"广成子怎么回答？"崔瞿问道。

"广成子说：'你所要问的，乃是万物之本质；而你所想掌控的，则是万物之残滓。自你立为天子而治理天下以来，云气未及集聚充分便下雨，草木不待叶黄枯萎便凋零，日月之光也显得昏暗不明。你自恃智巧，却心胸狭窄，哪里配得上跟我谈论至道呢？'"

"黄帝毕竟是天下之主，治理天下还是有所成就的，广成子怎么这样不给面子呢？"崔瞿情不自禁地替黄帝抱起冤屈来。

老聃听崔瞿的口气，知道他心里想说什么，遂拈须笑道：

"黄帝并不觉得广成子不给面子，而是对广成子的话心悦诚服。从崆峒山回去后，黄帝就放弃了治理天下的政务，特意到荒远偏僻之处盖了一间小屋，地上铺上白茅，独处其中。经过三个月的修炼与反省后，黄帝觉得已经悟出了至道的真谛，遂再次前往崆峒山拜见广成子。"

"这次拜见广成子情况怎么样？"崔瞿又急不可耐地问道。

"这次黄帝到崆峒山拜见广成子时，广成子正头朝南躺在一个土台之上。黄帝见此，连忙跪下叩头。膝行而至土台之下后，黄帝又再次向广成子叩头到地，然后才战战兢兢、轻声细语地问道：'我听闻先生修炼已达至道的境界，故冒昧打扰，前来请教先生，不知如何修身方可长命百岁？'"

老聃话音未落，崔瞿立即接口问道：

"黄帝这次怎么不问治理天下的事，而要问养生长寿之事呢？"

"因为黄帝第一次向广成子问道时，已然觉得自己治理天下是不成功的了，所以他放弃了治理天下的理想，从此一心向道修道，希望自己也能臻至广成子的境界，与天地日月同寿。"

"哦，原来是这样。那么，这次广成子对黄帝是什么态度呢？"

老聃呵呵一笑道：

"广成子一听黄帝请教他修身之道，而不是治国之道，高兴得从土台上一跃坐起，说道：'这次你的问题问得好！过来，我告诉你什么是至道。至道之源，窈窈冥冥，深不可测；至道之极，昏昏默默，不可触及。不用目视，不用耳闻，凝神静默，身体自然健康正常。心务静，神务清，不劳四肢，不费精神，自可长生不老。保持内心的宁静，远离外界的纷扰，至道便在其中矣。反之，心智用得越多，越会失算失败。你若听从我的劝告，一心向道，我可以助你臻至大明之境，到达至阳之源；我也可助你进入窈冥之门，溯及至阴之源。天地各司其职，阴阳各居其所。谨守你的身体，万物自将健壮生长。我执着地守护着大道，巧妙地调和着阴阳，所以我能修身养性而至一千二百岁，至今身体未见衰老。'"

"广成子竟然活到一千二百岁，真是得道神人呀！"崔瞿情不自禁地惊叹道。

老聃看到崔瞿的表情，不禁拈须而笑。顿了顿，又继续说道：

"黄帝听到这里，再次伏地叩头，说道：'广成子，您真是臻至天人合一的境界呀！'广成子见黄帝对他如此崇拜，欣然说道：'你过来，我再跟你说说。其实，至道是无止境的，而一般人都误以为它是有终结的；至道是不可测知的，而一般人却都以为它是有极限的。得我之至道，上可为皇，下可为王；失我之至道，则只能上见其光，下见其土。今万物皆生于土，而最终又归于土。所以，我现在将离你而去，入于无穷之门，而游于无极之野。我将与日月同放光芒，我将与天地同寿永存。天地宇宙之间，迎我而来者，背我而去者，皆与我无涉，我心亦不为所动。世人皆有死，唯我可以独存。'说完，广成子飞天而去。"

"啊，原来广成子真的得道升天了？"崔瞿吃惊地看着老聃，半天合不拢嘴。

老聃看着崔瞿惊讶的样子，重重地点了点头。

过了好大一会，崔瞿才从惊讶中醒悟过来，看着老聃，又问了一个问题：

"传说黄帝活了八百岁，莫非就是受广成子指教而得道的吗？"

"这个老朽不敢肯定，但可以肯定的是，自从广成子从黄帝面前飞天而去后，黄帝就不再眷恋权位，不再有心治理天下了。据说，后来黄帝也得道飞天了。"老聃说道。

"依先生的说法，黄帝治天下不成功，算不得是圣人，但是修道还是成功的。"

"也可以这么说。治天下当绝圣弃智，清静无为，才能真正实现天下清平。黄帝治天下不成功，是因为他没能顺应天道，好弄智巧，结果劳而无功。老朽说他算不得圣人，指的就是这一点。"

"弟子明白了。"崔瞿一边点头称是，一边唯唯而退。

5. 反者道之动

"先生，现在才是十月，怎么就下起雪来了呢？在弟子记忆中，可从未有过这样的天气记录啊！"

周敬王六年（公元前514年）十月二十五，这天老聃仍然没有到守藏室上班，朝食后一直在内室静坐参道。午后，老聃略略在府前走了走，就又回到内室静坐了。也就是在老聃回到内室后不到一个时辰，庚桑楚就急急忙忙从外面跑进来，向老聃报告了这一不可思议的天候现象。

"这有什么可奇怪的？"老聃眼都没睁，就脱口而出道。

"先生年岁高，经历的事情多，难道在先生的记忆中，洛邑确曾有过十月飘雪的事情吗？"庚桑楚问道。

"天下无道，天候如何不错乱呢？"

"先生如此感慨，最近又是一连几天不到守藏室上班，莫非是因为又听到了什么诸侯国的不臣之事？"庚桑楚试探着问道，他最近几天一直想问这个问题。

"去年，楚昭王即位伊始，为平息楚国民众之怨，诛杀了费无忌，楚平王时代一直动荡不定的乱局这才稳定下来。但是，南方的另一大国吴又出现了政局动荡，吴公子光派刺客专诸刺杀了吴王僚，自立为王。今年，北方大国晋又闹出了六卿诛杀公族，分其邑，各使其子为大夫的事情来。"老聃脱口而出道。

"竟然发生了这么多事！怪不得先生这些天不肯到守藏室上班了，是对世道太感到失望了吧？"庚桑楚如梦方醒地说道。

老聃没说话，但是看表情，庚桑楚知道他是非常沮丧而失望的。

师徒相对无语，沉默了好久之后，庚桑楚又开口问道：

"先生刚才说到，楚昭王即位伊始就诛杀费无忌以谢国人，这是为什么呢？"

"楚平王即位第二年，为了实现联秦制晋的战略，就为太子建求娶秦国之女，并派太子少傅费无忌前往秦国迎娶秦女。费无忌见秦女美而艳，遂撺掇楚平王自己纳了秦女，然后再给太子建别娶他女。"

"唉，世上竟然还有这样的国君！"庚桑楚脱口而出道。

　　"太子建有两个老师，一个是太傅伍奢，另一个就是少傅费无忌。太子建不喜欢费无忌，所以费无忌就屡屡在楚平王面前谗言太子建。于是，楚平王与太子建的父子关系就渐渐疏远了。到了楚平王六年，费无忌又怂恿楚平王将太子建打发到了城父，让其戍边。"

　　"费无忌也太过分了！"庚桑楚不平地说道。

　　"不久，费无忌又向楚平王进谗言，说太子建怨恨平王夺了他的女人，居于城父而擅自拥兵，外与诸侯交结，意欲谋反。"

　　"那楚平王相信吗？"庚桑楚问道。

　　"楚平王早被费无忌的谗言所迷惑，遂信以为真，立即传召太子太傅伍奢，对其大加斥责。伍奢知道是费无忌谗言离间，遂明确地提醒楚平王道：'大王为何因小人之谗言而疏离骨肉之亲呢？'费无忌知道后，又怂恿楚平王道：'今日不制伍奢，大王将悔之不及！'于是，楚平王就将伍奢囚禁起来，又令司马奋扬召太子建回朝，意欲诛之。太子建获知内情，立即亡奔到宋国。"

　　"结果呢？"庚桑楚急切地追问道。

　　"费无忌见逃了太子建，又怂恿楚平王设计诱捕伍奢二子伍尚、伍胥，企图对伍氏斩草除根。但是，伍胥识破楚平王之计，潜逃到了吴国。楚平王大怒，遂杀伍奢、伍尚父子。伍胥足智多谋，逃亡到吴国后，很快得到了吴王的信任。由此，伍胥得以不断怂恿吴王攻伐楚国，以报家仇。楚平王十年，吴王派公子光起兵伐楚，败楚于陈、蔡之间，取太子建之母而去。为此，楚平王日夜不安，乃迁都于郢。前年，楚平王亡崩，太子珍即位，号为楚昭王。太子珍虽继位为王，但楚人仍不忘情于太子建。他们怨恨费无忌当初谗言陷害太子建，又撺掇楚平王杀了良臣伍奢父子与郤宛，以致郤宛的宗姓伯氏之子伯嚭与伍胥都逃亡到吴国，引发吴国屡屡出兵侵害楚国。所以，去年楚国令尹子常察民情，顺民心，决定诛杀费无忌以谢国人，这才使楚国的政局稳定了下来。"

　　"哦，原来费无忌是祸乱楚国的罪魁祸首。杀得好！杀得好！"庚桑楚脱口而出道。

　　停了一会儿，正当老聃要闭目静坐时，庚桑楚突然又问道：

　　"先生，您刚才提到吴国公子光刺杀吴王僚，又是怎么一回事呢？"

　　"唉，这件事，祸根其实就是公子季札。"

　　"先生，不对啊！吴公子季札，那是天下人人称赞的道德高尚的人，吴国内乱怎么怪罪到他呢？"庚桑楚不以为然道。

"这个你就有所不知了。"

"先生，请赐教！"庚桑楚望着老聃，渴切地说道。

"自太伯筚路蓝缕创建吴国，传至寿梦，已经是十九世了。寿梦为王二十五年而卒。"

"那执政时间算是相当长了。"庚桑楚情不自禁地评说道。

"寿梦有四子，长子诸樊，次子余祭，三子余昧，少子季札。季札最贤，寿梦生前就有意要立季札为其继承人。但是，季札执意不肯。所以，寿梦亡崩后，吴国国政只得由长子诸樊暂摄。诸樊代摄国政一年，过了除丧期后，坚持要让位给季札。可是，季札坚决不肯接受。当吴国人都执意要他继位为王时，季札却弃室而逃，耕食于荒野。诸樊无奈，只得继续为王。诸樊做了十三年吴王，临死前约定传位于其弟余祭，希望以此为序，最终将王位传给季札，以实现父王寿梦生前之愿，同时嘉奖季札之义。余祭做了十七年吴王而卒，其弟余昧依序继立。余昧做了四年吴王，临死前要授季札王位。可是，季札仍然固辞不受，最后又逃亡而去。"

"季札这样做，给人的印象只有两个，要么是逃避责任，要么是矫情清高。"庚桑楚又情不自禁地评论道。

老聃点了点头，拂了拂飘于胸前的白须，又继续说道：

"季札逃去后，吴人相商说：'先王有命，兄卒弟代，必传至季札而后止。今季札逃位，余昧后立，父终子及，就立余昧之子为王。'于是，余昧之子僚得以为吴王。"

"既然余昧之子僚继任为吴王是吴国人的意志，那么公子光为何要刺杀吴王僚呢？"庚桑楚不解地问道。

"公子光乃诸樊之子，他认为依照兄卒弟代之序，季札继任余昧之王位没有问题。但是，季札逃位，依序继位的不应该是余昧之子僚，而应是作为诸樊之子的他才是。不过，公子光虽然心有不满，但对于既定的现实也无可奈何。但是，在吴王僚执政的第五个年头，楚国太傅伍奢之子伍胥逃亡到吴国后，情况就发生了变化。"

"什么变化？"庚桑楚急切地问道。

"伍胥逃亡到吴国，目的非常明确，那就是想借吴国之力报楚平王杀父屠兄之仇。所以，他一到吴国，就以利益游说吴王僚攻打楚国。公子光基于国家利益，就谏说吴王僚道：'伍胥父兄为楚王所诛，他是想报父兄之仇而劝大王您伐楚。其实，大王若起兵伐楚，恐怕于吴无利可图。'伍胥非平凡之辈，他早已窥知公子光有异志，遂在游说吴王僚伐楚失败后，转而结交公子光。

他暗中觅得勇士专诸，然后推荐给了公子光。公子光大喜，于是待伍胥为上宾。"

"之后呢？"庚桑楚急切地追问道。

"之后，伍胥隐身幕后，退而耕于野，以待专诸刺杀吴王僚成功之日。吴王僚八年，公子光出面，建议吴王僚起兵伐楚，并亲率大军冲锋陷阵。结果大败楚师，迎楚故太子建之母于居巢而归。接着，公子光又率兵北伐，败陈、蔡之师。吴王僚九年，公子光再次率兵伐楚，拔居巢、钟离凯旋。吴王僚十二年冬，楚平王卒。第二年春，吴王僚趁楚国国丧之机，大举攻伐楚国。此次伐楚，吴王僚一边派公子盖余、烛庸率兵围楚国六、潜二地，一边派季札为使臣，前往晋国，以观诸侯各国的动向。"

"结果怎么样？"庚桑楚又追问道。

"楚国乃大国，实力不在吴国之下。吴师入楚，楚国发兵绝了吴师后路，吴师不得回。公子光见吴国大军在外，国内空虚，觉得机不可失。遂立即密告专诸说：'此时不动手，更待何时？我是吴国正宗的王位继承人，当立。我想坐上这个王位。这次行动成功的话，即使季札从晋国归来，也不会废了我的王号。'"

"专诸怎么说？"庚桑楚问道。

"专诸是公子光所养的死士，当然赞同公子光的计划。公子光一说，他立即回答道：'刺杀吴王僚的计划完全可行！吴王僚母老子弱，两公子领兵在外，为楚师绝其后路而不得归。今日吴国，外困于楚，内无骨鲠之臣，吴王僚奈我何！'公子光说：'我的性命就是你的性命！'商议已定，四月丙子，公子光埋伏甲士于暗道之中，迎吴王僚饮宴，吴王僚派兵陈列于道路两旁，从王宫一直延伸到公子光之家。而且门阶户内都是吴王僚的亲信，人人都携带了刀兵之器。公子光假装足疾，入暗道中，指使专诸将匕首藏于蒸熟的鱼腹之中。专诸根据公子光的吩咐，在给吴王僚献食时，趁机从鱼腹中抽出匕首，刺中吴王僚之胸。于是，公子光就取吴王僚而代之，吴人称之为吴王阖闾。"

"唉，公子光太残忍了！为了争夺王位，竟然下此狠手！"庚桑楚摇头叹息道。

"其实，这也怪不得公子光，要怪还得怪季札。如果他当初顺应吴国人的民意，继承了王位，这也算是顺其自然，顺应天意，谁也不会说什么，也不会有人不服，更不会闹出公子光招刺客刺杀吴王僚的事来。"

"先生说的是。季札要表现自己的高风亮节，不主动争王位就好，不必自命清高，屡屡逃位。"

老聃点点头。

顿了顿，庚桑楚又问道：

"那晋国六卿诛杀公族，又是怎么一回事呢？"

"晋顷公十二年，也就是今年初，晋国六卿以法诛公族祁氏、羊舌氏，分其邑为十县，六卿各令其族人子弟为大夫。由此，晋公室更加屡弱式微了。"

"楚、吴、晋，乃是天下最有影响力的诸侯国，现在也乱成这个样子，看来天下是没有太平的地方了。"庚桑楚忧虑地说道。

"其实，从周公制定礼法的那天，天下就注定不得太平了。"

"周公辅助成王，一年救乱，二年克殷，三年践奄，四年建侯卫，五年营成周，六年制礼乐，七年致政成王。天下人人称颂，认为周公集大德大功大治于一身，怎么先生这样评价他呢？"

老聃呵呵一笑道：

"周公建都洛邑后，实行封邦建国之策，先后建置了七十一个封国，将周武王十五个兄弟和十六个功臣都派到其封国为诸侯，以之作为护卫周王室的屏藩，目的是想周王室的命脉千秋万代。这就是周公好用巧智的表现。周王室今日屡弱式微，而诸侯各国尾大不掉，不正是周公好用巧智所造成的后果吗？"

"先生的意思是说，如果周公当初不是心机太过，而是绝圣弃智，就不会想到要分封诸侯。不分封诸侯，也就没有今日诸侯各国坐大，周王室式微的后果了，是吧？"庚桑楚说道。

老聃点点头，拂了一下飘在胸前的长须，又说道：

"周公辅武王，乃天下走向治平之始，亦是周王室走向衰微之始。"

"先生，这话怎么讲？"庚桑楚不解地问道。

"这叫'物极必反'。"

"先生，那么什么叫'物极必反'呢？"庚桑楚又追问道。

"物极必反，就是事物发展到一定的极限，就会走向它的反面。比方说，花儿盛放之后便会凋谢，人的身体发育健盛便会衰老并走向死亡，一个人得意忘形之时祸患就已经逼近。"

"先生说的确实有道理，现实生活中的诸多现象正是这样。只是弟子不明白，为什么会出现这种现象呢？"

"这一切都是'道'在起作用。道者，反之动。"老聃脱口而出道。

"先生，这话弟子更不明白了。"

看到庚桑楚一副茫然的表情，老聃呵呵一笑道：

"自然界万物都处于不断的运动变化之中，那么，其动力源自于何处呢？换句话说，究竟是什么原因使万物处于永恒的运动变化之中呢？难道这一切是神的安排吗？或是有某种外力在推动吗？"

庚桑楚听了老聃的反问，觉得更加困惑了。虽然庚桑楚没有立即再提问，但从其眼神中，老聃读出了他希望得到解答的渴求。于是，顿了顿后，老聃又接着说道：

"自然万物的运动变化，究其原因，不在其外部，而在于它们的内部。也就是说，万物都是自己运动和变化的。"

"那么，推动万物运动变化的根本动因到底是什么呢？"庚桑楚还是没明白老聃的意思，遂又忍不住问道。

"这就是'道'。"老聃答道。

"是'道'？"

老聃见庚桑楚好像非常困惑，遂反问道：

"你还记得为师跟你说过什么是'道'吗？"

"先生曾跟弟子说过，有物浑成，先天地而生。寂兮寥兮，独立而不改，周行而不殆，可以为天下母，不知其名，强为之名曰'道'。意思是说，'道'是一个混沌未分的混成之物，亦即世界的本原状态。"

"说得对！'道'是世界的本原，万物从'道'那里获致了形质，又从'道'那里禀受了运动变化的本性。这种由'道'所赋予的本性，就是万物运动变化的动因。"

"那'道'本身有没有运动变化呢？"庚桑楚又问道。

"当然有。'道'本身就具有运动变化的本性，所以它能推动万物的运动变化。"

"那'道'的运动变化有没有什么具体表现呢？"庚桑楚紧跟着又追问道。

"这就是'反'。所谓'反'，就是'对立相反'。万物内部的对立相反，就是'道'运动变化的具体表现。换句话说，'道'自身的运动本性和推动万物运动变化的作用，就是落实与表现在一个'反'字上。"

"先生刚才说'反者，道之动'，原来是这个意思呀！"庚桑楚恍然大悟似的说道。

"正是。'道'虽是一个混沌未分的混成之物，但自身却蕴含着两种对立相反的力量，这便是'阴'与'阳'。"

"先生的意思是说，'阴'与'阳'的相对相反推动了'道'的运动变化，是吗？"

老聃点点头，继续说道：

"正是因为'阴'与'阳'对立相反的相互作用，'道'才具有了运动的本性。'道'之所以'周行而不殆'，就是因为有这种内在机制的推动。在'周行而不殆'的运动变化之中，'阴''阳'这两种相反相成的对立势力相互排斥，又相互吸引，相互交感、激荡，由此化生出天地万物。"

"哦，弟子明白了，原来'道'化生万物也是由于'阴''阳'相反相成这一内在机制和动力而促成。"

"所以，我们可以说，'反者，道之动'。"老聃斩钉截铁地说道。

庚桑楚望着老聃，重重地点了点头。过了一会儿，当老聃又要闭目静坐时，庚桑楚突然又问道：

"先生，记得您曾说过这样一句话：'万物负阴而抱阳，冲气以为和。'当时，弟子没明白是什么意思，今天听先生这样一番解说，弟子终于明白了。"

"呵呵，那你说说看，这句话你是怎么理解的？"老聃难得露出一丝笑意，和蔼地说道。

"先生的意思是不是说，'道'中有'阴''阳'，由'道'化生的万物也就必然会在自身中包含着'阴''阳'两种相互对立相反的因素。这两种对立相反的因素共存于万物之中，是由于看不见的精气从中调和的结果。"

老聃听了庚桑楚的这番解说，再次高兴地露出了一丝笑容。拂了一下飘在胸前的长须，又予以发挥道：

"万物都是一阴一阳、一正一反的统一体，因此'对反'现象普遍存在于一切事物之中。比方说，美与恶，贵与贱，亲与疏，巧与拙，荣与辱，明与昧，辩与讷，轻与重，强与弱，柔与刚，寒与热，清与浊，多与少，敝与新，盈与亏，曲与全，枉与直，静与躁，洼与盈，福与祸，雌与雄，正与奇，主与客，虚与实，有与无，动与静，歙与张，兴与废，取与舍，进与退，成与缺，损与益，存与亡，治与乱，成与败，有为与无为，有事与无事，有道与无道，等等，都是我们常见的'对反'现象。各种内在的相对相反双方，既相互排斥，又相互吸引，由此便推动了事物的运动变化。"

"先生的意思是说，从无形本原的'道'，到自然界具体的万物，无不包含着内在的'对反'作用，也就是'反'。正是因为有'反'这种内在作用的存在，才使得'道'能'周行不殆'，循环往复，无休无止，从而化生万物。也因为有'反'这种内在作用的存在，万物才会不断地运动变化，生生不息。也就是说，'反'是一切事物运动变化的内在动因。如果用先生的话来概括，就是'反者，道之动'。"

老聃听庚桑楚如此一番解读，一丝欣慰的笑容不经意间便写在了他的脸上。

庚桑楚受到鼓舞，遂又大着胆子问道：

"先生，弟子还有一个问题不明白，还请先生赐教！"

"什么问题？"

"依先生的见解，无论是'道'，还是由'道'化生的万物，其内部都存在着相对相反的两种因素。因为有这两种因素的存在并相互作用，'道'及万物才能存在，并由此获得运动变化的动力。如果'道'及万物内部没有相对相反的两种因素在起作用，而是只有一种因素，难道就不行吗？"

老聃听了庚桑楚提出的这一问题，不禁莞尔一笑道：

"看来你还是没有彻底明白为师的意思。蕴含于'道'及万物中的两种相对相反的因素，既是互相矛盾的，又是互相依存的，彼此因着其对立面而存在。就拿我们每个人整天都挂在嘴上的'美丑''善恶'来说吧，就是这样。当天下人都对什么是'美'有共同认识时，那么'丑'就产生了；当天下人都知道什么是'善'时，那么'恶'就出来了。"

"先生的意思是说，事物彼此相对相反的两个方面，皆各以对方的存在为自己存在的条件，是吧？"庚桑楚问道。

老聃点点头，还没来得及再说话，庚桑楚突然一拍脑袋，说道：

"先生，我想起来了。"

"你想起什么来了？"老聃感到莫名其妙。

"弟子记得先生曾经说过这样的话：'有无相生，难易相成，长短相形，高下相倾，音声相和，前后相随。'意思是说，'有'与'无'因为相反对立而产生，'难'与'易'因为互相矛盾而促成，'长'和'短'因为相互比较才得以体现，'高'与'下'因为彼此有对照才显出分别，'音'和'声'因为对立才显得和谐动听，'前'和'后'因为对比排列才有了顺序。先生以前说的这个意思，跟刚才所说的应该是一个意思吧。"

"为师的话，你记得很清楚，也能融会贯通。看来，你还是有悟性的。"

庚桑楚从来没听到老师这样直接地表扬过自己，高兴之余，更加胆大起来。挠了挠头后，庚桑楚又问道：

"弟子还记得先生说过一句话，'祸兮，福之所倚；福兮，祸之所伏'，跟先生刚才所说的意思也有相通之处吧？"

"为师以前说的这句话，跟刚才所说的意思有所不同。"

"弟子愚钝，请先生明教！"

老聃看到庚桑楚眼神中露出热切之情，打心眼里喜欢他好学深思的精神。于是，拂了一下胸前的长须，回答道：

"刚才为师讲的是相对相反的事物之间的相互依存关系，而以前所说的'祸兮，福之所倚；福兮，祸之所伏'这句话，说的则是相对相反的事物之间的相互转化关系。"

"先生，弟子又不明白了，祸就是祸，福就是福，两者相互对立矛盾，怎么可能相互转化，祸变成福，福变成祸呢？"

老聃呵呵一笑道：

"为师给你打个比方吧。假如一个人有很多钱，家庭非常富裕，这是福吧。可是，突然有一天，有一帮强盗路过其家，了解内情后，将其财物洗劫一空，还将这个有钱人全家都杀了。你说，这是不是因福而得祸，福转化成了祸？"

庚桑楚点点头，表示认同。

"假如有一个人驾车长途旅行，因为不慎而从车上跌了下来，摔断了腿。为此，他不得不停下来，行程也耽误了。与他同行的另一辆车则继续前行，但在前面十里处的山脚下因遇雨山体滑坡而被埋了。你说，这个因摔伤躲过一死的人，是不是因祸而得福，祸转化成了福？"

庚桑楚又点点头。

"其实，不仅是祸福彼此互相对立，却又互相转化，诸如善恶、美丑、好坏，等等，情况都是如此。只不过一般人只能看到事物的表面现象，而不能透过现象的表面而发现隐藏于其中的对立相反及其相互转化的可能性。事实上，自然界相对相反的事物都是彼此相互包含、相互渗透的，是我中有你，你中有我，彼此相对相反的双方很难绝对地分开。也正因为如此，对立相反的双方才能彼此相通，并最终实现相互转化。"老聃补充道。

"先生，弟子记得您以前还说过：'物壮则老''兵强则灭，木强则折'，意思也是说彼此对立相反的事物之间相互转化的道理吧？"

老聃点点头，看了一眼庚桑楚，接着说道：

"其实，不仅自然界的事物是如此，为人处世也是如此。"

"为人处世也有这种情况吗？"庚桑楚不禁好奇地问道。

"为师记得曾经跟你说过一句话，'甚爱必大费，多藏必厚亡'。"

"先生，这句话就是讲为人处世中对立矛盾的现象相互转化的吗？"庚桑楚问道。

老聃点点头。

"先生，恕弟子愚钝，我还想不明白，为什么'甚爱必大费，多藏必厚亡'呢？"

老聃呵呵一笑道：

"一个人过分吝啬，他会有朋友吗？没有朋友，遇到任何事情都得花钱，这不是很破费吗？"

"先生说得有道理，那'多藏必厚亡'又怎么理解呢？"庚桑楚又追问道。

"在日常生活中，我们确实需要储藏一些物品，以备不时之用。但是，若储藏物品过多，则就要另建房屋，这不需要多花钱吗？商人做生意需要储藏物品，则更不用说了。但是，一个经营粮食的商人若在丰年囤积的粮食过多，而随后又未遇荒年，那他储藏的粮食就可能卖不出去。如果遇雨受潮，那就更是血本无归了。这些不都是'多藏必厚亡'的生动例子吗？只要用心观察与体会，日常生活中这类'物极必反'的现象多得很。"

"先生说的是。以前弟子不明白先生为什么常常望天发呆，登山临水走神，走在市井中往往神情恍惚，原来先生无时无刻不是在思考大自然与日常生活中的道理。对照先生，弟子实在是太肤浅了。"庚桑楚面露惭愧之色道。

第二章　隐　宋

1. 外天地

　　周敬王十一年（公元前509年）三月，洛邑城内繁花似锦，洛邑城外芳草连天，天地间呈现出一派盎然春意，让人不禁心生蠢蠢欲动之感。但是，面对无边的春光，老聃却无动于衷，甚至好像是视而不见。他的生活还是像一潭死水，微澜不起。每天巳时准时到守藏室上班，酉时一到就立即离开守藏室回府休息。上班时除了整理藏室内的木札竹简外，几乎是无事可做。因此，老聃每天在守藏室的工作，除了偶尔翻检一下架上历年的断烂朝报，掸掸简札上的灰尘，就是坐在席上闭目沉思。

　　老聃虽然是一个好静的人，也是一个不怕寂寞的人，但是最近他却渐渐觉得有些孤寂了，生活也觉得有些无聊。因为最得意的弟子庚桑楚跟他学习了七年后，在四年前离开了，前往北边的畏垒山修道授徒去了。庚桑楚走后，府中虽然还有一个周王给配备的役夫帮助他料理家务，照顾他的日常生活，但老聃总觉得役夫粗手粗脚，诸事都不合心意。其实，也不是役夫不会做事，而是因为役夫是个粗人，不会像庚桑楚那样向他问道求学，更不会跟他交流思想。老聃总是觉得，有庚桑楚侍从在身旁心里踏实。尽管庚桑楚在时，他们一天也说不了几句话，但师徒之间似乎有一种心灵的默契，即使彼此并没有说话，也好像是在对话。

　　除了觉得孤寂外，老聃最近还对身在朝廷的生活有些厌烦。这倒不是因为守藏室的工作太单调，也非因为守藏室的同僚之间有什么争权夺利、尔虞我诈而引发他的不快。事实上，守藏室只是周王朝廷中的一个清水衙门，是一个摆设，可有可无。在这里，既没有什么权也没有什么利，争权夺利的事根本与守藏室无关。尽管如此，但守藏室毕竟是周王朝廷中的一个部门，朝廷中的新闻还是不时传到老聃的耳中。老聃并不想听这些朝中新闻，特别是有关各诸侯国的事情，因为一听就让他觉得心烦。

　　前年，也就是周敬王九年（公元前 511 年）。初夏时节，从南方传来消息，吴、楚两个大国又开战了。这次又是吴国为主动者，出师伐取了楚国的六、潜二地。秋天，从鲁国又传来了一个消息，说是鲁国全境都见到了日食。周敬王接获报告后，整天心中惴惴不安，认为天下又要发生什么不测了。因为鲁国是周公的封国，是诸侯各国的榜样。可是，就是这样一个榜样，却在四年前（即周敬王七年，公元前 513 年）发生了一件令周敬王与诸侯各国君主都瞠目结舌的事情，执政的鲁国大夫季孙氏联合孟孙氏、叔孙氏的势力，将意欲重振鲁国公室地位的鲁昭公驱逐出境。鲁昭公连夜逃出鲁国之都曲阜后，千辛万苦到了邻国齐，想求齐景公出兵干预，弹压季孙氏等"三桓"势力，帮助他恢复鲁君的地位。可是，齐景公并没答应，只是将之冷落在一旁。鲁昭公深感无奈，只得转而向西，向晋国求助，但是即位伊始的晋定公却不答应让鲁昭公进入晋国本土，只是让他暂时寄身于一个弹丸之地乾侯。对于这件事，老聃并不像周敬王那样感到痛心疾首，而是淡然处之，认为这是一个历史的必然，一切都要归因于周公。他以为，如果没有周公当年玩弄权术，机关算尽地制定礼法，分封诸侯，以为周王室之屏藩，而是绝圣弃智，让天下人清静自便，人们争权夺利的欲望就不会得到启发。一切顺其自然，就不会有今日诸侯各国相互杀伐，更不会有各诸侯国内部君臣上下交争的事情发生了。

　　去年，也就是周敬王十年（公元前 510 年），三月底，晋定公改元正式执政后，第一件事就是率领诸侯各国为周敬王筑城。为此，周敬王激动得三日三夜都没睡好，以为周公礼法又恢复了，周天子的无上权威又展现了。可是，没等周敬王高兴几天，就从晋国传来了消息，说鲁昭公病卒于乾侯。周敬王一听，情不自禁地生出一种兔死狐悲之情。周公礼法贯彻得最好的鲁国，其权臣尚能够做出驱逐国君之事，使国君客死他乡，那么将来是否有一天，也有诸侯国以大兵逼近洛邑，就像近百年前的楚庄王起兵北伐，问鼎于周定王一样，并进而废了自己这个有名无实的天下共主呢？想到此，周敬王不寒而栗。就当周敬王为鲁昭公的事而深感悲伤之时，秋天又从曹国传来了一个更坏的消息：曹平公之弟通弒襄公而自立。周敬王觉得，这个世道真是没有王法了，周公制定的礼乐制度如今真的是彻底崩坏了。照此下去，他这个周天子的结局也是可想而知的。为此，周敬王整日忧心忡忡，寝食不安。可是，老聃对于现实中所发生的这一切都是处之淡然的。在他看来，周公制定礼乐制度，将社会分为上下层，将人分为三六九等，表面好像能够维持社会稳定，使天下秩序井然，实际上效果适得其反。社会分层，人分等级，只能启发人们对于权力的欲望，让人心越变越坏。统治者崇智弄巧，结果反而被智巧所误。智巧的普及，只能带来更多的奸诈。如此，社会秩序岂能不更加混乱？天下岂能不更加不安？

早已厌倦了官场与守藏室死水无澜的生活，加上近期对于现实社会更加绝望，老聃决定暂时离开洛邑，出去走走，让自己的心境清静一下。如果能寻觅到一个合适的地方，也许能够真正沉静下来，对于悟道更有帮助。

打定主意后，老聃便选择了一个春风和煦的日子前往朝中觐见周敬王。

周敬王对于老聃一向非常敬重，认为他是当今朝中最有学问的人，自他即位为周天子以来，凡是他不明白的礼乐制度问题，只要召见老聃来问，没有老聃不知道的。只是守藏室的工作与朝廷的日常工作没有太多关系，因此周敬王与老聃见面的机会并不多，甚至好多年也见不到一次面。

这次，周敬王见老聃不召自来，猜想他大概是有什么要事，于是亲切地问道：

"好多年未见先生了，先生仍然精神矍铄，孤深感欣慰！先生今日来见，莫非有什么重大事情？"

"谢谢天子日理万机之中还记着老臣！老臣今日拜见天子，其实并无什么重大事情要禀报。"老聃彬彬有礼地回应道。

周敬王一听，觉得刚才问得有些冒失，臣下特别是像老聃这样的几朝老臣愿意来见自己，那是对自己的敬重，什么时候来见都是不需要理由的。再说了，自己的这个小朝廷每天并无什么军国大事要处理，如果有大臣来见，不说别的，最起码是可以给自己解解闷儿的。想到此，周敬王一边让近侍给老聃扫席并备好坐布团，一边亲切有加地说道：

"先生没事就应该常来坐坐，这样孤也好趁机向先生求求学，问问道。"

老聃一听周敬王这话，虽然知道是客套，但他还是怕周敬王真的向他求学问道。因为他打心眼里不愿意跟周敬王多说什么，跟他讲学布道，事实上是不起任何作用的。他只是一个傀儡，名义上的天下共主，天下诸侯谁听他的呢？他现在真的是"清静无为"。只是他的"清静无为"是被动的，跟自己所主张的"地法天，天法道，道法自然"的"清静无为"完全是两回事，对于治理天下是毫无裨益的。正因为如此，老聃不想与周敬王多饶舌。于是，直奔主题：

"老臣今日觐见天子，虽然没有大事，却是有一件小事。"

"哦，一件小事？"周敬王好奇地问道，因为在他的印象中，老聃从未因小事来觐见过自己。

"是的，一件小事。"老聃肯定地点点头道。

"什么小事？"周敬王追问道。

"老臣居洛邑已久，整日面对的都是前朝历代的简札，对于外面的事情知之甚少，甚至可以说是到了孤陋寡闻的地步。作为守藏史，管理保护简札文献，以备天子不时垂询，当然是主要的职分所在。不过，根据先王的祖制，守藏史还有另一项职分，就是振木铎而采风，调查诸侯各国的风土人情，以此上达天听，备天子执政决策参考。"

"正是。"周敬王点头赞同道。

"所以，老臣决定向天子告假一段时间，到相关诸侯国走走，了解一下现实的情况，回来再向天子禀报。"

"那先生准备到哪些诸侯国去呢？"周敬王迫不及待地追问道。

老聃不假思索地答道：

"老臣决定到宋国，并且决定久居一段时间，以期深入细致地了解宋国的政治及民风人情。"

"那先生为什么独独要选择宋国呢？"周敬王不解地问道。

"老臣每日深居守藏室，几乎不与外界交往，不像天子消息灵通，但老臣也知道，这些年来诸侯各国内部混乱之事不绝于耳。"

未等老聃说完，周敬王连忙接口感慨道：

"正是。真是世风日下啊！"

"但是，唯独宋国这些年来却始终政局稳定，社会平静如水。"老聃说道。

"先生说的是。在孤的记忆中，远的不说，自宋元公以至今日的宋景公，前后两代君主共二十三年，除了宋元公十年有个短暂的混乱外，宋国一直政治清平，社会稳定，真可谓和风丽日，波澜不惊。"

"天子说得极是。正因为如此，老臣才决定要到宋国实地考察，一探究竟，了解宋国之君到底是怎么治国安邦的。"

"先生的想法非常好，深得孤心。那先生就快去快回吧。"周敬王说道。

"诺！"老聃一边答应，一边施礼。

从周敬王殿上告辞出来后，老聃立即回府。虽然回到府中已是日中时分，但老聃仍然让役夫给他备车，准备马上动身。役夫从来都是唯命是从的，也不问老聃理由，径直到后院套好车。当老聃走近马车，正要登车时，役夫这才开口问道：

"老爷，您现在是要出城吗？"

"不是，是要去宋国。"

"那是出远门啊！"役夫情不自禁地感叹道。

老聃一边点点头，一边已经手扶马车车辕，作登攀状。役夫见此，立即上前扶持。

没等老聃在车中坐稳，役夫急切地问道：

"既然老爷是要出远门，时间就不是一天两天的事。老爷在外要吃穿，老仆得回去收拾一下行囊。如果这次周天子没有另派车夫，老仆得给老爷驾车。如果这样，这府上谁来照管？"

役夫的一番话，让老聃幡然醒悟过来，看来自己太心急了。于是，沉默了一会儿，老聃一边从车中欠身起来，一边对役夫说道：

"那你今天就准备准备吧，俺们明天一早出门赶路。"

"这样最好。"役夫一边说着，一边上前去扶要从马车上下来的老聃。

第二天一大早，役夫侍候老聃用过朝食后，将路上要用的物品及干粮等先行搬上已经套好的马车上，接着回来关闭好全部门窗，然后扶持老聃上了马车。待老聃在车中坐定后，役夫立即坐到驭手位置上，用鞭子在马屁股上轻轻甩了一下，马车就启动了。

周都洛邑到宋国虽然并不是很远，但是老聃年纪大，每天走不了几里路就要停下来休息。行行重行行，历经近四个月，二人才于周敬王十一年（公元前209年）七月初到达宋国之都商丘。

由于老聃早就声名远播，加上一副仙风道骨的模样，所以一到宋都商丘就不得消停。先是宋景公闻说老聃至宋而召见，接着是许多慕名而来的宋国士人以求学问道为名接踵而至，弄得老聃寄住的客栈整日车马人流不断。三天下来，老聃就觉得身心疲惫。他本来就喜欢安静，不喜欢世俗的热闹，更不习惯于迎来送往的人情俗套。于是，第四天一大早，老聃就悄悄地离开了宋都商丘，让役夫驾着马车，随老马信步而行。最后，到了一个不知名的偏僻所在，老聃决定就在此处隐居避世。

其实，老聃在宋国隐居避世的这个偏僻所在，离宋都商丘并不远，也就在离城五十里左右的地方。这里是一片连绵的沙丘，因为沙丘上都长满了草木，远望就像是一座座小山。这些小山，是早先黄河泛滥时冲积而成，由于日积月累的风吹沙飘，不断累积而成。等到沙上长出草木后，便慢慢固沙成山了。

老聃车至这片沙丘前，凭轼远望，发现眼前这些小山高低不等，低的只有十几米，最高的也只在百米左右。但是，不论高低，每座山上都长满了密密匝匝、高低不等的草木。老聃让役夫在其中一座最高的小山前停下马车，发现这座小山不仅树木生长得最为茂盛葱郁，而且山脚下还有连片的竹林。更妙的是，在这座最高的沙丘两旁，各有两座对称的沙丘，也是满布了草木，俨然是两座小山的规模。五座沙丘以中间最高的沙丘为中心，形成了一个半月形，地势上呈现坐北朝南的格局。老聃观察了一会儿，手捻飘胸长须，不断暗暗点头。

役夫见老聃立在车上凭轼久久凝望着眼前这座小山而频频拈须点头，心知其意，遂脱口问道：

"老爷喜欢这个地方吗？"

"这个地方环境清幽，根据地形来看，应该是冬暖夏凉，是个宜居之所。"老聃不假思索地答道。

"老爷说的是。依老仆看来，这里还有一个好处，就是虽然偏僻清静了点，但离宋都并不远，如果有必要，进城买点东西也是方便的。"

老聃听役夫这样说，情不自禁地收回目光，看了一下他，然后轻轻地点了点头。

"只是有一个问题，这里虽然环境清幽，宜于老爷隐居，可是并无可居之所。"役夫怯怯地补充道。

"无中生有啊！"役夫话音刚落，老聃就脱口而出。

役夫先是一愣，继而恍然大悟道：

"老爷说的是。俺们可以在此搭建一个小屋。"

老聃听了役夫的话，情不自禁地将了将飘在胸前的长须，又看了一眼役夫，满意地点了点头，看来役夫虽然是个粗人，跟自己久了，对自己"有无相生"的思想也有些明白了。

正在老聃为自己的思想对役夫发生了潜移默化的作用而感到欣慰时，役夫又开口了：

"老爷，搭建小屋并不难，只是俺们并没有工具啊！"

老聃一听，看也没看役夫一眼，就从袖中摸出一个布袋，从车上轻轻抛向役夫。役夫接到手中，这才明白，老聃这是让他拿钱进城去买工具。接着，役夫扶着老聃从马车上下来，然后将他安顿在一块洁净点的地方坐下，就驾着马车进城了。

两个时辰后，役夫从宋都商丘回来，看见老聃闭目坐在原地，似乎一动未动过。役夫知道，老聃这是在悟道，所以就轻手轻脚地从车上搬下买回的刀斧绳索等工具，还有日常生活所需的用品。分批将这些物品搬到远离老聃打坐的山脚下的一块平地安置后，役夫就开始了选址建屋工作，既当设计师，又当工匠，手脚麻利地劳作起来。

又过了约两个时辰，在太阳快要落山时，役夫经过砍竹伐木，削枝平地，敲打捆扎等一阵忙碌后，终于在山脚竹林中搭建起了一个足以容纳他与老聃居住的一间小屋。屋顶用树枝竹枝覆盖，墙则是竖木扎竹而成，虽然还不够严实，仍然可以看见外面透进的光亮，挡雨肯定不行，但暂且遮个风挡个光还是绰绰有余的。以后若是再弄些长草加以补缀，相信就真能遮风挡雨，安然入居了。

小屋搭建完成，役夫围着前后转了一圈之后，这才轻手轻脚地走到老聃身边，以抑制不住的喜悦心情，轻声在老聃耳边说了一句：

"老爷，小屋搭建好了，请入住吧。"

老聃虽然在役夫搭建小屋过程中不断听到他伐木砍竹与敲敲打打的声音，但一直没有睁眼看他劳作的过程，而是始终闭目思考自己的问题。现在听役夫说小屋已经搭建完成，遂欣然睁开眼睛，看了看役夫，然后又顺着役夫手指的方向看了一眼刚搭建好的小屋。

"老爷，请进屋看看吧，不知您是否满意？"役夫一边说着，一边伸手拉了一把坐在地上的老聃。

老聃起身走向小屋，先站在门口看了看，然后又围着小屋转了一圈，最后才进屋。对屋顶、地下都打量了一番后，老聃重重地点了点头。役夫知道，老聃对自己的劳作是完全肯定的。

之后，役夫每天都就地取材，找些竹树或草木等材料对小屋的屋顶、墙壁予以补强。还对屋内的地面进行加工，一锹一锹地运土，垫高了小屋内的地基。同时，还对屋前的地面进行了平整，捡拾碎石铺了一条小路。

经过役夫辛勤劳作，十天后，老聃所居的小屋就渐渐有了平常人家的气息。每天，役夫出去打柴，然后是生火烧饭烧水；老聃则是每日在小屋内盘腿闭目静坐，屋外竹林风吹飒飒有声，就像一曲曲琴瑟合奏，不仅丝毫不影响他沉思悟道，反而让他进入更加专心致志的精神状态。

老聃与役夫在这个小屋安静地住了五个月后，时间就到了十二月，寒冬腊月就真的到了。

十二月初五，一大早役夫起来，准备生火烧水烧饭，侍候老聃吃完饭，就上山打柴备冬。可是，一打开柴门，就见漫天的大雪已经飘然而下。役夫一下惊呆了。但是，待了一会儿，役夫就清醒过来，立即闭上柴门，不让风雪灌进屋内。同时，急切奔到屋前柴堆旁，将晒干的柴禾分批搬到小屋的四面墙边。这样，一方面可以让这些柴禾保持干燥，不至于雨雪天无柴禾可烧，一方面可以让这些柴禾发挥围墙的作用，不使冷风透过竹木篱笆墙体而灌进屋内，以保持屋内的温度。

一切打理完毕，役夫开始生火准备朝食。侍候好老聃用完朝食，役夫望着越下越大的漫天大雪开始犯愁。而老聃则视若无睹，用完朝食，抹了抹嘴巴，就开始像往常一样，坐在屋内正中，闭目打坐沉思起来。

日中时分，在屋内憋了一上午的役夫再也忍不住了，推开柴门朝外张望。他是个勤劳惯了的人，每天早上起来后就不停地做这做那，即使无事可做，也会找出点事情来做。今日大雪纷飞，他既无法出外打柴，也无法到附近活动，只能呆坐在屋内，呆看着老聃闭目沉思。

"外面的风雪怎么样？"老聃虽然一直闭目静坐沉思，但役夫推门的声音还是听到了。

"老爷，外面风紧雪大。"役夫回答道。

老聃没再吱声，役夫则半侧着身子将头伸到门外呆看着外面风吹雪花漫天飞舞。看着看着，役夫突然兴奋地大叫起来：

"老爷，有人来了。"

"这么大的风雪，谁会找到这里来？"老聃眼都没睁，轻声说道，好像是在自言自语。

役夫没听到老聃的话，继续伸头朝外张望，似乎脖子越伸越长。看了一会儿，役夫又兴奋起来了，喊道：

"老爷，真的是有人来了，而且是驾着一辆马车。"

老聃继续闭目静坐，没理会役夫，他认为这地方不可能有人来的，风和日丽时都没人经过，今天这样风雪交加的天气，怎么可能有人来呢？除非是有人风雪中迷了路，才有可能鬼使神差走到这里。

正当老聃这样想着的时候，役夫又大声说道：

"老爷，马车已经停在俺们门前了，看来是有人要来拜访老爷吧。"

老聃听了役夫的话，仍然没有睁开眼，继续闭目静坐。他心里在想，如果真有人这时临门，那肯定就是风雪中迷了路，而绝非是为了来拜访自己的。自己来宋国时间不长，隐居到此，谁也不知道，怎么可能有人风雪之中专程找到这里拜访自己呢？

就当老聃这样想着的时候，役夫所说的来人已经下了马车，踏雪直奔老聃所居的小屋门前了。

"请问这里是圣人老聃隐居之所吗？"没等役夫开口，来人已经先开口了。

役夫一时没反应过来，本能地回答道：

"正是。"

老聃一听，不禁在心中暗骂役夫，怎么这样愚笨？自己隐居到此，就是不想任何人来打扰，他倒好，实话实说，告诉了别人真相。如此，以后自己还怎么在此隐居下去呢？

不等老聃再想下去，来人已经进屋了。

"先生隐居在此，找得弟子好苦啊！"

老聃一听来人这话，心中一激灵，以为是以前曾问学于自己的某个弟子，遂连忙睁开眼睛。可是，睁眼仔细打量来人，印象中并没见过此人，不可能是自己的弟子。但是，老聃还是怕自己记忆有差错，遂情不自禁地脱口问道：

"请问先生是哪位？何以风雪之中找到如此荒僻之处？"

"弟子乃宋人子轩，早闻先生大名。几个月前听说先生驾临宋国，宋君召见相谈甚欢。弟子闻说，欣然前往先生下榻的客栈，不意先生已经离开。弟子千方百计打听先生去向，终不得而知。前些天，舍下有役夫道经此地，说离商丘五十里处小山下突然见有一小屋掩映于绿竹丛中，还说看到一老一少二人，长者长须飘胸，仙风道骨。弟子思虑再三，猜想役夫所说的那位仙风道骨的长者应该就是先生了。"

老聃因为役夫之前已经披露了自己的身份，所以见来人这样说，也就不好再否认自己的真实身份了。又听来人说他叫"子轩"，老聃知道眼前之人非一般平民，应该是宋国公室中人物，因为"子"乃宋之国姓。

想到此，老聃情不自禁地睁开眼睛，朝这个叫子轩的宋人看了一下。子轩见老聃正眼看他，不禁心中大喜，猜想老聃大概没有拒绝自己的意思。于是，立即接着说道：

"弟子本来前些天就想来此拜访先生了，但一直犹豫不决，就怕打扰了先生清修。但是，今天看到大雪纷飞，天寒地冻，弟子牵挂先生在荒郊野外生活上有问题，所以就下决心冲寒冒雪，一来是给先生送点日常生活用品，二来是想趁机向先生求学问道。"

老聃听子轩说话的口气颇是诚恳，不像是虚情假意。至少他今天风雪之中来访是事实，多少能够说明其诚意不是假的。至于风雪之中驱车馈赠日常生活用品，则既可见出其做人比较周致体贴，也显得他与一般宋国公室中人相比更有人情味。大概是因为心中对子轩有了好感，老聃不知不觉间便解除了先前对于子轩突然到访的抵触情绪，眉宇间自然流露出慈祥与和蔼。

子轩既是宋国公室中人，当然是善于察言观色的。见到老聃眉宇间呈现的慈祥与和蔼，便立即抓住机会，切入话题道：

"先生的'道'论，弟子早就有所耳闻。比方说：'道可道，非常道'，'道常无为，而无不为，侯王若能守之，万物将自化'，'道生一，一生二，二生三，三生万物。万物负阴而抱阳，冲气以为和'，等等，都是大家耳熟能详的名言。只是先生所讲的'道'太过抽象，有人说太玄了，令人捉摸不透。今日弟子有幸当面请教，不知先生能否为弟子详说之？"

老聃看了看子轩，沉默了一会儿，然后才手拈飘胸长须，从容开口说道：

"'道'，深幽静默，就像沉寂的渊海；'道'，洁净清明，就像澄澈见底的清流。金石可以制成钟、磬等器物，但无'道'则不能鸣。所以，钟、磬等器物虽有鸣响的本能，但不敲则不会自动发出声响。"

"先生说金石无'道'则不能鸣，这个'道'是不是指'外力作用'？"子轩突然岔断老聃的话问道。

老聃点了点头，继续说道：

"万物都是有感才有应的，只是天下没有几人能认识到这种感应的存在而已，唯王德之人能及于此……"

"先生，什么是'王德之人'？"老聃正要借机生发，阐明玄理时，子轩突然又岔断了他的话问道。

老聃并不以为忤，慈祥地看了子轩一眼，回答道：

"'王德之人'，就是有盛德而居于上位者。"

"那么，'王德之人'怎么样呢？"子轩又问道。

"'王德之人'，凭素朴的真情行事，耻于为琐碎的细务所牵累。他们固守天然本性，而智慧及于神明莫测之境。所以，他们的德行广大。他们的心思若有所动，那就是受外物刺激的自然感应。所以说，形非'道'不生，生非'德'不明。"

"先生，形非'道'不生，生非'德'不明，是什么意思？"老聃正要接着往下说时，子轩再次岔断了他的话。

老聃抬眼看了一下子轩，呵呵一笑道：

"意思是说，形体不凭借'道'便不能产生，生命不顺从'德'便无法彰明。"

"哦，原来是这个意思。"子轩恍然大悟道。

"保全形体以维系生命，建树盛德以彰明大道，岂不就是王德吗？王德真是浩荡伟大啊！忽然而出，勃然而动，无所用心，无所作为，但万物无不依从，这便是王德之人！"

子轩见老聃说到"王德"与"王德之人"时那样沉醉而赞赏，情不自禁地也为之肃然起敬，不自觉地坐直了身子。

老聃看了一眼子轩，拈了拈胸前的长须，又继续说道：

"'道'，视之冥冥，幽渺暗深；听之无声，寂然沉静。然而，冥冥之中，得'道'之人却能看到明明之光；无声之中，得'道'之人却能听到和谐之音。'道'深之又深，却能主宰万物；'道'神之又神，却能显现微妙的作用。"

"为什么会这样呢？"子轩又忍不住问道。

"因为'道'与万物相接，虽虚无不见却能满足万物之需求；'道'运动不息，驰骋纵放，却能综合万物，使之有所归宿。'道'之呈现，可大可小，可长可短，直到久远。"

"先生，'道'深之又深，神之又神，抽象玄妙，那我们如何能够把握，做一个得'道'之人呢？"子轩又问道。

老聃抬眼看了看子轩，沉默了一会儿。子轩见此，以为问住了他，心中不免有些得意。没想到，老聃却看出了他的心思，呵呵一笑，接着说道：

"'道'覆载万物，洋洋乎大哉！君子若要得'道'，则不能不敞开心胸，彻底摒弃一切杂念，抛却一切自以为是的私智。以无为的态度处世，便是合'道'；以无为的方式表达，便是有'德'。爱人利物，叫作仁爱；一视同仁对待万物，叫作伟大；行为不乖张离奇而与众不同，叫作宽容；包容万物，容忍一切差异，叫作富有。"

"先生的意思是说，以无为的态度处世为人，便可以得'道'。有了仁爱之心、伟大的胸怀、宽容的心态、富有的精神，就是得'道'的表现，是吗？"子轩问道。

"其实，除了上述六个方面，还有四个方面也是得'道'所必备的。"老聃不假思索地说道。

"还有哪四个方面呢？"子轩脱口而出，追问道。

"抱持天然禀性而不改变，叫作固守纲纪；成就德行，叫作立身成人；循'道'而行，叫作修养完备；不受外物干扰与挫折影响，叫作精神完美。君子修身养性及于上述十个方面，就会有包容万物的阔大胸襟、匡世济物的伟大心志，处世为人就会无往而不利，而且像滔滔洪流汇聚一处，成为万物的归依，最终臻至与万物同生同灭的境界。若此，就能像藏金于深山、沉宝于深渊，不贪图于财货、不羡求于富贵。若此，就能不因长寿而喜，不为夭折而悲；不以通达为荣耀，不以穷困为羞耻；更不会将举世之利据为己有，以称王天下来表明自己地位的显赫。追求显赫，就是自我彰显、自我炫耀。万物终究要归于同一，死与生没有什么区别。"

"先生的意思是说，达到'万物一同，生死同状'的境界，便是得'道'。也只有得'道'，人的精神境界才能得到真正提升，是吗?"子轩问道。

老聃点点头，脸上漾出些许不为人察知的笑意，似乎对子轩的悟性表示满意。顿了顿，又补充说道：

"'道'，就其大而言，可谓无穷无尽；就其小而言，可说是毫无遗漏。所以说，万物皆有'道'。'道'至大至广，无所不包；'道'至深至渊，不可测量。世人皆难以体认，唯有'至人'才能得'道'之精蕴。"

"依先生看，什么样的人才能算是'至人'呢?"老聃话音未落，子轩又脱口而出道。

"'至人'，说得简单点，就是道德高尚的人。"

"那'至人'都有哪些与众不同的表现呢?"子轩紧跟着追问道。

"'至人'外天地，遗万物，而神未尝有所困；'至人'通乎道，合乎德，退仁义，宾礼乐，而心有所定。"

"先生的意思是不是说，'至人'将天地置之度外，忘记万物的具体存在，而精神却未曾受到任何困扰；'至人'通晓大'道'，合于常德，辞却仁义，摒弃礼乐，而内心却安定恬淡，是吗?"

老聃点点头，继续说道：

"一般人常常将形体、功德、仁义与'道'联系在一起，其实错了。形体、功德、仁义，只不过是'道'之枝节末流，只看到形体、功德与仁义的人，其实算不上是'至人'。只是世上很少有人能区分'至人'与非'至人'而已。'至人'为天下主，责任不可谓不大，但他却不为其所牵累。天下人都热衷于争权夺利，但'至人'却不为所动。'至人'始终能够持守纯真天性，既不假借外物，也不追名逐利。他只专注于探求事物的本源，坚守自然之本。所以，'至人'能够外天地、遗万物，能够通乎道，合乎德，退仁义，宾礼乐，不为外物所困，始终心静如水，恬淡安定。"

"'至人'真是伟大啊! 弟子谨受教!"子轩由衷地说道。

从小屋中出来，外面纷飞的大雪已经停了，风虽然还是那么凄厉料峭，但天空一片晴朗，子轩感到心中无比畅快与开朗。

2. 求诸己

周敬王十三年（公元前 507 年）十二月，老聃避居到宋国清修悟道已经有两年多时间了。在此期间，虽然诸侯各国发生了很多事，但宋国政坛一直是平稳的，社会也安定如昔。为此，老聃深感欣慰，觉得此次避世到宋国清修，实在是正确决策。

除此之外，还有一点，也是让老聃倍感欣慰的，这就是他到宋国后所收的弟子子轩。收子轩为弟子，不是老聃的本意。他避居于宋都商丘五十里外的荒郊沙丘之中，目的就是要避开世人的干扰，静心悟道清修。但是，子轩无意中的出现，并因缘际会地成了他的弟子，事实上对他这几年静心修道助力不少。因为子轩是宋国公室中人，有相当的经济实力，也有一定的社会地位与人脉，因此不仅在日常生活用度上予他以有力的接济，让他无论是酷暑还是寒冬，无论是风雨之日，还是霜雪之夜，都无温饱生存之忧，而且在静修悟道的环境维护方面也予老聃以帮助。由于有子轩的刻意维护，这些年来老聃静修的场所没有任何人能够接近，老聃的静修没有被任何人所打扰。子轩不仅不让任何闲杂人等干扰老聃静修，就是他自己想向老聃求教，也是非常节制的，只在非常必要时才瞅准机会前往请教。

十二月十五，可谓是宋国入冬以来最冷的一天。凛冽的寒风刮了一夜后，一大早鹅毛大雪就纷纷扬扬地飘飞起来，飘满宋都商丘的大街小巷，飘满大地苍穹，真是白茫茫一片，不辨人马东西。子轩望着漫天大雪，想着在宋都五十里外荒郊沙丘中的老聃，犹豫了片刻，还是叫来府中的管家与马夫，吩咐他们套好马车，带上点生活日用品，准备出城去看老聃。

朝食也没来得及进，子轩就匆匆催促马夫上路了。虽然是快马加鞭，但由于风劲雪大，道路难行，五十里路程，足足走了三个时辰，日中之后，才赶到老聃避世静修的所在。

未等马夫停稳马车，子轩就急急从车上跳下来，径直奔向老聃居住的小屋。可能是因为风劲雪大的缘故，子轩叩击了柴门十余下，老聃的役夫才出来应门。但是，打开柴门，役夫抬头一看是子轩，不禁眼睛放光，喜出望外的神情顿时满满地漾在了脸上。子轩一边吩咐役夫将马车上的东西搬到屋内，一边直奔老聃身边。此时，老聃虽然听见是子轩进屋了，但仍然闭目作沉思状。

"先生，今天风雪很大，您身子觉得冷吗？"子轩先俯下身子，随后在老聃旁边的席上跪下，轻声问道。

大概是感动于子轩风雪之中探访的情谊，以及他嘘寒问暖的体贴，老聃这次没有再故作深沉，而是立即睁开眼睛，看了子轩一眼后，说道：

"还好，不觉得比平时寒冷。"

"哦，那是因为先生太专注于沉思悟道了。"子轩还是那样轻声细语。

老聃听了，又看了子轩一眼，呵呵一笑道：

"也许吧。心静自然凉，其实心静也会自然暖的。"

子轩见老聃今日态度很随和，遂又大着胆子问了老聃一些"道"的问题，还报告了他最近悟出的道理。出乎子轩意料，老聃今日跟他解说得异常耐心详尽，让子轩收获甚丰。

就在老聃与子轩坐而论道之时，老聃的役夫与子轩的马夫已经悄悄地合作，为主人备好了朝食。说朝食，其实是夸张了。役夫与马夫所准备的朝食，其实就是几个烤馍馍，还有几片烤干肉。馍馍是昨天剩下的，干肉则是子轩今日带来的。

就在老聃与子轩谈学论道戛然而止，屋内顿时陷入一片沉寂之时，役夫与马夫适时在他们面前的席上摆好了烤馍馍与烤肉片，还有两盏腾腾冒烟的热水。老聃与子轩相视一笑，于是开始一同进起朝食。

也许是因为今天对子轩的悟性特别赞赏，也许是感动于子轩风雪之中来做探访，老聃今天的兴致好像特别好，一改平日那种不苟言笑的做派，边吃烤馍烤肉，边举盏与子轩说起了闲话。说着说着，老聃突然兴起，向子轩问起了宋国公室中的逸事。子轩也不避讳，遂将所知道的宋国历代宫闱秘闻讲给了老聃听，老聃听了有时蹙眉感叹，有时莞尔一笑。讲完了宋国的宫闱秘闻，见老聃兴致犹高，子轩突然说道：

"先生，您要不要听听其他诸侯国的事情？"

"好哇！"老聃脱口而出。

"最近风传晋国与楚国要打起来了。"

"哦？晋国与楚国隔得远呢，正如楚成王跟齐桓公所说的那样，是'风马牛不相及'，怎么会无缘无故要打起来呢？"老聃不解而又好奇地问道。

"其实，起因非常可笑。"

"这话怎么讲？"老聃更加有兴趣了。

"就是为了一件狐裘。"

"一件狐裘？"老聃觉得不可思议。

"是的，就是为了一件狐裘。蔡昭侯有两件非常珍贵而漂亮的狐裘，前年冬天他前往楚国朝见楚昭王时，将其中的一件送给了楚昭王，另一件则自己穿在了身上。楚国令尹子常见了非常眼馋，就不断暗示蔡昭侯，希望他将身上的那件狐裘脱下送给自己。可是，蔡昭侯不知道是舍不得，还是悟性不好，反正就是没将身上的那件狐裘脱下送给令尹子常。子常身为楚国之相，同时又是楚国王室中人，楚昭王对他一向是言听计从。子常每日上朝与楚昭王议政，看着楚昭王穿着蔡昭侯送的狐裘扬扬得意的样子，心中是既羡又恨。羡的是穿在楚昭王身上的那件狐裘，恨的是蔡昭侯不能善解人意。于是，每天议政之中，子常都有意无意地在楚昭王面前说上蔡昭侯几句坏话。楚昭王听信了子常的谗言，就一时恨从心中起，将蔡昭侯给扣留了，不让他回蔡国。"

"真是岂有此理？天下哪有这样的国家与国君？"老聃这次竟然不能淡定，也义愤填膺起来。

"蔡昭侯被楚国扣留了三年，后来不知是经别人指点，还是他自己悟出其中的缘由，主动将身上的狐裘脱下献给了子常。子常得到了想要的狐裘后，就天天在楚昭王面前替蔡昭侯说好话。今年春天，楚昭王终于同意放蔡昭侯回蔡国了。"

"那后来呢？"老聃迫不及待地追问道。

"蔡昭侯觉得楚昭王太过无礼，楚国令尹子常欺人太甚，认为被扣三年不仅是自己的奇耻大辱，也是蔡国的奇耻大辱。回到蔡国后，蔡昭侯立即备上厚礼，马不停蹄地向北去朝见北方大国晋。最终说动了晋侯，决定联合出兵对楚国开战。"

"楚与晋，皆为天下大国，战事一起，必然旷日持久，两国都会难免生灵涂炭。"老聃不无忧虑地说道。

"先生说的是。说不定，这起战事还会涉及其他诸侯国，也许届时天下都会生灵涂炭。"

看着子轩忧虑的神情，老聃突然若有所思地问道：

"一件狐裘而引出一场战争，这是一种什么样的罪恶？子轩，你知道这罪恶的根源是什么吗？"

"弟子愚钝，请先生赐教！"子轩望着老聃，虔诚地说道。

"子轩，你记住了：'罪莫大于可欲，祸莫大于不知足，咎莫大于欲得'。"

"先生的意思是说，欲望是一切罪恶的根源，是吗？"

老聃重重地点了点头。

见老聃肯定了自己的说法，子轩又补充说道：

"先生曾经跟弟子说过，治天下要'见素抱朴，少私寡欲'，'无欲以静，天下将自正'，说的也是这个意思吧？"

"清心寡欲，一切顺其自然，天下自然不治而安。"老聃肯定地说道。

"弟子谨受教！"子轩一边说，一边跪正身子向老聃行礼。

就在这时，子轩的马夫轻轻地走上前来，在子轩耳边悄悄说了一句。子轩听了，一边点头，一边连忙起身，对老聃说道：

"天色不早了，弟子就不再打扰先生清修了，过些时候再来拜望先生吧。"

老聃点点头，又开始作闭目沉思之状。

冬天不比其他季节，除了寒冷，还有风沙，这对老聃及其役夫的生活是有很大影响的。其他季节，老聃每天除了静坐清修外，早晚都会围绕所居住的小山散步，既健身又健心。但是，冬天一到，特别是天气特别寒冷的时候，或是有雨雪的时候，老聃与役夫都只能待在小屋内，颇是沉寂无聊。好在宋国的冬天最严寒的时间并不长，熬过了这段时间，春天就悄然来临了。

周敬王十四年（公元前 506 年）三月初，老聃避居清修的沙丘地带早已春意盎然，所有沙丘上的草木都郁郁葱葱，青翠欲滴。沙丘周围的原野上，不知名的野花开得灿烂纷呈，有的白、有的黄、有的红、有的紫。老聃居所周围的竹林，早已新笋长成了新竹，一片连一片，一派勃勃生机，衬托得老聃所住的小屋越发清幽。

三月十二，又是一个风和日丽的日子。老聃与往常一样，一大早就起来围着居所旁的几个小沙丘散步。殷红的朝阳慢慢地从远处的地平线不断往上爬升，柔和的阳光照在原野沙丘草木的露水上，反射出耀眼的光芒，仿佛一颗颗珍珠在天地间滚动跳跃。老聃慢慢地走着，一边拈着胸前被晨风拂起的一绺绺长须，一边漫无目的地远眺着远处的原野，或是瞥一眼近处身旁的花草树木。有时，老聃会停下脚步，迎着朝阳，沐着晨风，久久地站着，痴痴地望着远处的天空。有时，老聃会走着走着，突然停下脚步，俯下身子，或是蹲着，像个孩子似的，好奇地看着路边的一朵小花而久久不肯离去。

就在老聃出门散步的时候，役夫像平常一样，早早地就起来准备朝食了。当他备好朝食，等了好一会儿，还不见老聃回来。役夫有些着急，遂出门张望。可是，张望了好大一会儿，仍然没见老聃回来。这次，役夫就真的有些着急了，遂顺手带上柴门，出门去找寻老聃。

役夫对于老聃每天散步的路线都很熟悉，一会儿就在不远处找到了老聃。走近一看，发现他正背对着朝阳，蹲在地上。役夫不知是怎么回事，遂连忙抢前几步想看个究竟。走近一看，发现老聃正蹲在那里欣赏一朵小花呢。役夫见此，也蹲下身来，对着老聃耳边轻声说道：

"老爷，今天您散步的时间有些久了，饭菜都快凉了。俺们快点回去吧。"

老聃听见役夫说话，侧过脸来看了他一眼后，才慢慢站起来，跟着役夫一起慢慢向所住的小屋走去。

用过朝食后，老聃又像往常一样，开始在小屋正中的席上坐下，然后闭上眼睛，开始了静坐清修。役夫也像往常一样，待老聃坐定清修后，就悄悄地退出小屋，到门前的菜地劳作。这几年，他已经在门前开垦出了几亩田地，既种菜，也种些粟米杂粮。一来可以实现自给自足，二来可以借此打发日复一日悠长的时光。

役夫在门前菜地劳作了将近一个时辰，觉得腰有些酸痛，遂直起腰，想站起来休息一会儿。可是，当他直起腰，站定身子时，猛然间发现大约两百步之外，有一个衣衫褴褛的人正朝他这边走过来。役夫的第一反应，就断定这个人肯定是个乞丐。但是，转而一想，觉得有些不对，怎么乞讨的人会乞讨到这种荒郊野外呢？要乞讨，也应该在城里或人烟稠密的村镇啊！再说了，这几年宋国也没听说发生过什么大灾荒啊！

正当役夫感到困惑，呆呆地这样想着的时候，那个乞丐模样的人已然走近了。役夫揉了揉眼睛，正想看个真切时，那乞丐模样的人已经开口了：

"请问，圣人老聃是不是在此隐居清修？"

像上次子轩来访老聃时一样，役夫没想那么多，对方一问，他就本能地脱口而出道：

"正是。"

乞丐模样的人一听役夫这话，二话不说，转身就走，径直向不远处老聃居住的小屋走去，并没有要求役夫给他引路或引见。役夫愣了一下后，立即随后跟上，并抢在那乞丐模样的人前面先进了小屋，报告老聃道：

"老爷，外面有一个人说是要来拜访您。"

役夫话音未落，那乞丐模样的人已然跟着进了屋，并在老聃尚未答话之际，就开口说话了：

"先生，弟子为了寻访您的踪迹，从畏垒山走到宋国足足花了一年时间，到宋国后为寻访您又花了将近一年时间。"

老聃本来没打算睁眼或搭理来人，但一听说他是从畏垒山来的，立即睁开眼睛打量眼前这位不速之客。之所以如此，是因为来人说到的畏垒山是他的得意弟子庚桑楚收徒讲道的所在。既然来人说到畏垒山，那就应该与庚桑楚有关。在老聃不多的弟子中，庚桑楚是最得老聃欣赏的，而且庚桑楚追随老聃左右的时间也最长。如今屈指算来，庚桑楚已与老聃分别七年有余了。庚桑楚走后，老聃虽然从未在人前提起过他，但内心深处还是对他颇是牵挂的。所以，今天一听来人说是从畏垒山而来，就情不自禁地睁开了眼睛。

来人见老聃睁眼打量他，以为老聃怀疑他是个乞丐，不是庚桑楚的弟子，遂连忙主动自我介绍说：

"我叫南荣趎，追随庚桑楚先生求学问道三年有余。因为有一些关于'道'的问题始终弄不明白，庚桑楚先生就介绍弟子来请教您。"

"这么说来，你是庚桑楚的弟子喽！"老聃脱口而出道。

"正是。"

老聃确认来人的姓名与身份后，顿时来了兴趣，潜意识中对庚桑楚的牵挂让他情不自禁地向南荣趎问起了庚桑楚的情况：

"你既然是庚桑楚的弟子，你一定知道畏垒山的情况了。"

"大致情况都是知道的。"南荣趎答道。

"那么，你就给老朽讲一讲庚桑楚在畏垒山收徒讲道的情况吧。"

南荣趎一听，立即来了精神，觉得老聃并不像传说中的那样不易接近，也不是很难跟他说上话，而是颇为和蔼可亲的。于是，南荣趎顺口就说了起来：

"庚桑楚先生居畏垒山三年，不仅收徒过千，而且畏垒山一带民众望风归依，就像众溪汇江一般。弟子以为，庚桑楚先生起码在畏垒山一带算得上是一位圣人了。"

老聃听得出来，南荣趎颇以他的老师庚桑楚为傲，顿时也有一份与有荣焉的欣慰，于是更加来了兴趣，问道：

"那么庚桑楚有哪些作为呢？"

"庚桑楚先生刚到畏垒山时，就有不少人追随。但是，仆役中有自恃聪明而炫耀才智者，他就令其自行离去；侍婢中有刻意标榜仁义者，他就令其远离。只有素朴纯厚者，他才与之住在一起；只有率性而为者，他才愿意驱使其为仆役。居住了三年，畏垒山一带农业获得了前所未有的大丰收。这时，百姓们都相互议论说：'庚桑子刚来时，我们对他的为人行事感到很奇怪。现在，我们按日计算收入虽觉不足，但以三年的收入来看，觉得确是富足有余了。应该说，庚桑子算得上是个圣人了！我们为什么不一起尊奉他为神，并为他立祠建庙予以祭拜呢？'"

"结果呢？"老聃急不可耐地追问道。

"庚桑楚先生听到这种议论后，整日面南而坐，显得郁郁寡欢的样子。"

"畏垒山的百姓拥戴他，他为什么面南而坐，郁郁寡欢呢？"老聃又追问道。

"开始我们都不理解，后来才悟出其中的道理。"南荣趎看了老聃一眼，说道。

"什么道理？"

"庚桑楚先生大概是觉得惭愧，所以面向您所在的南方而郁郁寡欢。"南荣趎说道。

老聃听了，呵呵一笑，没有说话。

南荣趎接着说道：

"后来，我们弟子中有人直接问庚桑楚先生原因。庚桑楚先生回答说：'畏垒山一带连续三年获得大丰收，老百姓为什么会认为这与我有关，而你们也觉得奇怪呢？春气动而百草生，秋风起而果实熟，为什么会这样呢？难道是无缘无故吗？不是。是因为其中有自然之道在起作用。这个自然之道，便是自然界运行变化的规律。我听说至人常居于方丈之室中，平静淡然，却对天下之事了如指掌；而普通人则整日东奔西走，忙忙碌碌，肆意所为，却迷惘不知所之。而今，畏垒山的这些小民们不懂自然之道，窃移天道之功于我，要将我列于贤人之间而敬奉之，难道我真的是那种万众瞩目的人物，值得人们拥戴敬畏吗？我之所以面南而坐，这些天来一直郁郁寡欢，是因为我想起老聃先生的教导而心中感到不安。'"

"庚桑楚还算是有自知之明的。"老聃淡然一笑，说道。

老聃话音未落，南荣趎脱口而出道：

"弟子则不以为然。"

"哦？那你说说看。"老聃呵呵一笑道。

"弟子当时就觉得庚桑楚先生似乎有些矫情，所以就跟他说：'先生的话，弟子不能苟同。比方说，深八尺、长一丈六尺的水沟，大鱼巨鲸无法转身，但小鱼泥鳅则回旋活动自如。又比方说，六尺高或八尺高的小土丘，老虎等巨兽难以藏身，但妖狐之类则可以安然栖息。况且尊重贤哲，授权能人，推崇善行，予人以利，自尧帝、舜帝以来就是如此，何况是畏垒山的小民呢？先生还是顺从大家的善意吧！'"

"那么庚桑楚怎么说呢？"老聃追问道。

"庚桑楚先生说：'小子，你过来！我告诉你，口可含车的巨兽，若是独自离开山林，也难以逃脱被网罗之患；口可吞舟的大鱼，一旦被潮汐抛却到岸上，也会被蝼蚁所困。因此，鸟兽皆不厌山高，鱼鳖都不厌水深。善于全形养性的人，也是不厌环境幽僻深远的。至于你所提到的尧、舜二人，其实又有什么值得称颂的呢？像他们那样热衷于分辨世之贤愚善恶，说得难听点，就好比是将好端端的一堵墙予以毁坏，然后种上毫无价值的茼蒿一样。择发而梳，数米而炊，如此斤斤计较于细琐之事，又如何能够匡世济人呢？举贤荐能，结果是让民众相互倾轧；任用智者，结果是伪诈丛生。如此这般作为，哪里会有益于匡世济人呢？相反，不仅不能使民德归于淳厚，反而诱发人们的贪利之心。贪利之心切，于是便有了人间子弑父、臣弑君，青天白日偷盗，光天化日掘墙。小子，我告诉你，天下大乱的根源，一定是起于尧、舜，而其流弊祸患将及千年之后。千年之后，世上必有人吃人的事情发生。'"

老聃听到这里，重重地点点头，对庚桑楚一番话的激赏之情也同时写在了脸上。没等南荣趎继续说下去，老聃直视南荣趎，问道：

"你觉得他说得有道理吗？"

"庚桑楚先生的话，让弟子犹如醍醐灌顶，茅塞顿开，当时惭愧得无地自容。于是，肃然端坐，诚恳地对庚桑楚先生说：'弟子愚钝，年纪已经不小了，但悟性还是这样差，如何学习才能达到先生所说的境界呢？'"

"那他是怎么回答你的？"老聃问道。

"庚桑楚先生语重心长地告诫弟子说：'保全你的身体，持守你的天性，不要思虑无休，劳心伤神。如此三年，便可臻至我所说的境界了。'"

"你明白了这话的意思吗？"老聃又问道。

"弟子不明白，所以就跟庚桑楚先生说：'人的眼睛，形状都是一样的。普通人的眼与盲人的眼没有什么区别，但是盲人却看不见任何东西。人的耳朵，形状也是一样的。普通人与聋人的耳朵没有什么区别，但聋人却什么也听不到。人心的形状看上去也没什么不同，但是普通人能控制自己的情绪，而疯人则把持不了自己，会做出疯狂的举动。形体相同，为什么有不同的感应呢？是因为有什么客观的阻隔，还是没有客观的阻隔而欲求不得呢？现在先生您对弟子说，保全你的身体，持守你的天性，不要思虑无休，劳心伤神。这话我只是听进耳朵里去了而已，至于其中的道理，弟子仍然不明白。'"

"那庚桑楚怎么跟你说？"老聃问道。

"庚桑楚先生说：'我的话已经说尽了。俗话说：土蜂孵不出豆叶虫，越鸡不能孵化天鹅蛋。但是，鲁鸡却肯定能够做到。鸡与鸡之间，在禀赋上并没有什么不同，却有能与不能的区别，这是因为它们的本领有大有小。现在我虽然是你的先生，但我的才能很小，不足以教化你。所以，我建议你，还是到南方找我的先生老聃去请教吧。'"

老聃听了，没有说话，只是淡淡一笑。

南荣趎不明白老聃的意思，看了看老聃，又继续说道：

"弟子觉得庚桑楚先生说得对，您既然是他的先生，他不能说服我，您肯定能。所以，弟子告别庚桑楚先生后，立即准备了七天的干粮，背着连续走了七天七夜，终于到达了洛邑。可是，到洛邑一问，有人说您早就到南方去了。弟子想了想，猜想您肯定是回楚国老家探亲去了。于是，弟子又连忙继续南下，前往楚国。路无干粮，只得沿途乞讨。走了好几个月，才到达楚国，找到您的老家，人说没见您回来。弟子无奈，只得继续南行，想到楚都郢打听您的行踪。走到半路，偶尔听到有人议论，说您在宋国避世清修。于是，弟子连忙北折，昼夜兼程，费了好几个月时间才到了宋都商丘。可是，到商丘后，又没找到您。也是机缘凑巧，听人说您在宋国收了一个得意弟子，叫子轩，是宋国公室中人物。弟子衣衫褴褛，形同乞丐，知道求见子轩肯定不得其门而入。于是，侧面打听，这才了解了子轩以往来拜访您的行踪路线。这样，今天弟子就冒昧登门打扰了。"

"这么说，你是从楚国来？"老聃明知故问道。

"正是。"

"那么，怎么不是你一个人，而是后面跟了那么多人呢？"老聃直视着南荣趎，煞有介事地问道。

南荣趎一愣，紧接着不自觉地回过头去，向身后张望，发现并没有任何人。

老聃见此，呵呵一笑道：

"你没有听懂我说的意思吗？"

南荣趎一听这话，这才明白老聃的弦外之音，顿时惭愧地低下头。沉默良久后，南荣趎仰天长叹道：

"现在，我已经忘了我应该回答的话，因而也就忘记了我要问的话了。"

"这话是什么意思？"这一次轮到老聃感到困惑了。

"一个人不明道理吧，别人会说他愚昧；明白道理吧，又会使其陷入困惑与忧愁之中。不讲仁爱吧，势必会伤害到别人；讲仁爱吧，又反令自己陷入困境。不讲道义吧，便会伤害他人；讲道义吧，又让自己陷入困愁之中。弟子实在不明白，怎么才能逃避这种矛盾与纠结呢？以上三点，就是弟子一直想不明白的，也是忧思所在。希望您看在庚桑楚先生介绍的面子上，给弟子以指点开示。"

老聃听南荣趎说到这里，又见他态度确实非常诚恳，遂从容说道：

"我刚才仔细观察了你眉宇之间的表情，就知道你有心思；现在听了你一番话，更确信我的观察是准确的。看你失神沮丧的样子，就像是死了父母，又像是举着竹竿去探测深不见底的大海。看来，你真是一个丧失了天生真性的人，是那样迷惘而昏昧！你一心想找回自己的真情与本性，却又无从找起，真是可怜啊！"

南荣趎听了老聃这番话，立即行礼致谢，要求留居于老聃身边学受业。老聃不置可否，南荣趎就在老聃所居的小屋旁伐竹编篱，另建了一个仅能容身的小竹棚，每天足不出户，潜心反省自己的过往，以期消除自己身上老聃认为不好的方面，修炼出老聃认为好的方面。

静思反省了十天后，南荣趎仍自感愁苦。于是，又去拜见老聃。

老聃看了看南荣趎，沉默了一会儿，然后才开口说道：

"你自己洗涤内心，作了自我反省，怎么还这样郁郁寡欢，忧虑不乐呢？可见，你心中的邪念仍存，没有完全消除。你的表情已经清楚地昭示了这一点。"

"先生，那怎么办？"南荣趎以乞求的眼神望着老聃，问道。

"若身体受到困扰或束缚，不能因为破阻过程的繁杂而显得急躁，而应关闭内心予以控制；若是内心受到困扰或束缚，不能因为错谬而显得急躁，而应封闭外来的诱惑而予以阻绝。客观地说，受到内外困扰或束缚，即使是一个得'道'的圣人，往往也难以自持，何况是刚刚学'道'而仿效行事的人呢？"

南荣趎心知这是老聃在鼓励自己，让他在求学问道的道路上不要因为有挫折就气馁。但是，情不自禁中，南荣趎还是流露了沮丧的情绪：

"弟子家乡有个人得了病，邻居探望他，他能清楚地将自己的病情说出来。这样的病人，有病其实也跟没病一样。弟子的情况就不一样了。先生跟弟子讲大'道'，讲得越详细，弟子反而越糊涂，就像是生病的人吃了药后，病情反而加重了。看来弟子真是愚昧，悟性不够，其实是不配听先生讲大'道'的。所以，弟子只想听先生讲一讲养生全性之'道'就够了。"

南荣趎话一出口，就有些后悔了，认为老聃肯定会生气。没想到，老聃不但没生气，反而呵呵一笑。停顿了一会儿，才语气中肯地说道：

"你是想听养生全性之'道'，是吧？那我问你，你能使自己的身心浑然一体，和谐统一吗？你能保持天然本性而不失纯真吗？你能不求助于卜筮而预知吉凶吗？你能不起一丝贪心而安守本分吗？你能知所进退，适可而止吗？

你能舍诸人而求诸己吗？"

"先生，您说的'舍诸人而求诸己'，是什么意思？"南荣趎突然岔断老聃的话问道。

"就是舍弃模仿他人的想法，而寻求自身的完善。"

"哦，原来是这个意思。"南荣趎恍然大悟。

老聃看了一眼南荣趎，见其专注的样子，遂又接住刚才的话头，继续说了下去：

"你能不为任何外物困扰，无拘无束，活得自由自在吗？你能心无所知，对任何事情都无牵无挂吗？你能像婴儿一样吗？婴儿整天啼哭不止，但喉咙并不嘶哑，这是因为他的哭声自然谐和到了极点，符合发声的天然频率；婴儿整天握着小手，拳曲而不松开，这是他与生俱来的本能，是天性使之然；婴儿整天睁着眼睛，滴溜溜乱转，小眼也不知疲倦，这是因为他只专注于自己的内心世界，而并不滞留于外界事物；婴儿走起路来好像不知要行进的方向，停下来不知要做什么事情，一切都是随机应合，顺其自然，好像是随波逐流。以上老朽所说，就是你想知道的养生全性之'道'。"

"难道这就是'至人'追求的最高境界了吗？"南荣趎欣喜雀跃，兴奋地问道。

"不是。这仅仅是'至人'消解心中积滞的本能而已，就像是冰冻见到阳光自然融解一样。"老聃斩钉截铁地回答道。

"先生的意思是说，以上这些只不过是'至人'最基本的修养，并不是其最高境界，是吗？"

"是。这种最基本的修养，你能做到吗？"老聃直视南荣趎，问道。

南荣趎摇摇头，沉默不语。

老聃见此，接着说道：

"我所说的'至人'，他循'道'而行，顺应自然规律，他们虽然与普通人一样乞食于地，同乐于天，但他不会因为人事的利害而感到困扰。他既不责难别人什么，也不与别人相互图谋，更不会将尘俗的事务放在心上。他自由自在地走，又淡泊无执地来。这就是'至人'养生全性之'道'。"

"及于此，就达到了养生全性的最高境界了吧？"

"不是。我刚才不是已经跟你说：'能像婴儿一样吗？'婴儿一举一动，我们看不出他要干什么；婴儿举步行走，我们不知道他所前进的方向。婴儿的身体像枯木之枝，婴儿的心灵像燃烧过的灰烬。人若做到婴儿这样，自然祸不会临头，福也不会到来。无祸无福，何来人间的灾害呢？"

"先生，弟子终于明白了，行为与心灵都等同于婴儿，便算是得'道'，可以认为是达到了'至人'的境界，是吗？"南荣趎好像突然恍然大悟了。

老聃没吱声，只是轻微地点了点头。

南荣趎见了，脸上终于露出了欣喜的笑容。于是，一边向老聃行礼，一边倒退着出了老聃的小屋，往畏垒山向庚桑楚汇报去了。

3．以可不可为一贯

周敬王十五年（公元前505年）十二月，老聃避居到宋国清修已满五个年头了。虽然日复一日生活平淡，死水无澜，役夫早已不耐烦了，但老聃却对荒郊沙丘中的清修悟道生活甘之如饴，觉得清修时间越长，心境越是平静，对很多问题的思考也更趋于深刻。

十二月十五，天不亮老聃就醒了。这倒不是因为老人容易失眠或是别的什么，而是因为凛冽的北风刮了一夜，他所住的小屋被无孔不入的寒风吹得人浑身透凉透凉。实在是无法入睡了，老聃只得拥被坐起。黑暗之中，呼啸的寒风吹着远处或近处沙丘上的沙粒敲打着屋顶与竹木墙壁的沙沙之声，寒风掠过小屋周边竹林发出的阵阵如同急雨倾泻之声，还有屋后沙丘山上枯枝枯叶在寒风中瑟瑟作响之声，听来都格外真切。

好不容易熬到了天亮，风声也小了，老聃迫不及待地穿衣起来。可是，打开柴门一看，天际白茫茫一片。原来，已经下雪了，而且是漫天大雪。老聃看看远方，又低头看看门口，发现雪已经积得约有两寸厚了。

"老爷，当心着凉！"正当老聃望着漫天大雪发呆时，役夫突然也起来了。

老聃回头看了一眼役夫，正准备要随手掩上柴门时，役夫示意他不要，说道：

"趁着雪还没积得太厚，老仆去弄几棵菜回来放在屋里。"

说着，役夫就一头冲进了漫天大雪之中。不一会儿，役夫就从门前雪地里刨出了几棵菜，上面还沾着冰雪。

简单地用过朝食后，老聃仍旧像往常一样席地而坐，开始闭目沉思。役夫因为下雪，不能像往常一样出去种菜翻地，只能局促地坐在小屋的一个角落里，看着老聃闭目沉思。不过，没坐多久，役夫起身出门了。因为他平时劳动惯了，让他长时间待在屋内，坐着不动，他觉得非常难受，他与好静的老聃完全是两个类型。可是，开门出去不大一会儿，役夫又回来了。因为外面风雪实在太大，周围没有任何可以躲避的地方。如果有可以避风挡雪之处，他绝对不愿意回到这个局促的小屋，看着老聃闭目沉思，终日不发一言的样子。

耐着性子在屋里坐了约一个时辰，役夫又起身出门了。这次，他是去屋后柴禾堆里抱回一些干柴禾做饭用，还想顺便找点干木头回屋生火，给老聃取取暖。就在役夫一手抱着干柴禾，一手拿了个枯树根，正要进门时，一驾马车戛然停在了门前。役夫抬眼一看，马上认出，又是子轩来了。役夫想，子轩在这样一个风雪天到访，一定又是惦记老聃的生活起居，特意来送东西的。

果然，就在子轩翻身跳下马车的同时，车中两个年轻的随从也随着一起跳下了马车，接着手脚麻利地从车上卸下几袋货物，也不言语，直接扛着就进了屋。

役夫见此，连忙跟进屋里，见子轩的两个随从将袋子放在屋角，便顺手打开，发现竟然有一袋是木炭。役夫真是打心眼里高兴，这才叫雪中送炭呀！于是，立即将袋内的木炭倒出一些，开始生火烧炭。不一会儿，炭火生起来了。炭火映红了小屋，温暖了屋内每个人的身体，也温暖了每个人的心。

"先生，让您受冻了！弟子不知天气变化得这么快，今天竟然下起了这么大的雪。早知道，弟子就提前几天将木炭与御寒的衣物送过来了。"

就在老聃的役夫与两个随从忙着生炭火与准备招待餐食的时候，子轩已经跪在了老聃的旁边，一边这样轻声说着，一边将自己身上穿的皮毛大氅脱下，披在了老聃的身上。

不知是内心激动的，还是被炭火温暖的，老聃的脸红扑扑的。红颜、白发、白须的老聃，在子轩看来，更平添了一种仙风道骨的风姿。但是，仙风道骨的老聃一听到是子轩的声音，立即睁开了眼睛，一改往日深沉沉默的做派，看了看子轩，轻声说道：

"还好，并不是十分寒冷。"

"先生，今年天气非常反常，诸侯各国不是遭水灾，就是遭旱灾，鲁国还出现了日食。所以，弟子担心今年的冬天会特别冷。先生若要在此过冬，恐怕要遭不少罪的。不知先生肯不肯跟弟子回城里去住一段时间？等到熬过了寒冬，春暖花开时，先生再回到此地清修，弟子也是不反对的。"

"这个就不必了。只是你刚才说到诸侯各国遭受天灾，鲁国又见日食的事，老朽就想到，事情恐怕不是这么简单。"

"先生真是神人也！今年确实是个多事之年，除了天灾，还有人祸，天下是非常不太平。"子轩说道。

"那你就将今年诸侯各国所发生的事情向老朽说一说，我在此与世隔绝，确实是孤陋寡闻了。"

子轩一听，立即明白了，老聃在此隐居清修，表面上看是要避开世事的纷扰，不想过问现实政治，实际上他内心深处还是没有忘情于天下苍生。仅此，便能洞知他还有深切的人文关怀，并不像有些人所想象的那样，认为他对世事完全是冷漠的。深情地看了一眼老聃，子轩从容说道：

"陈国今年换了新君，号为陈怀公；曹国也换了新君，叫曹靖公。楚国亡了国，现在又复国了。"

"楚国亡了国，这是怎么回事？"老聃吃惊地问道。

"记得去年弟子曾跟先生说过，蔡昭侯朝楚时因为一件裘衣而被楚王扣留三年，归国后立即前往晋国，请求晋国起兵伐楚，以雪其奇耻大辱。"

"结果怎么样？"老聃急切地问道，毕竟楚国是他的故乡。

"晋国是北方大国，为了树立自己在诸侯中的霸主形象，晋定公就假借周王的名义，号令诸侯各国，一同起兵攻打楚国。"

"结果，楚国就被打败而亡了，是吧？"老聃急切地问道。

子轩摇摇头。

"那到底是怎么回事？"老聃紧接着追问道。

"晋定公假借周王名义，率几个北方诸侯国远道南下，师老兵疲，加上内部不能协调一致，而楚国则举国一心，严阵以待。结果，双方刚一交战，北方诸侯联军就望风而逃。"

"如此说来，亡楚国是另有其人了？"

"先生说的是。"子轩点头说道。

"莫非是南方大国吴国趁火打劫？"老聃看着子轩问道。

"先生真是神人也！正是吴国。先生也知道，楚平王因为听信了佞臣费无忌的谗言而杀了太子太傅伍奢及其长子伍尚，伍奢次子伍子胥逃到吴国，一心要借吴国之力报杀父杀兄之仇。由于吴国内部重重阻力，伍子胥借刀杀人的计谋一直没有实现。这次，他终于借蔡昭侯请求吴王阖闾联合伐楚的机会，亲率吴国大军入楚，一举攻入楚国之都郢，楚昭王仓皇逃出郢都。伍子胥攻占了楚都后，还不解恨，乃令人掘开楚平王之墓，将楚平王尸体拖出来，鞭尸三百，弃尸而去。"

老聃听到这里，闭上了眼睛，不住地摇头。

子轩又接着说道：

"楚王之臣申包胥是伍子胥的好友，对伍家的不幸遭遇非常同情。楚国亡国后，申包胥逃到山中。但是，他不忍看到楚国就这样亡国了，于是一边派人给伍子胥传话，谴责其复仇之举太过分了，一边背着干粮，越高山，涉深水，衣服破了，膝盖破了，鞋子没了，脚板破了又好，好了又破，历尽无数艰难，最终到达了秦国，请求秦哀公出兵相救。可是，秦楚路途遥遥，所以秦哀公一开始并无出手之意。为此，申包胥立于秦庭外七日七夜哭泣不止，滴水未进，粒米未进，站累了，就双腿轮流独立。最终至诚之心感动了秦哀公，秦哀公不仅同意出兵，由大夫子满、子虎率兵救楚，而且还亲赋《无衣》诗勉励秦国将士奋勇杀敌。最后，吴国在秦国大兵的进攻下，以及楚国民众的反抗和国内局势的影响下，撤兵退出了楚国。由此，楚昭王得以复国。"

听子轩说到这里，老聃突然又睁开了眼睛，拈须说道：

"申包胥公不忘国，私不忘友，是国士，也是君子！"

"先生说的是。申包胥为楚国复国立下了盖世奇功，却既不邀功，也不居功，楚昭王复国后要封赏他，他却带着一家老小逃到山中隐居去了。为此，楚国朝野上下更加感念申包胥，不忘他对楚国的再造之恩。记得先生曾说过：'功成而弗居。夫唯弗居，是以不去。'先生还说过：'功遂身退，天之道也。'像申包胥的所作所为，应该符合先生所说的'天之道'了吧？他能达到先生所说的这种境，大概可以算个圣人了吧？"

老聃点了点头，顿了顿，又说道：

"你刚才说到鲁国有日食，大概鲁国政局不会太平吧？"

"先生真是料事如神！鲁国政坛今年发生的事恐怕比日食更令人惊骇。"

"哦？什么事？"老聃难得面露惊讶之色。

"鲁国如今执掌朝政的不是鲁定公，也不是'三桓'的季孙氏，而是一个出身低微的家臣阳虎。"

"自古以来，都有朝臣僭越把持朝政的，比方说周公旦。但是，还从未听说过有一介家臣能把持一国朝政的事。"老聃说道。

"先生说的是。"子轩附和道。

师徒二人正说着，役夫送上了两盏热水。老聃与子轩接盏在手，一边慢慢地喝着热水，一边又继续聊开了。

"不知这阳虎到底是怎样的一个人？"老聃问道。

"阳虎，又叫阳货，是季孙氏的家臣。先生大概也听说过这样一句话：'鲁国政在三桓。''三桓'，就是季孙氏、孟孙氏、叔孙氏，长期把持鲁国国政，鲁君其实只是一个摆设，或曰是个玩偶、傀儡而已。'三桓'虽说共同执政，但真正起主导作用的还是季孙氏一家，冢宰之职一直由季孙氏担任。"

"这么说来，'三桓'的地位是不平等的，季孙氏才是主导。既然季孙氏是主导，怎么他的家臣阳虎又主导了鲁国的国政了呢？难道季孙氏又被阳虎取代了？"老聃不解地问道。

"阳虎作为季孙氏家臣，之所以能够坐大，那是有原因的。"

"什么原因？"老聃更加好奇了。

"阳虎虽然在季孙氏的冢宰府早有权势，但权势也仅止于季孙氏家中，未能延及于朝中。是鲁昭公二十五年的一场内乱，给了他一个绝好的权势坐大、威望上升的机会。"

"具体说来听听。"老聃显然来了兴趣。

"鲁国有一个祖制，就是每年都要定期举行一次祭祖大典，由鲁国国君亲自主持。但是，自从'三桓'把持了鲁国国政后，祭祖大典不再由鲁国国君主持，而是由冢宰主持。祭祖虽然是个仪式，主持也只是一个仪式，但事实上已经清楚地向世人昭示了这样一个事实：鲁国政在冢宰，不在国君。季平子当时为冢宰，按惯例，鲁昭公二十五年的鲁君祭祖大典仍然是由他主持。可是，孔丘的弟子孟懿子与南宫韬却向鲁昭公建议，从今往后，祭祖大典恢复惯例，改由国君主持，不再由冢宰主持。南宫韬还建议，操办大典的事由孔丘襄助。"

"这是南宫有意要抬举他的老师吧。"老聃呵呵一笑道。

"先生真是洞若观火！据说南宫曾陪同孔丘专程到周都洛邑向先生问礼求学，有这回事吧？"

老聃点点头。

"在朝堂之上，季平子对孟懿子与南宫的建议表示同意，但内心是不满的。因此，鲁昭公让他负责操练八佾舞的事，他只是虚应故事。等到祭祖大典时，鲁昭公左等也不见季平子，右等也不见季平子。最后只得派人到季孙氏家宰府去请，结果发现季平子竟然在府中观看八佾舞于庭的表演。"

子轩说到这里，老聃突然打断，说道：

"八佾舞乃是天子所用之礼，鲁国是周公旦的封国，所以鲁国国君可以用八佾舞，季平子虽是鲁国冢宰，但名分上他只是一个大夫，是不能用八佾舞的。他在府中表演八佾舞，乃是僭越天子之礼。"

"先生说的是，据说拘礼的孔丘听说后，差点气死，破口大骂道：'是可忍，孰不可忍也？'"

"结果呢?"老聃不禁好奇地问道。

"孔丘乃一介书生，只能生生气而已。就是鲁昭公，也毫无办法，只能背后叹气。不过，也就在这天，做了二十五年傀儡的鲁昭公最终还是激发出了一点男人的血性。祭祖大典的事，让他作为一国之君仅存的一点表面上的体面都不复存在，他想再安于现状，也不可能了。正在鲁昭公生闷气而无法排解的时候，来了一个机会，让他看到了恢复鲁国公室权力的希望。"

"什么机会?"老聃不自觉间一改平日沉着冷静的常态，急切地问道。

"就在季平子在府中表演八佾舞的同时，还有一场斗鸡会也在上演。不过，正是这场斗鸡会，最终成了引爆鲁国君臣战争的导火索。"

"这场君臣战争，就是鲁昭公二十五年那次事变吧。"老聃淡淡地说道。

"先生记得真是清楚，就是那次。"

"鲁昭公被驱逐出境的结果，为师是听说了，但具体细节不是太清楚。"老聃说道。

子轩一听老聃这话，立即心知其意，遂接着述说细节道：

"这场斗鸡会由季平子邀战，郈昭伯应战。结果，季平子失败了。季平子之所以要招郈昭伯到自己府中斗鸡，并不是因为他们有政治同盟关系，也不是因为个人私交很好，而是恰恰相反。二人虽同朝为官，权势地位却大不相同。郈昭伯觉得自己爵位在季平子之上，却在朝政上没有话语权，因此对季平子心存不满。季平子心知肚明，所以就以斗鸡为名，有意要压服郈昭伯。郈昭伯也心知其意，于是二人就借斗鸡为名进行角力。可是，每次斗鸡都难分胜负。后来有一次，季平子为了取胜，暗中在自己的斗鸡翅上抹了芥辣。比赛中，无论郈昭伯的斗鸡如何凶猛，最后都被季平子的鸡弄瞎了眼而败下阵来。"

"斗鸡乃博笑之小技，季平子之所为，非正人君子所当为。"老聃脱口而出道。

"先生说的是。郈昭伯开始不知道原因，觉得纳闷。后来暗中察访，才了解到真相，觉得季平子不是君子，而是小人。遂萌生一念，欲以其人之道，还治其人之身。鲁君祭祖大典这天，当季平子邀请他前往冢宰府斗鸡时，他便旧仇涌上心头，心生一计，在自己的斗鸡爪子上绑了一个金钩。结果，比赛中无论季平子的斗鸡如何厉害，最终皆被郈昭伯的斗鸡弄瞎眼而斗败。季平子察知真相后，大为震怒，立即扯住郈昭伯，要他一同到鲁昭公那里去评理。郈昭伯不从，季平子甚至当场放言要杀死郈昭伯。"

"结果怎么样?"老聃情不自禁地面露孩童般好奇的神情，问道。

"最后，当然被众人劝住了。但是，郈昭伯事后却越想越气，感到自己受了奇耻大辱。回到府中后，郈昭伯还是咽不下这口恶气，遂一时血气冲动，恶从胆边生，作出了一个大胆而冒险的决定，决意与一向跟季平子不和的臧昭伯联合，秘密求见鲁昭公，以恢复君权为借口，一起举兵攻打季平子。臧昭伯欣然同意郈昭伯的计谋，于是二人当天下午一同面君，向鲁昭公请求。鲁昭公正因为上午祭祖的事对季平子恨得牙痒痒，犹豫片刻后，还是横下了一条心，答应了二人的请求，决定动用鲁国公室自己能掌握的兵力，与郈昭伯、臧昭伯合兵一处，趁季平子不备，当天晚上就发动突然袭击。如果能够成功，就可一举铲除季孙氏的势力，从而重拾君权。定计之后，三人便分头行动，当晚就合兵包围了季平子的冢宰府，并发动了进攻。战斗进行得非常顺利，眼看季平子的府兵就要抵挡不住，季平子就要俯首就擒时，突然孟孙氏、叔孙氏二家的府兵从背后杀过来驰援季平子。季平子一见，大喜过望，立即亲率府兵冲锋陷阵，与孟孙氏、叔孙氏二家兵力对鲁昭公与郈昭伯、臧昭伯的联军前后夹击。最终，鲁昭公与郈昭伯、臧昭伯的力量不敌'三桓'，功败垂成。鲁昭公只得连夜逃出曲阜城，往齐国寻求政治庇护去了。这个结果，先生是早就知道的。"

老聃看了看子轩，点了点头，说道：

"结果是早就知道的，但不知道内情是如此复杂！孟孙氏、叔孙氏二家最终出兵相助季平子，是出于共同利益考虑吧。"

"先生说的是。孟孙氏、叔孙氏二家与季孙氏历来因为权力斗争而矛盾重重，之所以最后关头出兵相助季平子，完全是出于自身利益的考虑。如果他们不出兵相助季平子，季孙氏势力被铲除后，接下来鲁昭公肯定要逐一铲除孟孙氏、叔孙氏二家的势力，届时'三桓'主政鲁国的局面就不复存在了。虽然眼前他们与季孙氏有矛盾，但至少还可以在鲁国政局中分得一杯羹，多少能保住一些既得利益。"

"这就是政治的丑陋，这就是人心贪欲不除，天下就不得太平的明证。"老聃脱口而出道。

"先生说的是。鲁国的这场政治风波，表面看季平子是赢家，其实不是。真正的赢家，则是季平子的家臣阳虎。有名无实的傀儡君主鲁昭公被逐出鲁国后，季平子代行鲁君之权。可是，回到冢宰府，季平子又被家臣阳虎所控制。因为阳虎在此次与鲁昭公率领的三家联军作战中执掌了季孙氏家兵的指挥权，并且在战斗中表现突出，赢得了威望。今年六月，季平子突然死去，其子季孙斯继立为鲁国冢宰，执掌鲁国的权柄，号为季桓子。但是，季桓子年幼，季孙氏家族内部的事情都处理不了，这就让阳虎等季孙氏的家臣们动了邪念。最终，在家臣内斗中，阳虎势力坐大。在扫除了家臣中的其他对手后，阳虎又以武力逼迫季桓子放权，由自己代理季桓子执掌鲁国朝政。所以，现在的鲁国真正是一个由家臣当家的诸侯国了。先生，您说这奇不奇？"

老聃没有回答，只是摇了摇头，然后又闭上了眼睛。半天，突然像是自言自语地说道：

"做国君如何，做执政又如何？家臣执政又如何？生如何，死又如何？荣如何，辱又如何？视生死为一同，以可不可为一贯，一切皆可休矣！"

子轩一愣，然后立即明白老聃的深意。遂连忙跪伏于席上，说道：

"弟子谨受教！"

正在此时，役夫与子轩的两个随从已经做好了简单的招待餐食，是几个烤馍馍，一盘牛肉，还有一盘清水煮的蔬菜。馍馍是昨天役夫蒸的，他每次都一次性多蒸一些，然后接下来的几天就吃烤馍馍，因为老聃喜欢，说吃起来香。牛肉是子轩今天带来的，已经煮熟了的，役夫将其在炭火边烤热了，简单地切成几大块，就装盘了。蔬菜则是早上役夫从门前雪地里挖回去的。这些饭蔬虽然看起来粗简，但对于老聃来说，已经是大餐了，平时他是吃不到这些的。

吃饭的时候，老聃大概有感于子轩风雪之中探访馈赠之情，又听了子轩说了诸侯国的许多事情，心情心境都与平日大不一样，所以破天荒地跟子轩边吃边聊了起来，虽然都是些闲话，但让子轩觉得格外亲切。

就当老聃与子轩盘中食物将尽之时，子轩的两个随从适时送上了两盏粟米粥，热气腾腾的。这也让老聃喜出望外，因为平时他从未有过这样的待遇。但是，子轩一点也不感到惊喜，因为他平时都是这样用餐的，饭后一定要喝一盏粟米粥，这是宋国贵族的饮食习惯。

饭后，师徒二人又聊了一会儿，子轩就起身向老聃告辞。因为风大雪大，路途难行，不早出发，恐怕在天黑前进不了城。老聃仍与往常一样，子轩跟他告辞时，他只点点头，并未起身相送。待子轩出门后，他又闭目静坐，开始了清修。

大雪一连下了三天，到第四天的午后才算是真正停了。第五天，天气出奇的好，虽然冰雪尚未完全开始融化，但是阳光朗照，风也住了，真是寒冬时节难得的一个晴好天。老聃平时都有早晚出门散步的习惯，这几天大雪纷飞，天寒地冻，他只能蜷缩在狭小的屋内，拥被静坐清修。今天早上一睁开眼，看到从墙缝中撒进的阳光，老聃就像是见到了久违的老友，欣喜异常。

于是，不等役夫起来侍候，就迫不及待地穿衣着裳，然后径直开门出去了。

雪后的商丘郊野，是一片晶莹洁白的世界。远处的原野是洁白的，门前的菜地是洁白的，屋后的小山是洁白的，小屋周边的竹林也是洁白的。虽然空气中还透着彻骨的寒，但空气是清新的，让人觉得呼吸之间都显得通泰舒服，有一种神清气爽的感觉。老聃踏着原野上厚厚的积雪，围着小屋周边的小山转了一圈，大约花了一个时辰。感觉全身筋骨都舒展了，腿脚也麻利了，老聃便往回走。在老聃往回走的同时，役夫早已站在小屋前远远地望着他，迎着他了。这种情景，自从隐居到此，几乎已经定格成了一种主仆二人日常生活的固定画面。

像往常一样，老聃散步回到小屋后，役夫侍候好他用过朝食后，就出门去了。今天役夫出门，主要是想在雪地里再刨出几棵蔬菜，让老聃饮食有个调剂。因为这几天一直大雪不停，每天只吃烤馍馍，再加一些子轩带来的牛肉，老聃都有些便秘了。役夫想，如果能让老聃有些蔬菜吃，再加每日恢复散步，相信他的便秘就会好了。大雪之前，老聃每天早晚两次散步，每顿饭食中都有蔬菜，就从未有过便秘现象。

赤手刨挖了好久，役夫才从厚厚的积雪中刨出了五棵冻得缩成一团的菜。抖了泥土与冰碴，役夫就像捧着宝贝似的捧着这五棵蔬菜，深一脚浅一脚地踏雪而归。到了小屋门前，役夫没有直接进屋，而是转到小屋外的右角落。那里有一口水井，是他们来后开掘的。几年来，他们主仆二人的饮用水都取自此井。役夫走到水井边，先弯腰拿起旁边用来打水的小木桶，放下绳子，提上一桶水。然后，再将刚才从雪地里刨出来的菜在水中漂洗了一下。捞起菜后，再打上一桶水，将洗净的菜放在桶中浸泡着。过了约一顿饭的工夫，原来冻得缩成干巴巴一团的菜都伸展开来了，显出了鲜嫩的原形。役夫看着，高兴地笑了。

就在役夫在雪地里刨菜，在水井边洗菜的时候，老聃则仍像往常一样，席地而坐，闭目沉思。只是这几天老聃所坐的席子与往常有些不同了，草席上铺有一张兽皮，这是子轩上次特意带来的，他怕老聃整天坐在草席上湿气太重，伤了身体。老聃这些天因为草席上有了这张兽皮，静坐时感觉暖和多了。身体的安定，也使他的精神思考趋于安定，思虑更加深邃了。

日中时分，役夫像往常一样，定时给老聃添水续盏。不过，今天他准备改变一下食谱，以雪地里新刨出的新鲜蔬菜为主料，再切上几片前几天子轩带来的牛肉，放在一起清水煮，可以蔬菜借牛肉之味，牛肉借蔬菜之鲜，相信味道一定不错。打定主意，役夫便开门到屋后的柴禾垛去抱柴禾了。可是，刚打开柴门，就见一个衣衫褴褛的男人披头散发地立在了门前，两腋下还各挂着一根木棍。役夫不禁心中一惊，怎么这样的雪天，还有人找到这种荒郊野外向老聃求学问道吗？

役夫正这样想着的时候，那人已经挂着木棍一瘸一拐地走到了他面前，开口问道：

"这里是圣人老聃隐居之所吗？"

役夫本来不想告诉他实话，免得老聃又不得清静了。但是，看着他的样子，又操着非河洛口音，知道他是远道而来，所以役夫不忍心相瞒，遂情不自禁地脱口而出道：

"正是。"

役夫一边说着，一边不自觉地径直进屋去替来人通报了：

"老爷，外面有一个操着不知何地口音的人，说是要来拜访您。"

"到底是个什么人？"老聃眼都没睁，就随口问道。其实，役夫与来人在门外的对话他已经听到了。因为长期闭目静坐，他的听力特别灵敏，稍有一点声音，都能听得真切。

"来人拄着木棍，用两个脚后跟走路，看起来是非常艰难地才到了这里。"役夫回答道。

老聃是个冷静而不易激动的人，但是听到役夫这样说，心里还是微微一颤，情不自禁地脱口而出道：

"那就请他进来一见吧。"

不一会儿，役夫就将来人引进了小屋。老聃仍然坐在席上一动不动，微微闭着双眼，手拈飘胸白须。

"先生好，打扰您清修了。"来人一见到老聃，就一边躬身施礼，一边问候道。

"尊客何处来？"老聃听到问候，仍然没有睁开眼睛，只是信口这样问了一句。

"从鲁国来。"来人恭敬有加地回答道。

"不知如何称呼尊客？"

"叔山无趾。"来人答道。

"叔山无趾？"老聃先是一愣，然后小声念叨了一下。

"是，叔山无趾。"

"那为什么叫无趾呢？"老聃直到此时仍然微闭双眼，没有看叔山无趾一眼，当然不会看到他的脚趾。其实，就是有意要看，恐怕也看不到，因为叔山脚上裹了很厚的布条。

"弟子年少无知时曾触犯了法律，被砍去了双脚的脚趾。为了时刻警醒自己，就自名无趾。"叔山坦然地回答道。

老聃刚才听役夫说到叔山用脚后跟走路，以为他是为了表达对自己的敬意，有意而为之。没想到，他是因受刑无趾，只得以脚后跟艰难地行走了千里。于是，心头一热，立即睁开了眼睛，认真地打量了一下叔山。不看不知道，一看到叔山破衣烂衫，脚上裹着烂布条，而且早被雨雪湿透的样子，老聃真的感动了。不自觉间，老聃就像换了一个人似的，一改平日对人对事冷静冷淡的态度，像见到自己久别而心爱的弟子似的，语气温柔地跟叔山嘘寒问暖起来：

"由鲁至宋，千里迢迢，这一路走来一定不容易吧，费时也不少吧？"

"还好，也就大半年时间吧。"叔山平静地答道。

"那很不容易啊！你千里迢迢来此荒僻郊野见老朽，不知所为何事？"

"是专程来向先生请教道理的。"叔山恭敬地答道。

"鲁国不是有圣人孔丘吗？你何不就近请教他，而要舍近求远，辛苦如此呢？"老聃认真地问道。

"孔丘杏坛授徒，有教无类，天下各国学子闻之纷至沓来。弟子也慕名前往，希望拜他为师，学问上有所长进。"

"孔丘答应收你为徒了吗？"老聃又问道。

"弟子以脚跟行走，从家乡出发，历时近一个月，才到达曲阜，见到了孔丘。见面后，弟子向他坦承了自己以往犯过的过错，以及受到砍去双脚脚趾处罚的既成事实。孔丘听了，脱口而出，跟弟子说道：'您以前做事做人不谨慎，以致触犯了法律，受到了惩戒，变成现在这个样子。现在您虽然来找我，但您的过往又怎么能挽回呢？'"

"据说孔丘非常善于培养学生，因材施教，怎么见到您会说出这样一番话呢？"老聃不解地问道。

"弟子之前是因为听说孔丘不仅收坐过牢的公冶长为徒，还将女儿嫁给了他，所以慕名投奔其门下。不意，孔丘还是嫌弃弟子以前犯过错，受过刑。所以，当时弟子就非常失望。于是，在情绪失控的情况下，又犯了一个错误。"

"犯了什么错误？"老聃急切而关切地问道。

"当时弟子就回了孔丘一句话：'我早年因为少不更事，鲁莽草率，因而犯下大错，失去了双脚的脚趾。今天我来见先生，是自以为我还有比双脚更宝贵的东西没有丢失，这就是要求上进的道德心。我想将这最宝贵的东西保全下来，所以前来求学问道。我听人说，天无不覆，地无不载。我将先生看作天，看作地，哪里知道先生却是这等的胸怀！'说完，弟子就出门了。"

"那孔丘怎么样？"老聃又问道。

"孔丘听弟子这样说，连忙道歉说：'我太浅薄了！先生为什么不再进屋坐一坐，给我讲一讲道理呢？'"

"那您怎么说？"老聃又问道。

"弟子觉得没必要了，所以没有再接受孔丘的邀请进屋，而是径直离开了。事后听人说，在弟子离开后，孔丘召集他的弟子们，跟他们说：'小子们，你们要努力啊！叔山无趾是个犯了罪而砍了脚趾的人，还知道努力学习，以期匡救以往所犯的过错，何况你们是道德上没有污点的人呢？'"

"这说明孔丘还是肯定您过而能改，积极要求上进的呀！"老聃直视叔山道。

"人们都称孔丘是圣人，弟子觉得他还未臻至这种境界吧？如果他真的臻至了这种境界，他何必频频要来向您求学问道呢？还有，他非常在意别人的评价，求取奇异的名声，以求传于天下。如果他真的是圣人，难道不明白名誉就是一种无形的枷锁吗？"

老聃见叔山越说越慷慨，遂呵呵一笑，以异常平静的口气说道：

"那您为什么不直截了当地告诉孔丘，让他视死生为一同，以可不可为一贯呢？"

"先生的意思是说，让孔丘明白生与死、肯定与否定，其实都是一回事，是吗？"叔山恳切地望着老聃，问道。

老聃拈了拈胸前的白须，微微点了点头，说道：

"视死生为一同，以可不可为一贯，又何来枷锁？"

"先生说的虽然没错，但是孔丘的枷锁是上天给他的精神桎梏，怎么能够解除呢？"

老聃听了，呵呵一笑。

叔山见了，也会心地一笑。

4. 游乎无有

周敬王十六年（公元前504年）三月初，宋都商丘已然从严寒中彻底苏醒过来，大街小巷两旁的各种树木都已枝青叶绿，许多花儿也骄傲地绽放于枝头。原本灰蒙蒙、脏兮兮的商丘城在春风的鼓荡下，终于显得有了些生气。走在街上的人们，衣着不再像冬天那样臃肿了，走路的脚步似乎也轻快了不少，许多孩童脸上都漾着灿烂的笑容。毕竟是一元复始，万象更新的时候了。

三月初九，一大早，商丘城城门刚刚开启，就有一辆马车急驰而进。马车里坐着一个年纪在三十岁上下的年轻人，一副书生气质。但是，仔细看看他的马车，以及为他驾车的车夫，那做派又不似一般的书生。马车在城门口接受了宋国卫士的检查后，车夫就响甩一鞭子，驱动了马车。但刚走了一段路，车夫突然若有所思，停住了马车，回头向车内的书生问了一句：

"先生，俺们现在去哪？"

"先在城里转一圈，顺便逛逛宋都，然后再找家客栈住下。"

"那要住什么样的客栈呢？"车夫又问道。

"客栈不一定要怎么高级，关键是要干净舒适。"年轻的书生答道。

"诺！"车夫答应一声，便甩了一个响鞭，又催动了马车。

大约半个时辰后，宋都商丘城都逛了个遍。最终，二人在一家门庭较高，看起来似乎比较高档的客栈前驻马停车。

车子停稳后，车夫先自己跳下车，然后伸手扶了书生一把，书生便身手敏捷地从车上跳了下来。客栈中的伙计一见，连忙上前，帮助二人卸下了车中的行李，并将二人引入客栈。

甫一住定，书生就径直找到客栈老板，说道：

"老板，向您打听一个人。"

"客爷，您要打听什么人？只要是住在宋都，只要是有些头脸的人，俺都知道。"

书生听了呵呵一笑，大概觉得客栈老板太过自负了。不过，他心里虽是这样想，但嘴上却不说，只是顺着他的话说道：

"那俺们今天算是住对了客栈，问对人了。"

"那当然。"客栈老板笑容满面，颇是骄傲地说道。

"有一个从周都洛邑来的老者，是周天子的史官，人称老聃，几年前跟周天子告假到宋国清修，不知他到底住在哪里？"

客栈老板一听那年轻的书生问到周天子史官，先前脸上呈现的自负笑容顿时不见了，茫然不知所以。

年轻的书生见此，立即明白了，看来自己是问道于盲了。毕竟客栈老板只是一个经营客栈的小商人，老聃是周天子朝中之人，他何尝有所了解。不要说是周天子朝中人物，就是宋国朝内的事，恐怕他也未必知道多少。看着刚才还在夸海口的客栈老板脸上一副茫然与尴尬的表情，年轻的书生立即转换了话题，跟他谈起了宋都商丘的天气。不一会儿，主客之间又谈笑风生了。

正当二人谈得高兴时，突然一个长得非常标致而优雅的女人走了过来。年轻的书生虽是个走南闯北，见过世面的人，但看到这个女人，仍然有一种惊艳的感觉。女人大概是有什么事，走到客栈老板面前后，悄悄地贴着他的耳朵说了几句。老板听了，板着面孔，没有说话。女人扭着纤细的腰肢，悻悻然地离去了，但走路的样子仍不失婀娜优雅的韵味。年轻的书生看着她远去的背影，半天没回过神来。等他回过神来，发现客栈老板正以奇怪的眼神看着他。书生顿时感到非常窘迫，遂连忙又没话找话，问了老板一些有关宋国风土人情的事情。然后，又说了一些闲话，年轻的书生就准备告别老板，回到自己的客室了。

可是，就在此时，又有一个女人向客栈老板走来。年轻的书生见此，又情不自禁地注目看了一眼，发现这个女人与刚才的女人无法比，长得实在是丑。可是，当这个丑女走到客栈老板面前时，老板却对她满脸堆笑。丑女人先对年轻的书生点了点头，笑了一笑，然后也像先前那位漂亮女人一样，贴着客栈老板的耳朵说了几句。老板听了，连连点头，脸露笑意。

年轻的书生看到这一幕，顿时感到非常困惑。等到那丑女人离开后，年轻的书生终于忍不住了，向客栈老板问道：

"刚才两位是……"

老板明白其意，没等年轻的书生说完，就回答道：

"是我的两个小妾。"

"哦，原来是您的如夫人啊！在下有句话，不知当问不当问？"年轻的书生怯怯地说道。

"客爷，您不必客气，有话就直说吧。俺是爽快人，一向直来直去的。"

年轻的书生见客栈老板这样说，遂大起了胆子问道：

"恕在下冒昧，您的两个如夫人，一个貌美如花，一个长相丑陋。按照常理，男人都是喜欢貌美的，讨厌貌陋的。可是，看您刚才对两位如夫人的态度，则恰恰相反。所以，在下就感到困惑了。"

客栈老板听了，呵呵一笑道：

"这有什么奇怪的？貌美的小妾自以为长得漂亮，但我不知道她哪里长得漂亮；丑陋的小妾自以为长得丑陋，但我不知道她到底哪里丑陋。"

年轻的书生听了老板这番话，似乎心有所悟，不住地点头。良久，像是自言自语地说道：

"行为贤良而不自以为贤良，到哪里会不受人爱戴呢？"

客栈老板听了，不明所以，觉得莫名其妙。但是，他也没再问年轻的书生。只是跟年轻书生结束闲聊时，顺口提到了一个人：

"客爷，只顾跟您闲聊了，忘记跟您说一个人，他就是子轩。"

"子轩？子轩是谁？"年轻的书生望着客栈老板，问道。

客栈老板莞尔一笑道：

"子轩是宋国公室中人，喜欢结交天下各路人物，消息灵通。宋国朝中之事，更是没有他不知道的。您所要找的什么周天子史官，如果确实来过宋国，找他问问，或许就会有线索。"

年轻的书生听了，顿时喜出望外，立即叫过马夫，来不及问清子轩府上的地址，就出门登车，拜访子轩去了。

宋国都城不大，子轩是宋公室中人，一打听就知道了。不到半个时辰，年轻的书生就出现在了子轩的府前。书生说明了来意，子轩的门人立即进去通禀。

"老爷，门外有一位远道来的客人，叫阳子居，前来求见。"

"阳子居？"子轩心里一惊，这个人怎么到宋国来了，而且还找到了自己府上。

"客人说，他到宋国是专程寻找周天子史官老聃的，想跟他求学问道。只是不知老聃现在究竟身在何处，所以特来府上拜访您，打听老聃的下落。"门人见子轩一副惊骇的样子，又补充说道。

子轩一听这话，立即醒悟过来，原来阳子居不是来找自己的，而是来打听老师的下落。这可不成，绝不能告诉他老师清修之所。老师避居到宋国，目的就是不想任何人打扰他的清修。如果自己告诉阳子居老师清修的所在，或是引着他去见老师，老师一定会生气的。尽管阳子居是名人，他来找老师是仰慕老师的名望，是想跟老师求学问道，但老师却并不是贪慕虚荣的人。如果是贪慕虚荣，待在洛邑接受各方人士的膜拜请教就好了。想到此，子轩连忙跟门人说道：

"你去告诉来客，就说我不在府中，一大早就出门了。如果他问我什么时候回来，就说不知道。"

让门人打发了阳子居后，子轩心里还是不踏实。第二天一大早，子轩就驱车出城，到了老聃隐居清修之所。

快到老聃居住的小屋前，子轩抬头看了看太阳，知道现在正是老师在屋内清修的时间。于是，停下车后，就径直进了屋，甚至没有跟在门前菜地里劳作的役夫打个招呼。可是，进屋一看，竟然没有老聃的影子。子轩觉得奇怪，怎么会呢？老师一向都是生活极其规律的，什么时间睡觉，什么时间起来，什么时间进餐，什么时间散步，都是固定不变的。如果跟他相处时间久了，甚至让人闷得慌，觉得他的生活好刻板。

小屋不大，里面也没什么东西，老聃不会也不可能藏身于屋内的任何地方。所以，子轩站在屋内待了一阵后，就走出了小屋，向门前菜地里正在劳作的役夫走了过去，问道：

"老人家，一大早就开始劳作了，怎么也不歇歇？"因为敬重老聃，子轩对于老聃的役夫也向来持敬重态度，日常生活中总是用"老人家"来称呼他。

役夫听到子轩的声音，立即抬起头来。躬身施礼后，非常有礼貌地回答道：

"都习惯了，一天不劳作，反而觉着浑身不自在。"

"哦。"子轩一边顺口应着，一边却向四野东张西望着。

役夫听子轩应答时似乎心不在焉，又看他的表情与往常不一样，抬头看看天，觉得有些奇怪。于是，就顺口问道：

"今天既没刮风下雨，又没下雪，公子怎么这么早就来看老爷了呢？"

因为在役夫的印象里，子轩来看老聃，从不在风和日丽的时候，而是在风雨交加或是风雪漫天的时候。而且每次来都是带着随从，不会空手而来，往往是大一袋小一袋的日常生活用品往小屋里搬。像今天这样一个春意盎然、风和日丽的天气，从未见过子轩来看老聃的。不是他不想来看老聃，而是怕打扰他清修，忍住不来。

役夫不问，子轩还没意识到。听役夫这样一问，他立即也想到了这个问题。于是，连忙回答道：

"今天有点急事。先生平时这个时候都应该是在屋内清修的，今天怎么不见他在屋内呢？"

"哦，老爷生性热爱大自然，每当春天到来，他总是非常兴奋。看见山绿了，水清了，觉得兴奋。走在路上，看见路边有小草冒芽，他也感到兴奋。有时，对着野地的一朵几朵野花，也能一动不动地看上半个或一个时辰。这不，今天早上又出去散步了。估计这会儿正不知蹲在什么地方痴看小花小草呢！"役夫说道。

"那好，我现在就去找先生，他不会走远吧？"

"不会，他一般总是围绕着这几个小山转悠。"役夫肯定地答道。

子轩点了点头，挥别役夫，就向附近的小山周围走去。果然，走不多久，就发现老聃站在不远处，一动不动，正凝视远处的旷野呢，大概又是陷入了沉思之中吧。

"先生，今天很早就出来了吧。"子轩悄悄地走近老聃身边，过了很久，这才轻声地说道。

老聃听觉本来就非常灵敏，一听子轩的声音，则更是熟悉。子轩话音未落，他就从沉思中回过神来，转过脸来看了子轩一眼。但是，并没有像子轩先前想象的那样，对于他的突然到来而感到惊讶。

"先生，您一大早就出来，还没用餐吧，饿不饿？"子轩关切地问道。

"不饿。你今天怎么来了？"老聃感激子轩的关心，颇是和蔼地问道。

"先生，您听说过一个叫阳子居的人吗？"

"以前好像听人说过，似乎还蛮有名气的。你今天怎么突然说到这个人呢？"老聃转过脸来看着子轩，认真地问道。

"阳子居专程到宋国，说是要向先生求学问道。"

"你也知道阳子居？你跟他见过面了？"老聃有些沉不住气了。

"弟子早就听人说到阳子居，但是还没有见过面。昨天他突然辱临寒舍，想从弟子这里探听先生的行踪。弟子怕先生不愿见他，同时还怕他打扰了先生清修，所以就借故没有见他。"

"今天一大早，你跑来就是为这事吗？"老聃好奇地问道。

"正是。"

老聃看了看子轩一脸严肃的样子，莞尔一笑道：

"你怎么知道为师不愿意见他呢？"

"弟子听人说过这样一句话：'老聃贵柔，孔丘贵仁，阳生贵己。'先生讲顺应自然，无为而治，其实推崇的就是一个'柔'字，实质上是不主张人类妄作妄为。孔丘的人生理想是'克己复礼'，恢复周公礼法与旧有的统治秩序，所以整日里嘴上挂着一个'仁'字，希望以仁义唤醒大家的良知。阳子居则主张利己主义，不以天下大利易其胫之一毛。先生讲'柔'，孔丘讲'仁'，是'道'之不同。先生见孔丘不情不愿，没有别的，用孔丘的话来说，叫作'道不同，不相为谋'。而阳子居是利己主义者，一切以自己为中心，是自私，与先生的分歧恐怕不是'道'之不同，而是人格境界之不同。所以，弟子私意认为，先生不愿意见阳子居，故而昨日谢绝见他，而且不打算告知先生的行踪，让他打扰您的清修。"

老聃听了子轩这番话，并未为其爱师心切的心情而感动，反而是淡然一笑，非常平静地说道：

"天地以博大的胸怀接纳我们人类，我们人类为什么不能以同样博大的胸怀包容同类呢？无论是孔丘，还是阳子居，或是别的什么人，他们有自己的思想，有自己的主张，都是合理的。虽然为师并不认同他们的观点，但为师并不排斥他们的主张。'道不同，不相为谋'，但'道'不同的人可以互相交流。至于谁的'道'是正确的，在比较中自然会为人们所认识。"

"先生的胸怀真是博大，弟子以小人之心度君子之腹了。惭愧！惭愧！"

老聃见子轩说得如此一本正经，不禁呵呵一笑。顿了顿，和蔼有加地说道：

"也许你说得也有道理。说实话，为师对阳子居其人一无所知，只是偶尔听人说过，知道他名气颇大，喜欢游走于诸侯各国之间，是蛮活跃的一个人。"

"先生说的一点不错，阳子居确实是蛮活跃的，喜欢游走于诸侯各国之间。据说，有一次，他到一个诸侯国，跟国君侃侃而谈，讲如何治国安天下的大道理，并夸口说'治天下如同玩物于手掌之上'。那国君突然问道：'先生家中有一妻一妾尚且不能管好，三亩菜园也除不干净杂草，而说治天下如同玩物于手掌之上那么简单，不知这话怎么讲？'"

"那阳子居怎么回答？"老聃一听，顿时来了兴趣。

"阳子居回答道：'国君您见过放羊吗？成百只羊聚而为一群，让一个五尺孩童拿个鞭子，就能让它们往东就往东，往西就往西。假使让尧帝牵着一只羊，舜帝拿着鞭子跟着，反而不容易让羊往前走得快了。臣听说过这样一句话：吞舟之鱼不游细流，大雁天鹅高飞不栖池塘。为什么呢？因为它们有远大的志向。黄钟大吕这样的雅乐不能给杂凑的舞蹈伴奏。为什么呢？因为它们的音律自有其条理。有志于做大事的，往往不屑于做小事；欲成就大业者，则不愿纠缠于细务。说的就是这个道理。'"

"阳子居还真是一个人才，最起码算是一个辩才无碍的说客。"老聃脱口而出道。

子轩见老聃颇有赏识阳子居之意，遂顺着其意思说道：

"先生说的是，阳子居确实辩才无碍。这让弟子想到另一个故事。"

"什么故事？说来听听。"老聃兴味盎然地催促着子轩。

子轩看了看老聃，觉得他今天显得特别和蔼可亲，非常近乎人情，完全没有平日那种故作深沉而不可接近的做派。于是，心情便放松了不少，接着说道：

"阳子居有个弟弟,叫阳布。阳布有一次穿着白衣服出门,途中遇雨,白衣服湿了。于是,便脱掉白衣服,穿着里面的一件黑衣服回家了。阳布刚走到门口,他家的狗就大叫着扑了上来。阳布大为震怒,抄起一根棍棒就想把狗打死。阳子居连忙劝解说:'你不要打狗,换上你,也是一样。假使你的狗之前白毛出门,回来时变成了黑毛,你能不觉得奇怪吗?'阳布一听,觉得有理,遂立即息了打狗的念头。"

"这个阳子居还真是会说服人。"老聃再次脱口而出,毫不掩饰其赞赏之情。

子轩至此,已然了解老聃对阳子居的态度了。于是,接着说道:

"其实,阳子居除了辩才无碍,有过人的智慧,也有常人的弱点与无奈。"

"说来听听。"老聃显得兴味盎然。

"阳子居喜欢周游列国,常常会遭遇一种困境,就是每当遇到岔路,就不知所措了。据说,每当遇到这种情况,他就显得非常绝望,停车于路口,失声痛哭,让人听来觉得非常悲哀。"

"这正说明他是一个聪明人。"

"先生,这话怎么讲?"子轩觉得不理解了。

"岔路歧途,可南可北。一旦选择失误,举跬步而入歧途,目标则差之千里万里矣。阳子居正是认识到这一点,所以他临歧路而异常谨慎,甚至觉得绝望而痛哭。"

"先生说的是。弟子愚钝,不能透过现象看本质。"子轩说道。

师生二人一边走一边说,不知不觉间,已经走到了老聃居住的小屋门前了。子轩以为老聃肯定会进屋,没想到将到门口,他却停住脚步,站在门前不走了。子轩刚想问他,是不是先进屋用餐,老聃却突然说道:

"阳子居不是想见老朽吗?那你现在就回去,领他来见我。"

"先生,您真的要见阳子居?"

老聃看着子轩吃惊的样子,不禁呵呵一笑道:

"阳子居又不是毒蛇猛兽,有什么可怕的?你说他是个极端的利己主义者,为师倒想了解一下他的想法。"

子轩见老聃说得认真,立即回答道:

"诺!"

然后,驾起马车,立即驰回了宋都商丘城。

商丘城不大,也没几个像样的客栈。因此,来一个或几个显眼些的外来客,很容易打听到。阳子居昨日到子轩府上拜访过,所以子轩一回到府中,找来门人一问，就知道了阳子居下榻的客栈所在。子轩看看天色，已过了未时，知道时间不早了。于是，来不及马车卸辕，就直接带着门人和一个随从直接上车去寻访阳子居了。好在门人昨日问了阳子居寄寓的客栈，所以三人不大一会儿就找到了那里。

一见阳子居，子轩就采取主动，以异常热情的口吻说道：

"您就是阳子居先生吧，弟子可是久闻您大名了，只是一直无缘相见，当面请教。听门人说，昨天先生曾辱临寒舍。可惜弟子因为俗务而一早出门，错过了与先生相见。回来得知情况，却天色已晚，无法回访先生。又听门人说，先生此次光临宋都，意在寻访老聃先生行踪，向他求学问道。说来真是凑巧，弟子几年前就投了老聃先生门下。知道先生此来也有此意，所以弟子今日一大早就急驰出城，向老聃先生报告了消息。老聃先生欣然允请，所以弟子这就急急赶回来向您报告。今日天色已经不早，老聃先生清修之所又僻处城郊荒野，所以俺们还是明日一早再出发，一同前往拜谒请教。您看，行吗？"

阳子居见子轩堂堂一表人才，说话又如此得体，心中暗暗嘀咕，不愧是宋国公室中人，待人接物，处事虑事，都是如此周致。于是，油然而生好感，大有一种相见恨晚之意。

一夜无话。第二天一大早，在子轩的引导下，阳子居顺利地见到了老聃。

二人见面后，难免俗套地互道了一些渴慕景仰的话，然后就开始上题了。

"老朽僻居荒野，多年不与外界交通，可谓孤陋寡闻已极。先生周游列国，见识广远，今不远千里而来，不知有何见教？"老聃以主人的口吻谦恭有加地说道。

"先生乃当世圣人，弟子在先生面前何敢置一言？弟子此来，是专程向先生求学问道的。"阳子居一边欠身施礼，一边这样说着。

老聃呵呵一笑道：

"这个世上何曾出现过圣人？老朽更是不敢谬承这个名号了。"

"先生认为自古及今就没有出现过一个圣人？比方说，尧、舜、禹，还有许由，难道他们都算不得圣人吗？"阳子居不以为然地反问道。

"尧、舜、禹治理天下，虽然世人都交口称赞，但依老朽看，他们治理天下并不成功，他们自己也是这样认为的。至于许由，老朽就更不知他如何能当得起圣人的名号了。"

阳子居向来是最推崇许由的，所以听老聃这样说，便情不自禁地激起不平之意，脱口而出道：

"尧帝年老时，欲让天下与许由，说：'日月升起了，人们点起的火把还不熄灭，这有意义吗？雨水应时而降，人们还在进行人工灌溉，滋润土地，这不是徒劳无益吗？今世有先生，不愁天下不安定。我不能安定天下，却仍然占着位子，实在于心不安，请让我将天下交给您吧。'许由回答说：'自您治理天下以来，天下已经趋于安定了。我现在代替您接掌天下，我是为了名吗？名乃实之宾，难道我要求取实之宾？鹪鹩筑巢于深林，占有一枝足矣；偃鼠饮水于大河，不过喝到腹满。君主，您还是回去吧，我要天下干什么！譬如祭祀，即使厨师不下厨，主祭之人也不能越位而代之。'许由不仅不接受尧帝禅让，还觉得尧的话玷辱了他的耳朵，便逃到颍水边去洗他的耳朵，并隐居箕山不出。这样道德高尚的人，不能称为圣人吗？"

"老朽不认同尧是圣人，是因为尧治理天下时，虽极力标榜勤政爱民，鼓吹仁义道德，却让人民丢失了远古蛮荒时代人们的那种素朴纯真，激发了人们对于功业名誉追求的欲念，助长了世人为了树立自己的所谓仁义道德形象而行伪使诈的不良风气。今日之天下，物欲横流，盗贼遍地，诸侯征伐不绝，社会动荡不安，人民流离失所，欺世盗名之徒满世界，这实际上都与尧、舜、禹等人有关……"

老聃刚说到此，阳子居立即插话道：

"先生如果这样说，弟子也不敢说不对。但是，许由不接受尧帝的禅让，他没有实际参与治理天下，应该说他与尧帝是不同的。如果说今日社会风气的败坏有尧的一份责任，那么许由是没有责任的，起码他是道德高尚的，怎么他也不能算是圣人呢？"

"许由其实也不是道德高尚，只是一种假清高而已。他之所以不肯接受尧的禅让而治理天下，那是怕承担责任，怕自己接掌天下后治理不好而坏了自己的名誉。所以，本质上说，许由是个极度自私的人，就是先生所说的'不以天下大利而易其胫之一毛'的那种人。如果他真的是圣人，他就应该接受尧的禅让，在自己任内实行清静无为的政策，以无为之精神，让人民自理，不干涉人民的生活，使远古时代人们素朴纯洁的道德得以恢复。如此，天下人人皆无贪念，没有争权夺利之事，也没有盗贼，没有战争，天下岂不就不治而致太平了吗？"

阳子居听老聃这样评价他心中的偶像许由，觉得有失偏颇，遂情不自禁地脱口而出道：

"先生认为，'不以天下大利而易其胫之一毛'就是自私，弟子倒是不敢苟同。"

老聃见阳子居情绪颇为激动，遂呵呵一笑道：

"当然，老朽的话未必都有道理。不过，先生的道理也不妨讲给老朽听听。"

"弟子以为，损一毫而利天下，不愿为之；悉天下而奉之一身，亦不愿取之。这就是圣人。许由'不以天下大利而易其胫之一毛'，固然有自私之嫌，但尧帝奉天下而与之，他亦不愿取之。可见，他符合圣人的标准。其实，人人不损一毫，人人不利天下，天下便可达到大治了。"

阳子居话音未落，老聃立即追问道：

"人人不损一毫，人人不利天下，天下如何就能大治呢？"

这次轮到阳子居呵呵一笑了：

"先生，您想想看，'人人不损一毫'，虽然是不损己以利人，但也不是损人而利己。这是做人固守本分的表现，也可谓是全性保真，不以物累形。'人人不利天下'，虽然不符合利他原则，但并不意味着会损人。不利他，也不损人，仍然符合做人的基本原则。"

说到这里，阳子居抬头看了一眼老聃，见其神情专注，面露微笑，遂又接着说了下去：

"先生，您再想想看，'人人不损一毫'，是不是意味着没人愿意做国君，没人愿意承担治理天下的重任？如此，世上何来尧、舜？'人人不利天下'，是否意味着没人愿意供养他人，没人愿意受他人指令，或为他人无怨无悔服劳役？如此，世上又何来桀、纣？世无桀、纣，便无当时之乱；世无尧、舜，则无将来之弊。所以，弟子认为，'人人不损一毫，人人不利天下，天下治矣'。"

说到这里，阳子居戛然而止，再次抬头看了看老聃。老聃只是微笑，并不回应。于是，阳子居又接着说道：

"记得先生曾说过：'我无为而民自化，我好静而民自正，我无事而民自富，我无欲而民自朴'，又说过：'清静为天下正'，'民之难治，以其上之有为，是以难治'，'为无为，则无不治'。先生主张顺其自然，清静无为，认为治理天下'无为而无不为'。弟子主张'人人不损一毫，人人不利天下'，实质上也是让民众回归先生所主张的'见素抱朴，少私寡欲'的境界，固守人类先天就有的做人本分，不施也不取。不施与他人，也不取于他人，何来争斗？不争不斗，天下岂不太平？'人人不损一毫，人人不利天下'，自然就能回归先生所向往的'甘其食，美其服，安其居，乐其俗，邻国相望，鸡犬之声相闻，民至老死不相往来'的境界。如此，天下何需什么圣人来治理？"

老聃听到这里，终于按捺不住了，再也不能故作沉静了，脱口而出道：

"未曾想，先生的思想竟然与老朽的想法不谋而合，可谓殊途同归也！"

阳子居见老聃已然将自己引为同道，便神情放松多了，情不自禁间开始试探起了老聃的想法：

"弟子对于圣人的标准，已经揭之于上，不知先生对于圣人有什么看法？"

老聃知道阳子居这是在套他的话，于是故作沉吟，笑而不答。

阳子居心知其意，顿了顿，又说道：

"假使有这样一个人，他思维敏捷，行事强悍，对事物的认识非常透彻，求学问道孜孜不倦。像这样的人，可以称为圣明的君王吗？"

老聃一听，就知道阳子居的意思。他所说的"这样的人"，其实就是指尧、舜、禹。如果自己回答说"这样的人"就是圣明的君王，那么就等于承认尧、舜、禹是圣人。这样，就等于自己否定了自己前面所说的话，即世无圣人。既然阳子居明确要求他回答，如果再笑而不答，那就有故弄玄虚、故作神秘的嫌疑了。所以，顿了顿，老聃还是对阳子居的问题予以了回答：

"这样的人实在算不得是圣明的君王！相对于圣人来说，这样的人更像是被事务技术牵累而累心累力的胥吏或曰卜官。虎豹有花纹虽然好看，却会招致人类的猎杀；猕猴行动虽然敏捷，却正是人类挑战的对象；狗能逐狸，却因此招致人类的拘系。先生所说的那种人，其实就像是会炫耀花纹的虎豹，会跳跃的猕猴，会逐狸的狗，虽然整日碌碌忙忙，终究无有建树，劳而无功，哪里可以跟圣明的君王相提并论呢？"

阳子居听出老聃的意思，遂也不再温婉地反问道：

"那么，弟子请问先生，圣明的君王又是如何治理天下的呢？"

"圣明的君王治理天下，功盖天下，却好像不似己有；教化及于万物，而人民好像也不怎么依赖于他。圣明的君王治理天下，虽有莫大的功德，却并不向人们表述炫耀；虽有呼风唤雨之能，却并不恃能妄为，而是让万物自得其所。圣明的君王，如果用一句话来概括，就是八个字：'立乎不测，游于无有。'"

"先生，恕弟子愚钝，何谓'立乎不测，游于无有'？"阳子居急切地问道。

老聃莞尔一笑道：

"就是立身于不可测之地位，而畅游于虚无之境地。"

"弟子谨受教！"阳子居一边欠身施礼，一边恭谨有加地说道。

5. 治之于未乱

时光荏苒，一转眼就是一年过去了。

到周敬王十七年（公元前503年）三月，老聃离开周都洛邑已经六年了，来宋都商丘城郊清修也已经五年有余。当年，老聃跟周敬王请假外出只说是一年半载，可事实上现在却变成了长期休假。还好，老聃担任的只是个守藏史的职务，上班不上班其实都没什么区别。如果换成了别的任何职务，逾期不归，周敬王要么会免了他的公职，要么就是遣人催他回去履职。

商丘的春天，一向都是宜人的。老聃在此一住近六年，既是因为这里清静，也是因为这里四季分明，景致也不错，视野开阔，适合他春日看花玩草，夏夜仰望星空，秋日遥望大雁南飞，冬日观赏雪花飞舞。另外还有一点，恐怕也是他能安心居住于此且乐而忘归的重要原因，就是有弟子子轩生活上予以照料，还时不时地通报有关诸侯各国的情况，使他能僻居荒野而不至于孤陋寡闻。

五月十三，与平日一样，老聃一大早就起来了，准备出门散步。但是，走出小屋，看见刚跃出地平线的太阳就显得光焰逼人，老聃条件反射地感到身上有些燥热起来。定了定神，扫视了一眼周遭的原野，老聃低头看了一下脚边小草上还在闪动的露珠，然后伸出左手弯了几弯指头，自言自语道：

"不对呀！现在还不到时候，怎么热得这么快呢？"

大概是感觉有些热，老聃走了不多久，就没再继续走下去了。相比于平时一个时辰的散步时间，这天老聃散步的路程与时长都不及平时的二分之一。回到小屋时，役夫的朝食还没备好。役夫见老聃突然回来了，觉得非常诧异，情不自禁地脱口问道：

"老爷，您今天怎么散步这么早就回来了呢？"

"觉得有些热，走久了不舒服。"老聃漫不经心地回答道。

"老爷不说，老仆还不觉得，一说还真觉得是有些热，明显比前些天热多了，稍动一动就要出汗。"

老聃没吱声，径直坐到了席上，闭目养起神来。

大约半个时辰，役夫终于准备好了简单的朝食。老聃像平时一样，草草地吃了一些，就又继续坐下闭目沉思了。

役夫稍微处理了一下餐具，就悄悄地退出了小屋。然后，像平日一样，开始在门前的菜地里劳作起来。如果说锄地除草，浇菜松土，是他每日必需的劳作，还不如说是他最大的娱乐。因为在这荒郊野外，几十里原野，除了他与老聃外，每天看不到一个人影。虽然与老聃朝夕同处于一间小屋之中，但是除了每日两餐外，老聃不是独自一人出去散步，就是静坐在小屋内，闭目深思，根本不开口说话。时间长了，役夫甚至觉得自己已然成了一个哑巴。因为只要他自己不愿开口，每天几乎可以不必说一句话的。反正老聃是从来不主动开口说话的，每日两餐，到时间备好了饭，不必请，他就会自动坐到席前就餐。餐后碗箸一推，不说一句话，就又开始静坐沉思了。役夫发觉自己会说话，只有在子轩和他的仆役到来之时。

快到日中时分，正当役夫要放下菜地活计准备回屋为老聃添水续盏时，突然听到一阵急促的马蹄声传来。役夫情不自禁地抬起头来，发现竟然是子轩。

"公子，您还会骑马？怎么没坐马车呢？"子轩尚未从马上翻身下来，役夫就迎上前去，亲切地问道。

"先生呢？"子轩没有回答役夫的话，反而问起了役夫。

役夫见子轩神色匆匆的样子，知道肯定有什么急事，遂连忙伸手指了指小屋，告诉子轩，老聃正在屋里清修呢。

子轩二话没说，顺手将马的缰绳塞到了役夫手里，转身就进了小屋。

"是子轩吗？"子轩刚轻轻推开门，还没走几步，正在闭目清修的老聃就已经从脚步声辨认出是子轩来了。

"先生，正是弟子。"

"你今天怎么来了？莫非有什么大事吗？"老聃一边说着，一边睁开了眼睛。

子轩一见，连忙趋近施礼，然后恭恭敬敬地在老聃席前跪下后，这才从容回答道：

"先生说的是，确实是有大事。"

"哦，什么大事？"老聃呵呵一笑，仍是一派山崩于前而不惊的淡定样子。

"周都发生了叛乱，周天子逃出了洛邑。"子轩急切地说道。

"这是什么时候的事？"老聃仍是淡淡地问道。

"弟子是刚刚听说的。不过，这件事并非突然发生，而是起自于去年春天。"

"哦，去年春天？"老聃不解地问道。

"是，先生。去年春天，王子朝的余党儋翩准备在周发动叛乱，准备事成后将在楚国避难的王子朝迎回。儋翩自知力量有所不逮，遂暗中游说郑献公，获得了郑国的支持。由于有郑国出兵相助，儋翩便悍然领兵攻打周之六邑。周天子见儋翩攻之甚急，连忙派人往晋国求救。晋定公接到周天子求救的请求后，一边遣人飞骑往鲁，让鲁国就近出兵，攻打郑国，以解周都之急；一边亲自整顿兵马，点将调兵，命阎没为主帅，率师入周，帮助周天子戍守城池。但是，到了去年冬天，儋翩还是里应外合，最终破了周天子的王城。周天子仓皇出逃，暂居于姑莸。听说晋国现在正在调兵遣将，欲帮周天子收复王城。"

"这次纵使能收复，能保证今后不再次发生类似的事情，而且还能再次收复吗？"老聃摇了摇头，说道。

"先生，这世道怎么这样了呢？这周天子也太窝囊了吧。"子轩直视着老聃说道。

老聃虽然听得出子轩话中的愤激之情，也看得出子轩眼神中透露出的那种失望、无奈，却仍然是一派淡然的态度，幽幽地说道：

"合抱之木，生于毫末；九层之台，起于累土。周有今日之乱，皆源起于十八年前周景王优柔寡断。治国安邦，当为之于未有，治之于未乱。"

"先生的意思是说，治国安邦应当预防在先，要有防患于未然的意识，是吧？"

老聃点点头，认真地看了看子轩，然后下意识地拂了一下飘于胸前的长须。

子轩见老聃对自己意有嘉许，遂深受鼓舞，望着老聃恳切地请求道：

"先生，您刚才说这次周都之乱源起于十八年前，弟子不明白到底是什么事因。不知先生可不可以跟弟子说一说具体内情？"

老聃又看了看子轩，顿了顿，才开口说道：

"周景王有三个儿子，即姬猛、姬匄、姬朝。其中，姬猛、姬匄乃正妃所生，属于嫡生；姬朝则是侧妃所生，属于庶生。姬猛虽是嫡长子，却缺乏才干，且生性懦弱，没有王者应有的威仪。而庶长子姬朝则才能出众，有勇亦有谋，颇具王者风范。因此，周景王起初虽然按照'王位传嫡不传贤'的祖制立了姬猛为太子，但不久就后悔了，不时有废嫡立庶之念头。"

"那么，周景王最终有没有将废嫡立庶的想法付诸实施呢？"子轩急切地问道。

"其实，碍于祖制，周景王对于废嫡立庶这件事很长一段时间都是犹豫不定的。"

"周景王既是周之天子，天下至尊，废嫡立庶不过是其家事，何至于如此优柔寡断，迟迟不能决断呢？"子轩不解地问道。

老聃听子轩这样说，不禁呵呵一笑，说道：

"家事？子轩，你想得太简单了。普天之下，莫非王土；率土之滨，莫非王臣。天下乃天子的天下，国家乃天子之家。天子的家事，就是国家之事。废嫡立庶，历来都是非常敏感的大事，又岂能以家事轻率视之？"

"是不是因为事关重大，周景王才优柔寡断呢？"子轩又问道。

"当然与此有关，但更主要的恐怕还是因为周景王的想法遭到了许多重臣的抵制。特别是单旗，更是明确而坚决地予以反对。他认为废嫡立庶事关国家的稳定，非同儿戏。'王位传嫡不传贤'，乃是不可更易的祖制。对此，周景王无可奈何，只得将此事搁置起来。"

"单旗是谁？竟然让周景王无可奈何？"子轩感到更加不解了。

老聃见子轩一副困惑的样子，呵呵一笑道：

"子轩，你也太孤陋寡闻了吧。单旗就是单穆公，是周景王的卿士，居于一下之下，万人之上的地位。在周天子朝中，他的话从来都是一言九鼎，权威不在天子之下。"

"卿士位高权重，弟子当然知道。可是，卿士地位再高，也高不过周天子啊！毕竟他还是天子之臣。单旗当然也不能例外吧？"子轩振振有词地说道。

老聃听了，又是呵呵一笑。顿了一顿，看了子轩一眼，幽幽地说道：

"子轩，你错了。单旗就是例外。他除了位居卿士之位，还是一位经济专家，对货币本位与流通的理论有独到的见解，曾提出'子母相权'的理论。"

"先生，那什么叫'子母相权'呢？"子轩迫不及待地追问道。

"所谓'子母相权'，就是说在同时流通的两种货币中，选用其中的一种作为标准，以确定对另一种的交换率。经商者或放债者，往往精于此道，从中获取利息。"

"先生，您能否说得更具体些，也好让弟子长些见识。"子轩望着老聃，恳切地请求道。

"任何时代的货币，都是有重有轻，有大有小的。重的，大的，就是母；轻的，小的，就是子。国家之所以铸钱要分轻重、大小，让其并行流通，乃是为了百姓商品交换的方便。老百姓在商品交换中，若是觉得钱轻、钱小而不便于使用，国家就铸造出重钱、大钱，并规定重钱、大钱对轻钱、小钱的兑换比率。重钱、大钱为'母'，轻钱、小钱为'子'，两者按比率自由兑换，并在商品交换中流通，这便是'母权子而行'。要是老百姓觉得钱重、钱大使用不便，国家就铸造出轻钱、小钱，但也不废除重钱、大钱，只是规定轻钱、小钱对重钱、大钱的比率，让它们在商品交换中并行流通，这便是'子权母而行'。"

"哦，原来是这样。没想到先生对经济与货币政策也有研究。"子轩恍然大悟道。

"不是老夫对经济与货币政策有研究，而是单旗先生有研究。他才是真正的专家，是治国的长才。"

"先生将他的理论阐释得如此清楚明白，说明先生事实上也是懂得经济与货币政策的。"子轩连忙解释道。

老聃知道子轩的意思，遂淡然一笑。

子轩当然也知道老聃笑的含义，遂连忙又接续前面的话题问道：

"先生，单旗先生提出'子母相权'的货币理论，揭示了货币流通与商品交换之间的规律，确实是非常了不起。大概也正是这个原因，他在周天子朝中的地位才特别高，权威才特别大，是吧？"

"其实，还不完全是这样。单旗先生之所以提出这个理论，原本并非是要向周景王阐释货币政策与商品交换的规律，而是为了阻止周景王行不义之举，搜刮百姓财富。"

"先生，弟子又糊涂了。"子轩瞪大眼睛望着老聃。

老聃呵呵一笑道：

"周景王二十一年，天下大旱，朝廷想赈济百姓，可是财政困难。于是，周景王就想出一个办法，废除小钱、轻币而铸大钱、重币。单旗觉得不妥，就谏说周景王道：'大王，铸大钱、重币，可不是儿戏。古代天降灾害，先王为了赈济百姓，因而铸造出了货币。如果百姓觉得钱小、钱轻，买一筐粮食要背很多小钱，很不方便使用的话，朝廷就铸重币、大钱，并规定重币、大钱与轻币、小钱之间的比值，在商品交换中并行流通，自由兑换。现在大王要废小钱、轻币而重铸大钱、重币，那么老百姓手中握有的代表其全部资财的小钱、轻币岂不就贬值了吗？这不是在变相地搜刮老百姓的财富，让老百姓破产吗？大王要知道，老百姓破产，朝廷的财政收入也会随之枯绝的。'"

"结果呢？"子轩连忙追问道。

"结果当然是周景王听从了单旗先生的谏议，打消了铸大钱、重币的念头。也因为如此，朝廷最终挺过难关，度过了灾年。但是，到了周景王二十五年，又出现了新情况……"

不等老聃说完，子轩就迫不及待地追问道：

"出现了什么新情况？"

"这年夏天，周景王健康出现了问题，所以早些年因单旗等人反对而被搁置起来的废嫡立庶的事情就显得非常迫切了。到了秋天，周景王的病情更加严重了，自知必死无疑。于是，周景王就横下心来，决意废嫡立庶，任命大夫宾孟为顾命大臣，辅佐庶长子姬朝为周王。可是，诏命未及颁布，周景王就突然撒手而去。"

"那结果怎么样？"子轩又急切地问道。

"周景王驾崩后，宾孟就想遵王命而立姬朝为王。可是，单穆公单旗、刘文公刘卷坚决反对。他们表面以'王位传嫡不传贤'的祖制不能更易为借口，实际是要抓住朝廷权柄不肯放手。如果让庶长子姬朝顺利即位为周王，那么朝廷的权柄就转移到顾命大臣宾孟手里，他们原有的权力就不复存在了。为了扫除障碍，单穆公与刘文公联手，派刺客将周景王任命的顾命大臣宾孟刺杀了，拥立周景王嫡长子姬猛为王，号为周悼王。"

"周悼王其实是没坐稳王位的，这是天下人所共知的。只是弟子不明白，他为什么坐不稳这王位呢？他不是有单穆公、刘文公两个朝廷重臣拥护吗？先生也说过，单穆公在周天子朝中不仅位高权重，而且威望极高，怎么就保不住周悼王呢？"

老聃听了，呵呵一笑道：

"子轩，你这就是只知其一，不知其二了。单穆公虽然位高权重，威望也极高，刘文公手里还掌握着周天子朝廷的军权，周悼王是周景王的嫡长子继位名正言顺，但毕竟朝廷大臣中拥护庶长子姬朝的人居多，大家都认为王子姬朝才能出众，有王者风范，可担负得起复兴周王室一统天下，号令诸侯的使命。也就是说，朝廷大臣都寄望于王子姬朝，希望他即位后能够重振昔日周武王时代'普天之下，莫非王土；率土之滨，莫非王臣'的天威，彻底改变今日周天子为诸侯挟制，周王室名存实亡的局面。"

"哦，原来是这样。"子轩恍然大悟道。

"除此，单穆公与刘文公的行为有些过激，触犯了众怒，也是最终导致周悼王坐不稳王位的重要原因。单穆公、刘文公派刺客刺杀了顾命大臣宾孟后，满朝文武大臣群情激愤，认为周悼王继承王位不具合法性。尹文公、甘平公、召庄公则更是不认同，遂联合起来，集合其家兵，推举南宫极为帅，起兵攻打单穆公与刘文公。周悼王虽然颁布王命，派朝廷军队进行平叛，但终因得不到大多数臣民的拥护而陷于孤立无援的境地。不久，刘文公率领的周王室军队便被尹文公、甘平公、召庄公等联军击溃。"

"那周悼王呢？"

老聃见子轩急切紧张的神情，不禁莞尔一笑。顿了顿，才从容而淡然地接着说道：

"周悼王急切间逃出了洛邑，向晋国求救告急去了。赶走了周悼王，众大臣便顺理成章地拥立了庶长子姬朝做了周王。"

"既然王子朝是由众大臣拥立为王的，那后来为什么又没坐稳王位，反而成了叛乱的逆臣了呢？"子轩感到困惑，遂反问道。

老聃看了看子轩疑惑不解的眼神，拂了一下飘在胸前的长须，呵呵一笑道：

"因为王子朝没有得到晋国的支持。周悼王虽然无能，但他是周景王的嫡长子，从王位继承的纲常来看具有合法性。再者，王子朝是周景王真心要扶立的王位继承人，但正因为如此，晋国更会反对。"

"先生，这话怎么讲？弟子更糊涂了。"子轩瞪大了眼睛，看着老聃说道。

"周悼王逃出洛邑，向晋国求救时，你知道晋国派谁率兵帮助攻打王子朝的吗？"

"这个，弟子还真的不清楚。"子轩坦然诚地回答道。

"晋国派出的两个主帅是籍谈与荀跞。"

"这两个人弟子听说过，他们都是晋国的上大夫，是有名的人物。"子轩脱口而出。

"上大夫也好，有名也罢，都不是主要的。主要的是，他们与周景王生前是有矛盾纠葛的。"

"哦？还有这一层。先生可否详细说说？"子轩恳求道。

"周景王十八年冬十二月，荀跞奉命到成周参加周景王穆后的葬礼，籍谈同行，为副使。葬礼结束，脱去丧服，周景王招待荀跞饮宴。饮宴时，周景王以鲁国进贡之壶行酒。酒过数巡，周景王突然问荀跞道：'伯氏，诸侯各国此次葬礼皆有礼器进献王室，为何独不见晋国的贡物？'荀跞对于周天子的质问，一时不知如何作答，遂拱手请求副使籍谈予以答复。籍谈从容答道：'昔日诸侯受封之时，皆受王室明器以为镇国之宝，所以今日皆能以彝器回献于天子。晋国僻处荒远深山之中，与戎狄为邻，远离王室。王室恩威不及于晋，晋顺服戎狄还来不及，何来彝器进献于王室呢？'"

"籍谈这话是在向周景王发牢骚吧。周景王听了，怎么说？"子轩连忙问道。

"周景王正色回答道：'叔氏，你难道忘记历史了吗？叔父唐叔，乃成王同母兄弟，当初怎么反倒没得到赏赐呢？密须之鼓、大路之车，是文王用以检阅军队的；阙巩之甲，乃武王用以克商的，这些唐叔都接受了。因为有了王室的这些赏赐，唐叔才得以镇守晋国土地，安抚域中戎狄。后来襄王又赐晋大路、戎路之车，还有大斧金钺、黑黍香酒、赤色之弓以及武士，晋文公也接受了。因为有此赏赐，晋国才保有南阳之地，安抚征伐东方诸侯。所有这些，不是晋国分得的赏赐又是什么？晋有功勋，王室从不废弃；晋有劳绩，王室都记在策书之上。王室对于晋，以土地养之，以彝器抚之，以车服彰之，以文章明之。这些都是晋之子孙不应该忘记的，是所谓的福。叔氏，对于王室的这些福佑，你不存感激之情，也不记取，那么你将身处何处？况且你的高祖孙伯黡掌管晋国典籍，因而主持晋之国政，故称为籍氏。到辛有次子董至晋，晋国才有了董氏史官。你是晋国执掌典籍官员的后裔，为什么会忘记上述历史呢？'"

"那么，籍谈是怎么回应的呢？"子轩又追问道。

"籍谈哑口无言，一句也答不上来。等到宴会结束，荀跞与籍谈离开后，周景王对左右说道：'籍谈的后代可能不会再享有禄位了吧。谈论晋国的典故，却忘记了自己祖先所事何为，不能继承祖业。'"

"之后呢？"子轩又追问道。

"籍谈回国后，将参加周景王穆后葬礼的情况，以及饮宴时周景王对晋国的质问，都和盘托出，禀告了叔向。叔向听后，说道：'周天子恐怕是不得善终了。我听说过有这样一句话：心乐其事，亦必死于其事。今周天子因为丧事而收取诸侯彝器，并以此为乐。这是以忧为乐。如果因为收不到诸侯彝器而忧伤而卒，那就不能说是善终。作为天子，一年而遭遇两次三年之丧，这本来就不寻常。而在此情况下与吊丧的来宾饮宴，还索要彝器，这是以忧为乐，于礼不合。况且彝器之得，乃是由于嘉奖功勋，而非丧事。遭遇三年之丧，虽然贵为天子，也是要服满三年的。礼，乃治国之纲常。作为天子，一举而失二礼，这是于纲常上有亏。言语是用以考稽历史典籍的，典籍则是用以载述治国纲常的。忘记治国之纲常，而言语很多，列举再多典故，又有何用呢？'"

"看来，晋国的权力核心人物都是对周景王不以为然的。先生，是不是因为这个原因，晋国对于周景王私心喜爱的王子朝称王就更不认同了？"子轩问道。

老聃拂了一下胸前长须，看了看子轩，点了点头。

"晋国派籍谈、荀跞领兵，帮助周悼王姬猛平叛，具体情况如何？"子轩又问道。

"晋国接到周悼王求救的报告，时间已经是周景王二十五年九月中旬了。但是，同年十月十三，籍谈、荀跞率领的九州之戎和晋国从焦、瑕、温、原等地集合起来的联军就到洛邑，一战而胜，赶走王子朝，顺利将周悼王送回王城。周悼王虽然借助晋国的力量得以再登王位，但王子朝的势力犹在，且王城臣民并不拥戴他。所以，周悼王再登王位后不到一个月，就于十一月十二在忧惧中死去。十一月十六，单穆公与刘文公拥立了周景王嫡次子姬匄为王，号为周敬王。十二月初七，晋国军队撤出王城，驻扎于阴地、侯氏、溪泉、社地。王子朝见此，立即率兵再攻王城。周敬王即位伊始，军队不堪一击。王子朝顺利攻入王城，周敬王则逃到狄泉。于是，周王室出现了两王并立的局面。周敬王为东王，王子朝为西王。"

"两王并立，若是相安无事，也未尝不可。只是不知道后来王子朝怎么又失败了呢？先生是在朝官员，具体内情应该是了解的吧？"子轩问道。

老聃呵呵一笑道：

"子轩，你的想法很幼稚。两王岂能并立，又如何能够相安无事？周敬王虽被赶出王城，暂时栖身于狄泉，但他总觉得自己是周景王的嫡子，是兄终弟及的正统周王，所以他当然不甘心失败。于是，二人就各自纠集一帮人马互相攻伐，数年相持不下。本来，王子朝是占优势的。但是，周敬王四年，王子朝的大臣召庄公与上将南宫极相继亡故。周敬王为之大喜，遂趁机遣人四处散播消息，说南宫极是被天雷劈死，王子朝作乱使上天震怒。由此，王城众臣惊惧，百姓人心摇动。周敬王见时机已到，乃复请兵于晋，晋再遣大夫荀跞率军入周。"

"结果呢？"子轩又迫不及待地追问道。

"晋师兵临城下，王子朝率军抵死反抗。但是，最终因寡不敌众，王城被晋师攻破。王子朝见大势已去，只得带着召氏之族以及毛伯得、尹文公等人，席卷周之典籍而去，往楚国寻求庇护。这样，周敬王才得以重入成周，再居王城。王子朝之乱，至此才算是初步平定。"

老聃说到这里，子轩接口说道：

"这样算来，去年儋翩倡乱，乃是王子朝之乱平定十二年后的死灰复燃。虽然没听说王子朝的消息，但肯定是他在背后指使并为主谋的。看来，成周又要不得安宁了。先生，弟子觉得您短期内是回不去了。"

老聃淡然一笑道：

"就是成周没有动乱，老朽回去也不会有什么作为。所以，回去不回去，又有什么两样？不如就在此终老，倒也清静快乐。"

"先生说的也是。此地清幽安静，无人打扰，先生在此清修，悟道一定能达到一个新的境界。"

老聃没吱声，微微闭上了眼睛，似乎若有所思。

子轩见此，连忙起身告退，回宋都商丘城去了。

但是，过了十天，子轩又来了。

"先生，报告您一个好消息。"

"什么好消息？"老聃眼都没睁，只是随口问了一句。

"弟子刚刚得到消息，晋国军队攻入了王城，赶走了王子朝的余党儋翩，已经将周敬王从姑莸迎回了王城。不仅如此，晋国军队还乘胜追击，又攻取了王子朝叛军长期盘踞的谷城等重要据点。这一次，王子朝之乱算是彻底平定了。先生，您说这是不是值得庆贺的事呢？"

没想到老聃却不假思索，脱口而出道：

"师之所处，荆棘生焉。大军过后，必有凶年。有什么值得庆贺的呢？"

子轩先是一愣，继而恍然大悟似的说道：

"先生说的是，弟子谨受教。"

第三章　居　沛

1．兵者不祥之器

"老爷，不好了，不远处尘土飞扬，好像有很多人马正朝俺们这里而来。"

周敬王十七年（公元前503年）六月十三，将近日中时分，老聃的役夫正准备放下门前菜地中的活儿，回屋给老聃添水续盏之时，忽然抬头望见不远处好像有好几驾马车急驰而来。役夫觉得异常，遂连忙奔回屋内，向老聃报告道。

"不必惊慌！宋国政局平稳得很，不会发生战乱的。大概是周天子遣人来催促老夫回去了吧。"老聃眼都没睁，从容淡定地随口答道。

"老爷，您也该回去了，在此隐居清修都已经六年多了。"

老聃知道役夫的意思，他是嫌此地太偏僻，与世隔绝，感到孤寂，所以想回去了。但是，老聃并不想将此说破，仍想继续在此清修。

役夫见老聃不吱声，继续闭着眼睛坐在席上纹丝不动，不知他到底怎么想的。如果周天子让他回去而他不肯，那么自己势必就要继续待在这荒郊野外陪着他，过着孤寂而死水无澜的生活。

正当主仆二人在屋内相对默然之时，门外已是人马之声一片。役夫猛然回过神来，连忙奔出门外，一看有三驾马车，有十多个人。再仔细一看，发现子轩也在其中。役夫每当见到子轩，总有一种说不出的亲切感。因为这些年来，在老聃之外，他能见到的也只有他以及他的仆役了。

"公子，您今天怎么来了？为什么还带了这么多人呢？"役夫悄悄挨近子轩身旁，轻声地问道。

子轩先指着门前一字排列的三驾马车的中间一驾，说道：

"那是周天子特使的专车。"

"怪不得，车子也比较高大特别些。"役夫点点头，说道。

"那是周天子的特使。"子轩又指了指那驾马车上坐着的一位峨冠博带的人，说道。

"前面的那驾马车是公子的，老仆都熟悉了。那后面的一驾马车，又是谁的呢？"役夫问道。

"哦，那是宋君派出的马车。周天子特使来宋，宋君当然要派员陪同的。"

役夫点点头，顿了顿，又问道：

"周天子派特使来此，莫非是要催促俺们老爷回去吧？"

"你怎么知道的？"子轩看了看役夫，觉得颇是诧异。

"是老爷刚才说的。"

"先生真是料事如神呀！"子轩自言自语道。

正当子轩与老聃的役夫说话的时候，周天子特使已经在其随从的扶持下下了马车。宋君特派专员见此，立即趋前接引。子轩连忙丢开役夫，趋前招呼。于是，子轩在前，周天子特使居中，宋君特派专员殿后，鱼贯进入老聃清修的小屋。

小屋空间有限，所以子轩只领周天子特使与宋君特派专员进去，而让其余随从都在屋外就地待命。

"守藏史大人，王子朝之乱已经彻底平定，社会秩序亦已恢复。现而今，洛邑百废待举，包括文化建设，都需要大力振兴。天子对周历代典籍文献尤其重视，所以特遣臣南下接迎您回去履职。"天子特使一边施礼，一边恭敬有加地说道。

可是，老聃却连眼睛都没睁，仍然闭目坐在席上，不动也不语。这让周天子特使顿时不知所措，如果请不回老聃，就是有辱天子使命，回去无法交差。宋君特派专员见周天子特使为难的样子，虽有心为之转圜，但偷眼看了一下老聃，也顿时无语。

子轩看看周天子特使，又瞅了瞅宋君特派专员，见他们都面露尴尬的神情，知道非得自己出面求情不可了。于是，轻轻地跪倒在老聃身边，柔声说道：

"先生，请恕弟子不恭，今天又来打扰您清修了。弟子深知，这些年先生在此清修，悟道渐入佳境。先生离此心有不舍，弟子又何尝舍得先生离去呢？先生一旦离去，弟子就不可能朝夕追随先生求学问道了。"

子轩的这番话，周天子特使听懂了，宋君特派专员也听懂了，当然老聃也听懂了。过了一会儿，老聃微微睁开了眼睛，拂了拂胸前的长须。见此，周天子特使和宋君特派专员都兴奋起来，屏息延颈，以观动静。子轩见此，连忙说道：

"先生，您看，周天子遣特使专程来探望您了，宋君也派官员陪同来看望您。"

这一回，周天子特使终于知道怎么跟老聃说话了，踵继子轩的话，恭敬有加地说道：

"守藏史大人，打扰您清修了！"

宋君特派专员见此，也连忙趋前，将周天子特使说过的话重复了一遍。

老聃看了看子轩，又抬眼看了看周天子特使与宋君特派专员，顿了顿，好像是对大家，又好像是对自己，幽幽地说道：

"老朽是个百无一用之人，周天子意欲重振周室，洛邑百废待举，老朽回去又能有什么作为呢？"

"守藏史大人，前些年王子朝之乱已经席卷了大批典籍文献而去。这次王子朝余党之乱，守藏室的典籍文献又有损失。天子为此心痛不已，所以特遣臣南下接迎大人回去，重新整理典籍文献，以为当代与后世之用。这件工作，非他人所能为，唯有大人能担当之。"周天子特使说道。

"特使大人言之有理。守藏室的典籍文献，乃国之宝也。大人为守藏史数十年，对于守藏室的珍藏了如指掌。前次丢失了哪些，此次又损失了哪些，让任何人检视，恐怕都不甚了了。大人的工作，乃是功在当代，利在千秋。"宋君特派专员也附和着说道。

老聃听二人一唱一和，不禁莞尔一笑。

子轩看老聃笑得神秘莫测，不知老师到底肯不肯回去。于私而言，他不希望老聃跟周天子特使回洛邑。因为这些年，他跟老聃已经结下了深厚的师生情谊。特别是最近几年，老聃跟他的关系已经相当亲密了，二人相处时非常轻松随意，不像跟其他人那样显得格格不入。凡是有学问或人生方面的困惑，只要他求教，老聃都是有问必答，畅所欲言。但是，于公而言，他又希望老聃跟周天子特使回去。因为周天子特使请不回老聃，那就是有辱天子使命。而周天子特使完不成使命，宋君是推卸不了责任的。宋君之所以派官员陪同周天子特使来请老聃，又让自己引导，就是基于这种考虑。

正当子轩这样在心里猜测，感到心神不定时，老聃突然开口说道：

"好像孔丘有句话：'君命召，不俟驾行矣。'既然周天子要老朽回去，那就回去一趟吧。"

"大人答应了？"周天子特使与宋君特派专员大为惊喜，几乎异口同声地说道。

子轩一听，心中的一块石头也落地了。虽然老聃离去，他心中实是不舍，但宋君交付协助完成的使命算是完成了。

"公子，老爷答应回去吗？"当子轩走出小屋时，役夫连忙迎了上来，问道。

子轩点点头，神情似乎有些沮丧。

不一会儿，周天子特使与宋君特派专员一左一右搀扶着老聃走出了小屋。特使专车的驭手见此立即上前，从车中搬出一个木墩，贴着马车边缘放好，先将老聃扶上车坐好，然后再扶周天子特使上了车。

与此同时，宋君特派专员与子轩也各自上了自己的车。其余随从、仆役，则各自追随主人的马车同时上路进发。老聃的役夫驾着来时的那辆马车跟在了最后，一边走一边回头，对辛苦搭建起来并与老聃居住了六年多的小屋，还有门前苦心经营了多年的菜园，皆有不忍之情。

行行重行行，经过两个多月的颠簸跋涉，周敬王十七年（公元前503年）八月二十八，老聃与周天子特使的马车终于行进到了成周地界。可是，日中时分，在离周都洛邑大约还有五十里地时，马车却突然停了下来。

"哎，怎么突然停下不走了？"周天子特使从车内伸出头来问驭手。

"禀大人，马车坏了。"驭手回答道。

"马车怎么会坏呢？这一路不都跑得好好的吗？"周天子特使觉得奇怪，困惑地反问道。

"大人，您看这道路，什么样的马车不会跑坏？就是周天子的马车，在此道路上也会跑散了架。"

老聃本来是一直坐在车内沉思的，但听到车夫与周天子特使这样你来我往地说着话，早已经从沉思中回到了现实世界。

"二位大人，依小人看，你们还是先下车在道旁找个地方休息休息，这一路在车上颠簸得也够累了。小人往前面去，看能不能找到人帮俺把车修一修。"说着，驭手麻利地从车内搬出了上下车踏脚用的木墩。

周天子特使与老聃见此，遂连忙起身，准备下车。驭手则早已伸出手来，搀扶着二人一先一后下了马车。

老聃随周天子特使下了车后，围着马车转了一圈，发现马车一只轮子的外圈裂了一道口子。随后，老聃又看了看前后的道路，发现六年前曾经走过的平坦道路，现在到处都是坑洼。这样的道路，马车跑在上面，车子载重越大，颠簸就会越大，对车轮的损伤也就越大。

"这道路怎么变成这样呢？"周天子特使一边察看，一边困惑地问驭手。

"大人，您出都时这道路就是这样啊！不都是因为打仗，双方车马跑的，还有人为破坏的吗?" 驭手答道。

"那当时俺怎么没感觉到呢?" 周天子特使疑惑地问道。

"大人那时可能正在车内睡着了，况且车内只有您一人，小人驾车时又特别小心，所以您没有感觉到车的颠簸。"

周天子特使默默地点了点头，然后望了望前面的道路，不禁愁上了眉梢。与此同时，驭手已牵着马，拉着空车往前面去了。

老聃目送驭手远去的背影，俯察道旁丢弃的兵器与损坏的车仗器物，远望辽阔原野上前不见村后不见店的荒凉景象，再偷眼看了看周天子特使眉头深锁的忧愁之状，不禁再次陷入了沉思。

"师之所处，荆棘生焉。大军过后，必有凶年。" 徘徊路旁良久，老聃无限感伤，突然自言自语道。

"大人说得对。这里是郑与周室的接壤地，本来是非常富庶之地，现在却是如此荒凉。记得二十年前，我曾到过此地，满眼所见都是良田沃土，春天一派生机勃勃的景象，秋天一派丰收在望的景象。走不到几里地，就有一个村庄，鸡犬之声相闻。王子朝之乱虽然不是规模很大，但是断断续续，持续了很多年，对周王室所属城邑的农业生产与百姓生活造成了巨大的破坏，对郑国等周边诸侯国也是影响巨大。这些年，周边各诸侯国都时有灾荒，百姓流离失所，冻馁于路边野外不足为奇。"

老聃听到周天子特使这番无比感伤的话语，不禁吃惊地转过身来，怔怔地看着他。其实，周天子特使早就站在了他的身后，只是因为他陷入沉思的时间太久，没有知觉而已。

顿了顿，老聃又远望荒凉的原野，油然而生感叹道：

"兵者，不祥之器，有道者不处。"

"大人说得极有道理。昔日周武王灭纣后，便刀枪入库，马放南山，不再炫耀武力，正是有道之君的表现。毕竟战争不是什么好事，兵戎相见，无论哪一方胜利，都是要以付出无数生命为代价的。"

老聃听了周天子特使这番话，觉得颇得其心，遂重重地点了点头。

周天子特使见此，又接着说道：

"据说大人曾跟人说过：'兵者，不祥之器，非君子之器。不得已用之，恬淡为上，胜而不美。而美之者，是乐杀人。乐杀人者，则不可得志于天下矣。'"

老聃听了，不禁吃惊地看了看周天子特使，然后默默地点了点头。

"大人的意思是不是说，对于战争，君子或是有道者并非全然不认同，只是不要主动挑起战争，以杀人为乐。如果要进行战争，也只能是被动应战。如果战胜了，不应该扬扬得意，更不应该举行庆功仪式，或是嘉奖将士；而应该以悲哀泣之，以丧礼处之。否则，即使再擅长战争，他也不可能征服天下人之心，成为天下之王，是这样吗？"周天子特使望着老聃，态度颇是虔诚地问道。

老聃听周天子特使竟能作出如此这番阐释，更是不禁对他刮目相看，情不自禁地拈须点头，脸上还流露出了不为人察知的笑意。

周天子特使见此，遂又接着问道：

"文王与武王对纣王用兵，是替天行道，不得已而为之。按照大人的说法，他们可以算是'恬淡为上，胜而不美'的君子与得道者吧。"

"他们都还算不上。就历史事实而言，无论是文王，或是武王，都有主动挑起战争的嫌疑，都有用兵而为天下王的主观动机。"

"大人，这话怎么说？纣王自恃资辩捷疾，闻见甚敏，材力过人，手格猛兽，因而知足而拒谏，言足以饰非，矜人臣以能，高天下以声，以为满朝文武皆出己之下，诚非明君圣主。况纣王好酒淫乐，嬖于妇人，不体恤民生疾苦，为了一己之享乐，耗巨资营造鹿台、矩桥，又起酒池肉林，遂使国库为之一空。不仅如此，纣王还为妖妇妲己所迷惑，偏听飞廉、恶来等奸佞之臣的谗言，杀比干，囚箕子，王族重臣皆不为其所容。遂使臣属寒心，诸侯离心。这样的无道之君，伐之何罪之有？"

老聃见周天子特使说得慷慨激昂，说到激动处情绪难以自抑，不禁呵呵一笑道：

"老夫并非说商纣无罪，文王、武王不应该讨伐他，而是说文王、武王并非是安分守己之辈，更非是消极应战者。就历史事实而言，无论是文王，还是武王，事实上都是有意于用兵作战，意欲通过战争一统天下，而为天下之王。"

"大人，这话又怎么讲？您是当世学问最为渊博的人，对于周王室的文献典籍也是最为熟悉的，可否详述之？"周天子特使望着老聃，认真地说道。

"特使大人大概也知道，周原来只是僻居渭水中游的一个不大的部落。因为有较优越的自然与地理环境，人口逐渐繁衍，生产慢慢发展，就成了一个不大不小的诸侯国。文王当政时，不满足于既有的格局，不想永远臣服于商纣而当一个属国，急欲扩张版图而王天下。为此，文王对内修明政治，大力重用治国奇才。先在渭水边访得吕尚，拜为太师。后又重用散宜生、太颠、闳夭、南宫适等众多贤士，帮助其一起治国；对外则大力宣扬德教，积极斡

107

旋调解各方国间的矛盾争端，从而树立了威信，遂使周边许多诸侯小国纷纷归附。当商纣倾力攻打东夷时，文王又利用商纣要诸侯各国供应物资、派出军队的怨怼之情，不断离间商与各诸侯国的关系，使各诸侯国都向周靠拢。由此，当时出现了'天下三分，其二归周'的格局。特使大人，您说文王是个安分的人吗？他是一个没有心计的君子吗？"

"原来还有这些内情，以前还真是没听人说过。"周天子特使说道。

老聃见周天子特使既感惊讶，又似有疑问的神色，呵呵一笑道：

"其实，长期以来，我们一直都在为文王讳，将他神化为仁君圣主。大家都说商纣王如何无道，讲他如何拘禁迫害文王。其实，商纣王并非是无缘无故地拘禁文王，而是事出有因。商纣王是个天资极高的人，早就看出文王的野心，知道他不断扩张势力范围的用意。为了防患于未然，商纣这才将文王囚禁于羑里。"

"据说，文王演易卦，就是在被拘羑里期间，是吗？"周天子特使连忙岔断老聃的话，问道。

"易卦并非文王的发明，而是在前人的基础上有所发展，并最终予以完善而已。文王被囚于羑里而演易卦，并非是无所事事的表现，而是有其政治图谋的，因为易卦暗含了与时变化之道。文王被囚而演易卦，乃是在精算出兵伐纣的最佳时机。"

"原来是这样。"周天子特使恍然大悟道。

"从历史上看，商纣残暴无道是事实，文王有图谋而王天下的野心也是事实。商纣宣称其王权得之于天命，文王则大讲'天命无常，唯德是辅'，说商纣无德，自己有德，为自己称王大造舆论。到纣王二十年，文王对内正式称王，正式拉开了与纣王决战的架势，取而代之的意图昭然若揭。纣王二十一年，文王开始主动用兵，对犬戎大打出手。第二年，又以主持正义的名义出兵讨伐密须国，目的是为伐商解除后顾之忧。第三年，又出兵东向攻黎。第四年，出兵攻邗。第五年，更直接攻取了商纣宠臣崇侯虎的崇国。由此，彻底切断了商与西部各属国的联系。同年，迁都于丰，为进一步东向伐商做好了最后的战略部署。特使大人，您说文王是一个没有心机的人吗？他五年连续用兵，难道都是被动应战？"

周天子特使都听呆了，哪里答得上话。

老聃看了看目瞪口呆的特使，顿了顿，又继续说道：

"纣王二十六年，文王突然病逝，没有完成其取商而代之的大愿。武王继承王位后，继续文王的战略计划。即位伊始，武王就在孟津举行了一次大规模的观兵活动。周室典籍说，此次观兵'不期而会盟孟津者八百诸侯'。是否有八百诸侯，也许有些夸张。但说八百诸侯是'不期而会'，绝对不是事实。八百诸侯来自关中与江汉之间广大地域，岂能不期而会？天下没有这样巧的事吧？应该是文王在世时就已经联络好的。可见，文王对商纣用兵，取商而代之以周，是蓄谋已久的。"

"八百诸侯会盟之后，就是牧野之战了吧？"周天子特使连忙问道。

老聃摇摇头，说道：

"不是。孟津观兵后两年，才有牧野之战。武王之所以敢主动发起牧野之战，那是因为当时商纣军队的主力远征东夷，商都朝歌空虚。当然，商纣统治集团内部出现矛盾，也是重要的原因。商纣由于为奸佞所蒙蔽，不听忠臣诤言，不仅杀了其叔父比干，还囚禁了其另一个叔父箕子。其他被牵连的贵族如微子等见势不妙，只得弃商纣而投奔了武王。"

"商纣王这是众叛亲离啊！"周天子特使情不自禁地感叹道。

"商纣不仅是众叛亲离，商都朝歌的政治、军事情报也被泄露了。武王灭商，乃是蓄谋已久。从孟津观兵的事实看，我们就能看出武王之志不在小。可以说，灭商而代之以周，既是周的国策，亦是武王一统天下，而为天下王的远大志向。他之所以即位为王两年后才发动牧野之战，那是他觉得时机还没成熟，他要静观其变。等到八百诸侯都云集孟津，商纣之臣纷纷投奔于周，他知道了天下人心的向背，觉得伐商的时机已然成熟。于是，他比文王更果断，立即通知在孟津会盟观兵的各诸侯一起出兵，向商都朝歌发起了迅雷不及掩耳之势的突然袭击。"

"那么，武王为什么选择首先攻打商都朝歌，而不是商的其他战略重镇呢？难道他对消灭商朝有绝对的把握吗？"周天子特使连忙问道。

"绝对取胜的把握，恐怕武王是没有的。毕竟商是历经十七世三十一王，前后绵历达六百年的王朝，天下大小诸侯都臣服于它。商纣到了统治后期虽然失德无道，但不可讳言，以他的盖世才华与孔武有力，也不是一般人可以战胜得了的。周是一个小国，所以武王所统领的军队是有限的。从历史上看，伐商的主力是八百诸侯联合起来的军队。这种联军，人数虽众，若是统领无方，那就是一群乌合之众，是不堪一击的。正因为武王对伐商没有必胜的把握，所以他采取了一个特别大胆的决策，先取商都朝歌。只要朝歌能够攻克，商朝的政治中心被占领，那么商的诸多属国就会望风而去，商纣的统治便会土崩瓦解。这是'打蛇打七寸，擒贼先擒王'的策略，是一个高招，同时也是一个险招。幸运的是，武王成功了。"

"据说，商纣获悉武王率八百诸侯杀奔朝歌而来，立起七十万大军迎战。《诗·大明》有曰：'殷商之旅，其会如林'，记载的就是这个盛况吧？"周天子特使问道。

老聃听了，呵呵一笑道：

"这个传说不可靠。当武王率八百诸侯的联军攻打朝歌时，商纣军队的主力都滞留东南与东夷鏖战，哪来七十万大军迎战武王的联军？如果说十七万，大概还比较可信。"

"十七万也不少啊！大人对历史典籍非常熟悉，学问渊博，不知当时武王与之对阵的联军有多少人？"周天子特使又问道。

"根据典籍记载，武王所率的联军总数在四万五千余人吧。其中，武王亲率的精锐之师是三千虎贲，有三百乘战车。其余都是步兵，分为五个师。"

"就算商纣军队没有七十万，而是十七万，那在数量上也是大大超过武王联军的四万多人啊！况且商纣军队有朝歌坚城深池为依靠，最后怎么会败给了武王呢？"周天子特使望着老聃，非常不解地问道。

老聃看着周天子特使困惑不解的神情，不禁莞尔一笑道：

"不管商纣的军队是七十万，还是十七万，其实都不是问题的关键。"

"那关键是什么？"周天子特使又迫不及待地问道。

"关键是商纣的这些军队都不是真正的士兵，而是临时武装起来的奴隶与战俘，真正的守城将士并不多。与武王的联军相比，商纣的这些军队才真叫乌合之众。"

"哦，原来是这样。"周天子特使如梦方醒似的说道。

老聃继续说道：

"武王所统领的八百诸侯联军是否同心同德，后人虽然不敢断定，但武王亲率的三千虎贲，又是坐着战车，那绝对是有战斗力的，足可以一当十。而商纣的军队，即使真有七十万，其战斗力也是不强的。因为这些奴隶与战俘本来就不与商纣同心，特别是其中数量最大的奴隶，因为平时没有经过严格的军事训练，临时武装起来，恐怕连上阵后怎样杀敌也是不会的。这样的军队，数量就是再多，上了战场也是会自乱阵脚的。史籍记载说，牧野之战，商纣的军队'前徒倒戈，攻于后以北，血流漂杵'。血流漂杵，也许有些夸张，但前徒倒戈，恐怕才是商纣失败的真正原因。"

"大人分析的极有道理。牧野之战，武王率领的联军能够获胜，看来既有应合天道人心的因素，也与双方军队的士气有关吧。《诗·大明》有曰：'牧野洋洋，檀车煌煌，驷騵彭彭。维师尚父，时维鹰扬。凉彼武王，肆伐大商，会期清明'，说的正是武王之师的士气吧。"

老聃见周天子特使竟然引经据典，分析得头头是道，不禁对他刮目相看，遂重重地点了点头，拈须而笑。

周天子特使见此，知道老聃对他的分析颇是赏识，遂又连忙问道：

"大人，还有一个问题求教。关于商纣的死，坊间有很多传说，大人熟知典籍，一定知道确切的内情吧？"

"据典籍记载，牧野之战失败后，商纣逃入朝歌城中，登上鹿台，'蒙衣其珠玉，自燔于火而死'。武王追至鹿台，见商纣已死，乃以轻吕击刺商纣之尸，并亲手斩其头颅而悬于旗上以示众。然后，武王又将俘获的一百多个商朝贵族大臣带回周都，作为祭祖的人牲予以杀死。"

"大人，典籍果然是这样记载的？"周天子特使吃惊地问道。

老聃肯定地点点头。

"这实在是让人想不到！商纣已经自焚而亡，武王仍斩其首，已经是非常不近人情了。怎么还以俘获的商朝大臣作为人牲祭祖呢？这可不是仁君明主的作为啊！"

老聃目眺荒凉的原野，长叹一声道：

"这就是真实的武王。所以，刚才老夫说，文王、武王都算不上是'恬淡为上，胜而不美'的圣人，而是'乐杀人'而欲'得志于天下'的君王。"

2. 天地固有常

周敬王十七年（公元前503年）九月十三，当老聃随周敬王特使北上回到洛邑不久，孔丘与其弟子子路正赶着马车颠簸着南下，来到了洛邑。

"先生，您看，前面是一座城。"

"阿由，你将车停下。"

"好，先生。"

子路停稳了马车，然后去扶孔丘下车。

"阿由，你知道前面这座城是什么所在吗？"孔丘亲切地问道，脸上似乎还洋溢着飞扬的神采。

"先生，俺们一路南下，见过的城池多了，好像先生并没怎么兴奋过。难道前面这座城与别的城有什么不同，或是有什么奇特之处？"子路望着孔丘，不解地问道。

"阿由，这确实是一座奇特的城，因为城里住着周天子。"

"那么说，前面这座城就是洛邑了？"

"正是。"孔丘点点头，眼里似乎还透着神往。

"上次，师兄南宫已经陪先生来过一次了，这次您怎么还远望洛邑如此兴奋呢？莫非洛邑真的与其他的城有什么不同？"子路不解地问道。

"是的。因为看到洛邑，就让为师想到文王，想到周公。"

"先生，您总是念念不忘文王与周公，不断地跟人念叨他们。难道他们就真的那么伟大吗？"

"当然。没有文王，何来'普天之下，莫非王土'的大周？没有周公，何来'率土之滨，莫非王臣'的天下秩序？"

子路呵呵一笑道：

"先生，还是算了吧。什么'普天之下，莫非王土'？什么'率土之滨，莫非王臣'？您睁眼看看，今日的天下诸侯，哪一个是周天子的臣子？哪个诸侯国的君主将周天子奉为神明？哪一个诸侯还记得文王、周公？依弟子看，这全天下，恐怕只有您一人还在心中供奉着文王、周公吧。"

孔丘见子路这样玩世不恭，立即正色说道：

"正因为今日各国诸侯心中皆无文王、周公，这个天下才显得如此无序，战乱频仍，民不聊生。为师之所以倡导'克己复礼'，就是希望通过不断努力，恢复周公礼法，实现天下大同的愿景。"

"先生，弟子曾听您念叨文王、周公不知多少次了。但是，从未问过您，文王、周公究竟是怎么样的人。既然先生这么崇拜他们，自然是有自己的道理。今天俺们就要进周王的王城了，不知先生能否给弟子好好讲一讲文王，讲一讲周公，让弟子心中有个印象，以免进城后亵渎了他们的神灵。"

子路说这番话，本意是在暗讽孔丘迂腐。但孔丘听来，却以为是虔诚求教，遂立即神采飞扬起来，打开了话匣子：

"文王，姬姓，名昌。乃周太王之孙，季历之子。商纣王时，袭父爵为西伯，故号西伯昌。在位五十年，是周之奠基者。周本来是西部一个很小的部落，与犬戎为邻。文王袭爵执政后，继承后谡、公刘开创之业，效先祖古公与乃父季历之法，大力倡导笃仁、敬老、慈少的社会风尚，非常推重人才，礼贤下士。不出十年，就使原本生产方式极为落后的周在社会经济方面得到了长足的发展。"

子路对于老师歌颂文王、周公的话一向都是持怀疑态度的，但看到老师深情追忆文王时表现出的庄重态度，就不好意思对其提出疑问，怕引起老师不悦。于是便装着一本正经的样子，认真地问道：

"先生，那文王究竟采取了什么有效的治国方策呢？"

"文王在政治上倡导德治，提倡'怀保小民'；经济上实行'九一而助'的政策，大力发展农业生产。"

"先生，什么叫'九一而助'？"子路问道。

孔丘见子路听得认真，态度虔诚，不禁会心地笑了。顿了顿，看着子路，说道：

"所谓'九一而助'，就是将周境内的田地进行划分，让百姓助耕公田，交纳九分之一的税给国家。又规定，商贾往来不收关税。"

"这个政策蛮是优惠，确实不错。相比于今日诸侯各国的苛政，那要好得多。"

孔丘见一向叛逆的子路也推崇文王的政策，更加高兴了。于是，继续说道：

"减轻赋税的结果是，百姓的财富积累开始增加，生产的积极性也大为提高。商贾往来不收关税，境外的商人都愿意来周做生意，这又进一步促进了周社会经济的发展。"

"看来这些政策还是有效的，值得后世借鉴。"子路说道。

"除了让利于民外，文王最终赢得人心，使周由西部偏僻一隅之诸侯迅速发展壮大起来，从而成为与商相抗衡的势力，靠的是他以德治国，重视人才。他虽贵为一国之君，却生活俭朴，总是穿着与普通人一样的破衣烂裳，经常到田间地头参加劳动耕作。他待人恭敬有礼，礼贤下士。因此，常有其他部落的人才投奔于他。商纣属下的许多贤士，或是因受到商纣的迫害，或是出于对商纣残暴之行的不满，也都冒着生命危险投奔而来。文王对于这些人才一概持欢迎态度，虔诚相待，甚至重用。如伯夷、叔齐、太颠、闳夭、散宜生、鬻熊、辛甲等人，都是当时的贤能之士，也是商纣的臣子。但是，最后都先后投在了文王的麾下，归附于岐周。这说明，文王的治国用人之策深得人心。得人心，就能得天下，这是亘古不变的道理。"

"先生，这就是文王善于收买人心的高明之处吧。"子路脱口而出道。

"阿由，怎么这样说？文王乃仁德之人，他待人处事都是一片赤诚，并无机谋，当然更不是伪善。他对百姓施恩惠，优待人才，都是发自内心的真诚，并非是为了收买人心。应该说，文王天生就是一个悲天悯人、宅心仁厚之人。当时商纣残暴无道，无恶不作，甚至发明了一种折磨犯人的酷刑。"

"是不是炮烙之刑？"子路连忙岔断孔丘的话问道。

"正是。所谓炮烙之刑，就是将一根涂满油的铜柱横架在一个火坑之上，火坑中烧着炽烈的炭火。商纣让犯人集中起来，让他们一个个通过铜柱从火坑的一头走到另一头。铜柱涂满油非常滑，犯人只要一走上去，就会滑倒，掉进火坑中，顿时烧得皮焦肉烂，哀号之声不绝于耳。可是，面对这种惨状，商纣的宠妃妲己却乐得哈哈大笑。为了博得妲己欢心，商纣就不停地这样折磨犯人。天下诸侯闻之，都感到非常震惊与痛心，但对商纣又无可奈何。文王听说了，特意赶往商都朝歌，面见商纣，提出愿以周在洛水西岸的一片土地进献于商，条件只有一个，就是希望商纣废除炮烙之刑。没想到，商纣不仅不答应，反而对文王施以炮烙之刑。好在文王命大，没有死于炮烙之刑。"

"那之后呢？"子路听到这里，开始感兴趣了，连忙追问道。

"文王为民请命而受商纣炮烙之刑的迫害，得到了天下百姓的同情。由此，文王的德望更高，归附周的诸侯与百姓益多。商纣的宠臣崇侯虎看到周国力日益坐大，忧虑将来会危及商的安全。于是，就向商纣进谗言，说文王为民请命，到处行善，意在收买人心，暗树自己的威信，将来一定于商不利。商纣觉得崇侯虎言之有理，心中隐隐生起了危机感，遂听从崇侯虎之言，将文王拘禁起来，囚于羑里。"

"先生，听说文王演易卦，正是拘于羑里之时，是吗？"子路问道。

孔丘点点头，继续说道：

"文王虽然被商纣拘禁，但他的威望早已树立起来，人心都向着他，甚至商纣的在朝之臣也暗中帮助他。最后，在闳夭等人的帮助下，文王终于逃出商纣的魔掌，获得了自由，返回了岐周。"

"先生，难道文王有什么特异的能力吗？不然，如何能够从牢狱逃出，脱离商纣的控制呢？"子路又追问道。

孔丘听了，不禁呵呵一笑，说道：

"是因为闳夭等人上下打点，搜求了很多美女，还有珠玉、宝马等献给商纣，让商纣大喜，这才同意放出文王的。"

"原来商纣真是个好色好财的贪婪之徒！为了财色，而将文王这样的大老虎放掉，这不是自寻死路吗？怪不得，他最后要失败了。"子路情不自禁地感叹道。

"商纣不仅赦免了文王，而且还赏给他弓、矢、斧、钺，甚至还授权他讨伐不听命的其他诸侯。"

"这个商纣太糊涂了！真是死有余辜。"子路顿足说道。

"文王逃脱羑里之厄后，终于下定了决心，要替天行道，灭了商纣，代之以周。正好有个机会，让他在渭水边遇到了一个旷世奇才吕尚。文王与之倾心交谈之后，觉得他就是自己要寻觅的治国人才，遂拜之为太师，车载而归。之后，二人共同定下灭商兴周的军国大计。"

"具体有哪些步骤呢？"子路急不可耐地追问道。

"据史籍记载，文王拜吕尚为国师后，于在位的最后七年中连续做了六件大事。第一件事是斡旋虞、芮两国纠纷。虞、芮二国，虽与周毗邻，但皆为商之西方属国。两国因为一些土地的归属问题而起纠纷，长久相持不下，弄得两国百姓生活也不得安宁。按照常理，虞、芮二国的土地纠纷应该找商纣裁断解决，因为商是它们的宗主国。可是，两国之君都不信任商纣。于是，他们就找文王帮助调解裁断。可是，当他们进入文王治下的周后，看到周之境内'耕者让其畔，行者让其路'，'男女异路，斑白不提携'，'士让为大夫，大夫让为卿'的景象，不禁为周国社会一派君子之风所深深感动。两相对比，二人觉得无比羞愧。于是，回国后二人就将以前所争的土地作为闲田处理了，两国纠纷从此结束。不久，虞、芮二国都脱离了商，而归附于周。"

"那其他几件大事呢？"子路又急切地追问道。

"第二件大事，是在解决虞、芮二国纠纷后出兵讨伐犬戎，击败西戎诸夷，灭了西方几个小国，扩大了周的版图，充实了周的实力。第三件大事，是随后展开的对密须国的进攻，并其国而入周，彻底解除了周西部与北部的后患之忧。第四件大事，是紧接灭亡密须国后的戡黎、伐邘行动，最终灭了二国，使商都朝歌直接暴露在周的军事行动前沿。第五件大事，是对商纣宠臣崇侯虎的封国崇发动的军事行动，灭了崇国，扫清了进攻商都朝歌的屏障。第六件大事，是将周都从岐山周原迁到渭水平原，建立了丰邑。这六件大事的完成，周伐商而一统天下的格局就基本奠定了。"

"文王这六件大事完成后就死了，是吧？"子路问道。

孔丘点点头，神色变得凝重起来。顿了顿，看了看子路，问道：

"为师以前让你背诵过《诗·大雅·文王》，现在还能背得出来吗？"

子路一听，顿时神采飞扬，朗朗背诵道：

"文王在上，于昭于天。周虽旧邦，其命维新。有周不显，帝命不时。文王陟降，在帝左右。亹亹文王，令闻不已。陈锡哉周，侯文王孙子。文王孙子，本支百世，凡周之士，不显亦世。世之不显，厥犹翼翼。思皇多士，生此王国。王国克生，维周之桢；济济多士，文王以宁。穆穆文王，于缉熙敬止。假哉天命，有商孙子。商之孙子，其丽不亿。上帝既命，侯于周服。侯服于周，天命靡常。殷士肤敏，裸将于京。厥作裸将，常服黼冔。王之荩臣，无念尔祖。无念尔祖，聿修厥德。永言配命，自求多福。殷之未丧师，克配上帝。宜鉴于殷，骏命不易！命之不易，无遏尔躬。宣昭义问，有虞殷自天。上天之载，无声无臭。仪刑文王，万邦作孚。"

当子路滔滔不绝地背诵时，孔丘高兴得连连点头。当子路一字不落地背完后，孔丘更是兴奋得只捋胡须。

子路从未见老师如此高兴过，遂趁着他在兴头上，说道：

"先生，那您再跟弟子说说您最崇拜的周公吧。"

一听子路要他说说周公，孔丘顿时又兴奋起来。但是，捋了一下胡须后，孔丘又犹豫了，说道：

"要说周公，恐怕不是一时半会能说完的。"

"那就简明扼要地说吧。"子路催促道。

孔丘看了看子路，见他态度颇是虔诚，遂点了点头，开口说道：

"周公，姓姬名旦，乃是文王第四子，武王的同母之弟。世称周公，或周公旦、叔旦。他一生行迹与对周的贡献，如果简明扼要地说，可以概括为这样几句话。"

"哪几句话？"子路急切地问道。

"一年救乱，二年克殷，三年践奄，四年建侯卫，五年营成周，六年制礼乐，七年致政成王。文王有大德，但功未成；武王有大功，但治未成；唯有周公，集大德大功大治于一身，几乎是个完人。"

"怪不得先生如此崇拜周公，时常念叨着他，开口闭口都是周公。"

孔丘听了，拈须莞尔一笑。

"先生，您的一二三四五六七，概括得非常好。只是因为太过简明扼要了，所以弟子对周公的印象还是感到很模糊。您是否可以再说得具体一点呢？"

孔丘见子路说得恳切，遂又点了点头，说道：

"一年救乱，主要是指文王大业未成突然崩逝后，有一段时间周的政治局势有些混乱。周公乃与太师吕尚同心协力，辅佐武王稳定了局面。二年克殷，是指周公辅佐武王对商发动牧野之战，攻克商都朝歌，逼迫商纣王自焚而亡，然后又收拾了商的残余势力，以周代商，统一了天下。"

"牧野之战是周公辅佐武王进行的吗？人们一直都传说是太公吕尚的功劳啊！"子路望着孔丘，露出大惑不解的神色。

"太公吕尚在牧野之战中的功劳确实不可抹杀，但周公的功劳更大。牧野之战之前联络八百诸侯和协调万邦的工作，都是周公做的。牧野之战前的郊外誓师之词《牧誓》，也是由周公亲自捉刀代笔的。《牧誓》全文分为两部分，第一部分痛斥商纣王听信女人之言，不敬祖先和天地之神，迫害同胞手足，进用奸佞，残虐百姓等罪行；第二部分申明周兵伐商、躬行天罚的正义性，同时宣布了作战纪律，激励将士奋勇杀敌。牧野之战，武王以三百乘战车，三千虎贲为先锋，四万五千甲士为后盾，一举击败商纣七十万大军，《牧誓》对于军心鼓舞的作用是不容忽视的。"

"据说，牧野之战周兵杀死商纣七十万军队，杀得血流漂杵。先生，这是不是太残忍了点。如果确有其事，那周公也算不得是仁义之人，他也不值得您那样崇拜的。"

"说血流漂杵，那是夸大其词。商纣王迎战周兵确实有七十万众，但这七十万人并非都被周兵全部杀光，而是在周兵前歌后舞的震慑下自行崩溃瓦解了，甚至是他们自己倒戈自相残杀的。说到这里，我倒是要提到一个历史事实，这可能有正本清源的意义。"

"什么历史事实？"子路连忙追问道。

"牧野之战结束，商纣王自焚身亡后，对于如何处置殷商贵族及其遗民，武王一时没了主意。他先征询太公吕尚的意见，吕尚认为要彻底剪除，不留后患。武王觉得太过残忍，遂转而征询召公意见。召公建议有罪者杀，无罪者留。武王觉得还是不妥，最后找到周公。周公建议，最稳妥的办法是就地安置殷商遗民，让他们继续耕种原有的土地。对他们当中有威望有影响或有仁德的人，则采取安抚争取的政策，为周所用。武王觉得这个办法好，既体现了活人以命的仁德，又从政治上瓦解殷商残余势力可能对社会造成的不稳定影响。正是因为周公的建议，武王灭商后，才会果断命令召公将箕子等被囚禁的商朝贵族统统释放。同时，还派人修葺商容旧居，并设立标识；又令闳夭将比干之墓培土加高，命南宫适将商纣鹿台钱财散发于民，开矩桥之仓以赈济饥饿的殷商遗民。武王的这些政治措施，对于迅速稳定大局，恢复社会秩序所发挥的作用有多大，是任何人都可以想象到的。而武王所做的这一切，归根结底，皆源于周公的建议，是周公仁德的体现。"

"先生说的是，弟子明白了。那么，先生请讲讲什么是'三年践奄'吧。"子路又请求道。

"所谓'三年践奄'，是指周公在武王死后，于平定管蔡叛乱的过程中乘机灭亡并占领了奄国，使周消除了最后的心腹大患。"

"管蔡叛乱，有人说是与周公篡位有关，有这回事吗？"子路问道。

孔丘一听这话，立即神色异常严肃起来，眼睛直视着子路，语气坚定地说道：

"根本没有这回事！"

"那究竟是怎么回事呢？先生博古通今，学识渊博，对历史真相一定清楚吧？"子路紧追不舍道。

"周公若真想称王，完全可以名正言顺地称王，无须篡位。武王灭商后，回到周都镐京，就开始谋划如何有效控制东方诸侯各国的问题，并跟周公谈起别建新都的想法。他认为如果在洛水与伊水之间的平原地带建立新都，使周的战略重心东移，就能有效震慑东方各诸侯国，对稳定天下发挥不可替代的作用。由于长期征战，又一直忧心国事，武王不久就一病不起。周公为此心急如焚，虔诚地向先祖太公、王季与文王祈祷，说如果上天一定要他们的一个孩子去侍应鬼神，他愿意代替武王，因为他既有仁德，又多才多艺。虽然祈祷后，武王的病情有所好转，但不久还是病逝了。武王临终前，明确表示要将王位传给德才兼备的周公，并且明言此事不必占卜请求鬼神之意，他们当面就可以约定。可是，周公泣涕不止，坚决不肯接受。武王过世后，周公立即拥立武王之子姬通即了王位，是为成王。当时，成王只是一个十多岁的孩子。你说，周公有篡位之心吗？"

"既然周公没有篡位之心，那么管叔、蔡叔为什么要起兵反叛呢？"子路又抛出了疑问。

"因为成王年幼，没有执政处理国家大事的能力，况且当时天下形势尚未稳定，周虽取商而代之，但并未一统天下，内忧外患不断。面对异常复杂的局势，周公只得暂摄朝政，抱成王于膝上接见诸侯，处理国家大政。当时危急的情况下，也只有周公能担得起这个重任。可是，管叔姬鲜却不这样想，他认为周公是在篡位，如果要继承王位，也应该是他而不是周公。因为管叔排行老三，周公只不过是老四。由于管叔有意争夺王位，遂到处散布谣言，说周公将不利于孺子，即成王。就在周灭商后的第三年，管叔姬鲜就与蔡叔姬度勾结起来，怂恿商纣王之子武庚一同举兵反叛周。当时，起而响应的有东方徐、奄、淮夷等几十个大小方国，它们原来与亡殷有着密切的关系。"

"哦，原来是这回事。那么，对于管蔡之乱，周公到底是怎么平定的呢？"子路又追问起来。

"周公就是有王者风范。面对危局，他并不慌张，而是从容不迫，稳扎稳打。他先做了太公吕尚与召公姬奭的思想工作，说明了自己要代成王执政的理由，得到了他们的认同与支持。统一了执政团队内部的意见后，第二年周公就举行了东征。东征前占卜问了鬼神的意见，然后发布《大诰》，择日进兵。经过三年的苦战，最终不仅平定了管蔡与武庚之乱，而且乘机征服了东方五十多个诸侯国，收服了大批亡商的贵族，斩杀了管叔姬鲜与商纣之子武庚，放逐了罪行较轻的蔡叔姬度，还将飞廉赶到海边杀了。由此，使周的势力范围扩展到了东海之滨。特别是灭了东方劲敌奄国，使周永远根除了心腹大患。这就是周公'三年践奄'的大功。"

"先生不说，弟子还真是不知道这些内情呢？看来传说并不一定都是对的。"

孔丘看了看子路恍然大悟的样子，满意地点了点头。

"先生，您还没说完，还有'四五六七'呢。要不，您就依序先说说周公'四年建侯卫'吧。"子路看到孔丘脸色和悦，遂又大着胆子要求道。

"所谓'四年建侯卫'，是指周公在平定管蔡之乱，征服东方诸夷后，用了四年的时间进行政治制度的建设。说得简单点，就是实行分封制，即封邦建国。就是将王室宗族姻亲和功臣分封到全国各地，广建封国。但是，对这些封国有严格的约束，即要它们必须绝对服从周天子，尊重周天子的权威，并承担对于王室的种种义务。这就是后来人们常说的'封建亲戚，以藩屏周'。当时周公分封的兄弟之国有十五人，姬姓之国有四十人。对于参加牧野之战的诸侯，则以分发商朝宗庙的彝器和宝物为犒赏。"

"那么，'五年营成周'又是什么情况呢？"子路又问道。

孔丘莞尔一笑道：

"这个问题，前面为师其实已经说过。武王灭商回到周都丰镐后，就考虑如何有效控制东方诸国的问题。当时就跟周公商量过，准备将周的战略重心东移。由于武王不久就病逝，这个计划就没来得及实施。成王继位，周公摄政的第五年，营建新都的工作正式展开。对于营建新都，周公非常重视，亲自视察并规划，还为此专门占卜。经过一年多的营建，一座巨城终于落成。新都称为'新邑'或'新洛邑'，为周王所居，故又称为'王城'。王城东郊、瀍水以东殷商先民的居地叫'成周'，意谓'成就周道'。而原来的周之旧都丰镐，则就称为'宗周'了。平定管蔡叛乱，征服东方诸国后，正是成周洛邑建成之时。于是，周公便建议成王正式迁都到洛邑。在迁都的同时，周公从国家的长治久安考虑，将平叛与东征中俘获的大批殷商贵族迁居于此，遣召公姬奭驻兵八师，专门用以监督这些殷顽民，防止再有叛乱之事发生。"

"那'六年制礼乐'，就是指周公在摄政第六个年头时开始制定礼乐制度，是吧？"

孔丘点了点头。

"只是弟子不明白，周公为什么那么重视礼乐制度？先生也一直在念叨周公的礼乐制度，难道这礼乐制度就那么重要吗？"子路继续问道。

孔丘听了子路这句话，先摇了摇头，接着叹了一口气，说道：

"阿由呀，你真是不开窍！礼乐制度乃是国家根本，是保证天下长治久安的法宝。如果没有周公制定礼乐制度，岂有'普天之下，莫非王土；率土之滨，莫非王臣'的治世盛况？没有礼乐制度，岂有'君君臣臣父父子子'的伦理秩序？"

"哦，原来是这样。看来周公是一个心机很重的人，城府也很深啊！"

孔丘瞅了子路一眼，似乎有些不满，继续说道：

"周公平定管蔡之乱，东征结束后，周公在新都洛邑举行了盛大的庆典，天下所有诸侯都参加了。庆典仪式上，周公除了正式册封诸侯外，还正式颁布了各种典章制度，这便是'制礼作乐'。'礼'强调的是'别'，即所谓的'尊尊'，解决的是尊卑贵贱的区分问题。说得通俗点，就是名分问题。不然，你也称王，我也称王，这个世界不就乱了吗？其中有一个核心问题，就是继承制。比方说，先王故去，新王继位。这个新王是怎么产生？是嫡子继位，还是庶子继位？王位是父子相传，还是兄终弟及，等等，都必须有明确的制度规定。"

"那么'乐'呢？"子路急切地问道。

"'乐'强调的是'和'，即所谓的'亲亲'，解决的是内部团结与和谐问题。同时，通过'乐'对人们的精神进行潜移默化的影响，进而提升人们自觉遵守'礼'的规范意识。"

"哦，弟子明白了。'礼'的作用就是规范人们的行为，知道什么事能做，什么事不能做。比方说，父王死了，有嫡子，你是庶子，就别想着王位的事了。同样是嫡子，他是嫡长子，你是嫡次子，那么你就别指望继承王位了。又比方说，天子能用八佾之舞，而诸侯、大夫就不可以。还有天子住什么样的居室，穿戴什么样的服饰，使用什么样的用具，而诸侯或大夫则不能。否则，便是非礼、僭越，是吧？"

孔丘听了，不禁莞尔一笑道：

"阿由呀，看来你还只是知道点皮毛，以后为师再给你好好讲讲。其实，周公制定的礼乐制度是一个严密的系统，包括很多丰富的内容。比方说畿服制、爵谥制、法制、嫡长子继承制、乐制等，还有天子如何册封、巡狩，诸侯如何朝觐、贡纳等，都有严格的规定。总之，有了这套典章制度，才能调整好天子与诸侯、中央与地方、王侯与臣民之间的关系，国家才能稳定，社会才能秩序井然。今日之天下，之所以乱臣贼子横行，天子之令不行于诸侯，战乱频仍，生灵涂炭，民不聊生，就是因为当年周公制定的这套典章制度形同虚设，大家都不遵守了。"

"所以，先生才整天拼命地倡导周公礼法，希望实现天下大同的理想，是吧？"

孔丘没吱声，眺望着不远处的洛邑，陷入了沉思。

子路知道老师此时此刻正在想什么，知道他内心的痛苦。为了缓和气氛，同时不让老师在痛苦中陷入太深，子路连忙又将话题拉了回来，问道：

"那么，'七年致政成王'又是怎么回事呢？"

孔丘听到子路提问，遂重又从沉思中清醒过来，看了看子路，见其一副认真问学的模样，遂连忙回答道：

"就是周公摄政的第七个年头，见成王已至成年，行过了冠礼，有了一定的治国能力，便就主动将王政归致成王，自己退居二线了。这一行动，再清楚不过地表明了周公绝没有篡位称王的野心。他代成王执政，完全是为了国家，为了天下苍生。所以，为师以为周公是亘古未有的大圣人，是值得我们每个人崇拜与敬仰的。"

子路连忙点头表示同意，孔丘脸上露出了欣慰的笑容。

站在马车前，孔丘又远眺了一会不远处的洛邑王城，然后走到马车边，说道：

"阿由，俺们快进城吧。"

"诺！"

子路一边答应，一边连忙上前扶孔丘上了车。然后，坐到驭手位置上，甩动鞭子，驱动了马车。

车行至洛邑城门时，子路突然回过头来对孔丘问道：

"先生，俺们这一趟来洛邑，您真的只是为了将您所收藏的典籍寄存于老聃之处吗？"

孔丘沉吟了一会，幽幽地说道：

"当然不完全是。"

"那还有什么别的任务吗？"子路连忙追问道。

"上次为师来洛邑，是为了向老聃问礼。这些年为师对于天下之事越发看不明白了，所以这次是想来顺便向老聃好好问问'道'。"

"您不是说，您与老聃是'道不同，不相为谋'吗？"

"这话当然不假。不过，阿由，难道你忘了为师曾经教导过你们的一句话吗？"

"什么话？先生教导俺们的话多了，弟子一时也想不起到底是哪一句了。"子路说道。

"为师多次跟你们说过：'三人行，必有我师焉。'一般人都有值得我们学习的地方，更何况老聃是当世智者，博古通今，是知识的渊薮，向他问'道'，于为师之'道'自然是不无裨益的。"

"先生说的是。先生被人称为当世圣人，还如此谦逊好学，确实值得弟子们永远学习的。"

"阿由，你什么时候也学得如此油嘴滑舌起来？你一向都是率真无忌，说话喜欢顶撞为师的，今天怎么像变了个人似的？"孔丘疑惑地问道。

"先生刚才跟弟子讲了文王、周公那么多事迹，弟子能不受教育吗？"子路貌似严肃地说道。

孔丘信以为真，遂高兴地笑了。

进城安顿好，一夜无话。

第二天一大早，孔丘便往周天子守藏室拜见老聃。正好老聃这天也来得早，席未坐暖，孔丘就来了。

二人这是第二次见面，彼此都非常熟悉了。尽管孔丘是个拘礼之人，但知道老聃简率自便的个性，也就自然受到熏陶，所以就没有太多的客套。寒暄问候了几句，孔丘就直接上题了：

"先生，弟子此次专程来洛邑打扰，是有一事相求。弟子一向热衷于搜集古代的典籍文献，虽都是民间之物，不能与周天子守藏室的传世之物相提并论，但也觉得有值得珍视的。所以，弟子这些年来将这些典籍中所讲的内容进行了整理，编成册札。天子守藏室乃国家典籍之渊薮，亦为天下典籍图册珍藏最佳处。所以，弟子想将所编这些典籍册札寄放于此。不知先生以为如何？"

孔丘说完，眼睛直瞪瞪地看着老聃，老聃却半天没有回应。他本来想提王子朝叛乱，守藏室典籍散佚一节，表达自己想以所编典籍册札补充天子守藏室藏品的意思。但是，又怕老聃多心，联想到他丢失守藏室藏品被周天子责备一事，所以刻意回避了。

"先生，弟子的话不知道说清楚了没有？"孔丘见老聃不回应，等了一会儿，只得如此婉转地提醒道。

"老朽觉得不合适。"这次老聃终于回应了，态度还非常鲜明。

孔丘一听就急了，连忙一口气将所编十二部典册的内容阐发了一通，希望老聃明白这十二部典册的重要性，从而答应让其所编十二部典册入藏天子守藏室。可是，没想到孔丘正滔滔不绝地说得酣畅时，老聃竟然非常不礼貌地打断了他的话，说道：

"你说得太啰唆了，请简明扼要点，说说要点就可以了。"

孔丘听了，先是一愣，继而点头称是，接着说道：

"弟子所说的要点，就是这十二部典册阐发的都是'仁义'二字。"

"那么，老朽倒是要问一句，仁义是人之本性吗？"

孔丘听老聃这样问，顿时觉得他们真的是"道不同"。但是，既来之，则安之，必须说服他。于是，孔丘端委正坐，接口说道：

"仁义当然是人之本性。不仁，便不算是君子；不义，则不能生存。丘以为，仁义确是人类之真情。如果一个人没有仁义，那他还能干什么呢？"

老聃见孔丘说得如此理直气壮，言之凿凿，遂又反问道：

"那么，老朽再问一句，什么叫'仁义'？"

孔丘听了，不禁莞尔一笑。望了一眼老聃，接着说道：

"仁义就是为人处事中正不偏，能够包容万物，兼爱无私。丘以为，这便是仁义的本质。"

"唉，你的话没有说到点子上。老朽以为，你的想法太危险了！"

"请先生明以教我！"孔丘听老聃这样说，遂连忙正襟危坐，请求道。

老聃见此，呵呵一笑，从容说道：

"你竟然说到兼爱，这岂不是太迂腐了吗？你既然说到无私，那么就说明你心中有私。你说仁义，谈兼爱，是想让天下不失其天性吗？"

"正是。先生以为有什么不妥吗？"

老聃看着孔丘疑惑的表情，莞尔一笑道：

"老朽以为，天地固有常，日月固有明，星辰固有列，禽兽固有群，树木固有立。只要人类依德而行，循道而进，就已经到达理想的境界了。又何必再竭力标榜什么'仁义'呢？这样做，岂不是跟击鼓聚众去追寻一个丢失的孩子一样吗？唉，您这样大张旗鼓地鼓吹'仁义'，真的是在扰乱人的天性呀！"

孔丘听了老聃这番话，顿时默然，连忙唯唯而退。

3. 祸莫大于不知足

"请问，老聃先生是不是外出了？怎么总是大门紧闭，怎么敲也不见有人来应门，莫非连府上的役夫也外出了？"

周敬王十七年（公元前 503 年）十二月十九，洛邑天寒地冻，北风呼啸。街上行人稀少，甚至连做买卖的也早早地回去了。但是，从一大早起，直到日中时分，却有个人一直在大街上徘徊。只要在街上看到有一个人，他就会主动迎上前去，先彬彬有礼地鞠躬致敬，然后温言柔语地跟人说话。奇怪的是，每次临了，跟他说话的人都对他摇摇手。原来，他是在问人，想了解周天子守藏史老聃的去向。

功夫不负苦心人，到了日中时分，终于有一个人告诉了他真相：

"哎呀，你现在来找他，太晚了，他早在一个月前就离开了。"

"您知道他去哪儿了吗？"

那人想了一会儿，突然一拍脑袋，说道：

"哦，想起来了。好像听人说过，他是往南去了。上次他在宋国隐住了好多年，这次是往沛，好像是要定居，不回来了。请问，您是哪位？是从哪里来的？这样天寒地冻的时候，您找他干什么？"

"我叫柏矩，是从燕国来的，想向老聃先生求学问道，拜他为师。"

"哦，那可走了不少路啊！有好几千里地吧？"那人显得非常惊讶的样子。

"还好，也就走了一年多就到了！"柏矩一边回答，一边谦逊地向他鞠躬致敬。

那人见柏矩对自己鞠躬致敬，遂连忙回之以礼。然后，转身准备离去。

还没等那人走出几步，柏矩突然又追上前去，问道：

"先生，再问您一个问题。听说老聃先生这次是被周天子派特使从宋国召回来的，为什么刚回到洛邑，就又离开了呢？"

那人听了，不禁呵呵一笑道：

"这个你也不知道啊！那您怎么拜老聃为师呢？老聃身为周天子守藏史，掌管国家典籍图册文献，却借口到南方采风，在宋国一隐就隐了六年多。早些年王子朝作乱，守藏室的典籍曾被卷走了不少。当时，天子就对老聃保护守藏室不力有微词了。这次王子朝余党再起祸乱，守藏室的典籍文献又有损

124

失。所以，这次周天子召回老聃后，就明言对他提出了责备。老聃大概心中不悦，遂立即辞官走人了。"

"哦！"柏矩听了，顿时恍然大悟。

那人见柏矩如梦方醒的样子，不禁莞尔一笑，然后转身走了。柏矩望着那人在寒风中越走越远，内心也越来越感到迷惘了，觉得自己这样孤陋寡闻，就是见了老聃，如何跟他接谈，如何向他问学求道。

在原地待了好大一会儿后，柏矩终于还是迈开了脚步，往洛邑南城门而去。他已经打定主意，南下追随老聃，一定要拜在他的门下求道问学，即使被拒绝，也一定要想方设法拜他为师。只有拜他为师，才不至于孤陋寡闻而被人嘲笑；只有学有所成，才能无愧于堂堂七尺之躯的男儿身。

行行重行行，越千山，涉万水，从洛邑出发，柏矩一路南下，朝行夜宿，不计风霜之苦，不计旅途劳顿。将近一年的时间，柏矩一路走一路问，不知走了多少冤枉路，不知问了多少人，最后才在沛地一个偏僻的山间草庐中找到了老聃。

这一路走来，虽然十分辛苦，但柏矩觉得非常值得。他甚至打内心里认为，走过的冤枉路，在某种程度上是对他意志的考验，也是让他增长见识，熟悉沿途诸侯各国地理山川、风土人情的绝好机会；问过的无数人，每个人都多少不等地予他以教益。特别是问到一些了解老聃的人，更是让他获益匪浅。因为从他们那里，他听说了以前自己所不了解的老聃生平事迹，以及老聃的名言妙语，还有他对于宇宙、人生与国家、社会的观点。

周敬王十八年（公元前502年）十一月二十三，一个凄风苦雨的寒冷之日，当柏矩真真实实地站到老聃面前时，就不再是去年独立洛邑寒风之中显得迷惘无助的柏矩了。现在，他显得非常有信心。跟老聃接谈后，还真的让老聃对他刮目相看，觉得他颇了解自己的思想与主张，跟以前拜师的弟子有很大不同。结果，老聃一高兴，就欣然答应收他为弟子了。

时光荏苒，一晃就是半年多过去了。在这半年多的时间里，柏矩跟随老聃求学问道，学问大有长进。跟不时追随老聃足迹至此的其他弟子切磋，柏矩也往往胜其一筹。

周敬王十九年（公元前501年）五月初九，老聃像往常一样，一大早就出去散步了。山间空气好，鸟语花香，老聃特别热爱这种环境。走了将近一个时辰，老聃觉得有点累了，就沿着山间小溪慢慢往回走。尚未进入居住的草庐，就远远望见有个人站在门前。待走近一看，原来是柏矩。老聃觉得奇怪，平时自己出去散步，柏矩是从不站在门前等他的，不是在屋内扫地做饭，就是在屋后菜地劳作。今天怎么这样无所事事了呢？老聃正欲开口相问时，柏矩却先说话了：

"先生，弟子想跟您说件事。"

"什么事？"老聃好奇地上下打量了一下柏矩，平静地问道。

"弟子想游历天下，了解诸侯各国的情况，看先生的思想与主张是否有人贯彻实施。如果有人贯彻实施，弟子想考察一下其效果究竟如何？"

老聃一听，就知道柏矩心里在想什么，他大概是觉得自己已经学得差不多了，所以就想游历天下，学那些说客去传播自己的思想主张，影响各国诸侯。老聃对世道看得太透了，他早就知道自己的政治主张与思想观点不会为当今诸侯各国君主认同接受，所以他从未有游历天下，游说诸侯的想法，而是闭门家中坐，只偶尔跟弟子们说说自己的思想观点，以行动诠释了什么是"清静无为"。所以，当他听柏矩要去游历天下时，打心眼里觉得幼稚可笑，遂莞尔一笑道：

"还是算了吧！天下就像这里一样。"

"先生，弟子还是想出去看看。至于先生的日常生活，弟子已经跟几个师弟交代好了，他们会悉心照顾好先生的生活起居。弟子争取尽早回来，将天下情况禀告先生。"

老聃听柏矩这样说，也就不好再说什么了。于是，呵呵一笑道：

"你要游历天下，那从什么地方开始呢？"

"就从齐国开始。"柏矩似乎早已有所规划了。

"为什么选择齐国，而不是别的诸侯国呢？"老聃连忙追问道。

"听说齐景公执政有方，晏子为相，国泰民安。"

老聃听了，只是莞尔一笑，什么话也没说，转身就进了草庐。

柏矩辞别老聃，历经三个多月时间，于周敬王十九年（公元前501年）九月初一，终于到达齐都临淄。到临淄的第二天，就遇到齐景公下令处死一个人，并抛尸街头示众的事。这让柏矩实在想不到，原来对齐国美好憧憬的梦顿时破了，对齐景公与晏子的崇敬没了。看着那个倒在血泊中的犯人暴尸街头，无数人围观议论，柏矩不禁悲从中来，推开围观的人群，抢步而至尸体前，先将其摆正，然后脱下自己的衣裳盖在上面。接着，扯开嗓子呼天抢地，痛哭流涕道：

"您呀！您呀！天下遭遇大灾难，你却偏偏先碰上。人们常常说，不要做强盗，不要杀人！可是，这个世道却处处有强盗，天天都在杀人。"

早前，围观的人都在议论那个被杀的犯人；现在，见柏矩扶尸大哭，便转而围观并议论起柏矩。柏矩视若无睹，充耳不闻，扫了一眼围观的人群，旁若无人地继续哭道：

"有了荣与辱的区分，社会弊端便层出不穷；财富越是积聚得多，人们的争斗争夺便越是激烈。今天下为人君者，刻意彰显引发社会弊端的荣辱，积聚致人争斗争夺的财富，穷贫困厄之人为此疲于奔命，从此便没有休止之时。要想不出现这种情况，可能吗？"

说到这里，柏矩抬头看了一下周边围观的人们，看见大家都凝神倾听，有人还不住地点头，遂又接着哭说道：

"古代为人君者，将天下清平的功劳归之于人民，将社会混乱的责任归之于自己；把正当的作为归之于人民，把错误的事情揽归于自己。所以，天下只要有一个人形体上受到损害，为人君者就会闭门思过，深责自己。今天为人君者，则不然。隐匿事情的真相，却反过来责备别人不能理解；增加事情的难度，却怪罪别人不能克服困难；加重他人的负担，却责罚其不能胜任；路途安排得遥不可及，却谴责他人走不到目的地。人民知道竭尽心力也做不到，只好弄虚作假以应对。世上每天都有层出不穷的虚伪事情发生，你让老百姓如何能够不弄虚作假？一个人力气不足，势必就要偷懒；智巧不足，势必就要欺诈；财富不足，势必就要偷盗。盗窃之事的发生，究竟应该责备谁呢？是平头百姓，还是为人君者？"

柏矩的哭问，让围观的齐国之民无语，大家纷纷摇头，慢慢地都散去了。到最后，那犯人的尸体旁只剩下了柏矩一人。

柏矩又哭了一会，望着空旷的临淄大街，以及从身旁不断走过的面无表情的行人，无力无奈地从地上爬起，拍了拍身上的灰尘，紧了紧单薄的上衣，凄然地离开了临淄，离开了齐国，往西邻鲁国去了。

周敬王十九年（公元前 501 年）十月二十五，柏矩来到了鲁国之都曲阜。他之所以在齐国感到失望后选择游历的国家是鲁国，除了鲁国与周公、周王室有特殊的关系之外，还有一个重要原因，就是想来拜访一下孔丘，了解一下他在鲁国有什么作为。孔丘两次到洛邑拜访老聃，执弟子礼向老聃问礼问道，如果攀扯同门关系，他们也算是师兄弟了。正因为这样想，柏矩失望地离开齐国后，对于入鲁还是颇有些兴奋之情。可是，到了曲阜，柏矩却没能见到孔丘。早在几个月前，孔丘接受鲁定公任命，就任中都宰去了。为此，柏矩不胜惆怅。与此同时，在曲阜，他还听说了许多有关鲁国内政混乱的情况，知道了去年底鲁国刚刚发生的阳虎叛乱的重大政治事件。这一下，让柏矩彻底失望了。鲁国是周公封国，是礼仪之邦，作为天下诸侯榜样的鲁国尚且君臣上下交争，政治一片混乱，这个世界还有什么指望呢？于是，沮丧之后，失望之下，柏矩立即离开了曲阜，南下往沛，回去找老聃去了。

行行重行行，冒着已然来临的严冬凄厉的寒风，踏着雨雪泥泞的崎岖小路，走走停停，前后达五个月之久，周敬王二十年（公元前500年）三月二十九，柏矩才重又回到了沛地。远远望见老聃隐居的山间草庐，柏矩就觉得非常亲切；抬头看看飘动于山间树梢的白云，柏矩内心感到无比安逸宁静。

当柏矩轻轻推开草庐的柴门，刚踏进一只脚时，一直闭目坐在席上沉思的老聃突然开口问道：

"是柏矩回来了吗？"

柏矩听了大吃一惊，老师的听力怎么这么灵敏，不睁眼就能凭耳朵辨别出自己的脚步声，而且自己今天的脚步特别轻。愣了一下，柏矩连忙回答道：

"先生，正是弟子。"

"游历天下，感觉怎么样？天下有没有清静的乐土？"老聃仍然闭着眼。

柏矩知道老聃话里的意思，他这是在委婉地批评自己当初不听劝阻，执意要去游历天下，以致今日失望而归。虽然知道老聃的批评是对的，但是柏矩心里却不愿意承认，遂轻轻地跪到老聃的席前，轻声地回答道：

"诚如先生所言，天下确实没有清静的乐土，诸侯各国没有什么不同。弟子出去游历了这么长时间，确实感到非常失望。但是，失望之余，弟子静言思之，也觉得这一趟没有完全白跑，还是有不少收获的。"

"哦？有什么收获，快说给为师听听。"老聃说着，突然睁开了眼睛，看了一下柏矩。

柏矩见老师睁眼跟他说话了，顿时非常兴奋，遂连忙接口说道：

"弟子这次到了鲁国，算是对天下大势有了感性认识，理解了先生对当今天下的看法。"

"哦？为师不明白，怎么去了一趟鲁国，就对天下大势有了感性认识，而且还由此理解了为师的看法，这话怎么讲？"

柏矩见老师对自己抛出的话题如此感兴趣，遂也顿时来了劲头，说道：

"这次弟子之所以要去鲁国，原因有两个：一是想亲自看看周公的封国如何践行周公制定的礼法，了解一下作为诸侯各国榜样的鲁国究竟在政治上有什么特别的举措；二是想拜见一下孔丘。弟子知道，孔丘虽然两次亲赴洛邑，向先生问礼问道，但他曾明确跟弟子们说过，他与先生是'道不同，不相为谋'。所以，弟子就想跟他交流一下，从侧面了解一下他是怎么看先生的社会政治思想与人生哲学主张，比较一下先生的'道'与他所宣扬的'道'的区别，从而加深对先生‘道’的认识，掌握先生思想的精髓，不枉在先生门下学习了这么长时间。”

“呵呵，那你看到的鲁国究竟是个怎样的社会呢？”老聃好像非常随意地问道。

“以前，弟子常听人说‘周礼在鲁’，以为鲁国是‘君君臣臣，父父子子’，尊卑有别，长幼有序，上下秩序井然，社会一派和谐安宁的理想国。可是到鲁国一看，嗨，根本就不是那么回事。”

“那你到底看到了什么呢？”老聃笑眯眯地问道。

“弟子看到了君为臣挟持，臣为家奴挟持，君臣交争，臣臣互斗，商人不守诚信，女人不守妇道，真是一片混乱的世界。”

“真有那么乱吗？”老聃瞪大眼睛问道。

“弟子还敢诳先生吗？”柏矩认真地说道。

“鲁国国政为季孙氏、叔孙氏和孟孙氏三家控制，鲁国国君受制于‘三桓’，这是天下皆知的事实。你不说，为师也知道。那你就说说‘臣为家奴所挟制’的情况吧。”

“先生知道季孙氏家臣阳虎吗？”柏矩问道。

“听说过，以前听子轩说过，鲁昭公在位时，鲁国是由季孙氏的季平子执政。季平子太过霸道，鲁昭公心有不服，遂利用季平子与郈昭伯的矛盾，以鲁公室之兵联合郈昭伯、臧昭伯二家之兵，趁季平子不备，包围了季平子的冢宰府，希望一举剪除季孙氏势力，恢复鲁国公室权力。开始时战斗进展非常顺利，季平子差点抵挡不住了。但在最后关头，叔孙氏、孟孙氏出于‘三桓’的共同利益考虑，突然出兵帮助季平子，结果鲁昭公与郈昭伯、臧昭伯的联军被击溃，鲁昭公也因此而被季平子驱逐出鲁国。从此，鲁国国君的权位便由季平子代理。但是，季平子万万没想到，在这次与鲁昭公的较量中，他的家臣阳虎因为战功而势力迅速坐大，威望日益提高，以致日后尾大不掉。季平子死后，其子季桓子继其位而执鲁国国政。但是，季桓子年幼，能力又远不及乃父，遂被其家臣阳虎所挟制。最后，阳虎竟然逼季桓子跟他订立盟约，让鲁国的国政转由他代理。”

“哦？先生知道的真不少。不过，现在情况又有新变化了。”

“什么新变化？难道阳虎现在做了鲁国之君？”老聃瞪大眼睛问道。

“差一点就成功了。”

“那你说说看。”老聃催促道。

“鲁定公七年，也就是大前年的年初，齐景公派特使到曲阜，向鲁定公传达了齐景公与齐相晏子的决定，将早先夺占的鲁国郓、阳关二地归还给鲁国，为的是能修齐鲁二国永世之好。没想到，阳虎以替鲁定公接收失地为名，将郓、阳关二地据为己有，并派私家兵卒守卫。"

"这个阳虎太过分了！这不是明目张胆地另立山头，建立自己的根据地吗？"

"先生说的是。正因为如此，孔丘就再也不能容忍了。"

"孔丘乃一介之民，不能容忍，又能奈阳虎何？"老聃说道。

"呵呵，先生，您又有所不知了。现在的孔丘，已非昔日之孔丘，他的弟子遍天下，许多弟子早已被他安插在鲁国的公室、季孙氏的冢宰府任要职，连子路也被安排到蒲邑为地方官。"

"那孔丘要怎么样？"老聃不禁好奇起来。

"孔丘得知阳虎将郓、阳关二地据为己有的消息后，立即判断这是他要谋反了。于是，立即派得意弟子到蒲邑召回武勇过人的子路，安排他进入季孙氏冢宰府中为家臣，协助在冢宰府任要职的冉求，帮助季桓子秘密训练士兵，又密令在朝中为重臣的弟子南宫韬时刻注意朝野动向，及时向他汇报。"

"阳虎既然独揽鲁国朝政，子路帮季桓子秘密训练士兵这样的事，他能察觉不到吗？"老聃怀疑地问道。

"先生，您又有所不知了。孔丘极有韬略，他让子路进入季孙氏冢宰府，是以帮助其修筑高墙深院为借口的。其实，是以大兴土木为掩护。高墙深院修成后，便立即在里面训练士兵，外面是察觉不到的。在子路帮助季桓子秘密练兵的同时，孔丘还做孟孙氏、叔孙氏二家的工作，跟他们讲'三桓'唇亡齿寒的道理，让他们跟季桓子联合，共同对付阳虎。等到一切准备就绪后，孔丘就向弟子们面授机宜，在鲁定公八年，也就是前年的一个冬夜，对阳虎不宣而战，一举击溃了阳虎的军队。阳虎逃出曲阜后，利用早前盘踞的讙、阳关等据点，企图积累力量再次反扑。"

"哦？看来这个孔丘还真是一个了不得的人物呢！为师以前倒是没看出来。"老聃颇感意外地说道。

"先生没有想到，鲁国的很多人同样也是没有想到呀！自从一举击溃了阳虎，孔丘在鲁国朝野的声望如日中天，各派政治势力都来拉拢他。阳虎败逃后不久，季孙氏的另一个家臣公山不狃派人找上了孔丘，礼请他到费邑任职。费邑是季孙氏的封邑，但长久以来被公山不狃盘踞，就是当年英雄不可一世的季平子也无奈他何。而今季孙氏的当家人季桓子是个软弱无能之辈，公山不狃更是不把他放在眼里了，费邑早已成了他的独立王国。孔丘的弟子们认为公山不狃有不轨图谋，都劝阻他不要去费邑。结果，孔丘就打消了前往费邑的念头，继续留在曲阜聚徒讲学。"

"那阳虎最后是怎么结局的呢？"老聃又拉回了话题。

"去年六月，季桓子在孔丘及其弟子的支持下，请求鲁定公出兵攻打盘踞在阳关的阳虎残余势力，最终将其击溃，阳虎逃往齐国了。"

老聃听到这里，不禁长叹一声道：

"罪莫大于可欲，祸莫大于不知足，咎莫大于欲得。"

"先生是在感叹阳虎的下场吧。"柏矩问道。

"为师不是在为阳虎一个人的下场感叹，而是为天下所有那些欲壑难填的人感叹。"

"先生的意思是说，人类最大的罪恶就是有欲望，最大的祸患就是不知足，最大的过失就是什么都想要，是吧？"柏矩望着老聃，认真地问道。

"难道不是这样吗？如果为人君者都能清心寡欲，不图身心畅快而纵情声色，就不会开启乱臣贼子觊觎王者权位之心，出现以臣弑君的事情；如果为人君者能够清静无为，不谋虚妄之名而妄作乱为，天下自然太平无事。如果为人臣者能够安分守己，不生非分之想，自然一生福禄无忧，平平安安；如果为人臣者能够知足常乐，淡于名利，就不会突破道德底线而无所不为。"

"先生的意思是说，欲望是一切罪恶的根源，也是酿成一切大罪大恶、大错大过的原因，是吗？"柏矩又问道。

老聃点点头，接着说道：

"举个大家都知道的例子来说吧，成汤开创的殷商王朝绵延六百余年，一直太平无事，为什么到了纣王时就天下大乱呢？不都是因为纣王太过放纵欲望吗？"

"先生是指他宠信妲己，纵情声色，又搞什么酒池肉林，穷奢极欲，尽情享乐之事吧？"柏矩问道。

老聃点点头，继续说道：

"如果纣王清心寡欲，守着正妃，一日两餐，按老祖宗的活法生活，自然风平浪静。如果纣王清静无为，君臣各行其是，垂裳而治，天下自然平安无事，何来天怒人怨，何来周武伐商？又何至于牧野之战血流漂杵，最终落得个自焚而亡的下场呢？"

"先生的意思是说，清心寡欲，清静无为，既是为人处事的法宝，也是治国安邦的法宝，是吧？"

老聃重重地点了点头，看了看柏矩，拂了一下飘在胸前的长须，脸上露出了一丝欣慰的笑意。

柏矩见此，遂又大起胆子，问了一个他从曲阜回来的路上一直思考的问题：

"孔丘聚徒讲学，积极布局，整天梦寐以求恢复周公礼法，实现天下大同的理想，您觉得他的理想能够实现吗？"

老聃听柏矩问出这个问题，知道他心中想的是什么，不禁莞尔一笑。沉吟了一会，才看似平静随意地回答道：

"他的理想乃是镜中之花，水中之月。"

"先生的意思是说，他的理想是不可能实现的，是吗？"柏矩望着老聃，诚恳地问道。

"逆历史潮流而动，可能成功吗？时代已然前进，今人的观念也已改变，天下诸侯早已各自为政，楚国称王都有几百年了，难道大家还愿意回到周公时代，奉周王的旨意，听周王的号令，繁文缛节，谨小慎微地过日子？今日之世界，早已是人欲横流的时代，谁都想关起门来做大王，自说自话，逍遥快活。孔丘要天下诸侯再行周公礼法，自我束缚，那岂不是与虎谋皮？"

"先生对人性真是洞若观火，分析得真是鞭辟入里。不过，弟子一直在想，孔丘也是一个聪明人，鲁国人都称其为圣人，他应该知道他的理想是不现实的，那么他为什么还要明知不可为而为之呢？"柏矩又问道。

"为师刚才不是说过，'咎莫大于欲得'吗？他内心深处有欲求，所以他有知难而进的动力，明知不可为而为之，寄希望于侥幸吧。"

"先生说孔丘有欲求，弟子有些不明白，他有什么欲求呢？"柏矩不同意老聃的看法。

"他的欲求就是成为他心中推崇的周公，希望千秋万代人们称颂他为中兴周朝的圣人。"

"原来先生是这样看孔丘的！恕弟子无礼，先生是不是因为孔丘与您'道'不同，而对他有误解呢？"柏矩话一出口就觉得后悔，连忙低下头，不敢看老聃的目光。

没想到老聃轻轻地笑了一声，语气异常平静地反问道：

"你是这样看为师的，呵呵！那你认为孔丘之'道'与为师之'道'究竟有何区别呢？"

柏矩听老聃笑得坦然，语气柔和，遂又大起胆子，抬眼看了看老聃，回答道：

"孔丘之'道'是尽人事，锐意进取，朝着理想的目标努力；先生之

'道'是不作为，顺其自然。"

"那么，你觉得谁的'道'更具合理性？"老聃直视柏矩问道。

"依弟子看，都有各自的合理性。如果硬是要比较的话，孔丘之'道'具有积极意义，能给人以希望与朝气，能促进人们成就一番事业，产生一种成就感；而先生之'道'则显得有些消极，给人以一种无所事事，无所追求的感觉，最终可能让人一事无成，碌碌无为，产生抱憾。"

老聃听了柏矩这番话，立即发出从未有过的爽朗的笑声，说道：

"什么成就感？什么抱憾？这就是心中欲求未去的表现。欲求不去，必然不能清心寡欲，势必就会利欲熏心，一切罪恶之事，一切过错都会发生；欲求不去，必然不能清静无为，势必就要胡作妄为，无事生非，结果扰得天下不宁，遗祸生民。"

"先生，那也未必吧。就以鲁国的情况来说，就是一个很好的例子。早先季孙氏以臣欺君，前些年阳虎以仆欺主，都让鲁国上下一片混乱，民不聊生。自从孔丘施展文韬武略，赶跑阳虎后，鲁国政局就稳定多了。弟子到达曲阜之时，听说孔丘到中都为宰，将原来极为混乱的中都治理得井井有条，万民称颂。这不是孔丘积极有为的成果吗？如果孔丘没有改变现状，建功立业的欲求，那鲁国不就会一直混乱下去吗？"

老聃听柏矩说得慷慨激昂，呵呵一笑道：

"孔丘到底是妄作妄为，还是积极有为，过些年看看结果如何，一切就清楚了。现在不必过早下结论，姑且拭目以待之。"

4. 游心于物之初

"先生，外面来了一个人，说是想求见您，还要拜您为师，求学问道。"

周敬王二十四年（公元前496年）五月初九，一大早，老聃依例早晨到住所附近的山间散步。回来后，草草进了点朝食后，就端端正正地坐到草庐中间一块草席上，开始闭目沉思起来。可是，刚坐下不久，柏矩就推门进来报告了。

"什么人？"老聃眼都没睁，随口问道。

"弟子没问他叫什么名字，只是问了他是从哪里来的。"

"那他怎么说？"老聃又问道。

"他说，他到诸侯各国都转了一圈。为了寻找先生，他先去了宋国，后又到了洛邑，都未曾找到先生。于是，便转道鲁国，再到卫国。这次，他是从卫国之都帝丘而来。"

"哦，他去过鲁国，这次又是从卫国而来，那么就请他进来说话吧。"

柏矩一听老聃这么爽快就答应来人的求见，知道他是想从来人那里了解鲁国的情况，还有孔丘的近况，看他的"道"在鲁国是否真的推行下去了。柏矩虽然心知其意，但没有说出来。只是遵老聃之命，出去将候在门前的来人请进了屋里。

"先生，弟子寻觅您的踪迹，从南到北，从北又往南，历时三载，今天终于见到了您，真是太幸运了！"

老聃听来人说得诚恳，遂连忙微微睁开眼睛，朝来人上下打量了一下。只见来人个头不高，长得非常瘦弱，衣裳不整，头发披散着，差不多都看不到脸了。老聃一看，心里就明白，他这一趟真的是不容易，情不自禁间便受了感动，遂连忙语气温和地问道：

"请问您是？"

"弟子叫华兮，楚国人。久闻先生高名，……"

老聃知道华兮接下来要说什么，不愿意听他违心地说些久仰倾慕的套话，遂连忙打断他的话，问道：

"听说你到鲁国去了，是吗？"

"是的，先生。弟子到洛邑寻访先生时，听人说您已经离开了。可是，您究竟去了哪里，问了很多人都说不上来。后来，有人告诉弟子，说您离开前不久，刚接待过鲁国的孔丘。于是，弟子想当然地认为，一定是孔丘将您请到鲁国去了。这样，弟子就一路追到了鲁国。"

"您是什么时候到鲁国的？"老聃又问道。

"弟子是去年年底时到达鲁国之都曲阜的。可是，到曲阜后跟人一打听，都说从没听说您到鲁国来过。于是，弟子又找到孔丘府上，想问问他，也许他知道您的行踪。可是，到了孔府一打听，孔丘也不在家。"

"那他去哪里了？"老聃顿时兴奋起来，连忙问道。

"他已于去年五月带着一些弟子离开了鲁国。"

"不是听说他做了中都宰，还挺有成就吗？为什么要离开鲁国呢？"老聃更有兴趣了。

华兮突然见老聃表现出浓厚的兴趣，眼睛似乎也放起光来，觉得非常奇怪。但是，他又不方便问老聃原因，遂连忙接住他的话头，回答道：

“先生有所不知，孔丘做中都宰，那只是短暂的一年时间。不过，仅仅是这不足一年的短暂时间，孔丘就声名鹊起。据鲁国人说，中都原是鲁国最混乱的地方，民尚斗狠，偷盗成风。孔丘为中都宰后，大力整治民风，鼓励百姓从事农业生产。不出一年，百姓丰衣足食，路不拾遗，器不雕伪，中都百姓一片称颂之声。邻近的诸侯听说了，纷纷前往中都参观学习，这就是孔丘执政中都而‘四方则之’的佳话。”

老聃听了，不禁呵呵一笑。顿了顿，又问道：

“那后来呢?”

“鲁定公听说孔丘治理中都卓有成效后，立即将孔丘从中都召回，委任他为小司空。不久，又由小司空升任大司寇，兼摄鲁相。”

“孔丘得到鲁定公如此重任，那么一定是大展宏图了吧!”老聃脱口而出道。

“先生说的是。孔丘升任大司寇后，首先处理了五个重大案件。第一件是寡女诉孤男案，第二件是父子诉讼案，第三件是民众集体状告不法商人案，第四件是男女风化案，第五件是奢侈逾礼案。五件案子得到公正处理后，鲁国的社会风气得到了根本改变，曲阜真正成了鲁国的首善之区。”

“后来呢?”华兮话音未落，老聃又迫不及待地追问道。

“接着，齐景公派人到鲁国，跟鲁定公商量两国举行会盟的事。会盟由两国国君出席，两国之相主持。可是，鲁国冢宰季桓子不懂外交，同时也知道两国会盟可能有些麻烦事发生，遂以身体有恙为由，提请由孔丘代理鲁相之职。鲁定公欣然同意，孔丘也欣然接受。鲁定公十年春，齐鲁二国会盟在夹谷如期举行。”

“结果怎么样?”老聃又急不可耐地问道。

“会盟开始后，两国之君刚行过会遇之礼，登上会盟土坛，相互敬酒未毕，齐国方面突然令东夷莱人举兵器击鼓喧哗，企图胁迫鲁定公。孔丘一边用身躯遮护鲁定公，一边义正词严地斥责齐景公，一边令鲁国正副司马调派早先备好的鲁国军队攻打莱人。”

“两国会盟还带军队呀?”老聃吃惊地问道。

“先生有所不知，这就是孔丘的过人之处。开始时，鲁定公不让孔丘带军队。孔丘分析了形势，认为齐国此次与鲁国会盟是不怀好意的，必有企图。所以，他坚持‘有文事者必有武备，有武事者必有文备’的原则，暗中出动了鲁国军队随行，隐藏好行踪，以备不时之需。结果，真的派上了用场。由于鲁国军队的出现，让齐景公觉得原来的计划不可行了，遂只得按照孔丘的要求，依礼仪完成了两国之君的会盟程序。然后，各自回国。之后，齐国按照盟约，将昔日侵夺的鲁国四邑及汶阳之田归还给了鲁国。"

"如此说来，此次会盟是以鲁国的彻底胜利而告终的喽？"老聃问道。

"是的，先生。因为夹谷会盟的胜利，孔丘在鲁国的地位可谓如日中天，朝野上下，无人不对之敬之畏之，视若神人。"

"既然鲁国朝野上下对孔丘视若神人，那孔丘怎么不留在鲁国，而要出走呢？"老聃不以为然地反问道。

"呵呵，先生别急，听弟子细说。孔丘取得夹谷会盟的外交胜利后，又筹划了一个重大事件。"

"哦？孔丘看来还真有雄心壮志呢。"老聃脱口而出道。

华兮没听出老聃口气中包含的深意，遂深受鼓舞，继续说道：

"先生说得对。孔丘觉得鲁国公室不振，原因是'三桓'势力挤占了君权。所以，为了重振鲁公室的权威，让鲁定公亲政，就必须削弱'三桓'势力。而要削弱'三桓'势力，首先得解除其武装。"

"那'三桓'会俯首听命吗？"老聃莞尔一笑道。

"当然不会。不过，孔丘有过人的智慧，利用'三桓'之间的矛盾，以及'三桓'与各自家臣的矛盾，借力使力，终于达成了'隳三都'的目标，由此削弱了'三桓'及其家臣的势力，提升了鲁公室的权威。"

"什么叫'隳三都'？"老聃不解地问道。

"三都是指季孙氏的封邑费，叔孙氏的封邑郈，孟孙氏的封邑郕。'三桓'之所以把持鲁国朝政，尾大不掉，就是因为他们各自拥有封邑，有自己的私人武装。为了巩固其地位而与鲁公室抗衡，他们逾越礼制，建筑高墙深池，凭险而守，让国君无奈他何。孔丘认为，鲁国公室弱小不振，根源就是'三桓'拥兵自重，不受公室支配。为了解除其武装，第一步就是拆毁其高墙深池，让其城池在礼制规定的范围内建设，使其无险可守，无法与公室的军队抗衡。"

"孔丘'隳三都'的计划实现后，鲁国就太平了吧。"老聃问道。

"不能说'隳三都'计划的实现完全解决了鲁国的问题，但起码使君权旁落的问题有所改观，'三桓'势力的横行有所收敛。不久，南方大国吴，北方大国晋都派使臣来鲁国，并带来了礼物。其他小国也有使臣来鲁。这便是孔丘执政所出现的四国来朝的盛况。"

"呵呵，孔丘还真有本事呢！那么，老朽还是要问一句，最后孔丘为什么要出走？"老聃又把话题拉了回来。

"四国来朝之后，齐国君臣听说后，深为忧心。齐景公担心鲁国政治走上正轨后会越来越强大，日后会对齐国产生威胁，遂饰文马二十四驷，美女八十人，赠予鲁定公与冢宰季桓子。"

"结果呢？"老聃问道。

"孔丘知道这是齐国之计，想提醒鲁定公退回去。可是，鲁定公不听，季桓子也不听，君臣从此朝夕荒淫玩乐，不理朝政。孔丘几次谏劝，都无效果，遂愤而出走，带着弟子离开了鲁国。"

"离开鲁国后，孔丘去哪里了？"老聃又问道。

"弟子到曲阜打听了很多人，最后才得到确切的消息，是去了卫国。之所以要到卫国，是因为孔丘之前对卫灵公的印象非常好，认为他是当今天下最贤德的国君。同时，他的弟子子路的妻兄在卫灵公朝中做官，可以有个照应。孔丘原以为到了卫国，卫灵公一定重用他。可是，到卫国待了好一阵子，卫灵公也没重用他的意思。孔丘无奈，只得带着弟子离开了卫国，往自己先祖之国宋去了。可是，师徒在往宋的路上，道出于匡时，因孔丘长相太像阳虎，结果被匡人围住攻打，险些丢了性命。后来，好不容易到了宋国，却又被宋国司马桓魋设计谋害，师徒几人差点被大树压死。为了躲避迫害，孔丘师徒不得不重回卫国。可是，在回卫国的路上，又遇到了蒲地兵变。"

"结果呢？"老聃似乎颇是紧张地问道。

"最后，孔丘假意答应了叛将的要求而解除了围困，回到了卫都帝丘。现在，正在帝丘风流快活呢。"华兮以不无嘲讽的口气说道。

"卫灵公重用他了？"

"那倒不是。卫灵公仍与以往一样，对他恭敬有加，将他供得高高的，招待得非常优厚，但就是不给他官做。今年春天，卫灵公偕夫人南子出城踏青，还请孔丘同车共坐，颇是招摇。南子为人非常风流，跟很多男人有染。据说，后来南子又看上了孔丘，一次趁卫灵公出猎之机，单独召见了孔丘，孤男寡女同处一室竟然长达两个时辰，引起弟子们的非议。其中，子路最为直截了当，当面质问孔丘跟南子干了些什么。孔丘急得无语应对，只得对天发誓。"

老聃听到这里，哈哈大笑起来。笑过之后，老聃突然有所警觉，连忙收起笑容，望了一眼一直陪同在一旁的弟子柏矩，说道：

"柏矩，还记得当初为师跟你说过的话吗？孔丘有今日，是否都是因为不能清心寡欲、清静无为而致？孔丘之'道'如何，为师之'道'如何，不是很清楚吗？"

柏矩知道老聃的意思，心想，老聃虽然一向标榜淡泊从容，但有时也不免较真，孔丘都已经沦落到这个地步了，还跟他较个什么劲？但是，这是心里话，不能说出来。所以，听到老聃问他，他只得连连应诺道：

"先生说的是。弟子也一直认为先生之'道'优于孔丘之'道'。先生之'道'，人主用之则天下太平，不用则先生太平。所以说，先生之'道'才是顺天应人之'道'，是超越时空永世不移之大'道'。"

"柏矩，你什么时候也学会了吹捧这一套？"老聃虽然嘴巴上批评，脸上却并无深恶痛绝的表情。

虽然老聃不同于孔丘，不怎么热衷于收徒，但今日因跟华矜谈得比较愉快，所以最后还是非常爽快地答应了华矜拜师的要求，将他收了下来。从此，柏矩又多了一个师弟，老聃隐居的清静山间越来越不清静了。

周敬王二十四年（公元前496年）八月初三，也就是华矜拜老聃为师后将近三个月的时候。一大早，老聃就起来了，像往常一样，准备出门到山间散步，呼吸一下新鲜空气。就在此时，柏矩与华矜突然出现，说要跟他一起散步，顺便跟老师聊聊天。老聃散步从不喜欢有人跟着，因为他散步时都是在思考问题，需要清静。有时，看到一株树，或是一棵草，一朵花，甚至是一片树叶，他都会停下脚步凝神观察，并展开玄思妙想。正因为如此，每天早上出门散步，弟子们为他准备朝食，他往往不能按时回来吃，以至于饭菜要反复温热。今天看两个得意弟子执意要跟他一起散步，老聃虽然觉得非常为难，但犹豫了一阵后，最后还是答应了。

柏矩与华矜见老聃答应跟他们一起散步，差一点要乐得跳起来了，因为老师从未与任何一位弟子一起散过步。大概是因为一边散步一边聊天的缘故，老聃与两个弟子今天都忘记了时间与路程，不知不觉间走了近一个半时辰，都快走到了山间溪流的尽头了。等他们回到草庐准备进朝食时，看看天上的太阳，都快近午了。

其他师兄弟见老聃与两位师兄一起回来，立即手忙脚乱地为他们温热饭菜。等到朝食毕，老聃照例在屋子正中的席上坐下，开始闭目静坐沉思时，柏矩与华矜就连忙轻手轻脚地退出了草庐。可是，二人刚走出草庐没几步，就见不远处有一驾马车，后面还跟着一帮人，正朝这边过来。

"师兄，您看！那些人是不是朝我们这边来的？莫非也是来寻觅我们先生，想拜我们先生为师？"华矜侧头望着柏矩，认真地问道。

"这个很难说。也许是过路的吧。并不是所有人都像俺们一样，推崇先生之'道'。当然，更不会为了寻访先生踪迹而满天下奔波三年五载的。"

柏矩话犹未了，那架马车已经戛然停在了他们的面前。接着，车后跟随的几个年轻人簇拥着将车上的一位身材魁梧的老者搀扶下来。

就在柏矩与华兮犹豫的当口，一个面貌清秀、身材挺拔的年轻人优雅地走到他们面前，彬彬有礼地说道：

"请问二位，这里就是圣人老聃隐居之所吗？二位莫非就是老聃先生的高足？"

"正是。"华兮没多想，脱口而出道。

柏矩拽了一下华兮的衣袖，这时华兮才醒悟过来，不应该在未了解来人身份的情况下如实告知老师隐居于此的内情。但是，话已出口，已经收不回来了。

正当柏矩与华兮相互对视，不知所以时，又听那位年轻人问道：

"老聃先生在屋里吗？俺们先生想拜访他，请教他学问。"

"您先生究竟是哪位高人？"柏矩顿时显出特殊的兴趣，问道。

"就是原鲁国大司寇兼摄鲁相的仲尼先生。"年轻人不无自豪地说道。

"哦，我知道了，就是那个在鲁国政治上失意，出走于卫国的孔丘吧。"华兮脱口而出道。

柏矩一听，连忙又拽了一下华兮的衣衫，对他白了一眼，意思是怪他口无遮拦，有失礼貌，也有失老聃弟子应有的教养。

可是，没有想到，听了华兮的话，那位年轻人却只是淡淡一笑，并点了点头。然后，再次彬彬有礼地说道：

"老聃先生在屋里吗？"

"在。"这次是柏矩抢着回答了。

那年轻人向柏矩施礼致意后，转身走向了孔丘，说道：

"先生，老聃先生在屋里，您现在要进去见他吗？"

"阿赐，那你先去替为师通报一声吧。"孔丘说道。

"诺！"子贡答应一声，又转身向柏矩与华兮走过来。

柏矩与华兮早就听清了孔丘师徒的话，未等子贡开口，便领着子贡向屋里而去了。柏矩在前，轻轻推开柴门，迈步进了屋。没想到，未等柏矩开口，老聃却首先开口了：

"柏矩，什么人在屋前吵闹呀？"

"先生，是鲁国孔丘先生带着一帮弟子来拜访您来了。"柏矩轻声温语地回答道。

"哦？他来找老朽干什么？"

"先生，他的弟子说，他是特意来向先生您请教学问的。"

老聃呵呵一笑，眼没睁，也没说话。

柏矩等了一会儿，回头看看门外，见孔丘与一大帮弟子正焦急地等待着，遂硬着头皮问道：

"先生，他们远道不辞辛苦而来，先生难道不肯见见他们？"

老聃沉默了一会，最终幽幽地说了一句：

"既然都来了，那就请孔丘先生一个人先进来吧。"

"诺！"柏矩答应一声，就出来请孔丘了。

在柏矩的引领下，孔丘小心翼翼地走进了老聃清修悟道的草庐。宾主略略施礼后，便各自入席坐定，也没有更多的客套，因为他们这是第三次见面了。

"仲尼，您又来啦？"老聃语气平静地寒暄道。

"先生，我是来看望您的，已经有很多年没有见面了。"孔丘恭谨有加地回答道。

"是啊！老朽听说你这几年在鲁国很有一番作为，已然成为北方的圣人了。看来，你是已经领悟到什么是'道'了吧。"

"先生见笑了，弟子在鲁国这几年虽然非常努力，但还是以失败而告终。想必先生早已听说了吧。弟子第一次在洛邑见到先生时，曾跟先生请教过'道'。自此之后，弟子一直在努力探求'道'之真谛。鲁国执政失败后，弟子奔波于宋卫之间，仍然一刻没停止探求'道'，但是就是一直弄不明白，吾'道'何以不能救世，为什么会以失败而告终？可是，百思不得其解。现在看来，弟子之'道'真的出了问题，但又不知问题出在哪里？而对于先生之'道'呢，弟子一时又不能领悟其妙处所在。故此，至今仍处于困惑迷惘之中。今弟子已年过五十，心中常存一种时不我待的紧迫感。所以，一听说先生离开洛邑隐居沛地清修，就与弟子们昼夜兼程赶来拜见先生，希望能再次得先生耳提面命，予以教诲。"

"你说你一直在探求'道'，这当然是非常可贵的。不过，老朽有个问题，想问问你。"

"什么问题？先生请说。"孔丘连忙催促道。

"你到底是从什么方面来探求'道'的呢？"

"弟子对于'道'的探求，主要着眼于规范与法度方面。虽然殚精竭虑，却是用了五年之功而不得确解。"

"那你是以什么为突破口探求的呢？"老聃又进一步追问道。

"弟子是以阴阳为突破口予以观照思考的，可是想了十二年也想不明白。

所以，至今仍不能得'道'之精蕴所在。"

老聃听了，莞尔一笑道：

"这就对了。'道'是那么容易得到的吗？如果'道'可以得到，并可以奉献，那么没有人不想将'道'奉献给他的国君；如果'道'可以得到，并可以奉送，那么没有人不想将'道'奉送给自己的父母；如果'道'可以得到，并可以告诉别人，那么没有人不想将'道'告诉自己的兄弟；如果'道'可以得到，并可以赠予他人，那么没有人不想将'道'留赠自己的子孙。然而，事实上不可能。之所以不可能，没有别的原因。内心不能自持，'道'便不可能停留其心中；'道'不能停留心中，便不能得到外物的印证，自然也就难以得到推行。由内心生发之'道'，若不能为外界响应认同，圣人便不会予以宣扬；外界影响与内心自持不合，圣人也不会接纳。"

孔丘听到这里，重重地点了点头。老聃知道他有所觉悟，遂又接着说道：

"名位，乃天下之公器，不可多取；仁义，乃先王之馆舍，只可寄住一宿。如果久恋不去，就会遭人责难。古代的圣人，都是借道于仁，寄宿于义，而遨游于逍遥自在之境。他们生活简朴，蔬食粗衣，不事奢华；他们立身纯素，不事施与，不求回报。蔬食粗衣，不事奢华，则易于存活；不事施与，不求回报，则自己不亏、他人不损。这种境界，古人称之为'采真之游'。"

听老聃如此侃侃而谈，述古如话家常，孔丘既感惭愧，又觉受益匪浅，情不自禁间坐得更加毕恭毕敬了。

老聃并未察觉孔丘内心这种细微的变化，继续微微闭目，手拈长须，接着说了下去：

"追求富贵者，是不会以利禄让人的；追求显赫者，是不会以名位让人的；热衷于权势者，是不会授人以权柄的。当他们拥有财富、地位、权力时，总是战战兢兢，唯恐一朝失去；当他们失去财富、地位、权力时，则会悲痛欲绝，好像世界末日已然来临。对于拥有财富、地位、权力可能遭遇的危害，他们往往一无所知。他们所知道的，就是对这些东西无休无止地追逐。这种人，真可谓是违背天性的自残之民呀！怨、恩、取、与、谏、教、生、杀，此八者，乃规正人们行为的工具。只有遵循天道变化的规律而无所滞碍的人，才能正确地掌握并运用它们。自正者，才能正人。内心对此不以为然者，天道之门是永远不会为其开启的。"

老聃说到这里，戛然而止。孔丘听到这里，则幡然醒悟，原来老聃是在绕着弯子批评他，认为他之所以在鲁国执政失败，究其原因是他没有悟出"道"之真谛，掌握天道变化的规律，不配运用"怨、恩、取、与、谏、教、生、杀"这八种正人的工具。勉强而用之，就难免要归于失败。想到此，孔丘连忙说道：

"弟子谨受教！"

说完，孔丘又向老聃深施一礼，然后倒退着身子，告辞而去。

柏矩见此，连忙代老聃出门送别孔丘。等到孔丘及其弟子的身影远去后，柏矩这才回到草庐。本来，他想问问老聃这次对孔丘有什么新的看法。可是，进屋后发现，老聃早已经闭目坐于席上，进入到沉思玄想的境界了。柏矩一看，连忙悄悄地退出了草庐，并带上了柴门。

之后的几天，柏矩仍然不忘此事，想找机会问老聃，了解他对孔丘的看法。可是，始终没有得到合适的机会。这时，他才后悔那天孔丘与老聃谈话时自己不应该退出屋外。要是当时留守在旁，就能亲耳聆听他们的对话，清楚地了解到二人之"道"的分歧所在，由此可以比较二人"道"之优劣。

就在柏矩为此事而感到后悔不迭的时候，周敬王二十四年（公元前496年）八月十二，日中时分，孔丘又带着弟子来了。柏矩知道，孔丘来访，老师肯定不太喜欢，因为他不愿意有人打扰他清修悟道。但就他自己而言，倒是愿意孔丘来访，借此他可以听听两位圣人的谈话，了解他们思想主张的差异，择善而从之。正因为有此想法，当孔丘的马车刚在草庐前停下，柏矩就迫不及待地迎接上去，而且主动替孔丘引导，向老聃通报。

可是，当柏矩推开柴门时，竟然发现老聃不在屋内，于是就愣在那里。孔丘见此，连忙问道：

"先生到哪去了？"

"不知道呀！先生早上散步归来，俺们弟子侍候他用好朝食，收拾了一下，就都各自散去了。"柏矩答道。

"那俺们出去找找，总不会走远的吧。"一直伴随在孔丘身旁的颜渊轻声温语地建议道。

柏矩点点头，然后转身就往草庐后面的小溪边而去，孔丘与颜渊则跟在他身后。刚转过草庐，来到屋后的小溪边，就远远看见一个人披头散发站在水边。柏矩与孔丘连忙走上前去，颜渊紧随其后。大约相距二十步之遥时，三人终于明白了，原来老聃是到溪流中来洗头发。此刻正在风干头发呢。

柏矩见此，张嘴准备叫老聃。孔丘见此，连忙一个箭步上前，捂住了他的嘴巴，同时另一只手对他摇了摇。柏矩明白了，原地立定。于是，三人就在一旁静静地看着老聃。看了近半个时辰，孔丘发现老聃竟然没有动一下，就像是一株枯木，根本不像是一个大活人。又等了一会儿，孔丘估计老聃的头发差不多也该吹干了，就轻手轻脚地走上前去，轻声温语地说道：

"先生，弟子没有看花眼吧。"

"是孔丘吧，你想说什么？"枯木似的老聃竟然反应敏捷地反问道。

"刚才弟子看见的一幕是真的吗？先生站在这儿纹丝不动，形如枯木，好像已经遗弃万物，超脱人世，而独立于另一个世界。"

"老朽刚才乃是游心于物之初。"

"先生，'游心于物之初'是怎样的一种境界呢？"孔丘连忙趋前一步，恭敬地问道。

"这种境界，老朽也是心有困惑而不能明，张嘴欲言却又说不出。不过，你既然问了，那老朽就勉为其难，试着给你说个大概吧。"

"先生请赐教！"孔丘连忙一边施礼一边回答道。

"地性至阴，寒气肃肃；天性至阳，热气赫赫。肃肃寒气降于天，赫赫热气升于地。阴阳冷热二气对接交和，便化生出万物。天道乃这一切的纲纪，但我们无法看见。消亡与生息，盈满与虚亏，光明与黑暗，日日都有变化，月月皆有更新。天地万物每天都有作为，但我们看不到是谁的功劳。万物生有萌芽之地，死有归往之所；万事始终相反相成，交互转化，循环无穷，没有尽头。这其中，若是没有'大道'在起作用，那又有谁可以主宰呢？"

"依先生这么说来，'大道'确实是至高至伟的。先生整日悟道，想必是神游过'大道'之境的，不知其中的情形到底如何？"孔丘循循善诱地问道。

老聃知道孔丘的意思，莞尔一笑道：

"神游'大道'，乃是一种至美至乐的境界。到达至美境界者，便可入于至乐之境，入于至乐之境，则便可称之为至人。"

"那么如何才能进入至美至乐的境界呢？有什么方法或途径吗？"孔丘直视老聃，眼露诚恳之情地问道。

老聃仍然站在那里纹丝不动，但不经意间却轻拂了一下披散在脸上的长发，闭目说道：

"食草之兽，不以变换沼泽地为忧；水生之虫，不在乎更换池水。因为这些都只是其生活地点的变换，并未触及其生存的基本条件。因而，喜怒哀乐之情都不会进入其胸次。天下，乃万物生息之所。万物各得其所，便能生生不息。如果混同为一，则四肢百体皆成废物。死与生的转化，就像昼夜交替，不容混同为一。那么得与失、祸与福之间的分际，又岂可混同为一呢？"

孔丘听了老聃这番话，觉得有些困惑，遂连忙岔断他，说道：

"恕弟子愚钝，能否请先生再说得浅显些？"

老聃轻拂了一下挡在眼前的一绺长发，顿了顿，续又说道：

"圣人之所以为圣人，乃因其有达观的人生态度。他们视隶属于己的外物如同涂于身上之泥，弃之而不惜，因为他们懂得身贵于外物的道理。他们知自身之贵，而又不失与之变化俱往。明白事物总是处于运动变化之中的道理，那么还有什么值得我们忧心忡忡的呢？得'道'之人，是应该明白这个道理的！"

"先生德配天地，尚借助'至道'而修身养性。古之君子，有谁能免于修养呢？"孔丘情不自禁地感叹道。

"不是这样。水流之有声，并非有心，而是天性如此；至人之有德，万物皆附之，并非修行的结果，而是自然而然，就像是天之自高，地之自厚，日月之自明，何待修行？"老聃脱口而出道。

孔丘听到这里，终于折服了，情不自禁地应道：

"弟子谨受教！"

辞别老聃，回到车上后，孔丘欣喜地对颜渊说道：

"今日为师见老聃，收获匪浅。"

"哦？先生以前对老聃之'道'是不以为然的，现在改变观点了？"颜渊望着孔丘，似乎有些疑惑地问道。

"为师今日才醒悟到，我对'道'的认识，其实就像是醋瓮中飞出的一只小虫子那样渺小。如果没有老聃今日对我的教诲与启发，我还真是不知天地之全、'大道'之无穷呢。"

5. 相忘于江湖

就在孔丘与颜渊辞别而去不久，柏矩也陪着老聃回到了草庐。就在老聃盘好头发，坐到席上准备闭目沉思时，华兮突然进来了，笑嘻嘻地对老聃说道：

"先生，孔丘今天好像很高兴。弟子刚才见到他时，他正与其得意弟子颜渊边走边说，谈笑风生。孔丘一向都是一本正经，不苟言笑的。今天如此一反常态，一定是先生跟他说了些什么吧，是否也能跟弟子略说一二？"

"师弟，你说刚才跟随孔丘左右的那个瘦弱的青年是颜渊，你能确定吗？"柏矩眼睛放光似的问道。

“没错，千真万确。”华兮望着柏矩，认真地回答道。

“那你怎么知道的？难道你以前见过他？”柏矩还是不相信。

“我以前倒是没见过他，是刚才他陪孔丘寻找我们先生时，我跟等候在车旁的孔丘其他弟子聊天时，他们告诉我的。”

“据说，颜渊是孔丘最得意的弟子，非常有见解。可是，今天倒是没见他说一句话，俺丝毫没看出来他有什么特别的地方。”柏矩望着华兮说道。

“颜渊非常懂礼貌，有孔丘在场，他岂肯轻易开口说话。上次孔丘带一帮弟子来向我们先生求学问道时，我曾仔细观察过，好像没有颜渊。所以，今天我看到他，就觉得好奇，特意追问了一下，这才知道是颜渊。”

“那么，上次颜渊为什么不跟随孔丘一起来呢？”柏矩又好奇地问道。

“他们说，颜渊是刚从鲁国来的。孔丘负气出走时，颜渊并未跟随。后来，颜渊跟鲁国太师师金一番交谈后，对孔丘的安危放心不下，这才从鲁国找到卫国，又从卫国一路追踪到沛地的。你想想看，他那样一个瘦弱的人，这一路走来要历尽多少艰难困苦？不过，这一点也恰恰能证明他对老师的忠心不二。孔丘偏爱他，也不是没有理由的。”

老聃本来就没什么兴趣听两个弟子谈论孔丘的事，可是华兮说到鲁国太师师金，还有孔丘最得意的弟子颜渊，倒是顿时来了兴趣。于是，连忙主动开口问华兮道：

“师金跟颜渊说了些什么？颜渊不放心孔丘的安危吗？”

华兮一听老师对此感兴趣，顿时便来劲了，连忙接口回答道：

“孔丘因为‘女乐风波’，……”

“什么‘女乐风波’？”华兮刚开口，就被柏矩岔断了。

华兮看了柏矩一眼，又看了老聃一眼，解释说：

“孔丘代摄鲁国之相，执政成功，四国来朝。齐国怕鲁国强大，将来威胁到自己的国家安全，就饰装了一批美女，还有一些名马，送给鲁定公与鲁国冢宰季桓子，让他们玩物丧志，沉溺于声色之中，不思进取。孔丘认为这是齐国之计，坚持要鲁定公与季桓子将女乐、名马退回齐国。可是，屡谏无果。孔丘感到非常失望，遂负气出走，带着一批弟子到邻国卫国去了。这便是鲁国政坛上有名的‘女乐风波’。”

“哦，原来如此。”柏矩恍然大悟道。

华兮望了望老聃，见其有所期待，于是连忙接上刚才的话题，说道：

“孔丘负气出走时，颜渊没有追随他一起离开曲阜。但是，他一直关注孔丘的行踪。后来听人说，鲁丘到了卫国，卫灵公对他非常礼遇，但并未重用他。再后来，颜渊又听人说，孔丘在卫国过得很不舒心，就带着弟子到宋国。可是，刚到宋国，就遭人谋害，险些丧了性命。听到的消息越多，颜渊就越是对孔丘的安危放心不下。想来想去，他便去找鲁国的太师师金，问他说：'我老师此次出走，您认为结果会怎样？'"

"那师金是怎么回答的？"柏矩又迫不及待地追问道。

华兮是要讲给老聃听的，柏矩总是岔断他的话，他就不高兴了。他先白了柏矩一眼，然后又望了一眼老聃，继续说道：

"师金回答颜渊道：'可惜呀！这次你老师要陷入困境了。'颜渊非常紧张，连忙追问道：'为什么？'师金回答道：'茅草扎成的狗，在未作为祭品供上祭台前，往往都是装在筐子里，并用绣花之巾盖好。巫师们斋戒了之后，才敢将这个茅草扎成的狗捧上祭台，用它来祭神。等到祭祀仪式结束后，这个茅草扎成的狗便被弃之于地，被人踏于脚下，头背都变了形。割草打柴者看到了，往往将之捡起，带回家烧火去了。如果有个人将这种祭祀用过的茅草狗捡回去，重新装入筐子里，再用绣巾覆盖起来供在高处，出门回来后就坐卧于其下，那么他即使睡觉时不做噩梦，也会被鬼神一再惊吓的。'"

听到这里，柏矩又忍不住地插话道：

"师金说这个话干什么？有点莫名其妙。"

华兮又白了一眼柏矩，再次望了老聃一眼，继续说道：

"接着，师金对颜渊说：'现在，你的老师就像这个捡拾茅草狗的人一样。他整天捧着先王用过的茅草狗，聚集许多弟子于茅草狗之下而形影不离。你想，他这个样子在如今这个世道如何能不处处受惊受怕？我听说他在卫国待不下去，跑到宋国则被人伐树谋害，路出于匡时被人围攻，在蒲地被人逼迫签订城下之盟，在陈、蔡时被困，断粮断水，七天滴水未沾，粒米未进，几乎饿死。他整日惶惶如丧家之犬，匆匆似漏网之鱼，过着担惊受怕的日子，难道不是被鬼神所惊吓的吗？'"

柏矩听到此，连连点头，而老聃则面露出一种近乎幸灾乐祸的诡异笑容。华兮见此，遂又接着说道：

"师金又跟颜渊分析原因说：'走水路的，最便利的方法莫过于乘船；行陆路的，最迅捷的方法莫过于驾车。船行于水上，利用水的浮力，人便不费力就能达致目标。如果将船推到陆地上行走，那推一辈子也推不到多远距离，况且又非常费力。古与今，难道不正像水面与陆地吗？昔日之周与今日之鲁，难道不正像舟与车吗？世势已然变化，时代已经不同，而今你的老师却试图将昔日周公之法施行于今日之鲁，乃至天下诸侯国，这不就像是在陆地上行船一样吗？这样做，结果肯定是劳而无功，而且自身必然是要遭殃的。'"

华兮说到这里，望了一眼老聃，见其不住地点头。而柏矩见此，则又情不自禁地脱口而出道：

"师金的这个比方好，还真是这个理儿！看来孔丘之'道'确实不及俺先生之'道'。"

老聃莞尔一笑，华兮也不禁为之一笑。顿了顿，华兮又接着说道：

"师金又说：'你的老师虽然号称博学，但对有些日常生活中的器物及其价值并不明白。比方说驿车，只有固定无方向的，才能从容应对各个方向的转换腾挪。又比方说，抽水的农具桔槔，拉动就低下来，放开就升上去。桔槔是由杠杆原理来工作的，是由人来操纵它，而不是它操纵人。所以，它升起或降落都不会因人而获罪。三皇五帝的礼义法度，不贵于求同，而贵于能治平天下。如果说得形象点，三皇五帝的礼义法度就像是山楂、梨、橘、柚等水果，虽然味道有所不同，但都让人吃起来觉得爽口甘美。'"

老聃与柏矩听到这里，不约而同地连连点头。华兮见此，遂又继续说道：

"师金还说：'礼义法度虽是治世之宝，但也应该与时俱进，顺应时代时势而有所变化。我们不能说周公礼法不好，但现在时代已经演进，时势已经变化，周公礼法未必就合乎今日天下的实际需要。如果我们给一只猴子穿上周公的礼服，它一定会嘴咬手撕，必欲全部剥去而后快。古与今的不同，就像猴子与周公的不同一样。大家都知道，越国的西施是个大美人。不过，她的美不同于一般人的美，她不是靠涂脂抹粉打扮出来的，而是天生丽质，国色自然养成。因此，她即使是心绞痛的毛病犯了，捧心蹙眉，也让人觉得非常美。她有个邻居，是个丑女。一次见西施捧心蹙眉，悦其美色，亦效而仿之。结果，她邻居中的富人见了，一个个大门紧闭，不敢出门；穷人见了，则一个个带着老婆孩子远走他乡，逃得无影无踪。那么，为什么会这样呢？原因非常简单，这个丑女只知西施捧心蹙眉美，而不知其为什么会美。可惜呀，你的老师就要陷入困境了！'"

"师金的话是说，孔丘不通时变，只知周公礼法好，而不知时代已经变迁，早已不适用于今日之天下了，是吧？"华兮话音刚落，柏矩就忍不住评论道。

老聃看了看柏矩，微微点了点头。然后，又含笑地看了看华兮。

柏矩见老聃点头赞同自己的看法，更加得意了，遂又脱口而出道：

"由师金的话，就知道孔丘现在确实已经陷入了困境。怪不得，他老是来向俺们先生求教。我敢保证，过不了几天，他还会有问题来请教俺们先生的。"

果不其然，没过几天，孔丘真的又来了。

这天，老聃清晨起来散步后心情特别好。用过朝食后，老聃没有像往常那样，立即在草庐内静坐清修，而是信步踱到草庐前的一棵大树下。远眺山峦起伏，近观漫山红叶黄叶交织如画的景色，有些凉但并不冷的微风吹在面颊上，老聃觉得特别舒服。站了一会儿，转身看见树根下有一块不大不小的石头，平坦如席，老聃心有所动，遂索性盘腿坐了上去，准备今天改个静坐清修的方式，不在屋内，就在此处，岂不更好。

可是，就在此时，柏矩、华兮等几个弟子却突然一拥而至。柏矩嘴快，一见到老聃，就大声说道：

"先生真会找地方！这个地方，弟子们天天经过，都没觉得有什么好，更没停下来在此坐一坐。今天看先生在此坐下来，俺们还真觉得这里视野开阔，风景如画，山风习习，不禁让人想起《北风》诗曰：'北风其凉，雨雪其滂。惠而好我，携手同行。其虚其邪？既亟只且！'"

柏矩刚背了第一章，华兮立即打断了他，说道：

"师兄，你卖弄学问也不看看情境。现在是秋天，北风并不凉，更无'雨雪其滂'。"

"但是，先生'惠而好我'，与俺们'携手同行'，同坐于大树之下，岂非快事？"柏矩脱口而出道。

"师兄说得有理，今天弟子们得与先生同坐于树下，观景、谈天、说地，其情其景，岂是古人所能想见的呢？"一位新进的同门脱口而出道。

其他弟子也同声附和。老聃听众弟子说得欢快，又见眼前之景如此醉人，不禁拈须而笑。众弟子见此，就更加来劲了。于是，你一言，我一语，漫无目的地聊了起来。老聃端坐于石上，微闭双目，静静地听着众弟子说笑辩难，偶尔也会有一搭没一搭地插上几句。

师徒几人在树下坐了将近一个时辰，柏矩突然站起身来，走出树荫下，抬头看了看天上，说道：

"怪不得俺没看见树影了，原来已到正午时分了。跟先生在一起，觉得时间过得真快呀！"

华兮等人听柏矩这样一说，都觉得非常有理，遂连声附和。

然而，话音刚落，柏矩突然像踏了条蛇似的惊叫起来：

"你们看，远方有一驾马车，还有一帮人，正朝俺们这边过来了，看速度还挺快的呢。"

华兮等人立即站起身来，有的手搭凉棚远眺，有的企踵而望，议论猜测，不亦乐乎。但是，老聃却不为所动，继续微闭双眼，感受着秋风吹过耳畔、掠过全身的清凉。

过了一会儿，马车越来越近了，柏矩再次像是踏了条蛇似的跳起来惊叫道：

"是孔丘，后面那帮人肯定是他的弟子。先生，俺前几天跟您说过，孔丘肯定还要来向您请教。果然不假吧，这不就来了吗？"

就在柏矩话音刚落之时，那驾马车已风驰电掣似的停在老聃与弟子们居住的草庐前。

"大家别吱声，都躲到树后去，看孔丘怎么找到俺们先生！"华兮说道。

可是，还没等大家躲到树后，孔丘已经带着弟子们朝他们这边走过来了。见此，柏矩、华兮等老聃众弟子便一哄而散了。因为他们都知道，老聃与孔丘交谈，他们是插不上嘴的。同时，枯立一旁，听他们二人道貌岸然、虚与委蛇的交谈，事实上也是非常吃力的。

孔丘弟子见老聃弟子都散去了，自然也识趣地走开了。最后，大树下只剩下了老聃与孔丘二人。

孔丘见老聃端坐树下大石上，知道他虽微闭双眼，实际上并未进入沉思玄想的境界，所以轻手轻脚地走近他的身边，轻声温语地说道：

"先生今日安闲，弟子正好想就'至道'问题请教您，希望得到您的教诲。"

"你得先斋戒静心，好好疏通疏通心性，仔细清洗清洗精神，彻底抛弃崇才尚智的念头。"老聃眼都没睁，就脱口而出道。

"先生教诲的是。"孔丘答道。

"老朽早就跟你说过，'道'是深远玄妙的，是很难用言语来表达的。"老聃虽然没睁眼，但从孔丘回答的口气，可以听得出来，他的态度是诚恳的。于是，又这样补了一句。

"弟子多次向先生请教过'道'，先生每次也多少提到过一些。但是，弟子生性愚钝，至今对'道'之精义奥蕴仍不甚了了。所以，这次还是请先生勉为其难，为弟子开解一二。"

老聃听孔丘说得诚恳，又想到他现在是鲁国政坛上的失意之人，流落于宋卫之间，有家归不得，便在感动或曰同情心理的驱使下，顺口应道：

"既然如此，那么老朽就勉为其难，给你说个大概吧。"

"谢先生！"孔丘恭敬有加地说道。

"昭昭显著皆源于冥冥暗昧，有形之物皆生于无形。精神生于道，形体生于精。万物形态各不相同，皆是相生相化而成。所以，九窍之物皆为胎生，八窍之物则是卵生。它们来无踪，去无影，人们既不知其自何而来，亦不明其归向何方。但是，它们却四通八达，可以通往广阔无垠的空间。"

"先生的意思是说，万物的生成与化育皆源于'道'，是吧？"孔丘小心翼翼地问道。

老聃微微点了点头，接着说道：

"循'道'而行者，四肢强健，思虑畅达，耳聪目明。他们劳动心神不会太过，顺应外物不会定于一尊。天不得'道'，则不会高远；地不得'道'，则不会广袤；日月不得'道'，则无法正常运行；万物不得'道'，则不会繁荣昌盛。"

"先生，您这说的是'道'的力量吧？"孔丘又问道。

老聃又微微点了点头，然后接着说道：

"博古通今的人，未必就真正懂得道理；能言善辩的人，未必就比他人聪明。所以，圣人对于博学与善辩并不刻意求之，而是不屑一顾。至于益之而不增、损之而不减的'道'，那才是圣人孜孜以求的，并守信不移。'道'，渊渊乎若大海，深不可测；巍巍乎若高山，没有终点，也没开始。它承载万物，容纳万物，无穷无尽。古来君子所论之'道'，想来是不会与之相左吧。万物皆往求之取之，而终不见匮乏，这就是'道'吧！"

"先生说得真好啊！"孔丘虽然并没听懂老聃的"道"究竟为何物，却情不自禁地脱口而出，如此赞道。也许是为老聃的口才，或是为其玄思之妙。

老聃听孔丘赞扬，以为他真的听懂了，遂深受鼓舞，继续说道：

"在中原一带居住的人，既不偏阴，也不偏阳，处于天地的正中间。他们只是暂时具备了人的形体特征，但终究是要返回其本原的状态。从'道'的观点来看，所谓生命，只不过是气的聚合而已。不同的生命体虽然有长寿的，也有短命的，但其间的差别又能有多大呢？充其量，不过在瞬息眨眼之间而已，哪里还用得着计较唐尧与夏桀的是是非非呢？果与瓜，虽然类别不同，却有着共同的生长规律。人伦关系虽然复杂，却可以依据远近亲疏、长幼大小等排出一定的顺序。圣人对此能达观视之，遭遇其事能随遇而安，事过境迁则不会拘守。调和而顺应，便是'德'；无心而暗合，便是'道'。帝业之兴，王者之立，皆托赖于'道'。"

孔丘虽然仍然没有完全听懂老聃的话，但出于礼貌，还是点头说道：

"先生说的极有道理。"

老聃觉得孔丘悟性大有长进，所以谈兴也就更高了。微启双眼看了一眼孔丘，老聃又接着说道：

"人生天地之间，犹如白驹过隙，只在须臾之间而已。万物莫不有生，亦莫不有死。生便趋向于死，死然后化而生。物伤其类，人悲其亲。然而，死不过是解脱了自然的束缚，突破了自身的限制而已。一个人死去，挣脱了束缚与限制，魂魄将逝去，形体亦随之而消亡，这是最终归往本宗啊！由无形到有形，复由有形归于无形，这只是人所共知的常识，绝非求'道'者所求索的真理，却是人们所谈论的共同话题。得'道'之人不发议论，议论者没有得'道'。自以为明确识'道'者，其实并未与'道'相遇；能言善辩，宏辞滔滔者，不如沉默不言。'道'不可能通过传言而闻知，所以冀望于闻'道'，不如塞耳不闻传言。若此，可谓之大得。"

听到这里，孔丘终于算是明白了，原来老聃说了半天，归根结底就是一句话："道"乃可意会而不可言传的东西，希望通过别人用语言来描述，完全是徒劳。虽然对于老聃这种见解不以为然，对他今天这番教诲感到非常失望，但是孔丘还是装着受益匪浅的样子，违心地说道：

"先生之教，真是让弟子茅塞顿开。弟子谨受教！"

说完，孔丘恭敬有加地对老聃行了辞别礼。然后，就与弟子们一起驱车离开了。

在回去的路上，子贡见孔丘郁郁寡欢，就试探地询问他今天与老聃谈话的情况。孔丘略略跟他说了说，子贡听后脱口而出道：

"恕弟子无礼，我觉得老聃似乎在故弄玄虚。"

听了子贡这句话，孔丘吃惊地看了他半天，没有说一句话。他没想到，自己的得意弟子竟然会有这样的想法。虽然自己心中有时也难免有这种想法，但就学识而言，他始终是非常敬佩老聃的。所以，他从不敢有轻视老聃的念头。

子贡见孔丘以怪异的眼光看着自己，困惑地问道：

"先生，弟子说得不对吗？"

"那你说说看，你对在何处？"

"先生多次向老聃问'道'，每次都不知其所云。这一次，先生又向他问'道'，大概是因为您在鲁国执政失败，就怀疑自己之'道'，想从老聃之'道'中汲取教益吧？"

孔丘没想到子贡能够看透自己的内心世界，遂情不自禁地点了点头。

"先生之'道'虽然不能推行，但老聃之'道'也未见行之于天下呀！

可见，老聃之'道'并不比先生之'道'高明到哪里去。如果老聃之'道'真的高明，那么周天子肯定会采纳，天下就不会乱成这样了。所以，弟子以为，先生不必再矮化自己了，以后不必再向他问什么虚妄之'道'了。"

孔丘听子贡说得慷慨激昂，不禁莞尔一笑道：

"那你觉得为师以后该问他什么呢？"

"你不必向他求什么教，问什么学，以后你可以直接跟他谈谈'仁'，讲讲'义'，这可是先生您的强项，相信老聃肯定说不过您，要甘拜下风。说不定，届时他会对您刮目相看，再也不敢以居高临下的口气跟您说话，甚至板起面孔教训您。"

孔丘听了子贡的话，没说什么，只是微微笑了笑。

过了几天，孔丘实在觉得无聊，遂又想起去拜访老聃。因为他觉得，如今除了老聃，这个世界几乎没有一个可以与之对话的人。当他告诉弟子又要去拜访老聃的决定时，许多弟子都提出反对意见，但是子贡却积极支持，而且主动要求陪孔丘一道去。那天跟孔丘谈过话后，他早在心里有了计划，想找个机会跟老聃来次交锋，一来想见识见识老聃的学识与口才，二来也想替老师孔丘出口气。只是这个想法他不能明说出来，否则老师肯定不会带他一起去。因为他知道，老师是个非常拘礼的人，绝不会允许弟子对尊长有所冒犯的。

这次孔丘与弟子到老聃隐居的山间草庐拜访，已经是第四次了。不仅往来轻车熟路，而且连老聃的弟子们也跟他们混熟了。当孔丘的马车到草庐前一停下，老聃的弟子柏矩、华兮等人马上簇拥上前，其他的弟子径直进屋向老聃禀告。

老聃因为上次跟孔丘谈话时觉得他悟性有所长进，所以这次一听说孔丘又来了，立即爽快地答应相见。

行礼寒暄毕，孔丘记住了子贡前几天跟他说的话，这次不谈"道"了，而是专谈"仁""义"问题。主意打定，孔丘径直说道：

"弟子今天想就'仁''义'的问题请教先生，希望先生不吝赐教。"

"仲尼，上次老朽跟你谈'道'，觉得你悟性长进不少。今天看来，是老朽错了，你根本还是执迷不悟，没有开悟。"

"弟子愚钝，所以要先生教诲。"孔丘谦恭有加地回答道。

"谷糠之屑虽小，迎风而扬，眯住了眼睛，就会让人什么也看不见，天地四方易位；蚊虻虽是小虫，叮咬一口，就会让人皮肤奇痒无比，甚至彻夜难眠。什么'仁'，什么'义'，它对人心的毒害太深了，简直到了让人心智错乱的程度。依老朽看，世界上再也没有比'仁''义'对天下人的祸害大的了！"

"先生为什么这样说？"孔丘觉得大惑不解，以前跟老聃说到"仁""义"问题时，他也曾表现出厌恶之情，但没有像今天这样决绝。

"仲尼，你应该少谈或根本不谈'仁''义'，让天下之人不失其本然的纯朴质素的天性。如果这样，那么你也就不必整日焦虑，一任风起风落，清静无为，也能守德而立于世。何必四处奔波，卖力地宣扬什么'仁''义'，就像咚咚地用力敲着大鼓，去追踪走失的孩子一样，劳而无功呢？天鹅不必天天洗沐，羽毛自然洁白；乌鸦不必以墨渍染色，而毛色自黑。天鹅之白与乌鸦之黑，乃是出于天然，与生俱来，无须辩说谁美谁丑。名望与声誉，都是外在之物，不值得推广张扬。泉水干涸，鱼儿困于陆地，吹气以润，相濡以沫，固然可贵，但还不如相忘于江湖，更显得自由自在。"

老聃说到这里，看了一眼孔丘，戛然而止。

"谢先生！弟子谨受教！"孔丘先是愣了一下，接着马上连连点头，并施礼答谢。

辞别老聃，从草庐中走出来，孔丘脸上洋溢着从未有过的满足神色。

子贡连忙迎上前去，问道：

"先生，今天您跟老聃谈得怎么样？还顺利吗？"

孔丘没吱声，低着头直奔马车而去。子贡弄不明白到底是怎么回事，只得跟在孔丘后面，追随马车而去。

跟老聃谈"仁""义"回去之后，孔丘一连三天都没跟弟子们说一句话。弟子们虽然觉得纳闷，想了解真相，但都碍于孔丘的威严，不敢追问。但是，到了第四天，子贡憋不住，大着胆子问孔丘道：

"先生，是不是老聃又贬损了您的'道'，挫伤了您的自尊心？"

孔丘摇了摇头。

"那先生您有没有对他规劝些什么呢？"子贡又问道。

"为师哪里能对他规劝什么呢？我是在他那里见到了真正的龙。"

"先生这话是什么意思？"

"龙蜷合不动时，可以看到它的整个形貌。但是，当它飞起来，鳞甲开合闪动，光彩耀眼，腾云驾雾，养息于阴阳之间，就会令人目瞪口呆了。为师那天跟老聃谈'仁''义'时，就有这种见到真龙的感觉。当他教训我时，我就有望之而肃然，张口不能言的感觉，哪里还能对他规劝什么呢？"

"这样说来，难道真有人形似朽木，而实际神气活现吗？难道真有人看似深沉静默，而实际又像是迅雷震响吗？难道真有人一旦行动起来，就如天地运行一样变化莫测吗？听先生刚才那样称颂老聃，弟子不禁有一种冲动，也想去拜访一下老聃，希望有幸也能见识一下老聃真龙的风采。"子贡脱口而出道。

"也好。"孔丘看了看子贡，顺口答道。

孔丘同意子贡拜访老聃，看似很随意，实际并不随意，因为他潜意识中一直有与老聃一较上下的念头。既然子贡希望拜访老聃，他就不必阻止。让能言善辩的子贡跟老聃交交锋，如果能挫一下老聃的锐气，那当然非常好，可以间接为自己长长脸；如果子贡不能折服老聃，那自己脸面上也没什么过不去的。

得到老师的允请，子贡立即驾着孔丘的马车独自前往拜访老聃去了。因为跟老聃弟子柏矩与华兮都已经混得很熟了，所以子贡很快就被让进了草庐，见到了老聃。

"先生，我是仲尼先生的弟子……"

"你就是孔丘最得意的弟子子贡吧。"子贡话犹未了，一直微闭双目作沉思之状的老聃就脱口而出道。

"先生过奖了！"

"听说你能言善辩，妙语如珠，是孔丘言语科最得意的弟子。"老聃又说道。

"这个，弟子更是不敢当了！"子贡连忙谦逊地回答道。

"年轻人，我已经老了，你有什么要指教老朽的吗？"

子贡这次来，表面上是说拜访老聃，一睹他的风采，实际上是想替自己的老师孔丘挫一挫老聃的锐气，为老师也为孔门长点脸。可是，没想到，自己还没来得及开口，老聃已然主动出击了，这倒让他一时手足无措起来。

老聃见此，呵呵一笑道：

"年轻人，别学你先生的样，太过拘礼。有什么指教，请直言相告。"

子贡稳了稳精神，已经有些镇定了。听了老聃这话，就更加放松了。于是，接口说道：

"仲尼先生常跟我们弟子谈论您，以及您那无所不在、无所不包的'道'，觉得非常神往。只是就我们这些后生晚辈的资质而论，是不配与先生谈'道'的。所以，今日有幸拜见先生，也只想就一些肤浅的问题求教于先生，不敢妄论'大道'之类的宏大话题。"

"年轻人，你太啰唆了，没必要说这么多套话虚语，直接上题吧。"老聃有些不耐烦地说道。

"诺！请问先生，昔日三皇五帝治国平天下，方式虽有不同，但都得到众口一词的赞颂。可是，唯有先生您却不认为他们是圣人，这是为什么呢？"子贡直视老聃，问道。

老聃一听这话，原来一直微闭的双眼突然睁开，直视子贡好一会儿，这才不无严肃地说道：

"年轻人，你往前来点。你凭什么说他们之间有所不同？"

"当然有所不同。尧禅位于舜，舜传位于禹，禹治水而汤用兵，文王顺从商纣而不敢逆其意，武王则逆纣而不肯顺其心，所以说他们有所不同。先生，难道您不认为这是事实吗？"

子贡说得理直气壮，老聃听了却冷冷地一笑，说道：

"年轻人，你再往前来点，老朽告诉你三皇五帝治天下的真相。黄帝治天下时，要天下万民一心而无私情杂念。结果，百姓有父母死亡而不哭泣的，旁人也不非议。尧治理天下时，要天下万民和睦亲善。结果，百姓有为父母服丧而降级不依等差的，旁人也不予以指责。舜治理天下时，使天下万民皆生竞争之心。孕妇十月怀胎而生，孩子五个月大就会说话，还不会笑的时候就能认识人。于是，便有了生而不寿、中途夭折的事发生。禹治理天下时，使天下万民机心蜂起，是非诈伪之念丛生。大家都认为兵戈相向乃是理所当然，杀盗贼不算是杀人。于是，利益相同者结成同盟，恣意纵横。由此，天下大乱，儒、墨诸家趁势崛起。这些人开始时还能讲出些道理，现在简直就像个没有操守的妇人，只知道一味取悦于男人。这还有什么话可说呢？"

见老聃越说越激动，子贡的态度也就越来越恭谨，站得更端正了，神色也愈趋庄严穆起来。

老聃用眼角扫了一下子贡，继续说道：

"年轻人，我告诉你，三皇五帝治天下，其实是个误解。他们根本就不是治天下，而是乱天下。他们对于人类天性的扰乱，对人类素朴真情的毁弃，都达到了无以复加的程度。三皇五帝的智慧，上蔽日月之光明，下违山川之精灵，中乱四时之运行。他们的智慧，其贻害比蛇蝎之毒更甚，比未驯化的猛兽还要凶猛。他们的智慧，让天下万民不能守其人性的本真。可是，他们还自以为是圣人。难道这不是很可耻吗？简直是无耻！"

老聃说到这里，戛然而止。子贡听到这里，则感觉惊惶不安。大概是被老聃的气势所震慑了。不过，子贡毕竟是见过世面的，稳了稳心神，他弄明白了老师孔丘为什么那么敬畏老聃，同时也知道了老聃的虚弱之处。于是，以退为进地问道：

"先生的意思是说，三皇五帝治理天下是多事，所以不能称为圣人，是吧？依先生的意思，凡是清静无为、无所事事、对天下事不闻不问者，便是圣人，是这样吗？"

"清静无为，并非无所事事，而是循'道'而行，顺天而为，尊重自然规律，巧妙予以推动。与其逆'天道'而行，违逆自然规律，妄作妄为，还不如顺其自然，不求不为而自成。老朽曾跟你的老师仲尼先生说过，'泉水干涸，鱼儿困于陆地，吹气以润，相濡以沫，固然可贵，但还不如相忘于江湖，更显得自由自在'。圣人治国，最高的境界就是循'道'而行，息事宁人，修身养性，让天下百姓自适所安，自得其乐，按自己的方式生产生活。做国君的，不必时刻牢记施仁义于民；做百姓的，不必时刻思虑如何报答君恩。大家过自己的生活，就像鱼儿游于江湖，自由自在，不必相互交集，更无须吹气以润，相濡以沫。这样，岂不更好？"

"弟子谨受教！"子贡内心虽仍不以为然，但表面上却装着对老聃恭敬有加，一边这样说着，一边施礼答谢。然后，倒退着出了老聃的草庐。

第四章　漫　游

1.　鸡犬之声相闻

周敬王二十四年（公元前496年）十月二十二，天气出奇地好。老聃早晨出去散步归来，用过朝食后，一反常态，没有立即坐在草庐中沉思静修，而是信步走到了草庐前那棵大树下，极目眺望远山的秋色。

"先生今天又到此树下，莫非是忆起了上次在此跟孔丘谈话的情形吧？"老聃观景正在忘情得意之时，猛不丁听到背后有人这样问道。

老聃闻声虽然吃了一惊，但并没有转身或回头，因为从声音他听出了是柏矩。

"先生，孔丘已经两个多月没来了吧。"柏矩见老聃没回应，又说道。

"不来不更好吗？"老聃终于说话了，但仍没有转过身来看一眼柏矩。

"先生是嫌孔丘和他的一帮弟子扰了您的清修吧。"

老聃没吱声，继续远眺群山，手捻胸前长须。偶尔听到一两声雁叫之声，也会抬起头来，意有所许地仰望一下清澈高远的天空。柏矩见此，便不再开口，静静地陪在一旁。

"柏矩，你回去准备一下，为师想去南方走一走。"过了好久，老聃突然说道。

"先生，您是想学大雁，要到南方避冬吗？"柏矩脱口而出问道。

老聃没吱声。

"先生，那您准备什么时候走？"柏矩又问道。

"今天不走，明天就可以走。"老聃说得很肯定，好像心中早有计划。

"先生，依弟子看，您不必那么心急，毕竟出远门是要考虑很多实际问题的。"

老聃听了，点了点头。

"先生，弟子再问一句，您此行的目的地是哪里？"

157

　　"没有目的地，走到哪算哪，不想走就回来。"老聃毫不犹豫地说道。

　　"如此说来，先生此行就是漫游了。既然这样，那么出门前就更要计划周详些了。不如弟子往商丘走一趟，跟师兄子轩通报一下情况。子轩师兄想必是有想法的，也会有办法将先生的出行安排得更为妥当。"

　　老聃听了柏矩这番话，先是愣了一下，然后重重地点了点头。毕竟出行要车要马，还有必要的用度，自己这么大年岁，一路少不了要有得力的年轻人照顾。柏矩与华兮等身边弟子虽然年轻，但要他们解决自己这一路用度开支，还有路途可能遭遇的许多实际问题，恐怕都不乐观。

　　柏矩在大树下与老聃辞别后，回草庐跟华兮交代了一下，然后拿了点干粮，背着简单的行囊就出发了。

　　行行重行行，朝行暮宿，历经半个月的周折，柏矩最终才在宋都商丘见到了子轩。

　　子轩了解到老聃欲往南方漫游的计划后，沉吟良久，才对柏矩说道：

　　"先生年事已高，况且行程又无具体目标，万一有个意外，天高路远，如何是好？师弟呀，你们怎么不劝劝先生呢？"

　　"师兄，俺哪里敢劝他！俺之所以要来此向师兄禀报情况，就是因为考虑到先生远行有风险，所以才日夜兼程来商丘，就是要听取师兄的意见，最好师兄能出面劝阻他。"

　　子轩听了柏矩的话，摇了摇头，说道：

　　"很难。先生是非常有个性的，说实话，我也是不敢劝他的。"

　　"那怎么办？"柏矩眼巴巴地望着子轩道。

　　子轩沉吟了一会儿，突然高兴地说道：

　　"有了！"

　　"师兄，有什么？"柏矩连忙问道。

　　"有办法了。我是宋君的朝臣，不可能跟随先生闲云野鹤地天下漫游。但是，我可以派两个仆役，赶着马车跟随先生出行。这样，先生一路生活起居都有了照应。"

　　"师兄这个办法好！俺就知道师兄有办法，虑事周到，所以这才赶来向师兄讨教。"柏矩高兴地说道。

　　子轩笑了笑，吩咐站在身旁的老管家，叫来府中两个仆役，一胖一瘦，但都年轻力壮。然后当着柏矩的面，跟他们将所要交代的事情交代清楚。最后，子轩又让老管家去拿了一袋碎金，亲手交给柏矩，说是作为老聃沿途用度开支。

柏矩接过子轩递过来的钱袋，内心非常感动，连忙躬身给子轩施了个礼，说道：

"俺替先生谢谢师兄了！"

"说哪里话？作为弟子，对先生尽一点心意，乃是天经地义。只可惜，这次我不能陪先生漫游天下了，请师弟代我向先生赔罪！"子轩诚恳地说道。

在子轩与柏矩说话的当儿，两个年轻的仆役已经备好了马车，停在了府门前。子轩目送柏矩上了车，瘦仆役驾车，胖仆役随行，陪着柏矩。

回去的路程，由于有马车，路线也熟悉，柏矩只花了三天的时间。当马车停在草庐门前时，正是落霞满天之时。此时，老聃晡食后正与华兮等弟子在门前闲立踱步。柏矩翻身下了马车，立即趋前，将情况原原本本地向老聃禀报了一通。老聃听了虽然没说什么，但一向淡然从容的他却面露欣慰激动之情，连连点头。

柏矩从老聃的表情已然看出了他对子轩的感激之情，遂趁机建议道：

"先生，现在一切条件都具备了，您看什么时候出发。依弟子看，不如趁着天气还没冷下来，俺们早点上路南下。快到年底了，但俺们越往南走，天气也越暖和。"

"那就明天一大早出发吧。"老聃果断地说道。

"诺！那弟子今晚就作准备。"

说着，柏矩顾不上进晡食，就召集华兮等众师弟商议。最后决定，为了节省路途开支，由子轩派来的两个年轻仆役轮流驾车，柏矩与华兮随行，其余众弟子都暂时各自回家。待到老聃回来后，再派人召集大家回来，继续来此山间草庐跟老聃求学问道。

一切准备就绪，第二天，也就是周敬王二十四年（公元前496年）十一月初十，一大早老聃就在两位弟子与子轩的两个仆役的陪同下出发了。

经过一个多月的长途跋涉，逢山绕路，遇水渡河，十二月十五午后，老聃一行渡过长江，来到了江南一个靠近江岸，背倚一座小山的小村庄。这个时候，在淮河以北，早已是草枯叶落，万物萧条了。但是，在江南却不然，路边仍时见嫩绿之草，远山近岭一派郁郁葱葱。

俯视脚下的江水不紧不慢悠然东流而去，仰观村庄背后小山之上密密匝匝的浓绿树木，老聃站在马车前不停地手拈长须。柏矩、华兮看着老聃沉醉忘情的样子，不禁深受感染，也沉浸到冬日江南静谧得如同世外一般的田园风光中。子轩的两个仆役，则好奇地站在江岸上东张西望着，二人不时指点着远山近水，热烈地争论着什么。

过了好久，突然柏矩一拍脑袋说道：

"俺们都只顾贪看江南美景，竟然忘记提醒先生吃饭了。"

柏矩不说还好，一说大家都觉得饿了。于是，师徒主仆五人在马车边席地而坐，两个仆役从马车里拿出一些干粮分给大家。华兮吃了几口，转而问老聃道：

"先生，您吃干粮没水行吗？"

没等老聃回答，柏矩说道：

"这不都到江南了吗？江水就在眼前，何不舀一瓢江水来喝？"

瘦仆役听了连连摇头说：

"不可以，最好烧开了喝。俺家老爷跟俺们说过，到一个新地方，会有水土不服。这江水看上去清悠悠的，但喝下去也许会拉肚子的。"

华兮一听，立即接口说道：

"出门在外，就怕水土不服。我是江南人，喝江水长大，一点问题都没有。可是，我周游列国时，到北方就有过水土不服的情况。先生是北方人，你们各位也是北方人，现在来到江南，恐怕也会有水土不服的问题。所以，依我看，江水还是打上来烧开了再喝。"

"师弟言之有理。"柏矩说道。

老聃坐在一旁，微微闭着双目，一任两个弟子与两个仆役说东道西。

"俺去舀水，谁去找柴禾生火？"胖仆役说道。

"俺去。"瘦仆役与柏矩几乎是异口同声地应答道。

"那好，你们都快去快回。先生，您先别吃干粮了，等会儿水烧开了，就着开水再吃吧，不然会噎着的。这样吧，我们先说会儿话。"华兮说道。

可是，老聃并不跟华兮说话，只是专心致志地咀嚼着已经吃进嘴里的干粮。华兮看老聃微闭双目，嘴角慢慢地一动一动的样子，好像在体会什么美味而沉醉了似的。

不大一会儿，胖仆役从江中打水回来，瘦仆役与柏矩也拾回了一些枯草干树枝。胖仆役放下盛水的瓦罐，翻身上了马车，拿来打火石。瘦仆役则就近找来三块石头，摆好后将瓦罐放了上去。胖仆役则连忙往瓦罐下塞了一把干草，然后开始击石取火。两个仆役配合，忙活了半天，终于将水烧开。胖仆役早已从车中拿来了几个瓦缶，瘦仆役先给老聃、柏矩、华兮面前的瓦缶中倒了热水，然后再给自己与胖仆役的瓦缶倒了一些热水。最后，大家就着热水，一边吃着干粮，一边看着江南的景色聊了起来。老聃始终是一言不发，但柏矩、华兮与子轩的两个仆役却说得非常热闹，完全没有身份的隔阂。

江南初冬午后的阳光，温暖而柔和。微微的江风吹在脸上与身上，只有湿润之感，而无寒凉之意。这对于老聃这些北方人来说，觉得非常舒适。大家说说笑笑，时间过得非常快。等到他们回过神来，太阳都快要落山了。

"先生，时间不早了，俺们快点就近到村子里借宿吧。"柏矩跟华兮说到高兴时，突然抬眼瞥见太阳就如火球一般，这才意识到已是夕阳在山了。

"师兄说的是，大家快点起来吧。"华兮一边说着，一边迅捷地从地上爬起。

两个仆役一看太阳已经偏西，红霞满天，也连忙从地上一跃而起。然后，二人配合，套好马车，扶着老聃上了车，便驱车往前面小山脚下的村子里进发了。

进了村子后，这才发现，村子并不大，只有三户人家，都是茅草屋。屋顶很高，屋脊则很陡，跟北方人所搭建的草庐完全不同。北方人所住的草屋，包括老聃在沛地山间所居的草庐，屋顶差不多都没有什么坡度。柏矩好奇，就问华兮，华兮回答说：

"江南雨水多，尤其是夏天，暴风急雨猛烈。为了利于泄水，屋顶必须有较大坡度。不然，下水来不及，就会淤积在屋顶，要么造成漏水，要么屋顶被压塌。"

不一会儿，老聃一行人就进了村子。马车刚在一户人家门前停下，柏矩就一马当先冲在前头，大步流星地上前要去交涉借宿的事。这时，华兮一把拉住柏矩，问道：

"师兄，你说话人家听得懂吗？"

"为什么听不懂？"柏矩觉得很奇怪，瞪大眼睛看着华兮。

华兮并不解释，只是莞尔一笑，说道：

"好，那你去试试看。"

柏矩三步两步走到这户人家门前，见柴门敞开，便探头对里面喊叫道：

"家里有人吗？"

连叫了三四声，才见一个头发全白的老者佝偻着腰，走了出来。他先看了看柏矩，然后又朝门前的马车及老聃等一帮人看了一眼，然后以江南楚语问柏矩道：

"你们是什么人？有什么事吗？"

柏矩是北方人，完全听不懂老者的方音，只是一头雾水地看着老者。

老者见柏矩目瞪口呆的神情，便又将刚才的话重复了两遍。可是，柏矩还是不知所云。

就在此时，华兮笑眯眯地走了上来，打江南楚语跟老者说了几句，老者连连点头。但是，最后华兮又跟他说了几句，老者则连连摇头。华兮见此，连忙躬身施礼，跟他又说了几句，就退了回来，向老聃报告说：

"先生，弟子刚才向这户老伯借宿，他说我们是远路之客，理应要行方便的。可是，家中没有足够的空间可以容纳我们这么多人，所以让我们另寻他户。"

柏矩跟在华兮后面，听他跟老聃说了这番话，这才如梦方醒，对华兮说道：

"哦，原来你们刚才那一大堆话，说的就是这些意思！俺怎么一句也听不懂？你们说话时，俺就觉得好像是听鸟儿在唱歌似的。"

"你才是鸟儿唱歌呢！"华兮白了一眼柏矩，不高兴地回了他一句。

"俺可没有别的意思，俺是在说你们楚国人说话轻声细语，语音婉转，就像鸟儿唱歌一样动听啊！"柏矩解释道。

老聃与子轩的两个仆役听柏矩与华兮如此斗嘴，都情不自禁地笑了起来。

等到大家笑完之后，柏矩央求华兮道：

"如今到了江南，俺们这些北方佬一点办法也没有了，只有靠你这个楚国人了。天马上就要黑下来了，好师弟，求你快到别家去借宿吧。不然，俺们大家，还有先生恐怕今夜都要露宿在此江南野外了。"

华兮见柏矩这样说，又见老聃对自己寄予希望的目光，便转身向不远处的另一户人家大步走去。不到烙一张大饼的工夫，华兮就喜气洋洋地回来了。

"师弟，怎么样？借宿成功了吗？"柏矩急切地迎上去问道。

"这是我们楚国的地盘，乡里乡亲的，我能借不到住宿的地方吗？"华兮得意地说道。

柏矩本来想跟他斗几句嘴，打击一下他的得意劲儿。但是，转而一想，要是说话分寸没把握好，又得罪了这个南方蛮子，今后他要使起坏来，大家都要吃不消的。于是，便乘机逢迎地说道：

"还是师弟能力强！周天子要是用师弟作舌人，天下诸侯恐怕都会听命，不会像今天这样。听说孔丘的弟子子贡的口才极好，可以跟诸侯分庭抗礼。依俺看，跟俺师弟比，他恐怕也要略逊一大筹。"

"去去去！"华兮装着嗔怒的样子，轻轻推了柏矩一把。

于是，大家会心一笑，高高兴兴地走向那户人家。掌灯时分，大家的住宿都安顿好了，一夜无话。

第二天，告别那户楚国人家，老聃一行五人又出发了。日中时分，大家正感到走得有些吃力时，马车突然停下了。柏矩以为是老聃体会大家的辛苦，有意让赶车的仆役停车。正当柏矩这样想的时候，赶车的瘦仆役跳下马车，对车内坐着沉思的老聃报告说：

"老爷，前面没有路了，怎么办？"

柏矩与华兮听到瘦仆役的话，连忙蹿到马车前面。不看不知道，一看吓一跳，前面不仅没有路，而且就在十几步开外，就是一个陡峭的悬崖。华兮忍不住，脱口而出道：

"怎么把车赶到这种地方来了？"

瘦仆役以为华兮是在责怪他，连忙辩解道：

"早上出发不久，在一个岔路口，俺本来想问问老爷和诸位，到底应该走哪条道。可是，看见老爷正在车里睡得香，诸位又远远落在后面，一路走一路说笑。俺犹豫了一下，自作主张地选择了一条较宽的路。一路走下来，就到了这里。"

"哦，原来是这样。"柏矩点点头，若有所思地说道。

在柏矩、华兮跟瘦仆役说话的当儿，胖仆役已经将老聃从车内扶了出来。

老聃下了马车后，径直走到马车前面，站在悬崖边，极目远眺，频频点头。柏矩与华兮见老聃时而俯察万丈悬崖之下，时而仰望天空与远山，不时地点头捋须，都感到不理解。但是，又不敢上前询问。也许他是在俯仰天地间有所省思，有所顿悟吧。

瘦仆役与胖仆役见老聃师徒都站在悬崖边发呆，既不敢上前询问，又不便贸然调换马头催他们上路，只得陪在一旁，不时地东张西望着。左右顾盼之间，瘦仆役突然拍了一下胖仆役的背，说道：

"你仔细看，沿着这悬崖边缘，是否有一条细细的小路，莫非这条路不是死路，而是活路，只是大路换了小路而已？"

胖仆役听瘦仆役这样说，便眯起眼睛细看，看着看着，突然一拍大腿道：

"真的，确实是条小路。不仔细看，真的看不出来。可能是不经常走，草长起来了，就看不出了。"

说着，胖仆役就迈步往前走去，想顺着这条小路一探究竟。瘦仆役见此，连忙走到柏矩身旁，轻声跟他说了几句，然后将马车系到山崖边的一棵树上，也跟着胖仆役而去。柏矩没说话，默默地看着两个仆役沿着悬崖边往前探寻而去。看着看着，一会儿，两个仆役都从视线中消失了。这时，柏矩紧张起来，心里开始打鼓，莫非这两个仆役都不小心掉到悬崖下去了？如果这样，下面的路途由谁来赶车，老聃的生活又由谁来照应？

柏矩虽然心里着急，但又不敢惊动老聃，也不敢将这种担心告诉华兮。于是，就眼巴巴地朝着两个仆役刚才所去的方向望着。望着，望着，大约过了半个时辰，突然两个仆役的身影又出现在视线中，柏矩差点高兴得叫起来。不等两个仆役走近，柏矩就主动迎了上去，急切地问道：

"你们发现了什么？"

"呵呵，可有大发现了！"胖仆役道。

"什么大发现？"柏矩急切地追问道。

"沿着悬崖，真的有一条隐蔽的小路。绕过前面一段危险的石壁，里面竟然是一马平川的大平原。俺们站在半山腰瞪眼看，好像还有很多人家。"

"是吗？"柏矩更加有兴趣了。

"是的，千真万确！"瘦仆役点点头，作证道。

柏矩听了，觉得两个仆役的话应该是真的。没想到，峰回路转，到了走投无路的境地，竟然发现了这样一个世界。说不定，这就是先生老聃所憧憬的人间乐土。

想到此，柏矩丢下两个仆役，连忙奔到老聃旁边，将两个仆役所说的话一五一十地都报告了。老聃开始还很淡定，听到最后竟然眼睛放光，连声问道：

"果真如此？"

当得到柏矩与两个仆役的肯定答复后，老聃终于不再淡定从容了，急切地对两个仆役说道：

"既然有这样的地方，老朽倒是有兴趣一探究竟。你们前面带路，俺们这就走。"

"先生，那车马怎么办？"华兮问道。

"马拴在了树上，旁边有草吃，绝不会跑掉的。这马的习性，俺们都了解，驯服得很，放在这儿一天半日，绝不会出问题。"瘦仆役不待老聃回话，脱口而出道。

大家听了瘦仆役的话，都放心了。于是，师徒主仆五人便沿着悬崖边那条若隐若现的草间小路，一步三探地往前蹭着前进。老聃年事高，由两个仆役一左一右搀扶着。遇到危险地段，两个仆役一个在前，一个在后护卫着，走稳了第一步，才迈出第二步。就这样，小心翼翼地走了将近一个时辰，终于走出了最危险的地段，转入山里平坦之地。沿着山腰平坦之地往下，走到山脚下，就正式踏入了刚才在山腰间看到的一眼望不到尽头的平原了。

"先生，您看这么广阔的一个平原，竟然隐藏在这样险绝的山间。真是让人想象不到啊！”柏矩感叹道。

老聃听了柏矩的感慨，点了点头，说道：

“这就是大自然的鬼斧神工，是天地的造化。”

“先生，您觉得这个地方会有人住吗？”华兮问道。

“既然有路，就一定有人来过。既有人来过，这样的一片沃土良野，如何不会形成一个村落，甚至连村结寨，进而成为一个小国呢？”老聃脱口而出道。

“如果真的有很多村寨，蔚然而为一个小国，那么这就是先生以前跟弟子们所说的理想乐土了吧。”柏矩说道。

“老爷，您看，那里是不是有条大路？”正当老聃与两个弟子低头说话之际，胖仆役突然大叫起来。

老聃与柏矩、华兮闻声立即抬起头来，顺着胖仆役手指的方向一看，不远处果然像是有一条道路弯弯曲曲地延伸于广袤的原野之上。这一下，大家都兴奋起来了。老聃虽然年事已高，走起路来不像年轻人那样利索，但也情不自禁地迈开了大步，低头往前紧赶。大约走了两顿饭的工夫，五个人终于真切地踏上了这个世外乐土的康庄大道上。说是康庄大道，其实也不算夸张。因为这条道路足足有容两驾马车并行的宽度，虽然并非有人工整修的痕迹，而是纯粹由人踏出来的。

五人站在路中央，前望望，后看看，不见路的起点与终点，也不知这路究竟会通往何方。正在犹豫彷徨之际，突然听到走在前面的瘦仆役大声喊道：

“老爷，俺听到了鸡叫声。”

“先生，有鸡鸣，则必有人家。”华兮说道。

“先生，您理想的乐土真的就在眼前了，俺们去看看吧。”柏矩催促道。

老聃没吱声，手搭凉棚往前面远眺了一下，顺着瘦仆役手指的方向，确实有一个隐隐约约的树丛。大凡南方的人家，都是掩映在树林丛中的，这个老聃是知道的。于是，老聃便点了一下头，跟着大家一起往瘦仆役指点的方向走过去。

由于老聃走得慢，走了约两顿半饭的工夫，五人终于接近了那片树丛。树丛不高，但很密，大家东张西望，也没发现有房子。正当大家感到失望时，头顶上忽然传来一声鸡叫，让大家吓了一跳。接着，一只红冠长尾的金色大公鸡从树巅飘然飞下，落在了大家的面前。

“先生，没错，人家就在这附近了。这是一只家养的公鸡，不是野禽。公鸡总是在人家屋前屋后活动的，我们再往前找找看。”华兮说道。

果然，不大一会儿，坐落于浓密树丛中的一户人家便豁然出现在大家的眼帘之中。与前一天在江岸山脚下借住的江南人家相比，这户人家的房子明显要好得多。虽然也是同样的草顶，屋脊也是陡直的，但屋顶的草铺盖得非常细密，一层覆一层，不仅整齐，而且层次感非常强。老聃师徒虽然走过很多地方，但从未见过这样精致的茅屋。再看其墙壁，全是用大小不一的石头交错垒成，石头之间灌有泥浆，起粘连固定作用。这跟北方人家或用树枝扎成篱笆墙，或以黄土垒成泥土墙的情形完全不一样。

大概是出于好奇，五人围在这户人家门前看了很久。但是，其间谁也没说一句话。最后，还是柏矩打破沉寂，对老聃说道：

"先生，您看，俺们要不要进门讨口水喝，顺便了解一下情况？"

老聃点点头。柏矩心知其意，遂连忙转过身来对华夸说道：

"师弟，现在又要派你上场了。这里既然是江南楚地，肯定都是楚声楚语，俺们这些北方蛮子无法跟这儿的人沟通，只得有劳你上门，替俺们讨口水喝也是好的。"

"师兄，我看你不是口渴，而是肚子饿了吧。今天要我为你讨饭吃，以后你怎么报答我？"华夸面露诡异的笑容，说道。

"先生肚子肯定也饿了，不光是我一个人，是吧？你费点口舌，俺们大家都能有吃有喝了。至于以后怎么报答你，那不用担心。比方说，你要是哪一天脚扭伤了，不能走路了，俺会背着你走路的。好不好？"柏矩也诡异地笑着说道。

"你这个人真不厚道！"华夸用手指在柏矩胸口戳了一下道。

"师弟，快去吧。"柏矩一边说，一边将华夸往前推了一把。

华夸回头看了看老聃，又扫了大家一眼，便信心满满地一步步向这户人家的大门走去。走到门口，这才发现门并没有关紧，留了一条很大的缝隙。于是，华夸便对着缝隙向里面用江南楚语轻轻地叫了几声。大约过了烙一张饼的工夫，门"吱呀"一声打开了。一位头发全白的老者伸头出来，好奇地对华夸看了又看，然后跟华夸说了几句。没想到，华夸竟然听不懂。

老者见华夸一脸茫然的样子，遂又将刚才所说的话慢慢地复述了一遍。可是，华夸仍然没有听懂，瞪着眼看着老者，一时无所措手足。

柏矩见华夸上门交涉这么久，仍然没有动静，遂耐不住性子，"噔噔噔"几步跑上前去，想一探究竟。等到走近一看，见华夸跟主人正在大眼瞪小眼，皆是一脸茫然的样子，这才知道这次真的是遇到语言不通的难题了。不过，柏矩比华夸灵活。见此情景，立即对华夸说道：

"师弟，你等着，俺去让先生过来，说不定他有办法的。"

柏矩话音刚落，那老者突然开口道：

"哎，小兄弟，你会说河洛话？"

柏矩是燕国人，河洛话说得并不标准，没想到老者却听懂了，这让柏矩与华夸都大出意料。看来，这老者并非江南楚国本土之人，可能是从北方移民来此的。

想到此，柏矩连蹦带跳地跑回老聃身边，将情况简单地说了一下，并要求老聃亲自出面与老者交涉。因为老聃在洛邑做官一辈子了，河洛话说得已经相当标准。他们这些弟子的河洛官话，都是平时一点一滴跟他学来的。

老聃听了柏矩的话，先是一愣，后是相当兴奋，一句话也没说，就跟着柏矩向那位站在门首的老者走去。好像是先天有缘似的，两位白发老人一见面，就显得相当亲热。一向在弟子面前严肃古板，不苟言笑的老聃，见了这位白发老者却笑容可掬。那老者跟老聃站着说了几句话后，就伸手将老聃引入室内，然后分宾主坐定。柏矩与华夸侍立两旁，竖起耳朵，想听他们说些什么。可是，听了半天，这才发现老聃今天与眼前老者所说的河洛话，跟他平时教他们说的河洛话有很大的不同。听得时间久了，他们发现有时老聃在跟老者谈话时也不是那么流畅，甚至会一再地请问，老者一再地解释。

大约有半个时辰的时间，老聃与老者的谈话结束了。柏矩见此，顾不得是否失礼，连忙追问道：

"先生，您刚才跟这位老者说了些什么呀？怎么俺们都不太听得懂呢？"

"呵呵，不要说你们，就是为师也是听得半懂不懂的。"

"为什么？"华夸也插上来问道。

"他说的是古河洛话，为师说的是现代河洛话。"

"那您到底听懂了他的话吗？"柏矩问道。

"连听带猜，大抵八九不离十吧。"老聃说道。

"那你们刚才说了些什么呢？"华夸问道。

"他说他的先人本是殷商朝廷高官，因为得罪纣王，不断遭贬流迁南方。后来，商周战争起，他的祖先就随着其他殷商遗民南迁到了江南，最终落脚于这个偏僻无人知晓的世外之地。"

"怪不得，他说的不是我们江南楚语，而是说的古河洛话。我们如果不是机缘凑巧，恐怕做梦也不会想到世上还有这样一个地方，殷商竟然还有一批遗民生活于江南。"华夸感慨万千地说道。

老者见老聃师徒说得正欢，瞅瞅外面的天色渐渐暗了下来，知道他们今天是出不了谷了。于是，等老聃师徒交谈告一段落之际，欠身对老聃说道：

"先生不远千里，从遥远的北方而至这江南偏僻之地，让老朽有生之年还能听到河洛之音，见到中原河洛之人，实在是做梦也不敢想的。先生携高徒辱临寒舍，则更是令老朽喜出望外，深感荣幸之至也！今日天色已晚，如果先生不嫌弃，今夜就在此权住一宿，明日老朽带先生出去走走看看，不知如何？"

柏矩与华夕没有听懂，老聃却听懂了，连忙从座席上欠身施礼，说道：

"如此，那就感激不尽了，只是要打扰府上不少。"

正当两个老者互相谦让行礼之时，从门外走进来两个身材魁梧的汉子，一老一少。老的五十开外年纪，头发已然花白了，但身板却很挺直；少的在三十左右，看上去正是气盛健旺的年纪。

看到屋内席上坐着一个白发老者，旁边侍立两个年轻异样打扮的年轻人，两个汉子不禁一愣。老者见此，连忙对他们说道：

"这些都是河洛故国来的客人，快过来见礼！"

两个汉子连忙放下农具，配合默契，依着殷商古礼，行礼如仪。然后，将刚才放下的农具拿到了后院。约过了一个时辰，少年汉子出来禀告老者：

"爷爷，饭菜已经备好。"

老者听了，连忙示意老聃起身。然后，带着老聃与柏矩、华夕，同时招呼门外等候的两个仆役，一同往后院用餐去了。

一夜无话。

第二天一早，用过简单的朝食后，老聃就在河洛老伯的陪同下，一起出门了。在此之前，他的儿孙早已出门耕作去了。

柏矩、华夕见老聃跟着河洛老伯出门了，连忙跟上。两个仆役无所事事，自然也就尾随其后，但始终与老聃等人保持一定的距离。他们二人是同一个阶层，听不懂老聃师徒的咬文嚼字，但他们有自己的共同语言，说得到一起去。老聃与老者在前面走，他们在后面一边左右顾盼，一边指指点点，说说笑笑。

走了一会儿，忽然听到有鸡鸣狗吠之声，老聃眼睛一亮，连忙侧脸问河洛老伯道：

"这附近有人家吗？"

"当然有。这个谷地，方圆近百里，都是一马平川，全是肥沃的农田。但是，您若放眼远望，仔细瞧瞧，会发现有不少影影绰绰的黑点，形似小岛小山。其实，那既不是岛，也不是山，而是绿树环绕的人家。"

老聃听河洛老伯这样说，顿时神情振奋，立即手搭凉棚，极目远眺起来，发现确实如此。于是，又连忙问河洛老伯道：

"就老朽目力所及，这样的村落人家不少呀！"

"当然不少。当初我们祖先避居于此时，跟随而来的殷商遗民就有几百人。现在好几百年过去了，子孙繁衍，究竟有多少人口，老朽也不敢说了。"

"你们都是一起逃过来的殷商遗民，怎么大家不聚居于一处呢？"老聃有些疑惑不解地问道。

"呵呵，这您就有所不知了。大家都是靠土地吃饭，每家每户相中一片土地，就近建房定居下来。这样，耕作与生活都非常方便。所以，当初一起逃过来的人，之后彼此如果没有姻亲关系，都没怎么相互走动，甚至一辈子大家都不来往，只是各自耕种自己的田地，过自己的日子。"

老聃点点头，脸露欣喜之色。

柏矩没听懂老聃与河洛老伯所说的话，又见老聃面有欣然之色，遂好奇地问道：

"先生，你们刚才说了些什么，您那么高兴？"

老聃看了看柏矩，又瞥了一眼旁边的华纾，捻了捻胡须，将刚才河洛老伯与自己谈话的内容说了一遍。

"先生，那我们这一次阴错阳差走进这片谷地，真是走对了。这里的情形，不就是先生以前跟弟子所讲的理想国的境界吗？"老聃话音刚落，华纾脱口而出道。

"噢，为师曾经说过什么理想国的境界吗？"老聃以好像是疑惑不解，又好像是有意考较的口气问道。

"当然说过，弟子记得清楚着呢。先生说过，理想的人间社会是'邻国相望，鸡犬之声相闻，民至老死不相往来'。您看，这里的人们不就是这样生活的吗？只不过这里不是'邻国相望'，而是'邻村相望'而已。"华纾说道。

老聃听了这话，不禁多瞅了一眼华纾，然后重重地点了点头。柏矩见此，似有所悟，遂向老聃提出了一个好像是请求，又好像是猎奇的问题：

"先生，您可不可以问问这老伯，这里有国君吗？国家叫什么名字？"

老聃听了，先是一愣，接着眼睛一亮，重重地点了点头，转身侧脸用河洛话问河洛老伯道：

"请问这方圆近百里之地，有没有人管理你们？"

"您是问老朽，这里有没有国君，有没有官府吧？"河洛老伯说道。

老聃点了点头。

"这个老朽也说不上来。不过，老朽记得很清楚，打小到现在，老朽从未见过什么官员，也未曾有人来征夫派税。"

"如此说来，这里就是一个大家自治自由的乐土啊！"老聃情不自禁地感叹道。

柏矩虽然没有听懂河洛老伯的话，却听懂了老聃的这句感叹，遂又连忙追问老聃道：

"他是说这里没有国君，没有官府吗？"

老聃点点头。

"这里没有国君，没有官府，就这么大一个谷地，人也不多，人们仰承天地之赐，自食其力，自由过活，这不正是先生'小国寡民'的理想国模式吗？"华夽再次脱口而出道。

老聃没吱声，继续随河洛老伯往前走，一边走一边朝四野观察。

大约又走了有一顿饭的工夫，终于到了刚才听到鸡鸣狗吠之声的村落了。这个村落，不同于河洛老伯所住的那种前屋后院结构，而是一主两翼式，中间房子高大些，两边各有一座房子则矮小些，大概是派不同用处的。门前有三只狗，一大两小，见老聃等一大帮人突然到来，叫得更欢了，但并不往前扑人。几只母鸡见到有人来，立即散开，躲到旁边的树丛中去了。而一只雄赳赳的大公鸡，则扑腾一下，敏捷地飞到了一棵桑树之巅。

看着这样的情景，老聃情不自禁地拈着胡须，不住地暗暗点头。柏矩与华夽见此，心知其意，安安静静地侍立一旁，不言也不语，只是随着老聃的目光四处观看。

看了好大一会儿，老聃才随河洛老伯继续前行。走了大约有烙十五张大饼的工夫，看到前面有三个男人在田间耕作。这一下，老聃更高兴了。不待河洛老伯前面引路，就径直走上前去。柏矩与华夽见到有人耕作，当然也非常感兴趣。可是，当他们走近一看，却大吃了一惊。原来这三个正在翻地的男人手里拿的农具非常简陋，就是一根木头上用绳子绑了一个石铲。

"先生，您看，他们怎么用这样的农具呢？这样翻地，那是很吃力啊！"柏矩望着老聃说道。

老聃当然知道，现在诸侯各国都在使用铁器了，尤其是河洛中原一带，铁器的使用差不多普及了，甚至开始出现使用畜力翻地的。像眼前这三个男人所使用的石铲，已经是非常少见了。

三个翻地的男人突然见到有一帮陌生人上来围观，又见他们异样的打扮与吃惊夸张的样子，同样也大吃了一惊，感到很不自在。河洛老伯大概看出了彼此的心理，遂走上前去，跟那三个男人说了几句什么。就见他们连连点头，脸上吃惊的表情也渐渐消失了。

老聃见此，连忙招呼柏矩、华兮，还有随后跟来的两个仆役，悄悄地退到一旁，站在远远的一棵田间树下。

望着河洛老伯踽踽而行，还有那三个男人吃力翻地的背影，华兮不禁感慨万千。而柏矩则突然一拍脑袋，望着老聃说道：

"记得先生曾跟弟子描述过自己心目中的理想国模式，说过这样的话：'使有什伯之器而不用，使民重死而不远徙，虽有舟舆，无所乘之；虽有甲兵，无所陈之。使民复结绳而用之。甘其食，美其服，安其居，乐其俗。'"

柏矩话音未落，华兮立即说道：

"先生跟师兄说的，与跟我说的，怎么不一样呢？先生跟我说的是：'小其国，寡其民。邻国相望，鸡犬之声相闻，民至老死不相往来。'"

"师弟，说你聪明，有时候你却笨得不行。先生是因材施教，因景说话的。虽然跟俺说的和跟你说的话不一样，却是一个意思呀！"

"怎么会是一个意思呢？"华兮不以为然地反问道。

"怎么不是？先生跟俺说的话，意思是说，即使有先进的器具也置而不用，就像刚才俺们所见的那三个男人，翻地不用铁锹，也不用畜力，而用石铲。让老百姓安居原地而不迁徙，就像这个谷地中的人，几百年都不与外界交通，不迁往山外，不是活得非常自在吗？即使有舟车也不乘坐，有甲兵也不动用，就像这里的人们，一辈子都在家门口耕作劳动，日出而作，日落而息，何须乘什么船，坐什么车，起早贪黑，劳累奔波呢？大家关起门来过日子，老死不相往来，不要国君，不要官府，那要甲兵干什么？"

"师兄，你刚才说的都对，但是让百姓重新结绳记事，我就不理解了。"华兮道。

"怎么不理解？大家老死不相往来，还有什么事要记录的。有什么需要提醒自己的，用绳子打个结，届时见结自然就想起来了。"

"那'甘其食，美其服，安其居，乐其俗'，意思就是说，一辈不跟他人打交道，没有比较，自然会认为自己原有的状态一切都是好的，是吧？"

华兮话音刚落，柏矩就高兴地拍手说道：

"师弟果然聪明过人，一点就通。就是这个意思。你想，无舟车劳顿之苦，无战争徭役之累，没有迎来送往的应酬，没有尔虞我诈的争斗，一切归于简单，行动自由自在，生活简朴单纯，这样的社会难道还不是理想国的境界吗？"

柏矩说到这里，不禁得意地看了老聃一眼。只见老聃悠然地站在一旁，正慈祥地看着他们二人，拈须而笑。

2. 无为而无不为

告别三个翻地的男子，老聃及其弟子一行随河洛老伯在原野中又随意往前漫步。走了大约有烙十张大饼的工夫，又见到一个村落。

这个村落也只有一户人家，除了跟河洛老伯所住的村落以及刚才所见的村落一样，都是绿树环绕以外，还有一条弯弯曲曲的小河从旁边流过。老聃在河洛老伯的陪同下，趋前看了看，河道不宽，河底很浅，只有潺潺细流。老聃看了一会儿，转身问河洛老伯道：

"这河怎么只有这么一点水呀？"

"现在是冬季枯水期，要是夏天，河水有时是要泛出来的。"河洛老伯答道。

"河水泛出来，那是会造成水灾的。怎么不疏浚疏浚，再挖深拓宽点呢？"老聃不解地问道。

河洛老伯呵呵一笑道：

"这条河流乃是天然形成的，虽然不宽，但河程很长，是从前面很远的山脉滥觞发源的。我们这里没有政府，各家各户关门过日子，从未有人组织大家疏浚河道。好在几百年下来，也没见发生过大的水灾。"

老聃点了点头，顿了顿，好像是对河洛老伯说，又好像是对柏矩与华兮说：

"顺其自然最好。降水每年都有差别，若是有些年份来水大，水流急，自然能够冲宽河道，增加流量。水至柔至弱，却也是至强至坚，无所不摧。水往低处流，百川归于海，乃是自然而然，不需人为。"

"先生，您看，河道里都是石头，大小不等，这大概就是被水从山上冲下来的吧。"柏矩问道。

"南方的河流都是如此，上游雨水冲刷山上的植被与石头，沙石俱下，下游就有了沙与石，正好被用来造屋建房。"华兮抢着说道。

"看来，这里人家以石砌墙，乃是就此取材。先前我还感到奇怪，这一马平川的，他们哪来的石头砌墙呀？原来是雨水给他们做了搬运工，将石头泥沙送到他们门口的。"柏矩恍然大悟道。

老聃听着柏矩的话，不禁拈须而笑，看了看一直向远方蜿蜒而去的河道，像是回应柏矩的话，又像是若有所悟地自言自语道：

"无为而无不为。"

华兮听老聃冷不丁地说出这样一句莫名其妙的话，疑惑不解地追问道：

"先生，您刚才说什么？"

"为师是说，无为而无不为。"

"先生以前一直跟弟子说，治国清静无为，顺其自然，便会天下太平安宁；做人清静无为，无欲无求，便会一生平安无忧。意思是说，不胡作妄为，就不会招灾惹祸，就会一切归于平静。平静就是无事，无事就是成功。这个道理虽然有些勉强，但还可以说得过去。至于先生刚才所发的'无为而无不为'的高论，就实在是让弟子一头雾水了，根本不能明白其奥义精蕴所在了。"华兮率直地说道。

没容老聃作出回应，柏矩连忙说道：

"师弟，俺看你还是悟性差了点。先生的意思是说，'无为'本身就是'有为'，所以说'无为而无不为'。"

"师兄，依你这样说，那么你今天没吃饭，也就是吃了饭；你昨晚没睡觉，也是睡了觉。我们脚下的这片地没翻过，也就算翻过了？"华兮反唇相讥道。

柏矩一听华兮这话，顿时哑口无言。而华兮见柏矩无言以对的窘态，则得意地笑了。华兮本来就显老，不笑还好，一笑满脸都是皱纹，就像初升的太阳，万丈光芒。

老聃本来是想让两个弟子继续辩论，以便观察他们的悟性。可是，看到他们已经辩论不下去了，知道他们对自己的话都没有理解，于是只得亲自解释道：

"为师说'无为而无不为'，意思是说，不作为却有一切作为的结果。因此，柏矩说'无为'本身就是'有为'，理解得也没错。"

华兮觉得柏矩刚才是在讲歪理，现在又听老聃替他打圆场，觉得老师偏心眼，有意替柏矩辩解。于是，就不服气地质疑道：

"先生，您的意思真的就是认为'无为'本身就是'有为'吗？恕弟子不敬，请问先生，您现在正站着不动，难道您觉得已经瞬息而至千里了吗？如果您认为您确实已经瞬息而至千里了，那么请您睁大眼睛看看，我们现在是不是还站在这个村落门前，站在这条河边？而不是站在老伯家的门口，或是站在我们拴马驻车的谷口？"

老聃听华兮这样说，没有立即反驳，而是微微地摇了摇头，然后莞尔一笑。柏矩不知老聃所笑何为，但又不敢贸然追问，只得呆立一旁。而站在一旁的河洛老伯，看柏矩、华兮说得如此热闹，又见老聃又是摇头又是苦笑，则是一头雾水。

"先生，您难道认为弟子说错了吗？"华兮见老聃半日无语，以为他也被驳倒了。

老聃听出华兮话中的弦外之音，知道华兮是想让他承认刚才的话说错了，不应该替柏矩的诡辩辩护。尽管猜中了华兮的心思，但老聃并不想捅破这一层纱。顿了一顿，从容说道：

"华兮，你脚边的这条河流怎么样？"

"不怎么样，只不过是条小河而已，这样的涓涓细流，掀不起什么惊涛骇浪。"

"那你愿不愿意将你住的房子建在这个河道里？"

"我将房子建在河道里干什么？这么大的平原，我要是建房，建在哪里不可以？"华兮瞪大眼睛反问道。

"假如一定要让你将房子建在这个河道里，你将怎么做？"

"那么，我就没有办法了，只能竭尽全力将房子地基予以加固，不让河水冲毁。"

"你觉得加固了地基，真的有用吗？假如有一场特大洪水来临，你加固了地基的河中之房就能保证安全无忧吗？"老聃问道。

"不敢保证。"

"但是，如果你建房之初就认识到水往低处流的道理，选择一个高地，随便立个柱，架个棚，也能确保水至而房子安全无忧，那么何需费力地加固地基呢？"

华兮听了，找不出话来回答。老聃见此，续又说道：

"自然而为，顺势而作，不费力便可功成，难道不是'无为而无不为'吗？"

柏矩不住地点头，华兮则仍然不吱声。老聃知道华兮仍然没有认同自己的观点，于是顿了顿，直视华兮说道：

"为师再给你打个比方，假如有一个猎人见到一只猎物从树丛中蹿出，挺叉便准备上去捕获时，正好看见有两只老虎也蹿出来奔向猎物。这时，猎人是应该停止作为，还是应该继续上去？"

"应该停止作为。"华兮回答道。

"为什么？"老聃直视华兮问道。

"道理是明摆着的，猎人不是两只老虎的对手，是抢不过两只老虎的。"

"那么，猎人应该怎么做？"老聃又问道。

"这还用问吗？坐山观虎斗呗。等到二虎相争，两败俱伤时，可以一举而三得。"华兮侃侃而谈道。

"请问，猎人坐山观虎斗，是不是顺势而作，是不是'无为'？"

"当然是。"华兮回答道。

"那么，为师问你，猎人不费任何气力，不仅最终获得了那个想要的猎物，还顺带收获了两只老虎，这一举而三得，是不是都是那猎人'无为'的结果？"

华兮无言以对。老聃见此，续又说道：

"如果猎人积极'有为'，凭着一己血气之勇，挺叉上去，与二虎相争，恐怕既得不到猎物，还会被二虎吃掉。你说，猎人'有为'的结果是算成功，还是失败？"

华兮听了，望了望老聃，摇了摇头。

"师弟，先生说的话都是精辟无比的，不会没有道理的。你想想看，先生整日闭目沉思静修，世上什么道理没有参透？吾辈庸人，之所以听不懂先生的话，一方面是悟性太差，另一方面也与先生所讲的道理太深刻，语言表达的方式与众不同有关。"柏矩说道。

老聃听了柏矩这番话，没有点头，也没有摇头，只是以鼓励的眼光看了他一眼。华兮听了柏矩这番话，觉得他是在奉承老聃，因为刚才老聃帮他说了话。所以，内心深处华兮仍然不太认同老聃的话。

老聃见华兮低头不语，知道他仍然没有想通。于是，以鼓励的口吻说道：

"华兮，如果你觉得为师说得不对，你可以表达你的真实想法。"

华兮听了这话，抬起头来望了望老聃，顿了一顿，以质疑的口气问道：

"先生，依您的见解，'无为'什么好事都能达成，'有为'则一事无成，还会自招灾祸。那么，恕弟子不恭，请教一个问题。"

"什么问题？你大胆地说。"老聃慈祥地看着华兮，以鼓励的口吻说道。

"当初殷纣王残暴无道，虐民酷民，天下怨声载道，可是普天之下的臣民都是敢怒不敢言的，无奈纣王如何。如果不是周武王在姜尚、周公的辅佐下奋起反抗，替天下人伸张正义，哪有'普天之下，莫非王土；率土之滨，莫非王臣'的周王朝？先生，假如周武王、周公，还有姜尚，当初都坐观世外，看着殷纣王胡作非为而没有任何作为，纣王会自焚于鹿台，殷商政权会灭亡，姬周能兴起吗？先生，你不会又说姬周政权也是'无为而无不为'的产物吧？"

华兮虽然说得慷慨激昂，且振振有词，但老聃听了只是莞尔一笑。顿了顿，老聃才看着华兮，从容说道：

"为师主张'无为'，并非是说什么都不做。比方说，你头顶上有块石头要掉下来了，你可以不去搬掉它，但你可以稍微躲开点，而不是等着石头自己偏离方向飞去，你站在原地安然无恙。"

"先生，那弟子就更不明白了，您所说的'无为'到底是什么意思呢？'无为'就是'无为'，'有为'就是'有为'，其间的界限是很清楚的呀！"华兮又激动起来了。

老聃又是莞尔一笑，从容说道：

"为师所说的'无为'，乃是指非主动的作为，也就是顺其自然而为，是一种被动的作为。刚才为师给你打过一个比方，知道在河道中建房有危险，为了防止洪水毁坏房子的危险发生，而竭力加固地基，这就是主动'有为'；而认识到水往低处流的道理，主动选择高地建房，不必费力加固地基就能确保居所安全，这是顺其自然而为，是顺势而作，亦即非主动的作为，属于为师所说的'无为'。"

老聃刚说到此，柏矩立即抢着说道：

"先生的意思弟子明白了。刚才师弟所问的问题，其实很好理解。周武王讨伐殷纣王，取殷商而代之以姬周，不是主动而为之，而是被动的作为。殷纣王无道，涂炭天下生灵，天怒人怨，周武王顺天应人，举兵伐之，乃是顺势而作，自然而为，所以成功了。这就像流水趋低，人们不必费力挑土运石去堵，而只要在它被堵塞的地方顺势略予疏通，就可不费气力地消除了水患。先生，是这个道理吧？"

老聃点了点头，捻了捻飘在风中的长须，慈祥地看了一眼柏矩。华兮见老聃对柏矩意有嘉许，则更显得失落了。老聃虽然平时并不怎么喜欢察言观色，但对于两个弟子的个性还是非常了解的。于是，看了看华兮，转而用温和的口气，以启发的方式说道：

"刚才你们二人都说到了武王伐纣的事，为师再来说一下管蔡之乱与前几年发生的王子朝之乱。"

"管蔡之乱，那是周王朝内部的争斗，跟武王伐纣性质不同。"华兮立即提出疑问。

"说性质不同，当然也对。如果说性质相同，也未尝不可。"

"为什么?"华兮瞪大眼睛问道,他觉得老聃很多话是在诡辩。

"武王伐纣,是朝代更替,争的是执政权。管叔、蔡叔不满周公利用周成王年幼独擅朝政,举兵反叛,争的也是执政权。从这个意义上说,二者性质又有什么不同?"老聃反问道。

华兮没吱声,只是望着老聃。老聃莞尔一笑,续又说道:

"但是,同样是争夺执政权,为什么周武王成功了,而管叔、蔡叔合二人之力而不能成功呢?"

"周武王伐纣,合天下八百诸侯之力,兵多将广,人多势众,岂能不成功?管蔡之乱,周公掌握着天下兵权财权,势大人众者是周公,管叔、蔡叔则势单力薄,他们岂能成功?"华兮不以为然道。

"那么,周公为什么会势大人众,而管叔、蔡叔会势单力薄呢?"老聃又反问道。

"先生,刚才弟子不是说过了吗?周公挟年幼之主成王而独擅朝政,掌握着周朝的军政大权与天下财权,自然是势大人众了。"

"这不是主要原因。"老聃斩钉截铁地说道。

"那先生以为是什么原因呢?"华兮感到非常不理解。

"周公是自然而为,顺势而作,而管、蔡二人则是有意而为,逆势而作。"

"先生,这话又怎么讲?"华兮又问道。

"周公代摄国政,管、蔡二人作乱,他为了周朝政权的稳定,为了天下的安定,倾天下之兵平乱,乃是顺应民心之举,因为人心思定,人民不愿战乱。所以说,周公是自然而为,顺势而作。当然,周公是个善于权谋的人,他平定管蔡之乱,实际是借力使力,顺势将异己势力消除。由于他做得自然而然,所以就像顺水推舟,非常容易成功。可谓一举两得,既稳固了自己的独裁地位,又赢得了当时天下人的认同与后世不明真相者的歌颂。"

"既然先生一向不认同周公的作为,为什么还要替他说话呢?"华兮脱口而出,又对老聃的说法提出了质疑。

老聃莞尔一笑道:

"桥归桥,路归路。为师不认同周公制礼作乐、有为而治,这是一回事。而认同他在平定管蔡之乱中的成功,则是另一回事。刚才我们是在讨论'自然而为'与'有意而为'的区别,说到了武王伐纣与周公平乱的区别,这才说到了周公。不然,为师何以愿意谈论周公?"

柏矩立在一旁听老聃与华兮如此一来一往地辩了半天,已然明白了二人的分歧所在。于是,立即接住老聃的话,说道:

"先生的意思大概是说，管、蔡二叔举兵，之所以被视为作乱，乃是他们的作为不是顺应民意人心，让人觉得是为了夺权，是逆时代潮流而动。所以，先生认为他们举兵是有意而为，是逆势而作，结果必然归于失败。先生，对吗？"

老聃点了点头，情不自禁地捋须而笑。华兮内心也觉得老聃说的是对的，但是看到老聃一再肯定柏矩，便自然有种逆反心理，对老聃的话口头上不予以认同。

老聃内心是喜欢华兮的，对他越来越富有质疑精神更是打内心里喜欢的，对他能说会道的口才也深表欣赏。只是华兮有时质疑太过，似乎有点儿为质疑而质疑，借此引起关注而有一种与柏矩争风头的意味。所以，为了矫正他的这一缺点，老聃有时有意要挫他的锐气。现在，看华兮对自己的观点仍不认同，老聃觉得有必要借刚才挑起的话题继续重申一下自己的观点，好让他心服口服。想到此，老聃便有意加重了一下语气，对华兮说道：

"刚才为师提到前些年的王子朝之乱，这是你们都听说过的，并不算遥不可及的古人古事。王子朝作为王子，就其能力而言，远在周敬王之上。但是，为什么他屡次发兵不能成功，甚至攻占了王城，最后又失败地退出了王城，最终做不成名正言顺的周天子呢？"

"因为晋国等诸侯有意要扶植周敬王，屡次发兵帮助周敬王，致使王子朝屡屡功败垂成。"华兮脱口而出道。

"你说的没有错。那么，这里有个问题，为什么晋国等诸侯要助无能的周敬王，而不肯助有能力的王子朝呢？"老聃直视华兮问道。

华兮一时语塞。老聃见此，莞尔一笑道：

"其实，没有别的原因，还是因为'无为'与'有为'的问题。周敬王做天子，那是各方政治势力博弈的结果，不是周敬王自己'有意而为'的结果。而王子朝要争周天子之位，那是他自己有私欲，自以为有能力，能够担当起振兴周王室的重任，因而'有意而为'，意欲以起兵的方式实现这一目标。正因为如此，顺其自然，非主动地被推上王位的周敬王能够得到天下诸侯的认同。与之相反，逆势而作，主动有为，希望能登上周天子大位的王子朝，因为不是天下诸侯有意要推的人选，虽有能力，也几度占据了王城，但最终还是失败了。"

老聃刚说到此，柏矩突然插话道：

"先生，弟子以为还有个原因。"

"哦？"老聃立即转过脸来看了看柏矩。

　　柏矩从老聃的眼神中仿佛读出了鼓励的意思，遂望了一眼老聃，又看了一下华兮说道：

　　"王子朝能力太强，如果他真的坐稳了周天子之位，或许将来真的能振兴周王室，改变诸侯尾大不掉的局面。这样，对于周王室来说当然是幸事，可对天下诸侯来说未必就是好事。如果大家重新又要听命于周天子，而不能自作主张，相信他们一定觉得非常不习惯。所以，晋国等诸侯要助无能的周敬王，而反对有能力的王子朝。周室弱而诸侯强，这是目前的天下大势，周敬王无意于改变这个既有的格局，也没能力改变这个格局，安于现状，这是顺其自然，无为而治，所以得到了诸侯各国的支持。"

　　老聃听了柏矩这番话，不禁连连点头。华兮见了，则一言不发。老聃心知其意，遂看了看华兮，像是漫不经心地说道：

　　"争天下需要顺势而作，自然而为，治天下也是如此。一国之君如果不顺应民心，清静无为，让百姓自得其便，安居乐业，而是为了自己贪图享受，大兴土木，广征徭役；或是为了建立所谓万世之功，移山易水；或是为了虚荣心，满足征服欲，大动干戈，开疆拓土，都会让人民感到疲惫，感到厌恶，最终必然激起民怨，危及其统治基础，天下不得太平。相反，与民休息，采取任其自然的态度，让百姓自主自由，不违农时，播谷种蔬，仰承雨露，反而可以春种秋获，丰衣足食。百姓安乐无事，天下岂能不太平大治？这叫'为无为，则无不治'。"

　　"先生说的是。"柏矩应声附和道。

　　华兮没吱声，但也默默地点了点头。老聃见此，续又说道：

　　"治国如此，做人做事也是如此。"

　　"做人做事，也是如此吗？"华兮又感到疑惑不解了。

　　"当然。比方说做人吧，一个人清心寡欲，安贫乐道，自然与世无争，一生平安无事。反之，一个人欲壑难填，思名谋利，必然与人相争，终生不得安宁。一个人淡泊处世，渴则饮流，饥则茹素，日出而作，日落而息，生活规律，则健康不待求而自有，长命百岁亦非难事。反之，一个人执着追求，渴思醇浆玉液，饥思肥甘厚味，日午不起，夜深不眠，作息失常，则健康必然求而不可得，夭折短寿亦在意料之中。"

　　老聃说到此，柏矩又插上来说道：

　　"先生说的是，做人其实就是这样。顺其自然，不谋不求，晚食以当肉，安步以当车，虽有些清苦，倒也可以活得从容恬淡，一生健康平安。反之，则必然劳心伤神，得不偿失，有损健康，甚至有生命之忧。"

“师兄，你说得也太夸张了吧。”华兮不以为然道。

“师弟，俺还真的不是夸大其词。这里，俺不妨给你说个真实的故事。俺家乡有个人，生性淡泊，对什么都没有追求，生活上更是马马虎虎，有什么吃什么，从不挑三拣四，想干活就到地里干会儿，不想干就歇着，晒晒太阳，吹吹风，收成好就多吃点，收成不好就少吃点，活到九十多岁还健康得很。他之所以健康长寿，应该是与他清静无为的生活态度，以及散漫自由的生活习惯有着密切关系。因为他不刻意追求什么，自然无须殚精竭虑、费心费神，所以健康长寿不求而自得。这不是‘无为而无不为’吗？而俺家一个邻居，情况跟他正好相反。这个人非常勤劳，生活态度非常积极，每日早起晚睡，除了不违农时春种秋收，还辟园种蔬，圈栏养猪，左邻右舍都夸奖他勤劳，都羡慕他家境富裕。但是，有一年的冬天，大雪纷飞，整整下了半个月。一天夜里，一群狼饿得不行，偷偷下山，潜入俺家这个邻居的猪圈。猪被狼群撕咬过程中，发出了一阵阵哀惨的吼叫声，惊醒了俺家这位睡熟中的邻居。他猛然意识到，可能是狼来了。于是，他未及穿衣着鞋，操起一根棒子就顶风冒雪冲向了猪圈，跟群狼搏斗起来。”

“最后怎么样？”华兮睁大了眼睛，紧张地问道。

“最后还能怎么样？跟他所养的猪一起，都被狼群给撕碎吃了。他死时年仅二十七岁，一大家子人从此生活无依无靠。”柏矩说道。

“唉，太可怜了！”华兮长叹了一口气。

“如果他一生不那么积极有为，得过且过，甘于过清贫的日子，何至于被狼吃掉，一家何至于无依无靠？这个活生生的例子，难道不是从反面印证了先生说的‘无为而无不为’吗？”柏矩加重语气，望着华兮说道。

华兮听了没吱声。老聃见此，接口说道：

“做人如此，做事也是如此。比方说，有一条河流沿着地势曲曲弯弯奔流而去，人们顺着河道两岸结庐而居，引水浇地，积沙种粮，无须费力掘井，无须烧荒辟壤，就能丰衣足食。这是不是‘无为而无不为’？反之，如果硬要占据河道而建屋，让弯曲的河流改道，让顺流而下的河水逆流上山，开山辟壤以为田，恐怕费尽气力也做不到，要想安居乐业，要想得到温饱，那更是不用谈了，是不是？”

华兮听到这里，终于重重地点了点头，心悦诚服地说道：

“先生说的是。”

老聃见华兮终于认同了自己的观点，不禁欣欣然而有得色。但转脸一看久立于一旁，一直陪同着他们的河洛老伯一脸茫然的样子，这才醒悟过来，遂连忙施礼表歉，尽力学着用老派的河洛话说道：

"刚才只顾着跟弟子们讲道论理，忘乎所以了，真是失礼！"

"老朽看着你们师徒说得热闹，也觉得高兴。只是听不懂你们所说的内容，稍微感到有些遗憾。"

老聃听老者这样说，遂将自己刚才与两个弟子的谈话内容大略地说了一遍。老者听了，连连点头，表示认同老聃的说法。老聃听了，更是欣欣然而有得色。

听老聃跟河洛老伯说得热闹，又见河洛老伯频频点头，且眉飞色舞的样子，华兮与柏矩却茫茫然如堕五里雾中，不知其所云。可是，越是听不懂，华兮与柏矩越是好奇，都想了解老师与河洛老伯究竟说了些什么。

"先生，您刚才到底跟老伯说了些什么？这两天，俺们从未见他如此高兴。"老聃与河洛老伯谈话刚落下最后一个字，华兮就迫不及待地向老聃问道。

老聃看了看河洛老伯，相视一笑，然后对瞪大眼睛好奇等待答案的华兮说道：

"没说什么，就是将刚才俺们师徒三人谈话的内容简单地向他复述了一遍。"

"那老伯为什么那么高兴呢？"柏矩也插上来问道。

"他觉得为师与你们所谈论的话题非常有趣。"

"那他为什么频频点头呢？"华兮问道。

"他是非常认同老朽的观点，认为与他的想法不谋而合。"老聃答道。

"怪不得先生眉飞色舞的，原来理想国中的老伯也认同先生的观点。"华兮恍然大悟道。

老聃知道华兮话中之话，但没说什么，只是莞尔一笑。可是，一转身，看到河洛老伯疑惑的表情，老聃遂连忙又充当起舌人的角色，将刚刚与弟子所说的话向他复述了一遍。河洛老伯听了，点头微笑了一下。

接着，大家又一同往前走。走了大约有烙二十张大饼的时间，柏矩突然停下脚步，手指不远处的田野，转身侧脸对老聃说道：

"先生，您看，前面好像有两个人在劳作，俺们要不要过去看看？"

老聃还未及应答，华兮已手指前方的另一个方向，对老聃说道：

"先生，您看那里，好像也有一个村落，大概就是他们的家吧？"

"不要过去了。俺们误入此谷地，已经扰了人家的清静，如果再过去看人家劳作，或是进入人家的村落，势必会影响他们的生产与生活。再说，他们几百年不与外面交通，突然见了俺们这些陌生人，或许会感到不安。如果这样，那俺们又于心何忍呢？"

"先生说的是。"柏矩与华兮异口同声地答道。

老聃怕冷落了河洛老伯，于是主动将刚才跟弟子说的话又用旧派河洛话复述了一遍。河洛老伯听了，微微点了点头，说道：

"先生真是体贴他人。其实，这里的人都是非常善良的，也是非常好客的。尽管平时大家互不往来，但是一旦有客临门，他们都会热情相待的。老朽相信，如果不是语言沟通有问题，这里的所有人家对先生及您弟子的到访都会热烈欢迎的。"

"当然，当然！老朽也是这么认为的。正因为如此，老朽更不好意思再打扰更多人家的清静了。这些天给您添了很多麻烦，叨扰府上很多，已让老朽心中不安了。"

"先生客气了！老朽这辈子还能见到故国之人，听到河洛之音，实在是意外之喜，哪里会觉得先生及您弟子的到访是叨扰呢？能够陪同先生在这原野上随意走走，老朽觉得是非常荣幸的事。刚才又听了先生及您弟子的一番高论，更是觉得获益匪浅。"

老聃听了河洛老伯这番话，心里觉得暖洋洋的。

随河洛老伯在原野上又漫步了一会后，老聃不经意间抬头看了看头顶上的太阳，发现时已过午，遂对河洛老伯说道：

"时已过午，先生今天陪着俺们走了这么久，肯定也累了。刚才老朽观察了一下，发现前面好像就是俺们昨天进入此谷地的山口。趁着时间尚早，要不俺们就此别过吧，实在是叨扰太多了。"

"先生要是这样说，那就真是愧煞老朽了！先生这样急于告辞，莫非是怕寒舍管待不了粗蔬糙食？其实，俺们这里除了不与外界通人烟，消息闭塞外，温饱从来都是没有问题的。几百年来，老朽从未听说谷内有饿死过人的，或是冻坏过人的。"

"先生误会了。老朽是惦记着车马还在谷口，时间不能耽误太久。"老聃连忙解释道。

河洛老伯听了这话，默默地点了点头。顿了顿，对老聃说道：

"既然如此，那么这样吧。今天时间也不早了，要翻过这个谷口山道，是要费些气力与时间的。这个山道谷口，平时都是没人敢过的，只是谷内一二商人到外面贩运盐巴时偶尔出入。别看谷口近在眼前，但走起来恐怕不是一会半会就能到的。加上先生年事已高，如果过山道时天色暗下来了，就会有危险。所以，不如索性今夜再在寒舍将就一宿，明日早早上路，岂不更加从容?"

老聃听河洛老伯这样说，如果不从，反而觉得不近人情了。于是，连忙说道：

"如此，那就再叨扰一宿，又要给府上添不少麻烦了。"

"不碍事。"河洛老伯一边摆手，一边爽朗地说道，好像得了个宝贝似的。

柏矩好奇，趁着老聃与河洛老伯交谈间歇，连忙凑上去，问老聃道：

"先生，您刚才又跟老伯说了些什么?"

老聃连忙将刚才与河洛老伯挽留他们再住一宿的意思说了一遍，并问柏矩道：

"你觉得俺们还应该继续叨扰他们吗?"

老聃话音未落，华兮接口就说道：

"先生，您答应老伯是对的，这样才有人情味。老伯挽留我们，表面上是好客，实际上却透露了他内心深处怀念河洛中原故国的心理。人非草木，孰能无情? 见到故国之人，谁都会自然而然生出一种留恋不舍之情。"

老聃点点头，觉得华兮分析得对，于是内心释然，不再为是否多叨扰而感到不安，慢慢地跟着河洛老伯一起往回走。

走了大约有烙三十五张大饼的工夫，老聃一行才到达河洛老伯家门前。站在门前，老聃又四下打量了一下原野及其周边的景色，不住地点头。华兮就站在老聃旁边，也正四下张望。老聃见此，顺口问道：

"这个谷地好不好?"

"当然好。社会和平安宁，人们丰衣足食，自由自在，简直就是一个人间乐土。"华兮脱口而出道。

"先生，弟子今天跟您与老伯一起在原野上漫步时，四下仔细观察，发现这里真的是非常恬淡安宁，就像一泓平静的湖水。这个谷地这么大，一眼望不到边，但并不见有很多人在野外劳作，村落皆隐于绿树之中。鸡犬之声相闻，但大家彼此却老死不相往来，一切都显得与外面大不相同，却又是那么自然。行走于这个谷地间，真的有一种置身世外的感觉。"柏矩好像非常感慨地说道。

"这种感觉好吗?"老聃立即反问道。

"当然好。"柏矩与华兮几乎异口同声地回答道。

"那么，这里的宁静恬淡，还有丰饶富足，又是什么原因造成的呢?"老聃看着二人问道。

"因为不受外界打扰，自成天地呀。"华兮抢着说道。

"不是，是因为这里的人们没有欲求，清静无为，就是先生今天所说的，是'无为而无不为'的结果。"柏矩以纠正的口气说道。

华兮虽然心里也认为是这个道理，但见柏矩有逢迎老师见解的倾向，打心眼里不认同，遂反驳道：

"师兄说得太绕了。其实，根本原因还是这里地形封闭，不与外界交通，所以宁静恬淡。加上自然条件好，天养懒人，这才让他们丰衣足食，自由自在的。"

老聃听出华兮话中的意思，遂莞尔一笑道：

"这里的宁静恬淡，当然是与地形封闭有关，与不通世外人烟有关。但是，如果这里的人们不安于现状，不顺其自然，当初他们进入此谷地后将俺们进来的那个谷口填平，或是在悬崖上凿出康庄大道来，那这里还能宁静恬淡吗？"

华兮望了望老聃，摇了摇头。

"你说这里的自然条件好，这是对的。但是，你要认识到一点，要是这里的人没有顺其自然的意识，不懂得保护天然环境，这一马平川的原野条件再好，几百年下来也会被破坏的。如此，这里的人们又如何能够仰天吃饭，丰衣足食，自由自在地生活呢？所以，为师认为，这不是天养懒人，而是天养聪明人。顺天循道，不费力费心，便能功成，这样的人岂不是聪明人？"老聃又补充说道。

老聃话音刚落，柏矩抢着说道：

"先生说得对。如果这里的人也像山外的人那样不安于现状，积极有为，开山辟道，伐木挖山，今天还有这样一个富饶安宁的世外乐土吗？"

老聃点点头，看了一眼柏矩。华兮看了老聃一眼，但没吱声。柏矩见此，遂又接着说道：

"如果这里的人不安于现状，有更多的欲求，恐怕俺们进来时走过的陡峭山口险道早就踏成了一条康庄大道。要是这样，这个谷地平原上恐怕早就遍地是村落，牛马成群。人们熙熙为名来，攘攘为利去。官府进入，收税征夫，一定会是鸡犬不宁，哪里会有这么宁静恬淡的景象呢？因此，弟子以为，还是先生说得对：'无为而无不为。'这里的恬淡宁静与富足丰饶，说一千，道一万，还是归结于这里的人们没有什么欲求，顺其自然地生产，顺其自然地生活，什么也不上心，什么也不努力，却一切都有了。这不正是对先生所说'无为而无不为'最好的诠释吗？"

华兮听了柏矩这番话，又看了看老聃欣慰的笑容，默默地点了点头。

3．无名天地之始

周敬王二十四年（公元前 496 年）十二月十八，快到正午时分，老聃及其弟子一行终于艰难地走出谷口险道，找到了拴在不远处谷口山崖边的车马。

胖瘦二仆役看见马，连忙快步上前，分别从两棵树上解下缰绳，然后牵到附近去吃草。老聃与柏矩、华兮站在马车旁边，远远地看着。

看了一会儿，柏矩突然大发感慨地说道：

"没想到，子轩师兄的这两匹马这么温驯，俺们入谷两天两夜，它们竟然没有咬断缰绳逃走。"

"大概这马也受先生观点的影响，一切顺其自然，清静无为吧。"华兮似笑非笑地说道。

柏矩没有察知华兮这话是调侃，望着华兮，一本正经地说道：

"师弟，你现在终于认同先生的观点了吧。你看，这马都认同了。"

"师兄，你太扯了吧。马是畜生，不是人。就算先生对它讲过'无为而无不为'的道理，它也听不懂吧。"

"其实，先生不用言传，一举一动的身教就能感化一切有灵性的人与物。"

柏矩话音未落，华兮立即反问道：

"师兄，你是说我没有灵性，是吧？"

"师弟，你太多心了。谁说你没有灵性？你是最聪明的人，师门中像你这样有悟性的真的不多。反正，我是自愧不如。"

"那你刚才说'一切有灵性的人与物'，到底是什么意思？难道不是在影射我昨天跟先生辩论，不认同先生观点的事吗？"华兮又反问道。

柏矩听了，呵呵一笑道：

"师弟，我实际要说的是，先生的一举一动甚至能感化有灵性的马。因为说马连带而及人，让你多心了。师弟，你难道不知道，马是最通人性的吗？马虽不会说话，但这么长时间，这两匹马一直拉着先生从北而南，朝夕相处，难道能不受俺们先生平日恬淡自然的处事为人风格影响？"

"师兄，我看你是越来越扯了。先生恬淡自然的处事为人风格，说潜移默化地感化了我们，感化两个驾车的仆役还可以，说这两匹马也受感化，我实在是不敢苟同。当然，我说这话绝对没有不敬重先生的意思。"

"师弟，你想想，这两匹马两天两夜不动地方，算不算是清静无为?"柏矩反问道。

"就算是，那又如何?"华兮不以为然道。

"因为清静无为，不乱折腾，这不就保持了体力，减少了消耗吗? 你看，它们现在不都还是精神抖擞的吗? 如果它们乱折腾，又是咬缰绳，又是踢腿甩尾巴的，那是不是会损耗体力，会更加饿得慌的? 说不定呀，现在它们早已经累趴下了，俺们还能指望它们给先生拉车啊?"

"那这与'无为而无不为'有什么关系?"华兮一边说，一边不住地摇头。

"这两匹马因为不闹不动，因而没有饿死而活了下来，今后还能拉先生走南闯北，不知要发挥多大作用呢! 这不是'无为而无不为'吗?"柏矩振振有词地回答道。

老聃听着两个弟子如此热闹地争论，好像没听见似的，静静地站在一旁，闭着眼睛，像是在深思，又像是在养神。

柏矩与华兮又争论闲扯了一会，胖瘦两个仆役牵马回来了。二人见此，连忙停止了争论，立即迎上前去，吩咐他们套好马车，立即上路。

"老爷，这次要往哪里去? 该往哪边走?"瘦仆役刚坐上驭手之位，就回头问已坐到车里的老聃。

柏矩和华兮一听，马上就明白他的意思，这次他们不想自作主张了，先问老聃的意见。这样，以后要是走岔了路，陷入绝境，就不能怪罪于他们了。

老聃好像没听见似的，瘦仆役不住地回头往车里望。柏矩见此，连忙趋前，对着老聃耳边，轻声地说道：

"先生，车夫问您话呢? 问您往哪个方向走?"

"顺其自然吧。"老聃闭目答道。

"先生的意思是说，随便你们，有路就往前走，没路退回来。"柏矩连忙转身走向瘦仆役，对他吩咐道。

"那好。"瘦仆役答应一声，就驱动了马车。

柏矩、华兮与胖仆役都跟在马车后面，不紧不慢地走着。

走了一阵，华兮突然对柏矩说道：

"先生说顺其自然，是不是还想信马由缰，再误打误撞而进入一个理想国?"

"有道理。说不定，还真能找到另一个理想国呢!"柏矩乐呵呵地回应道。

"那最好。"

"如果还有一个理想国，那你以后就不能再跟先生犟嘴了，必须认同先生的观点。"柏矩说道。

"好哇！如果真还有一个像刚才我们出来的那个谷地一样的地方，我肯定信了先生的话。从此以后，我会广泛传播先生的思想，让天下人都信守'无为而无不为'的主张。"华兮笑着说道。

"你拉倒吧！你以为你是谁？能让天下人都听你的？你是周天子，还是楚王？"

"师兄，你怎么听不懂话呢？我这不就是表达一下心情吗？"

"噢，这还差不多。师弟，你还是有自知之明的嘛！"柏矩笑着拍了一下华兮的肩膀道。

就这样，老聃坐在车里闭目沉思，柏矩与华兮随车边走边聊，胖瘦二仆役轮流驾车。一日复一日，一月复一月，朝行夜宿，一路且行且看，走走停停。三个月后，也就是周敬王二十五年（公元前495年）三月十八，将近正午时分，驾车的胖仆役"吁"了一声，突然收住马缰，停住了马车。由于停车过急，将正在车内打瞌睡的老聃都震醒了。老聃揉了揉眼睛，伸头朝车外看了看。还未及老聃问胖仆役什么原因，柏矩已经赶上来了，趋前问胖仆役道：

"怎么突然停车了？"

"前面又没有路了。"瘦仆役指了指前面的山脚说道。

老聃这一路听这话已经听多了，所以并不在意，仍然坐在车内没动弹。这时，华兮走上来，看了看横在眼前的连绵大山，看着停在山脚下的马车再无一条路可走，连忙转到车旁，跟老聃说道：

"先生，您在车内坐得太久，这里已经没有路了，不如先下来活动一下腿脚，然后我们再商量怎么办？"

老聃没吱声，但已经欠身从车内起来。华兮连忙上前，将老聃从马车上连抱带扶地搀下了车。

老聃下车后，先看了看驻马停车的山脚周边环境，然后抬头望了望眼前的座座青山，久久不语。柏矩、华兮站在一旁，既不敢催他，也不敢问他。过了好久，胖仆役终于忍不住了，对老聃说道：

"老爷，您看，车到山前已无路，俺们还是掉头往回走吧，找个地方歇歇脚，弄点水润润嗓子，吃点干粮打个尖，然后再继续行路。如果能早点找到一户人家，俺们索性今天就不走了，先住一宿，打听好行走路线，要进城或是要往哪里，都得有个方向呀！"

老聃没吱声，过了好一会，才默默地点了点头。瘦仆役见此，遂连忙上前，搀扶老聃上车，胖仆役则麻利地坐上了驭手位置，准备驱车往回走。

就在这时，华兮走上前来，对老聃说道：

"先生，我们掉转车头，沿着山脚走。南方人都喜欢居于山脚之下，只要山前有稍宽点的平地，就一定有人家。"

"师弟，为什么你说得这么肯定？"

"师兄，你是北方人，这就不懂了。南方人都是靠山吃山，靠水吃水，住家过日子都要依山傍水，居处要有平田沃野，最起码要有几亩田可耕，这样就能一家温饱了。"华兮说道。

"哦，原来这样。"柏矩恍然大悟地点了点头。

胖仆役听了华兮的话，就沿着山脚驾车。虽然沿途没有发现有行过的车辙，但弯弯曲曲，还是隐约可见路的形态。因为山脚下都是平地，马车跑起来还是挺平稳的，老聃在车内养神或深思并不受多少影响。

走了约一个时辰，华兮抢前几步，让胖仆役停下了马车，说道：

"你先停下车，前面好像有人家。"

"哪里有人家？"柏矩与两个仆役都兴奋起来，几乎异口同声地问道。

"你们仔细看，那个树丛中，是不是有个屋脊？"华兮手指前方，说道。

"看不出。"柏矩等三人几乎同时摇头道。

"看得出，看不出，都不要紧，我来问问先生，是否要找人家休息？反正今天时间也不早了。"华兮说着，走到马车旁。

老聃因为马车突然停下来，早已从沉思中回到了现实。听到了华兮跟其他三人的对话后，他正想伸头朝车外看看，华兮已经趋前上来请示了：

"先生，前面不远处，好像就有一户人家。今天时间也不是太早了，要不，我们等会儿到了前面的人家，就借宿住下吧。然后，了解一下这里的情况，明天再继续前进。您看，怎么样？"

老聃没吱声，只是向外张望了一下，默默地点了点头。

华兮见此，连忙吩咐胖仆役道：

"先生同意往前面人家借宿住下，快走吧。"

胖仆役听了这话，甩了一个响鞭，马车就又继续往前了。

走了大约有烙三十张大饼的工夫，大家惊喜地发现，绿树掩映的山脚下果然有人家，而且还不止一家。胖仆役连忙将马车在路口停下，柏矩与华兮则立即上前搀扶老聃下车。等到两个仆役卸了车，拴好马后，老聃一行五人便慢慢地走向了这绿树掩映的村落。

"先生，这里有好多户人家，您看借宿哪家好？"

老聃看了看，最后指着右手边一户人家，说道：

"就往那家借宿吧。"

"先生有眼光，那一户人家好像房子多些，墙也高大不少。"柏矩说道。

于是，柏矩与华兮一人一边搀扶着老聃，一步步地向那户人家走去。快到门口时，柏矩说道：

"师弟，快上前叩门交涉去吧。这三个月来，俺们都是靠你借宿楚国人家，一次都没有障碍。这次先生出行，要不是带了你这个楚国人，还真的是叫天天不应，呼地地不灵呢。"

"师兄，别说这么肉麻的话了。先生能带我出来长见识，那是我的荣幸！作为弟子，能为先生问路借宿，这点小事算什么？"

"对对对，你真是先生的好弟子！那就赶快上前叩门借宿吧。"柏矩一边说，一边推了华兮一把。

华兮回头看了一眼柏矩，又望了一下老聃，便自信满满地走上前去，叩眼前这户楚国人家的门。老聃与柏矩等人都立在原地，远远地看着华兮。可是，等了约有一顿饭的时间，却还不见华兮回来。柏矩这时就有些沉不住气了，对老聃说道：

"莫非这次华兮又遇到语言不通的事了？不太可能吧。这是楚国的地盘，不可能再有以前那个谷中世外乐土的情况吧？"

老聃正捻着胸前飘动的长须，闭着眼睛在养神，听到柏矩这样说，情不自禁地睁开眼睛，朝那户人家看去。可是，看了好大一会儿，也不见华兮的影子。

柏矩见老聃似乎有些担心着急的神色，遂连忙说道：

"先生，那门口好像并不见华兮的影子，会不会出什么事情？要不，弟子去看看究竟，您看妥当吗？"

老聃点了点头，于是柏矩就准备上前一探究竟了。就在这时，只见华兮从那户人家的门里出来了。

柏矩一见，顿时兴高采烈地欢呼道：

"先生，您看！华兮回来了。他是从人家屋里出来的，大概是跟主人谈得很投机，忘了时间吧。"

老聃点点头，也认为是如此。可是，当华兮走近时，老聃与柏矩这才发现，他好像一脸沮丧的表情。

"师弟，怎么样？跟主人谈得还投机吧，他答应借宿吗？"柏矩抢前一步问道。

华兮摇了摇头，望了望老聃，好像非常惭愧似的，轻声说道：

"先生，弟子上前叩门时，发现大门是敞开的。于是，弟子就在门口叫了几声，可是始终不见里面有人应答。于是，弟子就自己进去了。进到屋内，这才发现，屋里并无人，后门也是敞开的。弟子想，大概人都在后院劳作吧。这种情况，在楚国人家是寻常的。"

"那么，你在后院找到主人了吗？"柏矩迫不及待地追问道。

"找到了。后院其实就是后山，有一片颇是开阔的平地，有几十亩大。还有沟渠、果树、鸡犬。"

"那俺们怎么没听到鸡犬之声呢？"柏矩又追问道。

"不要说鸡犬没叫，就是叫了，恐怕你们在此也听不到的。"

"那你跟主人表达了借宿之意吗？"老聃见柏矩将话题扯远了，连忙直捣主题问道。

华兮一听，就知道老师肯定是等得太久，心里急了。于是，连忙回答道：

"弟子找到在地里劳作的主人，跟他客气了一番，然后将借宿之意说了。可是，他却瞪大眼睛，伸长脖子，看着弟子直摇头。弟子以为他是聋子，于是转而跟他身边的年轻人，大概是他的儿子，将来意说了一遍。"

"结果呢？"柏矩焦急地问道。

"结果，他儿子瞪着眼睛看了弟子半天，然后说了一番弟子完全听不懂的话。"

"他说的不是楚语吗？"柏矩问道。

"楚语虽然复杂，有很多方言土语，我不是都能听懂，但肯定能听得出是不是楚语。可是，那主人与他儿子所说的话，我完全听不懂，腔调也跟楚语不同。"

"莫非又是说的旧派河洛话？"柏矩望着老聃说道。

华兮连忙摇头说道：

"绝对不是，先生在那个谷中与河洛老伯说的话，我是听过的，腔调吐字都不一样。"

"那怎么办？"柏矩看看华兮，又望望老聃，着急地说道。

华兮搔了搔头皮，望了望老聃，试探地说道：

"先生博闻强记，走过很多地方，在宋、蔡等各地都游历过，也许能听懂这户人家说的话。"

"师弟说的是，那就让先生试试看。说不定，就像在那谷中的境况一样，先生不仅能跟主人言语相通，甚至还会跟主人相谈甚欢呢。"柏矩附和道。

老聃没吱声，顿了顿，点了点头，让华兮在前引路。柏矩见此，连忙招呼两个驾车的仆役，让他们原地待命。然后，也追随在老聃与华兮之后，穿过这户人家敞开的前后门，进入了华兮所说的后院。

一进后院，老聃发现，正像华兮所说，这并不是一般人家的后院，而是后山。放眼望去，一大片平整的田地略有坡度地向着山脚与山腰延伸而去。田地间，有浅浅的沟渠依着山势潺潺地流着，还有三三两两大小不一的树木点缀于田间地头。柏矩好奇地上前探看，看了半天也不知是什么树。华兮告诉他，这是南方的果树，要到夏天才会结果。

老聃看了这里的环境，一边不住地点头，一边手捻长须。华兮见此，知道老聃内心所思所想，遂顺口问道：

"先生，这里的风光莫非与您心目中的理想国相契合了？"

老聃没有吱声，远眺周边山峦，近观眼前田园，欣欣然而有得色。

柏矩见老聃看得出神，看得得意，遂也追随着老聃的目光四处张望，越看越觉得恬淡静美，遂情不自禁地感叹道：

"没想到，人间还有这样的地方。从外面完全看不出，真是美色不外露，树间藏洞天。"

华兮看着老聃凝神专注的样子，又听了柏矩的感叹，不忍心打扰他们。但是，等了好一阵子，华兮还是忍不住轻声地提醒老聃道：

"先生，时间不早了，我们去那边找主人吧。"

老聃听到华兮的提醒，这才收回眼光，跟着华兮往田野的另一边走去。老聃走得慢，大约走了烙十张大饼的工夫，才走近那两位正在田间劳作的男子。

"先生，那位年长的就是这户人家的主人，年少的大概就是他的儿子。"在离那两位男子大约还有十步之遥时，华兮轻声地提醒老聃道。

就在此时，那两个原本埋头劳作的男子也抬起头来。柏矩看见他们好奇的目光，知道肯定不是指向自己，当然更不会是华兮，因为华兮刚才已跟他们打过交道了。毫无疑问，他们感到好奇的，肯定是自己的老师。因为老师满头白发、齐胸白须，走到哪里都惹人注目，俨然就是一副仙风道骨的样子。

一步，两步，三步，离那两个男子越近，华兮与柏矩的心就越是紧张。因为他们对老师是否能够与眼前这两位男子顺利地进行言语沟通，实在是心中没底。就在二人心情紧张，自然放慢脚步的同时，老聃已经小步快趋，飘然而至那两个男子面前，拱手揖让了一番后，便叽里呱啦地跟他们说了几句什么。接着，就见那两个男子又是拱手，又是作揖，立即放下手中的农具，拉着老聃的手就往家里走。

华兮与柏矩看到这一幕，目瞪口呆地站在原地，半天也没有反应过来。等到老聃随那两个男子走远了，二人才清醒过来，连忙一路小跑地追赶上去。

待到老聃随主人在屋里坐下后，华兮忍不住凑近老聃，附耳问道：

"先生，您刚才跟他们说的是什么话？弟子怎么一点也听不懂呢？"

"为师跟他说的是上蔡话。"

"先生，您怎么会说上蔡话呢？"华兮觉得非常惊讶。

"为师年轻时在上蔡呆过十几年时间呢。"

"哦，原来如此。"华兮恍然大悟道。

华兮话音刚落，柏矩也凑上来问道：

"先生，您怎么知道他们是上蔡人，而跟他们说上蔡话呢？"

"他们的服饰打扮都是上蔡人的样子呀！"老聃说道。

"怪不得！先生这是见人说话，猜得很准呀！"柏矩感叹道。

"先生，那您刚才跟他们说了些什么呀？"华兮又好奇地问道。

"为师只是跟他们说，俺们是从周都洛邑来楚国游历的，因为不熟悉路线，误打误撞来到了他们的宝地。现在天快黑了，想借他府上一席之地寄住一宿。"

老聃师徒你一言我一语说得热闹，坐在一旁的上蔡老伯则茫然如堕五里雾中，因为他完全听不懂他们所说的河洛中原官话。

老聃转脸看到上蔡老伯茫然的表情，连忙笑着用上蔡话将刚才跟两个弟子的对话复述了一遍。上蔡老伯听了，哈哈一笑。

就在此时，上蔡老伯的儿子，就是刚才田间所见的年轻人，手中托着一个木盘，从旁边的一个屋子里进来了。华兮一见，顿时明白，原来这户人家还有另外的房子，可能家中的女眷也在那里，怪不得他们从这个屋子穿堂而过时，不曾见一个人影。

年轻人将木盘在席上摆好后，就悄悄地退了出去。老聃与华兮、柏矩情不自禁地向那木盘中瞅去，这才发现都是些食物。上蔡老伯将木盘向老聃方向推了推，一边招呼老聃取用，一边打手语示意华兮与柏矩也坐上来食用。

华兮与柏矩望了望老聃，见老聃点了点头，这才敢聚拢过来，围着草席跪坐下来。

老聃随手取用了一些食物后，就将木盘推向了两个弟子。柏矩与华兮取用了一些后，又将木盘推给了上蔡老伯。上蔡老伯见老聃与弟子都吃得不多就停下了，便又劝进了他们一番。后来，见老聃和弟子都不肯再吃了，上蔡老伯笑着跟老聃说了一句什么话，老聃连连摇头。

"师弟，你猜先生为什么摇头？"柏矩贴着华兮耳朵问道。

"肯定是主人在问先生为什么不肯再吃了，是不是食物不对胃口之类，先生摇头否认吧。"华兮说道。

"有道理。"柏矩点点头。

就在柏矩与华兮交头接耳之时，上蔡老伯又与老聃说了句什么。老聃连忙拱手作致谢状，然后对华兮说道：

"老伯说，将这些食物拿出去给两个车夫。"

"诺！"华兮答应一声，迅速跪起，托起席上的木盘，起身走出客堂，给两个仆役送食物去了。

华兮送食物回来时，看见老聃正与上蔡老伯谈笑风生，柏矩跪在一旁，张大嘴巴看着他们。华兮见此，轻手轻脚地走到老聃身后，就近跪在旁边，跟柏矩一起倾听老聃与主人交谈。虽然听不懂老聃与上蔡老伯所说的上蔡话，但柏矩与华兮都能看得出来，老聃与上蔡老伯的交谈非常投机。他们时而朗声大笑，时而唏嘘感叹，就像是久别重逢的老友忆往追昔一样。

看到老师今日如此随性放松，表情丰富，就像个纯真的孩子似的，跟平时不言不语、不苟言笑的情形判若两人，华兮与柏矩都觉得非常纳闷。

大约有两顿饭的工夫，老聃与上蔡老伯的谈话才暂时告一段落。华兮见此，连忙乘机凑近老聃身边，轻声问道：

"先生，您刚才跟老伯说了些什么呀？好像说得很热闹。"

"其实，也没说什么。为师问他们怎么从上蔡移居至此，怎么会找到这样一个世外乐土，来到此间有多少时间了，等等。"

"那他怎么跟您说的？"柏矩立即凑上来追问道。

老聃看了看柏矩，又瞅了瞅华兮，见其好奇而急切的样子，莞尔一笑道：

"他说是一百多年前，因为躲避战乱与瘟疫，整个家族不断南迁才至此的。移居到今天这个地方，则不过四十多年时间。那是他爷爷一次打猎时偶尔至此，发现此地虽然偏僻，却土地肥沃，静谧富饶，于是就带着一部分族人移居到此。经过几十年不断的开垦，才有了今天这一派优美富饶的田园风光。"

"那这山脚绿树丛中到底住了多少人家？里面究竟藏了多少外人难以知晓的玄机？"华兮问道。

"这个，为师倒是没问。他既然说是部分族人，就应该不止一家两家。至于玄机不玄机，那为师更是不便问了。他们既然是隐居于此，就不希望外人打扰吧。"

"先生，弟子看见你们刚才谈话时都曾开怀大笑，不知说到了什么高兴的事？"柏矩好奇地问道。

"那倒没有。"老聃看了看柏矩，又微笑着望了一眼上蔡老伯，说道。

"那你们笑什么呢？"柏矩穷追不舍道。

"主人说到他们祖先初来楚国时，语言不通，生活习惯也与楚国人不同，跟他们杂居时，闹了很多笑话。为师跟他说，这是正常现象，是难免的，并举了一些南方人到北方闹的笑话。他听了也觉得有趣，所以开怀大笑起来。"

"那你们刚才谈话时长吁短叹，不知又所事何为？"柏矩又追问道。

"肯定是说到他们移民来楚的艰难生活经历吧。"华兮抢着说道。

老聃看了看华兮，重重地点了点头。转身侧脸之际，发现上蔡老伯一脸茫然的表情，老聃连忙用上蔡话将刚才跟两个弟子谈话的内容简单地复述了一遍。上蔡老伯听了，与老聃相视一笑。

接着，老聃与上蔡老伯又闲聊了一会。说到最后，老聃连连向上蔡老伯拱手致谢。

就在此时，主人的儿子又进来了，径直走到其父旁边，在其耳边悄悄说了几句不知什么话。上蔡老伯点了点头，年轻人就退到一边毕恭毕敬地立着。柏矩与华兮不知就里，正瞪大眼睛，伸长脖子看着时，上蔡老伯侧身跟老聃又说一句什么。然后，上蔡老伯伸手搀了老聃一把，二人便同时从席上起来。

这时，主人的儿子立即趋前，一边向柏矩与华兮招了招手，一边从其父手中搀过老聃，慢慢地出了客堂后门，然后向右转入树丛中的另一个小屋。将老聃与柏矩、华兮带入小屋后，年轻人向老聃行了个礼，就悄悄地退了出去。

老聃四下打量了一下这间小屋，大约有十张席子大小。地上铺了一块一块不甚平整的条石，四面墙壁都是石头砌成，泥浆灌缝。屋内陈设非常简单，正中央的地上铺了一张草席，上面放了一个木盘，盘中有一只瓦罐，两只粗碗。东西北三面边各有一个用木板架出来的睡榻，木板离地面约有两拳头高的空间，大概是为了隔湿用的。看得出来，这些大概都是主人的儿子刚刚布置出来的。老聃看了，情不自禁地点了点头，打内心感激主人家的体贴周到。接着，老聃又抬头看了一下屋顶，发现屋梁是一根根粗细不一的白木，梁木之间用了一些粗树枝交错捆扎，相互联结，最上面才是覆顶的茅草。老聃看了好久，觉得这屋子盖得颇是精致，不似中原地区人家的屋子那么简陋，也不像三个月前在楚国那个谷地中见到的河洛老者的住房。

就在老聃四下打量小屋时，柏矩与华兮也在好奇地观察着。柏矩是北方人，看着看着，就有一大堆问题向华兮提了出来：

"南方人的屋子里为什么要铺条石呢？你看，石头之间有这么大的缝隙，看起来就不舒服。"

华兮听了，莞尔一笑道：

"师兄，你这就不明白了。南方不同于北方，北方干燥，几个月都不下一次雨，屋子里的地面总是干燥的，地上铺张席上就能睡人。南方三天两头下雨，地下的潮气都要泛上来。所以，为了隔潮，南方人家屋内都会铺层石头。你看，这屋内虽然铺了条石，地下的潮气还是泛了上来，石头是不是有点潮潮的。如果铺张席子睡在地上，天长日久，人肯定要生病的。"

"哦，原来是这样。"柏矩恍然大悟道。

"师兄，你再看，主人家为什么临时给我们搭建了三个悬空的木板睡榻，就是怕我们睡在这泛潮的地板上会生病。"华兮又说道。

"看来这户人家对俺们真好，考虑得非常周致。"柏矩由衷地感叹道。

正当柏矩与华兮说得起劲时，老聃突然开口说道：

"柏矩，天色不早了，快去将子轩的两个仆役叫来，俺们今天早点歇息，明天早点起身。"

"诺！"柏矩答应一声，就出去了。

华兮听老聃说明天要早点起身，连忙追问道：

"先生，明天我们要往哪里去？您刚才跟老伯又说了些什么？"

"主人问俺们有什么打算，为师实话实说，说俺们此行没有任何目的，就是到楚国到处走走看看。他听为师这样说，便推荐说，他们山后有一个幽静的地方，值得一游。"

"哦，原来如此。那太好了！我们今晚好好休息，明天一早就出发吧。也许又能看到另一个世外乐土，另一番静谧的美景。"华兮说道。

一夜无话。第二天，老聃与弟子、仆役一大早就起来了。上蔡老伯父子二人招待过他们简单的朝食后，就送他们出门。

胖瘦二仆役一马当先，从树丛中牵出马来，准备套车。老聃在柏矩的搀扶下，已经走近了马车。就在此时，只见上蔡老伯连忙赶了上来，跟老聃说了几句什么话，然后又招手让儿子上来，轻声跟他说了一句什么话。

柏矩、华兮，还有两个驾车的仆役，因为都不知就里，只得呆呆地站在原地，望着老聃。就在众人呆立不知所以时，主人的儿子已经转身而去。过了大约有烙两张大饼的工夫，主人的儿子牵来了一头青牛。

"那是什么？"柏矩没见过南方的水牛，还以为是什么野兽，所以瞪大眼睛，好奇地问华夕道。

华夕莞尔一笑，顿了顿，故意逗柏矩道：

"那是马呀！"

"师弟，你是不是眼神不好？马是不长角的。给先生拉车的，那才是马，难道至今你都不认识？"柏矩反问道。

"师兄，我是跟你开玩笑。说玩笑，也不算玩笑。这是牛，是长角的马。南方人用它拉车、驼物，或是骑行，不是跟北方的马是一样的吗？"华夕一本正经地说道。

"那怎么是一样的呢？牛就是牛，长有角；马是马，没有长角。它们只是发挥的作用是一样而已，其他方面肯定都不一样。就像你我都师从先生求学问道，但你是南方人，我是北方人，你叫华夕，我叫柏矩，难道俺们是一个人吗？"

就在柏矩这样与华夕较劲时，主人之子已经扶着老聃跨上了牛背。老聃轻轻地拍了拍青牛的背，青牛就迈开了腿，慢慢地往前走。虽然走得慢，但人坐在上面却非常稳，不像坐马车或骑马，感觉非常颠。

柏矩见此，连忙趋前，问老聃道：

"先生，您有马车为什么不坐，而要骑牛呢？"

老聃笑眯眯地回答道：

"你怎么认识牛的？难道你以前也来过楚国？"

"俺是刚问过师弟才知道的。先生，俺问您为什么弃车而骑牛，您还没回答呢。"柏矩望着骑在牛背上乐呵呵的老聃说道。

"刚才主人告诉为师，今天俺们要去的一个峡谷，马车是没法走的，只能靠步行。但是，他看为师年纪大，所以让他儿子牵出一头水牛给俺骑乘代步。"老聃莞尔一笑道。

柏矩一听老聃说要进峡谷，连忙追问道：

"先生，您是说今天我们要去一个峡谷？昨天晚上您怎么不告诉我们呢？"

"昨天晚上为师不是告诉你们要早早歇息，一大早要赶路吗？说的就是这事呀！"

"可是，您没说要进什么峡谷的事呀！"柏矩又说道。

"现在不是知道了吗？为师要是早说了，你们昨夜还能睡得着吗？"老聃微笑着说道。

华兮虽然昨晚已经听老聃说过今天要游后山的事，但没想到是要去一个峡谷。见老聃刚才与柏矩说话如此调皮，又见他骑在牛背上兴高采烈的样子，就像个孩子似的，已然猜到今天要去的峡谷一定是他所向往的，说不定又要进入一个世外仙境、人间乐土了。于是，就忍不住问道：

"先生，您难道早就知道这里有什么峡谷吗？"

"昨晚主人问为师为什么会到这里，为师告诉他，只是想到楚国游历，看看南方的山水而已。于是，主人便推荐了这个峡谷，说里面风光非常美丽，没有多少人知道的。"

"那里面有人家吗？"柏矩也抢上来追问道。

"主人说也许会有一些土著人，但他没见过。还说，即使有，他们也不会靠农耕过活的，一定是靠采摘果实，或是狩猎过活的。"老聃答道。

"呵呵，这次看来又有新奇好看了。"柏矩高兴地说道。

正当老聃与两个弟子说得热闹时，上蔡老伯又走上前来，跟老聃轻轻说了几句，然后就见他的儿子走到青牛前面，捡起地下的牛绳，牵着牛就要往前走。

老聃连忙回过头来，对柏矩说道：

"你让两个仆役将马拴好，马车停好，随俺一起进峡谷。今天有主人的公子为俺们引路，是个难得的机会。"

柏矩遵命知会了两个还在等待的仆役，然后大家一起，跟在老聃的青牛后面，慢慢地踏着细如绳索的小路进山了。

开始时，山口犹如一条缝，高不过六尺，宽仅能容二人并行。所以，老聃不得不从牛背上下来，与众人一起步行摸索而进。

山口长约五十步，狭窄而阴暗。但是，过了这个山口，眼前便豁然开朗起来了。走在山道上，虽然满眼所见仍是无尽的山、无尽的树木，但山与山之间的距离渐渐拉开，一道道深浅不一的山间溪谷尽收眼底。

柏矩是北方人，从未看见过这样奇特的山间风景，左顾右盼，好像眼睛都看不过来了。老聃这时已经被主人之子重新扶上了牛背，正坐在牛背上凭高远望，也是看得不亦乐乎。华兮虽是楚国人，打小看惯了山，但是像这样奇特的景观，也还是头一次见到。两个仆役跟在后面，更是边看边惊奇地连连叫绝。

"先生，您问一下主人的公子，这个峡谷叫什么名字？他们是怎么发现这么美的地方？"走了一程，柏矩突然凑到老聃的青牛边，跟老聃说道。

"何事？"老聃正看得入神，突然被柏矩叫住，愣了一愣，才看着柏矩问道。

　　柏矩见此，连忙将请求又说了一遍。老聃犹豫了一下，然后用上蔡话跟走在前面的主人之子说了几句。主人之子先是摇了摇头，然后叽里呱啦地跟老聃说了一通。柏矩与随后赶上来的华兮听了，都不知所云，只好瞪大眼睛呆看着他们。

　　主人之子说完，又牵着青牛往前走。老聃坐在牛背上，回过头来，向跟在后面的柏矩与华兮说道：

　　"他说这个峡谷没有名字，是他父亲跟族人一次打猎时偶然发现的。第一次只是进了山口朝里窥了窥，不敢深入。后来，回去找了一些胆大的人，结伴进去了几次，每次进去都有新的发现，觉得真是天外有天，山外有山。"

　　"'天外有天，山外有山'，这话说得好！"华兮脱口而出道。

　　"刚才俺们入山口时，就不知道这里面还有这么大一片天地，确实是'天外有天，山外有山'。说不定，还会'人外有人'呢？"柏矩也感慨地说道。

　　"如果我们在这里真能见到人，不知道这'人外之人'究竟会是什么样子的？"华兮打趣道。

　　"无非是两只眼睛，一个鼻子，两个耳朵，两手两脚而已，难道还会是四只眼睛八条腿？"柏矩似乎有意与华兮抬杠似的说道。

　　"如果真是这样，那就不叫人，而叫野兽了。我说的'人外之人'，是指能跟先生谈天说道的世外高人。"

　　"师弟，这个你就不必指望了。这样的深山野谷，即使有人，也是未开化之人，绝无能跟俺们先生坐而论道的高人。"

　　听着两个弟子跟在青牛之后边走边如此相互交锋，老聃好像是充耳不闻，目光始终围绕着溪谷山道两旁的景物。

　　走了大约有一个时辰，来到一片开阔的溪谷平地。主人之子告诉老聃说，这是一个大草甸，是入山后的第一个景点，他们族人第二次进来时才发现的。老聃坐在牛背上远望了一阵后，俯身跟主人之子说了句什么，主人之子连忙走上前来，扶着老聃下了青牛之背。

　　就在这时，柏矩、华兮，还有两个仆役都赶上来了。他们见老聃立定不走，目光直视远方，遂也循着老聃远眺的方向望去，只见前面百步之遥的地方，五颜六色的花儿正争奇斗艳地开着，衬着满地的绿草与周边葱绿的山林，看上去就像是一幅巨大的锦绣。

　　"先生，俺们过去看看吧。"柏矩看了一阵后，趋前对正在凝神远望的老聃说道。

老聃点了点头，情不自禁地迈动了脚步，随着主人之子的引导，一步步地走近了那片繁花似锦的大草甸。

不到一顿饭的工夫，柏矩等人就簇拥着老聃踏进了大草甸。走近一看，大家更是惊喜连连，比刚才远观时更显兴奋。因为这里的许多花草，包括华兮这个楚国人在内，没有一个人曾经见识过。

"先生，您博闻强记，见多识广，您看看，这是什么花？"就在大家都为眼前各种各样的奇花而感到惊叹之际，华兮突然俯身指着脚边一朵紫杆六角形绿花对老聃问道。

老聃因为进入这个幽谷，看到如此美景，心情大好，听到华兮提问，便兴致勃勃地走了过去。可是，走近俯身仔细看了半天，也说不上是什么花。柏矩见老聃被难住了，遂提醒老聃道：

"先生，您何不问问主人之子呢？他肯定知道的。"

老聃点了点头，转身用上蔡话问主人之子。可是，主人之子听了连连摇头，说了一大通柏矩等人都听不懂的话。

"他说他们族人也没人认识这种花，更无人知道它叫什么名字。"老聃回过头来，对柏矩，也是对华兮等人说道。

之后，大家又陆续发现许多奇花异草，一再央求老聃为舌人，去问主人之子，结果还是回答不知道。老聃被两个弟子轮流问了几次后，最后觉得有些烦了，遂脱口而出道：

"为师不是早就说过：'名可名，非常名'，'无名，天地之始'，难道你们都忘了？"

"先生的话，弟子怎么会忘呢？"华兮说道。

"既然没忘，为什么如此执着于'名'呢？"老聃直视华兮道。

"鲁国孔丘教育弟子，有一句名言说：'知之为知之，不知为不知，是知也。'弟子有困惑，岂能不求教于先生？"华兮望着老聃，振振有词地说道。

老聃听华兮引孔丘的话来反驳自己，不禁莞尔一笑。顿了顿，看了看华兮，说道：

"孔丘的话，确实言之有理，为师并不否认。只是俺们今日寻幽访胜，有机会看到眼前这种种山外看不到的奇花异草，看在眼里，记在心里，刻在脑子里，足矣。观万物而心跃跃然，欣欣然，岂非快事哉？"

"先生说得对。俺们进入这个峡谷是为寻幽访胜，如果逐一考较这里一草一木之名，凡见一物必穷究其所以，那还有什么乐趣呢？"柏矩脱口而出道。

华兮听柏矩这样说，心中就老大不乐意了。但是，他刚想开口反驳柏矩时，老聃已经抢先开口了：

"天地之间，宇宙之中，万物生灭，恒有其定。但万物之生，本无其名。纵有其名，亦非其常名。"

"先生，这话怎么讲？"华兮立即追问道。

"比方说，每一个进入此幽谷的人，都会像俺们一样，为大自然的鬼斧神工而惊叹，为谷中的花草而叹赏。可是，至今进入此幽谷的人不知凡几，此谷不仍然无有其名吗？如果第一个进来的人是个楚国人，他肯定发出一声惊叹：'夥颐。'如果有人将此谷随之命名为'夥颐谷'，可不可以？"

"当然可以。"华兮答道。

"如果第一个进来的不是楚国人，而是鲁国人或是晋国人，他见此幽谷美景，也许会发出'噫嘻'的惊叹之声。如果有人随之将此幽谷命名为'噫嘻谷'，可不可以？"老聃又问道。

华兮没吱声，默默地点了点头。

老聃看看华兮，又瞅了瞅柏矩，继续说道：

"同样是这样一个溪谷，不同的人可能会给它不同的命名。可见，万物之'名'并非与生俱来，万物之得名皆有其偶然性。所以，为师说'名可名，非常名'，'无名，天地之始'。"

"先生的意思是说，能够说得出来的'名'，并非是恒常不变的'名'；万物本无名，才是其本然，是吧？"柏矩问道。

老聃点了点头，又继续俯身欣赏起脚边的花草。正当老聃再次凝神观赏之时，华兮突然又问道：

"先生，依您的说法，'名'实际上是没什么意义的。既然如此，人们为什么还要给万物命名呢？"

"师弟，你是只知其一，不知其二。关于'名'，先生还有一句话，你不知道吗？"柏矩又插上来说道。

对于柏矩先入师门所常常表现出的自以为是的做派，华兮一向都很不认同。现在见柏矩岔断他问老聃的问题，华兮就更加不快了，于是脱口而出道：

"师兄，你知其二，那另一句话是什么？"

"另一句话是'有名，万物之母'。"柏矩得意地答道。

"我怎么没听先生说过这句话？"

"先生说这话时，你还没入师门呢。"柏矩看了看华兮，冲着他诡异地一笑。

"师兄，既然你听先生说过，那这'有名，万物之母'，又从何说起？"

华兮也冲柏矩一笑道。

柏矩知道华兮的意思，故意看了华兮片刻，然后莞尔一笑道：

"其实，先生的这两句话需要联系起来理解。所谓'无名，天地之始'，是说万物之'名'与万物之'实'之间本无必然的联系，'名'只是表达'实'的一种符号而已。比方说，你爹娘给你取名华兮，俺爹娘给俺取名柏矩，有没有必然的道理呢？肯定没有，只是偶然随口一叫而已。如果你叫柏矩，我名华兮，又有何不可？你仍然是你，俺仍然是俺，仍然改变不了你我的真实存在。"

"师兄，你没听错吧？我是让你解释后一句，你扯前一句干什么？"华兮以为柏矩回答不出自己的提问，故意顾左右而言他，所以提醒他道。

"师弟，你急什么？俺不是跟你说过，这两句话要联系起来理解吗？不说前一句，怎么说得通后一句？"

"你前一句说完了，我也明白了。现在，你就说后一句吧。"华兮得意地看着柏矩道。

柏矩一听华兮的口气，就明白他话中的弦外之音，于是莞尔一笑道：

"后一句是讲'名'一旦产生后，便对人们认识事物具有重要的意义。比方说，我们给马命名为'马'，约定俗成之后，大家就将马这种动物与'马'的语言形式联系起来。当别人说'牵匹马过来'，你就会牵过来一匹马，而不会牵一头牛过来。还有，有了'马'的名称，我们又可以据此区分出大马、小马，黑马、白马，等等。所以说，'有名，万物之母'。也就是说确定一个'名'，就可以据此衍生出相关的许多小'名'，万物分类就能越来越细致。"

老聃本来在凝神观赏脚边的花草，听到柏矩说了这番话，情不自禁地直起身子，默默地点了点头。

华兮见此，知道老聃是赞同柏矩的说法。所以，就没吱声。但是，柏矩见老聃暗暗点头，则更加得意了，又接着说道：

"又比方说，俺们大家入山打猎，为首者给大家分配任务，说'张三，你在前面那棵大榆树下蹲守。李四，你到后山那棵古柏边静候'，等等。如果张三、李四无名，榆树、柏树不分，那么大家如何分工合作，共同完成狩猎的任务呢？可见，'有名'不仅是认识并区别万物的依据，还与人类的生产生活有着很大干系。师弟，你说说看，先生的话说得不对吗？在这个世界上，有谁能说出像俺们先生这样有深刻道理的话呢？"

华兮虽然觉得柏矩有吹拍老师的嫌疑，但是细想想，还是认同他所讲的道理。所以，他看了看柏矩，又望了望老聃后，点了点头。

4. 柔弱胜刚强

"先生，您看！"

日中时分，正当老聃与大家在溪谷中边走边欣赏两旁的花草树木，以及沿途的奇峰异石，还有悠闲穿梭于溪水大小嶙峋乱石之间的小鱼而感到兴味盎然之时，突然听到华兮冷不丁地这样叫了一声。

老聃闻声立即回过头来，柏矩等人也一样。一时间，大家齐刷刷地将目光聚于华兮。

"先生，您看前方的天空，是不是有一阵云头，黑色的。"华兮指着前方一座山顶上飘过来的黑色云头，望着老聃认真地说道。

"师弟，谷中美景目不暇接，俺们正看得兴高采烈；先生观鱼游之乐，不胜得意之至。你倒好，却仰观天上浮云，还大惊小怪，打扰先生与大家的兴致。天上有黑云，哪里看不到，难道非要到这溪谷中来看吗？"柏矩不满地抱怨道。

"师兄，你真是什么都不懂。不过，也不怪，你是北国人。"

"师弟，你是什么意思？"柏矩觉得受辱似反问道。

"我没有什么意思。北国一年也下不了几次雨，所以你恐怕也不知道下雨与行云的关系。"华兮语气平和地答道。

"你是南国人，那你就说说下雨与行云有什么关系？"

"像天上这样的黑色云头飘过来，一会肯定就会下雨。"

"我在家乡也看过不少这样的黑色云头，怎么就没见下雨呢？"柏矩不以为然地反驳道。

"你们北国跟我们南国不一样，空气中根本就没什么水分。就是偶有黑色云头，也落不下几滴雨的。"

"那南国的黑色云头就能落下雨来？俺今天倒想看看，你们南国的黑色云头到底有什么神通，能落下多少雨来。"柏矩觉得华兮有地域歧视的意思，所以生气地说道。

"师兄，你不必用这种语气说话，我也不用跟你多费口舌。我们等这个云头飘过来，看到底下不下雨，好吗？"

"好！俺们拭目以待。"柏矩望了一眼天上的那团黑色云头，又看了一眼华兮，似乎蛮有信心地说道。

"好！"华兮看了看柏矩，也望了一眼那团黑云，得意地说道。

胖瘦二仆役见柏矩与华兮二人抬杠似的争论，连忙围拢过来，立在老聃身后，眼望天上那团黑云，等着看热闹。老聃则对于两个弟子的争论好像充耳不闻，对于两个仆役凑上来要看热闹的围观也视而不见，立在溪边气定神闲地俯观溪水中的游鱼。主人之子因为听不懂华兮、柏矩的话，只好呆呆地立在一旁。

就在柏矩与二仆役立在原地不动，等着要看热闹时，华兮则不停地朝周围观察。过了一会儿，华兮突然发现离他们百步之遥的溪谷边有一棵参天大树，遂立即兴奋地说道：

"先生，前面有一棵大树，我们赶快过去，在树下避避雨吧。"

"师弟，哪里有雨？你没在做梦吧？"柏矩嘲笑似地问道。

"师兄，你别说那么多，你就待在这儿等着吧。反正我要陪先生到前边的大树下避雨的。"华兮一边说着，一边就走上前去，拽住还在溪边神情专注地观看游鱼的老聃就往那棵大树而去。

柏矩见此，在身后冷笑了两声。然后，又望了一眼立在旁边的两个仆役，继续立在溪边，眼望着天上那团越来越近的黑云。

主人之子见老聃与华兮已经走远，抬头看了看天空，便牵着青牛追随华兮而去。

大约过了烙十张大饼的工夫，那团黑云已经迫近柏矩与两个仆役的头顶。霎时间，天昏地暗。正当三人同时举头仰望之际，雨点已经噼里啪啦地落下来了。柏矩先是愣了一下，接着立即拔腿便跑，朝着老聃与华兮等人避雨的那棵大树下一路狂奔。两个驾车的仆役这时也清醒过来，跟着一起狂奔。他们起步虽晚了点，却跑到了柏矩的前头，先行到达了大树下。

华兮远远看见柏矩狂奔而来，衣服还是湿了的狼狈之状，忍不住转过头去偷乐。等他乐够了，转过身来时，柏矩已经气喘吁吁地站在了他面前。

"师兄，衣服都湿透了吧？要不要脱下来，我帮你拧拧干。不然，会着凉的。反正这里没有女人，在先生面前脱光也无妨。先生跟我们一向坦诚相见，有什么说什么。今天，你在先生面前脱光，倒也算是坦诚相见吧。相信先生以后会更信任你的。"华兮看了看柏矩，又抬眼望了望老聃，似乎是非常认真地说道："先生，是吧？"

华兮说这话时，虽然脸上看不出有半点的揶揄神色，语气中也听不出有任何幸灾乐祸的意思，但柏矩却都心知肚明。他嗫嚅了几次，想说什么，但最终没有说出口，只是用眼狠狠地瞪了华兮几下。

就在华兮说话的当儿，雨戛然停了，溪谷中重又一片光明。满溪谷的花草树木都水珠闪闪，在灿烂阳光的照射下，就像万斛珍珠呈现眼前。

"先生，现在可以继续游览了。这山中的天气就像是淘气的孩子，说变脸就变脸，阴晴不定的。不过，这种阵雨一般都是下不久的，来得快，去得也快。"华兮看着大家惊喜的眼神，望着老聃，像是不经意地瞥了一眼柏矩，轻松地说道。

柏矩知道华兮的意思，既然他不提及刚才打赌的事，自己何必再提前话，惹得大家不开心呢？于是，柏矩假装什么事都没有似的，抬头望了一眼雨后一碧如洗的天空，又扫视了周围溪谷的景色，侧转身来，王顾左右而言他地对老聃说道：

"先生，您问问主人之子，这溪谷中，除了我们眼前所见的这些奇峰异石、奇花异草，是否还有什么别的景观？"

老聃此时正凝神仰望天空，眼光追逐着一朵浮动的白云，扭着脖子，踮起脚尖在看得起劲，似乎根本没听到柏矩在说什么。

华兮见此，连忙出来打圆场，说道：

"师兄，还是让先生不要问的好。这游山玩水啊，就好像是小孩子捉迷藏，如果事先知道对方藏在何处，那还有什么乐趣呢？快乐就是在探索之中，此一时不知彼一时到底会发生什么情况，那才会令人惊喜连连。如果走入绝境，以为上天无路，入地无门之时，却又柳暗花明，绝处逢生，那才叫刺激。"

"刺激？师弟，你以为这样好玩吗？"柏矩听到华兮最后一句，顿时又不以为然起来。

"当然。这样，让人走过从绝望之极到希望之极的心路历程，就会深切体验到生活的况味，感悟到生命的真谛，享受到人生的至乐。"

"师弟，没想到，就是经过这么一场山中阵雨，你就变得这样深沉了，好像比先生还要深沉。"

华兮听柏矩的话明显是在反唇相讥，觉得自己好意替他解除尴尬，他还不领情，遂不免有些生气了，接口说道：

"要说深沉，我肯定比不了师兄。师兄最得先生真传，先生的话句句都能领会。这些年，但凡我对先生的观点有疑问，不都是师兄替先生回答的吗？"

老聃虽然仰望天空，对于两个弟子的斗嘴，其实都是听到了。只不过他一向对于弟子之间的争辩不置可否，即使他们要求他作出公断，他也假装没听见。今天见两个弟子因为下雨问题引发嘴角，他更是装着什么都没听见。所以，就当柏矩正要再还击华兮时，老聃已经迈开步伐离开了大树之下，径直往溪边走去。

柏矩见此，连忙跟上，也不准备再跟华兮斗嘴了。华兮稍微迟疑了一下，遂也连忙跟着大家一起离开大树之下，往溪边走去。主人之子则牵着青牛，远远地跟在大家后面，他对这个溪谷并不像老聃这样有兴趣。

在溪边又流连了大约两顿饭的工夫，前面的溪流突然变细，溪谷也变窄了。

"先生，俺们刚进入溪谷时，看见溪中的流水还是很大的。您看这里的溪水，怎么这么细小，大概是快到溪流的源头了吧。"柏矩问道。

没等老聃开口回答，华兮就指着不远处说道：

"先生，您看，溪流在前面分了一个岔。怪不得溪流变细了。"

听华兮这样一说，老聃与柏矩不约而同地循着华兮手指的方向抬眼望去，发现前面果然还有一股溪流。于是，大家簇拥着老聃兴致勃勃地走了过去。

到了那股溪流边，立在溪边往溪水下游的方向一看，竟然发现另有一个峡谷，而且谷地比刚才进来的溪谷要开阔得多。

"先生，要不要沿着这股溪流往这个溪谷下游走走，看看有什么奇异的景观？"柏矩提议道。

老聃没吱声，但却默默地点了点头。

于是，柏矩与华兮便一人一只胳膊地挽扶着老聃，循着溪流边往下游慢慢地走。走了约一顿饭的工夫，发现溪水越来越大。仔细看看，原来是沿途不断有更小的溪流弯弯曲曲地汇入进来。

随着沿途不断出现分水的溪流，到底是往左还是往右，大家都要犹豫半天。加上越往下流溪水越来越浩大，沿溪的路也变得越来越难走了。其实，这里根本就没有什么路，只是沿溪流有一些碎石堆积于溪水边，人可以踏着碎石走而已。

又走了约两顿饭的工夫，突然听到有阵阵像雷鸣般的声响，老聃与大家都不约而同地抬起头来，以为是要打雷下雨了。可是，看看天上，却是碧空如洗，朵朵白云悠闲地浮动着，丝毫也没有下雨的意思。

正在大家都疑惑重重时，主人之子牵着青牛也赶上来了。老聃见此，连忙用上蔡话跟他说了句什么。主人之子一边不住地摇头，一边不知说了些什么话。反正柏矩、华兮等人都是听不懂的。

"先生，您跟主人之子说了些什么？"柏矩见老聃听完主人之子的话愣在那里不动，遂连忙凑上去轻轻问道。

"为师问他这是什么声音，他说不知道。为师又问他，是否知道这条溪谷，他说没来过。"

"哦，原来是这样。那俺们还要往下走吗？"柏矩又问道。

老聃没吱声，竖起耳朵仔细听了一会儿，突然高兴地说道：

"这一定是水声。下面肯定有可观的瀑布。"

"先生，您怎么知道下面有瀑布呢？"柏矩与华彳几乎是异口同声地反问道。

"水往低处流，遇到陡峭的山崖，众流汇合，从高处落下，自然就会形成瀑布的。"

"先生说的是。那么，先生，我们要不要去看看？"华彳脱口而出道。

老聃点点头，接着就迈开步子自己往前走了。柏矩与华彳见此，立即跟上，再次一人一只胳膊地搀扶着老聃，就怕他一脚没踏稳而摔一跤。如果在此摔一跤，那麻烦就大了。

果然，不到一顿饭的工夫，老聃一行就看到了飞泻而下的瀑布。看了一会儿，柏矩对老聃说道：

"瀑布看到了，俺们该往回走了吧。"

老聃摇了摇头。

华彳从老聃的眼神中揣知了他的心思，遂连忙说道：

"瀑布要从下往上看，才显得壮观。先生的意思，是不是想绕到瀑布下面再看看？"

老聃点了点头。

主人之子听不懂老聃师徒说些什么，见老聃点头之后就迈步往前时，也只好牵着青牛跟在后面。

真是天从人愿，瀑布附近的树木还不算茂密，旁边的地势也不算陡峭。所以，老聃在两个弟子的搀扶下顺利地绕到了瀑布下面。

来到瀑布下面，选定一处平坦之地站定，老聃与大家一起抬头往上看，只见宽约百尺的巨大水流从高约数十丈的岩石上飞泻而下，完全将其托附的岩石遮蔽了，形成的水帘仿佛就像一幅巨大的白色布幔。只不过这布幔不是静止的，而是像微风中晾晒的布幔，不停地飘动着。

看着壮观的瀑布，听着轰鸣如雷的水声，柏矩突然有所感悟地说道：

"没想到俺们沿途看到的一个个涓涓细流，从山上一直流下来，竟然能够汇合而成眼前如此气势磅礴的瀑布。真可谓涓流能成江河，微尘可聚成山。

看来，涓流微尘也都是不可忽视的啊！"

"没想到师兄这一路走来，真是越发变得深沉了，悟性也越来越好了，竟然见涓流而悟道，都快赶得上我们先生了。"

柏矩一听华兮这话，觉得他是故意对自己冷嘲热讽，遂也不客气地回击道："这倒不是俺越来越深沉，也不是俺悟性越来越好，而是有些人总是对先生的话持怀疑态度，所以先生的至理名言都被当作耳旁风了。这样的人，入宝山而无觉，如何能够长进，可以悟道呢？"

"师兄，你这话是什么意思？鲁人孔丘教导弟子有句名言：'知之为知之，不知为不知，是知也。'先生教导我们，我们有不明白的地方，难道不能请教吗？先生的话难道就不能质疑吗？孔丘还有一句话，叫作'教学相长'。如果师生之间没有质疑辩难，如何能够教学相长呢？"华兮反击道。

"俺的话没什么意思。师弟，是你多心了。俺刚才所说的话，说是感慨也好，说是感悟也罢，其实都不说明是俺悟性越来越好，更说不上是俺能够悟'道'了。充其量，只能说是俺对先生曾经说过的话记得比较清楚，时刻不忘而已。"

"师兄，先生什么时候跟我们说过'涓流能成江河，微尘可聚成山'这样的话？难道先生只对你说过？"华兮反问道。

"先生确实没有说过这样的话，但是你还记得吧？有一天，俺们随先生在居处周边散步，看见路边不知什么时候钻出了一株小树苗，嫩绿可爱。第二天，先生又从这株小树苗旁经过，忍不住俯下身子看了一会，突然发现比前一天长高了一点儿，遂感慨系之，脱口而出道：'合抱之木，生于毫末；九层之台，起于累土；千里之行，始于足下。'"

"记得啊，先生是说过这话。"

"那么，你知道先生说这话是什么意思？"柏矩反问道。

"你说是什么意思？"

"先生这话看起来是脱口而出，实际上则是他整日悟道领会出来的。表面上，它说的是日常生活现象，实质上则是总结了事物发展变化的规律，揭示了'见微知著'的道理。同时，也教导了俺们做人要从小事做起，修身要从微小处着眼。"

"哦，原来是我愚钝，从未领悟得像师兄这样深刻。所以，还是我说得对，师兄是越来越深沉了，越来越有悟性了，竟能从先生的日常谈话中领悟到如此一番大道理，实在是我望尘莫及的。"华兮看似认真，实是反唇相讥地说道。

柏矩知道华兮的意思，当然更知道华兮不是悟性差。事实上，就悟性而言，华兮的悟性是在自己之上，老聃也曾在背后跟人说过。只是华兮为人有些执拗，骨子里又特别好强，所以常常明知别人是对的，或明知自己是错的，却要跟人硬拗，讲些歪理，以逞口舌之快。对于这一点，柏矩虽然心里明白，但有时说到气头上，他还是不能达观处之。今天也是一样，见华兮一路上总是冷言冷语，所以免不了火气又上来了。于是，脱口而出道：

"先生是这个世界上最有智慧的人，先生的日常谈话都是深含哲理的。只是有些人一向自以为是，眼中没有先生，心中不存敬畏，所以不肯用心体会先生的话，而且还要以挑剔的眼光质疑先生的话。"

"先生教导我们的话，有些确实是深含哲理的，富有启迪世人的大智慧。但是，并不是每一句日常谈话都有什么微言大义，或者说是富含哲理吧。师兄，这样吧，如果你再举出一个例子，要是能证明先生的日常谈话都是深含哲理的，那我就闭嘴什么都不说了。"

柏矩听了华兮这话，一时愣住了，不知如何回答是好。华兮见此，得意地笑了。就当华兮转身要走开时，柏矩突然一拍脑袋，说道：

"我想起来了！"

"师兄，你想起什么了？"华兮微笑着问道。

"师弟，你说话算数吗？"

"当然算数。如果你能举出例子，我以后再也不跟你辩论了。"华兮一本正经地回答道。

"师弟，你大概还记得吧，前年夏天一场几十年不遇的暴雨，将俺们居住的小屋给摧毁了。俺们没有栖身之所，先生也无静修悟道之处。面对此种窘境，大家一筹莫展。最后，还是你想到一个办法，请求往商丘城请子轩师兄带人来帮助重建居所。可是，先生不同意，认为往商丘一趟，一来一往就要一天时间，即使子轩带人来重建，也不能当天就能赶到，并当天建好的。所以，为了解决当务之急，还是自己动手搭建。可是，俺们几个弟子都有畏难情绪，认为无法完成任务。"

华兮听到这里，重重地点了点头。

柏矩见此，续又说道：

"最后，先生看着坍塌成一堆的竹木材料，又扫视了俺们众弟子一眼，说了一句意味深长的话：'图难乎其易也，为大乎其细也。天下之难作于易，天下之大作于细。'然后，先生就走开了。结果，当天天黑前，俺们众弟子不是群策群力，终将小屋重建起来了吗？"

华兮又重重地点了点头。

"师弟，大概你也还记得吧，先生说的这句话，当时俺们大家都不知所云，最后还是你悟出了真意，让俺们大家就从搭建小屋开始，不要空谈什么大道理了。师弟，从这个事例，难道你还能否认先生的日常生活谈话没有深刻哲理吗？"

华兮听到此，一时语塞。当然，语塞的原因不仅仅是因为在事实面前他无法反驳，还有在柏矩的这个举例中暗含了对他悟性的肯定。这也是柏矩会做人的地方，处世方面明显要比华兮成熟。

当柏矩与华兮在一旁争论不休时，老聃却一直立在瀑布脚下一块大石之上，时而仰头观望瀑布飞泻而下的景象，时而低头俯察瀑布底部被冲击出的深深凹坑，并深深地陷入了沉思，对于两个弟子的争论好像充耳不闻。当然，这是他一向的行事风格，他从不理会弟子之间的争论，不忙着给他们评判是非。对于教育弟子，他也是采取任其自然的态度。

结束了争论，柏矩与华兮师兄弟这才认真地观看起眼前的瀑布。柏矩是北国人，从未见过这种飞流直下的壮阔景象，情不自禁地感慨道：

"以前总是听人说'积涓流而成江河'，却从未亲眼看到汇细流而成瀑布的景观。南国与北国就是不同，山多山异，水多水也异。"

"北国多是一马平川的地形，一眼能望八百里，也不失一种壮阔之美。"华兮好像是投桃报李似的回应道。

柏矩见华兮这样说，心知他是感觉刚才理亏，这是在有意弥合刚才争论所产生的不快，遂适时转移话题，笑着说道：

"师弟，你看俺们先生立在那块大石上，不仰头观看瀑布，却低头专注地看着脚底，莫非这瀑布里还有鱼儿不成？"

"也许这瀑布下还真有鱼也不好说，先生一向都是爱观看鱼儿水中悠游的。"

二人一边这样说着，一边悄悄地走到老聃的背后。走近一看，竟然发现老聃出神观看的不是水中之鱼，而是直视瀑布从高空冲出的一个个大小不一的凹坑。柏矩从未看见过这种景观，遂情不自禁地脱口而出，问道：

"先生，水是天下最柔弱的东西，石头是世上最坚硬的东西，这瀑布下面的石头怎么会被水冲出如此多的凹坑呢？难道水有这么大的力量？"

"天下之至柔，驰骋天下之至坚。"老聃头也没抬，脱口而出道。

"先生，这是什么意思？恕弟子愚钝，还望先生赐教！"柏矩谦恭地说道。

老聃没有回答柏矩的提问，继续专注地观看着水底被冲出的许多凹坑。

华兮见此，连忙接口说道：

"先生的意思是说，水虽是天下至柔之物，却能战胜天下至坚之物。记得先生以前曾说过一句话，叫作'柔弱胜刚强'，说的是一个意思吧。"

"哟，师弟，看来你也是越来越有悟性了。"

"哪里，我是跟师兄学的。"华兮笑着说道。

"师弟，先生说的'天下之至柔，驰骋天下之至坚'，俺再愚钝，也是知道说的是什么意思。俺是问先生，为什么至柔之水能够胜过至坚之石。"

"师兄，你是北国人，先生说的'天下之至柔，驰骋天下之至坚'，其实用我们楚国人的话说，就是'水滴石穿'，是非常平常的现象。我家屋檐下的一块大青石，上面有很多凹坑，就是长年累月屋檐滴水造成的。这有什么奇怪？师兄，你刚才还说我喜欢对先生的话提出质疑，现在你不也是在质疑先生的话吗？"华兮好像又找到了一次与柏矩较劲的机会。

"师弟，你不要搞错，俺这是在请教先生，不是在质疑先生。俺又没说：'先生，你的话不对。'"

"师兄，你不要玩文字游戏了，请教与质疑有什么两样？如果认同先生的话，你就不必请教先生，让先生再多费口舌了。"

"师弟，你刚才不是还引鲁国孔丘的话'知之为知之，不知为不知，是知也'来反驳俺吗？说什么弟子有问题不明白，就应该向先生请教，现在怎么又不允许俺有问题而向先生提问呢？你这是什么道理？"

老聃大概觉得两个弟子太烦了，他想临水凝视沉思一会儿，也要被他们的争论打扰得不得安宁，遂只得亲自出面回答他们的问题了：

"万物皆有柔坚之别，力量也有柔坚之分。刀劈石开，是一种硬力量；水滴石穿，则是一种软力量。水滴之所以能够穿石，乃是因为水滴连续不断，有一种持久不渝的韧性，时间的长度增加了柔弱之水的力量。你们看，这瀑布下面的石底上有许多大小不一的凹坑，它们既有众水合力的作用，也有水流落差的作用，更重要的则是几万年乃至几十万年漫长时间的作用。如果在一两天之内，或者是一两年之内，即使再不怎么坚硬的石头，任凭你再多的水流，再大的瀑布的冲击力，也是难以在这石底上冲出凹坑的。"

"还是先生高明，一句话就让弟子茅塞顿开。"柏矩脱口而出道。

华兮没吱声，看着水底石上凹坑，默默地点了点头。

老聃见此，续又说道：

"又比方说，俺们在宋国的居所，后面有很多小山，你们都知道是怎么形成的吧。那不就是风吹尘沙堆积出来的吗？风坚硬吗？当然不是。风就像水一样，也是至柔之物，但却能吹沙成山，也能吹山而成平川。但是，再大的风，它也不能一夜之间吹沙成山的，或者一夜之间刮掉一座沙丘的。这同样的是时间的力量，是风借助时间而发挥出的软力量。"

"先生说的是。"柏矩又脱口而出道。

华兮仍然没吱声，只是将眼光从瀑布转向了老聃。

老聃心知其意，看了看华兮，又看了看柏矩，指着眼前的瀑布，续又说道：

"天下柔弱莫过于水，而攻坚摧强者莫之能胜。"

"天下万物之中，柔弱者众也，为什么先生对水情有独钟，如此推崇水呢？"华兮望着老聃，认真地问道。

柏矩知道，华兮又要开始质疑先生了。

"以其无以易之。"老聃斩钉截铁地回答道。

柏矩立即脱口而出，替老聃申述其义道：

"先生的意思是说，天下柔弱之物虽众，但没有可以替代水的。因为这个原因，所以先生如此推崇水。以前先生曾说过'上善若水'，说的也是这个意思吧。"

老聃点了点头，看了看柏矩，又看了看华兮，再望了一眼眼前飞流直下的瀑布，若有所思地说道：

"弱之胜强，柔之胜刚，天下之人莫不知之，然皆不能行之。"

"先生的意思是说，柔弱胜刚强，不仅是指水，而且是推而广之的天下真理。这个真理人人都懂，就是难以付诸实践，是吗？"柏矩又抢着替老聃申述其意。

华兮一向看不惯柏矩自作聪明的做派，所以明知柏矩说得对，却故意直视柏矩，一本正经地反问道：

"师兄真是悟性过人，深得先生之心。只是不知道，柔弱胜刚强的真理，天下人人知之，却为什么不能付诸实践呢？"

柏矩一听华兮提出这个问题，一时为之语塞。

老聃见此，突然呵呵一笑，漫不经心地说道：

"人皆有爱逞一时刚强之心，而不知柔弱持久永续之力。"

华兮一听老聃这话，顿时心悦诚服了。情不自禁间，重重地点了点头。因为他没想到，自己有意为难柏矩的问题，却让先生一语就化解了，而且还顺水推舟地将话题绕回到他刚才所提出的观点上，从而保持了其前后观点的一致性。看来，先生真是高人。

就在华兮低头沉思之际，老聃又开口了：

"处世为人如此，治国安邦亦如此。今天下纷乱不止，皆因诸侯爱逞强而斗，不知清静无为，保存国力民力，终以柔弱而胜强的道理。上古圣人有言：'受国之垢，是谓社稷之主；受国不祥，是谓天下王'，说的正是这个道理。"

老聃话音未落，华兮立即反问道：

"先生，恕弟子愚钝。不知先生所说上古圣人之言，究竟是什么意思？社稷之主，天下之王，皆世之尊贵者，如何会'受国之垢'，'受国不祥'呢？"

"能够承受来自全国民众的污辱，这是放得下身段的表现，所以才配做社稷之主；能够承担天下所有的灾祸，这是勇于领罪揽过的表现，所以才配为天下之王。"

老聃话音未落，华兮脱口而出道：

"先生，弟子终于明白了，就是主动示弱，会装可怜，用逆来顺受的姿态来抵消来自外在的压力，就像拳头打在软泥上，是吧？"

老聃点了点头，顺手捋了一下胸前被风吹起的长须，似乎很满意华兮的回答。

正当老聃得意之际，主人之子悄悄走到老聃身旁，跟他轻轻说了几句话。老聃看了看天空，然后点了点头。接着，就移步离开了那块久立的瀑布下的大石。

"先生，主人之子跟您说了什么？俺们现在要往哪里去？"柏矩见此连忙快步跟上，轻声问老聃道。

"他说天色不早了，应该返回了。不然，今天晚上就出不了溪谷，要露宿于此了。"

"说的也是。那俺们就快点往回赶吧，先生这么大岁数了，如果真的回不去，那可就要遭罪了。"柏矩体贴地说道。

于是，老聃师徒及仆役一行就在主人之子的指引下，顺着原路往回走。可是，由于循溪流往回走是逆流而上，山路有些陡，加上老聃年纪大，本来走得就慢。主人之子几次劝老聃骑上青牛，可是老聃都不肯，非要一路走一路纵目四处观望。

大约走了有两顿饭的工夫，大家来到溪流一处较开阔的岸边。老聃觉得有些累了，就停下了脚步，准备休息一下。就在此时，突然听柏矩大惊小怪地叫道：

"先生，您看这是什么虫，这么大？"

听到柏矩的叫声，老聃与华兮，还有两个仆役及主人之子都情不自禁地转过头来观看。顺着柏矩手指的方向，大家发现就在溪边浅草丛中，有一只颜色与绿草相似的大虫子。老聃与大家顿时都来了兴趣，忙俯下身子专注地观察。

"先生，您看，这虫子非常奇怪，头是三角形的。您再看，它前面两条腿跟后面的几条腿不是一样粗细。前面两条腿就像两把大刀。"柏矩说道。

"先生，您再看，它的前腿上还有锯齿，末端还有钩子呢。"华兮也兴味盎然地指指点点道。

就在华兮说话的时候，又来了一只个头稍小的同样的虫子。这一下，大家更有兴趣了，两个仆役兴奋得快要跳起来了。老聃见此，连忙示意大家屏息以观。那只小虫子先是愣了一下，不知是因为突然见到这么多异类围观，还是因为见到大虫子有所畏惧。正当大家感到不解的一瞬间，突然见到那只瘦小的虫子爬到大虫子身边，无来由地翩翩起舞起来。大约跳了有一顿饭的工夫，只见那大虫子放下前面两只大刀般的腿趴在地上。小虫子见此，以迅雷不及掩耳之势跃上那只大虫子的脊背上，曲起后身动弹个不停。老聃与柏矩、华兮看了这一幕，颇是镇定，而两个仆役看了则显得有些把持不住似的。

就在大家都看得脸红心跳之际，那只小虫子已经不再动弹，从大虫子的脊背下滑落下来，蹲伏在大虫子的旁边一动也不动。柏矩与华兮都是已经结过婚的人，以人类两性生活的经验推知虫子的交尾活动，自然知道是怎么回事。但是，两个仆役皆未有过做男人的经验，虽然朦朦胧胧也知道这些事，但不知为什么小虫子突然就不动了。所以，便异口同声地对老聃问道：

"小虫子为什么不动了？"

老聃还没来得及回答，就见那只原来蹲伏在下的大虫子，猛然回过头来，同样是以迅雷不及掩耳的速度，一口将那只小虫子的头咬了下来。接下来的情景，则更是让大家看得目瞪口呆。大虫子咬下小虫子的头之后，又立即将小虫子的身体一点一点咬碎吞食了，最后连一点残滓都不剩下。

等到大家从惊讶中清醒过来，只见主人之子正站在一旁微微而笑。柏矩与华兮不知他所笑为何，想问他，却又语言不通。于是，柏矩就怂恿老聃道：

"主人之子好像知道什么，您问问他这是什么虫子，怎么会互相吞噬呢？"

老聃慢慢站起身来，轻声跟主人之子说了几句。主人之子回了几句，老聃连连点头，然后对柏矩、华兮，还有两个仆役说道：

"主人之子说，这是南国常见的一种虫子，有植物的地方就有这种虫子出现。他们颜色与青草同色，如果不仔细看，人们往往都会视而不见的。"

"那么，这虫子叫什么名字呢？"柏矩又迫不及待地追问道。

"他说这虫子南国人都叫它'螳螂'。"

"先生，他知道这螳螂为什么同类相食的原因吗?"

"他说雄螳螂与雌螳螂交尾后，雌螳螂都会将雄螳螂吃了。至于什么原因，谁也不知道。"

"哦，原来如此。这真是一种奇怪的现象。"柏矩听了，摇了摇头，轻声感叹道，又好像是在自言自语。

华兮站在一旁，没有吱声，正低着头，好像是若有所思。老聃见此，先看了一眼华兮，又扫了一眼柏矩，突然问道：

"你们二人整天争论谁的悟性好，那么从刚才螳螂相食的一幕，你们悟出了什么道理?"

"虫子就是虫子，它们不同于人，没有情义可言，只知为了自己的生存。"柏矩几乎是不假思索地脱口而出道。

老聃摇了摇头。

柏矩见此，遂又说道：

"同类相食乃是螳螂的本性。"

老聃又摇了摇头，然后将目光投向华兮。华兮看了一眼老聃，心知其意，但没有立即回答，而是略略沉吟了一下，试探似的轻声说道：

"雄螳螂在交尾时居于主动，是强势一方；雌螳螂交尾时甘居其下，一任雄螳螂大逞威风，恣意畅快。其实，这是雌螳螂的策略，它是先示弱，以消耗雄螳螂的体力，然后趁其不备，一举将雄螳螂置于死地。这个现象，大概可以印证先生刚才所讲的'柔弱胜刚强'的道理吧。"

一向深沉不露真性情的老聃，在听了华兮这番话之后，立即脸上漾出了一丝不为人察觉的笑意。这笑意虽浅，但还是泄露了他内心的喜悦欣慰之情。柏矩一向善于察言观色，从老聃的脸色，他看出了老师对华兮的赞赏之意，顿时颇感有些失落。

就在此时，主人之子又走到了老聃身边，轻声跟他说了一句什么。老聃点了点头，遂又往前赶路了。

又走了约一顿饭的工夫，老聃的脚步又慢了下来，最后在溪边一块大石边停下了。主人之子见此，正想上前问老聃，却见老聃招手让柏矩与华兮近前，指着溪边的一根枯枝与枝上一只已经变黑的死虫，问道：

"你们看到这一幕，是否从中悟出什么道理?"

柏矩因为刚才被华兮抢了风头，心有不甘，这次他想扳回面子，所以又抢先回答道：

"这就是先生曾经说过的'物极必反，循环不已'的道理。有生必有死，有死必有生。生中已经暗含了死，就像一个人，当他生下来时，就开始向死亡一步步接近了。"

老聃听了没有吱声，既没有点头，也没有摇头。

过了一会儿，老聃又将目光投向了华兮。但是，这次华兮没有回答，只是低头作思考之状。

老聃沉吟了一下，然后像是对柏矩与华兮说，又像是对自己说道：

"坚强者死之徒，柔弱者生之徒。"

柏矩听了老聃这两句，突然一拍脑袋，说道：

"先生，弟子明白了。您刚才指着枯枝僵虫，所要表达就是您说的这两句吧。意思是说，这树枝活着的时候是柔弱柔软的，可以任人折揉；这虫子活着的时候，身体伸屈自如，柔软无比。相反，树枝枯干变硬，虫子躯体僵直，不再柔软柔弱时，它们都已经死了。"

老聃顿了顿，先点了点头，然后又摇了摇头。

华兮见此，略略迟疑了一下，然后又以试探性的口气轻声说道：

"先生的意思是不是说，柔弱的东西才具有生命力，而坚强的东西则没有生命力。"

这次老聃仍然没有说话，但是却重重地点了点头，多看了一眼华兮。接着，看着柏矩说道：

"人之生也柔弱，其死也坚强；草木之生也柔弱，其死也枯槁。"

"先生的意思说，人与植物都是一样，柔弱才是存活之道，是吧？"柏矩脱口而出道。

这次老聃终于点了点头。

柏矩见此，得意地扫了华兮一眼，算是跟他扯平了。

5. 旷兮其若谷

"先生，不对，这好像不是来时的那个溪流的分水源头。"

快接近溪流源头，大家都为终于走完了艰难的溪谷上坡岸径而大大松了一口气。正在此时，华兮却突然停下脚步，回过头来往下观看了一下溪谷，又扫视了一眼周围的景致，情不自禁地叫了一声。

"啊？"柏矩听到华兮这一句，不禁失声叫道。

老聃虽然还颇是镇定，但立定脚步，放眼四周看了看，朦胧中觉得好像是有些不对，因为他在进入瀑布溪谷时也曾扫视过一下周围的景致。

主人之子虽然听不懂华兮与柏矩的话，听到他们的叫声，潜意识中觉得发生了什么事。

正在主人之子稍微一愣之际，老聃已经趋前，用上蔡话跟他说了几句。主人之子回了几句，然后一直摇头。

"先生，主人之子熟悉路径吗？他跟您说了些什么？"柏矩见老聃与主人之子说完话后有些失神，遂连忙凑近问道。

"他也不熟悉路径，这条溪谷他没来过。他还说，入谷当时他粗心了，没有留意周围的环境，记住左拐右转的方向，只顾看着脚下的石头，踩稳步伐。"

柏矩是北国人，从未深入过南国的山林之中，他不敢想象迷失在深山茂林中会有什么严重的后果。他心中还担心一事，这深山万谷中，是否会有野兽。如果夜幕降临，野兽出来，那么自己与先生等人可能都要被虎豹豺狼吃了。

想到这些，柏矩又情不自禁地问老聃道：

"先生，那俺们现在怎么办？"

就在老聃与主人之子、柏矩说话的同时，华兮一直反复打量周围的环境，心里非常着急。但是，见到柏矩，还有主人之子惊慌的神情，他还是假装镇定，望着老聃，又扫了一眼柏矩及两个仆役，以平缓的口气说道：

"大家都不要着急，更不必惊慌。否则，情急之下慌不择路，就真的要迷失在这深山万谷中了。"

柏矩听华兮说话的口气与从容不惊的神色，认为他一定是有办法的。但是，想了一下，他又不敢相信华兮。华兮虽然是南国人，肯定也有进入山林的经验，但这里的地形他毕竟也是陌生的，跟大家没有什么两样。

想到此，柏矩问华兮道：

"师弟，你有入山迷路的经历吗？"

"那倒是没有。不过，山我倒没有少爬，也没少见。"

"你确定这个分水溪流的源头不是俺们来时的那个？"柏矩又追问道。

"肯定不是。我看了好久周围的环境与景致，觉得不像。入溪谷观瀑布时，我扫了一眼分水的溪流源头，看到在两溪分岔之处有一棵大树。这个，我记得很清楚。"

“师弟，你确定没有记错？”

“绝对不会记错。”华夸斩钉截铁地回答道。

柏矩听到华夸这样说，心中更是着急了。情不自禁间，他抬头看了看天色，发觉太阳快要沉入远山之后了。望着那轮火红而光芒四射的太阳，过了很久，他突然一拍脑袋，对着老聃说道：

“先生，太阳西沉的方向是西，这个可以确定没错。您问问主人之子，他家所在方位，以及俺们最初入谷的方位，就能判断大致的方向。然后顺着那个方向，即使再多溪谷，也能走出去的。”

老聃点了点头，连忙用上蔡话跟主人之子说了几句。主人之子先是点头，然后摇头。

没等老聃与主人之子说完，柏矩就急不可耐地问道：

“先生，他怎么说？”

“他说他家住在山的东面，最初入谷的那个狭窄的洞口就是山的东面的入口。但是，即使能够朝东走出去，也不能找到当初入谷的洞口，回到他的家。所以，他认为一直朝东走并不可行。”

“现在不是怎么回到他家的问题，而是如何走出这深山万谷。只要往东走出这群山万谷，到了山外，再找主人之子的家，那不就容易得多了吗？”华夸说道。

没等老聃回应，突然瘦仆役走近老聃身边，因为老聃与柏矩所说的话，还有柏矩跟华夸说的话，他都听得明明白白。所以，综合了大家的说法，他便有一个想法。于是，他怯生生地走过来，对老聃说道：

“老爷，这样好不好？”

“你说。”老聃鼓励道。

“俺们当初入谷看瀑布的分水溪流源头，好像离俺们避雨的那棵大树不远。现在已经天色不早了，俺们索性不要犹豫了。刚才主人之子不是说他家住在山的东边吗？那是太阳要落山的地方，是西边。俺们在这分水溪流处左转，顺着左边的那股溪流一直走，如果能够看到那棵俺们避雨的大树，那就证明对了。顺着原路，加快步伐，也许还能在天完全黑下来之前出那个洞口。现在不是白天时间长，天黑得晚吗？即使天黑了，只要走出那个洞口，山外摸黑走点路，那也是不碍事的。况且主人之子对他回家的路线肯定很熟，有他为老爷牵牛，晚上行路也不打紧。”

自打从沛地出来，这一路走来，老聃从未听这个瘦仆役说过什么话，只见他跟胖仆役赶车配合得很好。今天听他这一番话，老聃不禁对他刮目相看，觉得他是个很有主见的人。看来，也不能小看仆役，他们的智慧未必就在柏矩与华兮之下。毕竟他是子轩的仆役，是见过世面的。

想到此，老聃情不自禁地以慈爱的眼光看了一下瘦仆役，然后重重地点了点头。

"可是，刚才华兮说过，他看见当初那个分水溪流源头有一棵大树，而这里没有大树。那俺们何必明知其错，还要走一遍呢？"柏矩对瘦仆役的话不以为然，提醒老聃道。

老聃略略犹豫了一下，然后望着柏矩说道：

"也许华兮错看了标志也有可能，这些溪谷旁边到处都有大树，一时混淆也是有的。现在天色不早了，不妨试试看吧。"

柏矩见老聃这样说，知道老师之意已决，所以就不再说什么了。

接着，大家就在瘦仆役的前导下开始往左拐向了分水溪流的另一支流。主人之子此时也是一筹莫展，只得跟着大家一起走。他看见老聃脚步明显慢了不少，遂再次提议让他坐上青牛之背。这一次，老聃没有拒绝，顺从地在主人之子与胖瘦二仆役的搀扶下坐上了牛背。

沿着溪流走了大约有两顿饭的工夫，遥见前面有一棵参天大树，大家顿时欢呼雀跃起来。老聃坐在青牛背上，亦不禁手捻飘胸长须，为刚才的决断而欣慰。

华兮一路走，一边不断地朝四周打量，眼神中时时闪现出不愿相信的狐疑。柏矩跟在华兮后面，受华兮影响，也边走边仔细观察周边环境。

又走了约一顿饭的工夫，终于到了大树下。在距大树尚有五十步之遥时，华兮突然停住脚步，回过头来问柏矩道：

"师兄，你对来时我们避雨的那棵大树还有印象吗？"

柏矩听华兮这样一问，顿时立定脚步，仰头观察起眼前这棵大树。看了好一会，他突然一拍脑袋说道：

"师弟，这棵树好像不是俺们避雨的那棵。我好像记得那棵树是阔叶的，你看这树却是针叶的。"

"师兄，你能确定没记错？"

"应该没有。"柏矩以有九成把握的口气回答道。

华兮点了点头，沉默了一下，说道：

"我们再走近看看，如果从溪边往树底下有被踏倒的草丛，那么就可以证明这棵树就是我们当初避雨的那棵。如果没有，那就肯定不是了。"

"师弟，你真聪明！这倒是目前能验证结果的最好办法。"柏矩由衷地说道。

"还有,师兄,你还记得吗?当时我们一大帮人在那棵大树底下避雨,看见地上厚厚一层落叶,我记得是阔叶的。当时,我不自觉地用脚扫了扫,想看看落叶积存有多厚。扫了半天,才拨开多层落叶,看到泥土。"

"这个俺记得,你是扫了一个圆圈。俺们现在也不必查看有没有被踏倒的草丛,也不管树是阔叶的还是针叶的,就直接到树底下看看,到底有没有你当初扫出的那块裸露的泥土地面。如果没有,那就肯定不是这棵大树了,证明俺们是走迷了道。"柏矩说道。

华兮点点头,二话不说,在大家还围着大树指指点点时,已经快步径直奔向那大树底下查看去了。不一会儿,他就回来了,并高声对大家说道:

"这树不是我们上午避雨的那棵。"

老聃一听,先是一惊,后是一愣。惊的是,原来他们真的是走岔了,已经迷路了;愣的是,华兮怎么这样肯定,这里就不是上午避雨的地方呢?

就在老聃与大家还在疑惑之时,华兮三步并作两步,踏着茂密的杂草来到了大家围聚的溪边,望着高高坐在青牛背上的老聃说道:

"先生,弟子到大树底下查看过了,地上并无弟子避雨时用脚扫开的一圈地面。这个山里今天不会有什么人进来,现场不会发生什么变化的。"

"如此说来,俺们是迷路了?"老聃这时好像也不能故作镇定了,口气中已然露出了焦急。

"先生,师弟说的应该没错。您再看这棵大树,虽然与我们上午避雨的那棵一般大小,但树叶却不一样。俺记得那棵大树是阔叶的,而这棵则是针叶的。"柏矩望着老聃补充道。

主人之子听不懂老聃师徒到底说了些什么,但是看到他们失落的情绪,他已然猜到他们所说的内容,知道这里确实不是上午来过的原路。仰望着眼前这棵大树,沮丧、焦急都写在了他的脸上。

瘦仆役听到华兮说这里不是早上避雨之所,更是倍感失落,落寂地退到一旁。胖仆役则站在溪边,看着奔流的溪水发呆。

一时间,落日时分的溪谷中除了溪水之声,就只有死一般的沉寂了。

过了好久,还是柏矩打破了沉寂,望着仍然端坐青牛之上,正闭目沉思的老聃,问道:

"先生,现在俺们已经迷路了,天又快黑了,您看该怎么办?"

"孔丘不是有一句话,你们常常念叨吗?"老聃眼都没睁,脱口而出道。

"什么话?"华兮与柏矩几乎是异口同声地追问道。

"既来之，则安之。"

"有道理。还是先生沉得住气，遇事总是沉着冷静，一点也不慌张。"柏矩连忙接口说道。

"师兄说得对。不仅先生的悟性弟子们无法学到，先生遇事处事的这份从容，同样也是弟子们学不来的。"华兮看了一眼柏矩，又望了望老聃说道。

华兮话音未落，老聃突然呵呵一笑。

"先生笑什么？"柏矩连忙问道。

华兮见柏矩问得认真，不禁侧过脸去偷笑。因为他知道老师笑什么，是笑自己与柏矩一搭一档的表演太过拙劣了。对于别人廉价的吹拍，老师一向是最不屑的。

就在柏矩不知所以之时，老聃突然仰望天空，像是对大家说，又像是自言自语道：

"也好，今日就在这山间谷中蜷缩一夜。有溪水之声为乐，有百鸟之鸣为歌，仰饮雨露，俯食溪鱼，此乃天然之生活，何其乐哉！"

主人之子听不懂老聃跟大家说的河洛官话，只是呆呆地看着坐在青牛上的老聃。柏矩与华兮听了这话，认为这是老师有意故作镇定，故作达观，以慰众人之心。但是，胖瘦二仆役听了这话，则立即意识到今夜要如何在山中度过的现实问题。

瘦仆役见柏矩与华兮愣在一旁，犹豫着想跟他们说些什么，但嗫嚅了半天，还是什么都没说，反而侧过脸看着胖仆役说道：

"既然今夜要在这山中度过，那么俺们就要解决两个现实的问题。"

胖仆役不知瘦仆役这话是说给柏矩与华兮听的，是在暗示他们二人赶快行动起来，别愣在那里了。只是碍于他们是老聃的弟子，也是他主子子轩的师兄弟，而他只是子轩的一个仆役，不便于指使他们什么。

胖仆役先是一愣，继而扫视了一下柏矩与华兮，接口说道：

"是啊，现在虽是春天，但到了晚上恐怕这山里会有些冷吧。今天早上吃了点东西出来，到现在大家都还未吃过任何东西，老爷肯定饿了。"

华兮开始还没明白过来，听到胖仆役最后一句，才幡然醒悟，原来两个仆役是在婉转地提醒自己与柏矩，赶快想办法解决今夜的御寒与吃饭问题。于是，立即对柏矩说道：

"师兄，我们赶紧找一个可以避风御寒的地方，再找点什么东西充充饥。"

"这棵大树下就可以避风，如果想御寒，最好能生一堆火。"柏矩说道。

"师兄，还是你想得周到。如果能生起一堆火，既能驱寒，又能防止野兽。只是有一件事，这深山野谷火种从何而来呢？"

柏矩默默地点了点头，脸上显出无比的沮丧与无助。

"生火并不难。"正当柏矩与华兮为了火种而你看我，我看你，感到一筹莫展时，胖仆役说话了。

"生火不难？难道你带了取火石？"柏矩立即追问道。

"没有，放在马车上了。"

"没有带取火石，你如何生火呢？"华兮不解地问道。

"可以钻木取火啊。"胖仆役望着柏矩与华兮，一本正经地回答道。

"难道你是燧人氏？怎么钻木取火？要钻木取火，也要有工具啊！"柏矩根本不相信胖仆役的话，所以脱口而出反问道。

"这个不用二位操心，俺们自有办法。现在要解决的，恐怕就是食物问题。"

华兮见胖仆役说得认真，从其脸上表情看，也好像信心满满似的，所以就相信了他的话。因为他知道，仆役亦不乏智慧，至于生存能力与生活经验，他们肯定比自己这样的读书人要强很多。于是，先看了一眼立在一旁的瘦仆役，然后笑着对胖仆役说道：

"既然你能解决取火问题，那就有劳二位了。食物的问题，我们二人来解决。"

"师弟，俺们怎么解决食物问题？这深山荒溪，食物从何而来？"柏矩立即反问道。

"师兄，我是南国人，从小就会摸鱼捉虾。这眼前不是有溪流吗？水中就有鱼虾啊。有了火，我们可以烤鱼烤虾吃，难道还能饿得死我们？"

柏矩见华兮这样说，心里就有底了，遂默默地点了点头。

看着两个仆役远去的背影，过了一会儿，柏矩突然问华兮道：

"那俺能做些什么呢？"

"你可以去找野果啊！会爬树吗？"

"这倒会。俺家院中有棵大榆树，俺兄弟从小就在上面爬来爬去，还在上面玩捉迷藏呢。"

"哦？原来师兄还有这等本事。那么，采野果的事就非你莫属了。"华兮说道。

"放心，保证能摘到很多野果的。"

"师兄，要提醒你一句。"

"你说，师弟。"

"南国山中的野果，有些是有毒的，不是什么野果人都能吃的。"

"那怎么知道哪些野果没毒，人可以吃呢？"柏矩望着华兮真诚地问道。

"你找那些树上鸟儿多，树下有吃剩的野果的树儿，然后上去摘些回来。"

"为什么？"柏矩不解地问道。

"既然是鸟儿爱吃的野果，那肯定味道甜，而且没有毒。"

"这个你比俺有经验，俺听你的。好，那么你去溪中捉鱼吧，俺就去采野果了。趁着天色尚早，俺们赶紧行动吧。"

"好。师兄爬树留神，小心为上。"

柏矩对华兮点点头，回身又跟他抬了抬手，就往附近树林去了。华兮则转身脱下鞋子，下到溪水中，开始捕捉小鱼小虾。

就在柏矩忙着爬树采摘野果，华兮忙着在水中捕鱼捉虾的同时，胖瘦二仆役也忙得不亦乐乎。他们先到大树下，用脚将枯枝烂叶扫除，清出一片较干净的地面；然后，胖仆役又到附近找来一根有两根拇指粗的干树枝，用手试了试硬度后，就开始将其一端在树下的一块大石上反复摩擦起来。不一会儿，那根树枝便被打磨成了像一支有杆有矢的箭。正当胖仆役拿着这支箭样的树枝得意地反复欣赏时，瘦仆役已经按照胖仆役的要求抱来了许多干燥的枯树叶，还有一些细细的干草和干燥欲脆的松针。胖仆役见此，忙对瘦仆役说道：

"俺钻木取火的工具磨成了，你先将这些枯叶干草放在这空地上，俺们再分头去找一样东西，然后就可以钻木取火了。"

"什么东西？"瘦仆役不解地问道。

"一段已经腐烂但比较干燥的树干。"

"这个不用分头去找，俺刚才就看到有这样的腐烂树干。只是不知是不是你要的那种，不妨俺带你去看一看。"

"好。"胖仆役答应一声，就迈开脚步跟瘦仆役去了。

不大一会儿，二人用石头砸，用手扳，最终取来了一段约两尺长、碗口粗的腐木。

"现在，俺们就可以开工了。"胖仆役高兴地说道。

"就这一堆枯叶干草，还有这段烂木头，就能取出火来？"瘦仆役以一种十二分不相信的眼神望着胖仆役说道。

"不是还有这个吗？"胖仆役从地上捡起刚才磨好的那支箭样的木杆，以得意的口吻说道。

"好！那就让俺今天开开眼界，学点本领，万一以后俺也迷在山里，也就不至于饿死、冷死或被野兽吃了。"

"你看好了哦!"

胖仆役这样答应了一声后,立即麻利地将刚才瘦仆役找来的枯叶和干燥的细草、松针铺在地面上,再将那段腐木埋在枯叶干草之中,然后用箭杆木的尖端对准腐木中间。瘦仆役感到不解,问道:

"这些干燥之物难道能自己生出火来?"

"当然不是,你看着,别多嘴!"

胖仆役话音未落,早已双手搓动起那木杆,开始时速度较慢,后来则越来越快。大约过了两顿饭的工夫,随着箭杆木越转越快,腐木中随箭杆木搓动而带出的黑色木屑也越来越多。胖仆役见黑色的屑状物足够多了,连忙用细干草与松针包住这些黑色屑状物,然后捧在手心,小心翼翼地用嘴吹。吹了好一会儿,突然看见手中的细草松针冒出烟来。胖仆役见此,立即加快速度吹了一阵,终于手中的烟变成了火苗。瘦仆役在一旁屏息观看,都惊呆了。就在瘦仆役还没从惊讶中醒悟过来之际,胖仆役将手中的那朵火苗投入了早先铺在地上的枯叶、细草与松针之中,顿时熊熊大火蹿起在大树底下。

"快,快,快,再去多抱些枯叶干草,还有松针来。"

听到胖仆役急促的吩咐,瘦仆役这才从惊愕中清醒过来,拔腿便跑。一眨眼工夫,就抱来很多枯叶、干草。

"再去找些粗点的枯树枝。"胖仆役又吩咐道。

"好!"瘦仆役答应一声,连忙又跑去找枯树枝了。

一会儿,瘦仆役抱来许多枯树枝,细些的有拇指粗,粗点的则有手臂粗。

胖仆役见此,连忙捡起些细枯枝架在燃烧起来的枯叶干草和松针之上,然后再将粗枯枝放于其上。

不一会儿,细树枝烧起来了,粗树枝也慢慢地冒出烟来。

"这一下火真算生起来了。"胖仆役兴奋得脸膛都红了。

"老爷,生火成功了!"瘦仆役兴奋得跳了起来,三步两步就奔到了老聃的身边。其实,在此之前老聃一直在离他们不远处,不时偷眼看着他们的一举一动。只是他坐在高高的青牛背上,总是闭着眼睛,所以主人之子以为他累得睡着了,就在青牛旁边静静地立着,防止老聃睡着后从牛背上摔下来。如果真的摔坏了,那接下来的情况就更糟糕了。

没等老聃作出回答,瘦仆役就听胖仆役大声喊道:

"快回来,再找粗树枝来,越多越好,越粗越好。"

瘦仆役目睹胖仆役钻木取火之不易,知道若是薪尽火灭,不仅前功尽弃,而且接下来的御寒、烤鱼计划都要落空。于是，立即返身奔向附近的林间寻取合适的枯枝干木，再为燃起的新火续力。

与此同时，胖仆役一边看顾着燃烧起来的火苗，一边就近取材，凭借自己的蛮力，搬来了几块大石头，将燃烧的新火围起来。这样，一方面可以聚拢火力，另一方面防止风大吹掉燃烧物而散了火种。

不一会儿，火塘垒好了，胖仆役直起身子，伸展了一下已经酸麻的双臂，然后拍了拍双手上沾满的灰泥。拍了几下，突然停了下来，原来双手搓动箭杆钻木取火时被磨破的手掌处早已血灰黏合了。低头看着血肉模糊的双手，胖仆役这才感到有些隐隐作痛。但是，看着跳动的火苗在即将暗黑下来的溪谷间闪耀，他还是欣慰地笑了。因为有了火，一切都好办了。

正当胖仆役凝神观看着火苗而暗暗高兴时，瘦仆役抱了一大堆枯树枝回来了。放下手中的这些枯枝后，瘦仆役转身又走。胖仆役见此，问道：

"你要去哪里？"

"俺拾了好多枯枝，还有比这更粗的呢，一下子抱不了。"

"那俺跟你一起去，多抱些回来，就够烧上一夜了。"胖仆役说着，就随瘦仆役飞快地消失在幽暗的林间。

二仆役刚走开，柏矩就拎着一大包野果回来了，原来他是脱下了外衣当包裹。柏矩看见熊熊燃烧的火苗，以及乱石围起的火塘，顿时脸上露出了无比欢悦的笑容，同时也在心里暗暗赞赏着胖仆役的智慧。

"师兄，你回来啦，野果采到没有？"正当柏矩看着火苗陷入沉思之际，华兮手里拿着一根树枝回来了。

"师弟，你也回来啦，有没有捉到鱼啊？"

华兮得意地晃了晃手中的树枝。

"你怎么拿根树枝回来了？鱼呢？"柏矩疑惑地问道。

"鱼就在这啊！"华兮指了指手中的树枝，得意地说道。

柏矩低头细看，这才发现十多条大小不一的鱼儿都串在了这根带叶的树枝上。柏矩觉得非常好奇，觉得华兮的办法比自己脱衣包野果的办法高明，遂反问道：

"你的鱼儿怎么串到树枝上呢？"

"从鱼鳃穿到鱼嘴，不就串到树枝上吗？我们南国人摸鱼捉虾时，一般都不带什么篮子或筐子，都是就地取材，折根树枝串起来，提着就回家了。"

"真是好办法，南国人还真是聪明！"柏矩脱口而出道。

华兮听到柏矩的夸赞，虚荣心顿时得到了满足，情不自禁地露出了灿烂

的微笑。顿了顿,指着火塘中熊熊燃烧的火苗,说道:

"你们北国人也很聪明啊!你看他们两个仆役,竟然白手生出火来。"

柏矩知道华兮这是投桃报李,遂也得意地笑了。

停顿了一下,华兮突然问道:

"他们二人呢?"

"俺也不知道,俺回来时就没见他们二人。"

"大概是捡枯枝柴禾去了。"华兮肯定地说道。

华兮话音刚落,二仆役就回来了,二人怀里都抱了满满的枯枝,粗细不一。

四人相见,映着熊熊的火光,大家脸上都漾出了欣慰的笑意。华兮非常好奇,就问胖仆役是怎样白手取出火来的。胖仆役就将取火的经过与原理一五一十地告诉了华兮,听得华兮连连称奇,大夸他聪明。

热闹地说了一阵,华兮突然煞住了话题,说道:

"我们光顾着说话了,先生还在那边饿着呢。我们赶快烤鱼吧。"

"别忙,让俺将火势调整一下。"胖仆役道。

瘦仆役懂得胖仆役的意思,立即从堆在一旁的枯枝中抽了几根细枝递给胖仆役。胖仆役将枯枝的两端搁在火塘边的石头上,排列整齐。然后,胖仆役把华兮抓来的鱼儿连同那根串鱼的树枝一起搁在枯枝之上。过了一会儿,当刚搁上的枯枝也开始着火时,鱼儿便散发出了一阵诱人的香味。

柏矩闻着烤鱼的香味,虽然馋得快流出了口水,但是却没动手去取鱼,而是对华兮说道:

"师弟,俺们去将先生叫过来吧,他一定饿得不行了。"

"师兄,还是你一人过去请先生过来吧。我去将野果洗一洗。"

"洗什么,随便用手或衣服擦一擦,不就可以吃了吗?俺们从小都是这样吃的。"柏矩说道。

"师兄,野果还是洗一洗较好,况且水就在近前,不费事的。"

"你们南国人就是讲究!好,那俺去请先生,你去洗野果。"

瘦仆役听华兮这样说,连忙趋前帮忙,提着柏矩用衣服包裹的那些野果就走。华兮跟在后面,一起到了溪边。

不大一会儿,老聃和主人之子都被柏矩请了过来。胖仆役早已在火塘周围铺好了一些细草。待华兮与瘦仆役洗完野果回来后,大家便围着火塘吃烤鱼和野果。虽然简单,但人人都觉得香甜得不得了。

进了简单的铺食后,胖仆役又给火塘里加了一些枯叶细草,再架上了一层细枯枝，再间杂一层粗枯枝。层层枯枝架好，胖仆役觉得够烧上一个晚上的了，便对老聃说道：

"老爷今天劳累了一天，年纪又大，大家就围着这火塘坐着打个盹，养养精神吧。"

"大家放心睡觉，俺们二人轮流睡觉，留着点神，即使有野兽过来，俺们叫醒大家，有这么多人与这堆火，相信也不会有什么问题。"瘦仆役接着胖仆役的话，补充了一句。

一夜无话。

第二天一大早，老聃与众人在习习清风与众鸟的喧闹中醒来，呼吸着山中新鲜的空气，听着近前潺潺的溪水之声，大家重又抖擞起精神。

胖仆役最后一个醒来，因为他昨天晚上负责下半夜的值守，所以困意较浓。

瘦仆役见胖仆役也醒来了，遂对着柏矩与华兮二人问道：

"朝食怎么办？"

"野果昨晚没吃完，还有不少，仍然可以吃。如果再能捉点鱼来烤烤，那就好了。"柏矩一边这样回答道，一边却拿眼看着华兮。

华兮知道其意，遂立即接口道：

"早上溪中鱼儿比晚上要多，我来教大家捉鱼。多些人手，捉的鱼儿就会很多，肯定够我们吃饱一顿的。"

两个仆役一听，顿时兴奋起来。主人之子见大家兴奋的样子，就轻声问老聃，他们到底说了什么。老聃用上蔡话将众人的话搬给他，他听了也非常兴奋。

于是，一行六人，除了老聃仍坐在火塘边，其余五人都下了溪水。胖仆役临离开时，特意给火塘中加了不少枯枝枯叶。

大约过了两顿饭的工夫，五人大获丰收，各人手中都提了一串大小不等的鱼儿。

回到火塘边，大家见老聃正在闭目静修，华兮示意大家别说话。二仆役则麻利地摆弄好烤鱼串，然后用嘴向火塘吹了几下，火势顿时大了起来。慢慢地，随着粗细枯枝渐次烧旺，阵阵烤鱼的香味伴随着缕缕青烟便弥漫了百鸟喧闹的溪谷。

吃完了所有的烤鱼与剩下的野果，老聃坐到了主人之子牵着的青牛背上，大家便在瘦仆役的前导下，重新回到了昨天那个分水溪流的源头处。胖仆役这次落在最后，因为他离开火塘时从火塘取了一根已经烧了一半的粗枯枝，小心翼翼地拿在手中，一路走一路吹，就怕火种熄了。

　　站在分水溪流源头，大家又争论了一会，最后由老聃作出决定，向右拐到了另一个溪谷中。

　　走了大约有一顿饭的工夫，华兮站在溪边一块大石上往溪谷下方望了一下，然后对老聃说道：

　　"先生，这个溪谷好像与昨天我们进入的溪谷不一样。"

　　老聃坐在青牛背上，纵目往溪谷中望了望，又看了看大家，半天没有吱声。

　　就在老聃显出犹豫不决的神情时，柏矩突然兴奋地叫道：

　　"先生，你听，下面好像有瀑布的声音，可能就是昨天俺们观看过的那个。"

　　于是，大家都兴奋起来，循声从溪流上游继续往下游而去。只要找到昨天看过的那个瀑布，就有可能溯流找到昨天出发时的溪水源头。而找到那个溪水源头，就有可能找到入山的山口。

　　走了约一顿饭的工夫，华兮站到溪流岸边的一处高地上，纵目向溪谷下方看了半天，觉得景象不似昨天进入的那个溪谷。于是，走到老聃的青牛旁，望着老聃，说道：

　　"先生，您跟我到那边，往下看看。"

　　老聃不明白华兮的意思，以为发现了美景让他欣赏，遂让主人之子牵着青牛，跟着华兮走到了溪岸的一个高处。

　　华兮的意思是想让老聃确认一下，这个溪谷是不是昨天进入的那个溪谷。没想到，老聃放眼看了看溪谷，却被眼前的景象迷住了。从上往下俯瞰，这个溪谷整体上就像是一个核桃形状，源头与远方延伸处的溪流都比较窄，但到中间部分却显得相当宽阔。再细看，老聃又有新发现，原来在溪流最宽阔的部位，溪流被中间一个葱绿的沙洲分隔开来。溪流左右分流，绕过沙洲后两股溪流又汇合为一股，溪流两岸又渐渐收窄。远看那溪宽，仿佛与脚边的溪宽差不多。当老聃正欲收回目光时，忽然发现那绿色沙洲中间还有一汪湖泊，在阳光下闪着粼粼波光，就像镶嵌于溪谷中的一块小小蓝宝石。

　　看着看着，老聃突然兴奋起来，脱口而出，说了一句楚国话：

　　"夥颐，旷兮其若谷。"

　　这时，正好柏矩与华兮也过来了。听老聃感慨地说了这一句，柏矩听不懂，愣了一下，再看其沉醉的样子，大概明白了其意，可能老聃是被这溪谷迷住了。

"先生，您是说这个溪谷非常宽旷，是吗?"华兮是楚国人，听懂了，乃轻声问道。

老聃没吱声，继续纵目远眺。

柏矩望了望华兮，又看了看老聃，终于明白了。但是，他和华兮一样，看着老聃的神态，就知道他是沉醉于这个溪谷的景色，或许正在沉思悟道呢。所以，他们二人都识相地静立一旁，大气不敢出，只是默默地陪着老聃远眺。

过了好久，老聃突然回过头来，扫视了一下立于青牛下的柏矩与华兮，指着溪谷问道：

"你们看，这个溪谷形状像什么?"

柏矩与华兮见问，连忙踮起脚尖，极目远眺，因为他们远眺的高度与老聃有差别。看了半天，柏矩回答道：

"像一条长带，也像一根绳子。"

老聃摇了摇头。

华兮见此，连忙站到老聃骑的青牛正前方，以保持与老聃相同的视线角度。踮起脚尖看了好久，华兮突然兴奋地回答道：

"像一只中间粗两头尖的桃核。"

老聃点了点头，但接着又摇了摇头。

柏矩与华兮不知道老聃又是点头，又是摇头，到底是什么意思。沉默了一会儿，柏矩忍不住问道：

"先生，师弟到底说得对，还是不对?"

老聃没有回答柏矩，继续专注地眺望着远溪。过了好一会，突然显得兴奋起来，脱口而出道：

"太像了! 太像了!"

"先生，太像什么了?"柏矩与华兮几乎异口同声地问道。

"像女阴。"

柏矩与华兮以为自己听错了，愣了半天，不知说什么好。最后，还是柏矩打破沉默，怯怯地问道：

"先生，俺们没听清楚，您说这溪谷像什么?"

"像女阴。"

这一次，柏矩与华兮都确信自己的耳朵没有听错。柏矩望着老聃远望沉醉的样子，不禁重新打量了他一番。没想到，老师平日一本正经，道貌岸然，整天闭目作沉思状，原来是在幻想这些东西。如果他没有女阴嗜恋癖，怎么看溪谷能看出女阴来呢？

华兮听了老聃的话后，低头沉思了一会，终于明白老师先点头后摇头的原因，原来他说溪谷像桃核，暗中契合了女阴的形状。所以，当他想通了以后，便情不自禁地点了点头。

柏矩见华兮点头，又不禁以异样的眼光打量了华兮一番。心想，原来老师说华兮悟性好，是二人有同样的癖好。于是，他不去看华兮，而是目光转向老聃，尽力稳了稳情绪，也摆出一副一本正经的样子，好像是非常诚恳似的问道：

"先生，您为什么说这溪谷形状像女阴呢？"

柏矩以为老聃会为刚才的失言而羞愧，肯定闭目不肯回答。可是，没想到老聃却显出兴味盎然的样子，指着溪谷，脱口而出道：

"你们看，这溪谷整体形状是不是两头尖，中间部位开阔？你们再看，溪流开阔处，溪水分流，中间是一个沙洲。沙洲中心是一汪碧水，这像是什么呢？溪流两岸与沙洲两边，都是茂密的林木，这又像是什么呢？"

柏矩是结过婚的男人，当然听得懂老聃的话。只是他觉得这种连普通人都说不出口的话，自己的老师却说得如此坦然，真的是让他想不到。

华兮听了老聃的话，好像态度颇是坦然。但是，他没有回应老聃的话，也未抬头看老聃，而是远眺溪谷。良久，他默默地点了点头。

柏矩看看老聃，又看看华兮，不知说什么好。一时间，师徒三人都陷入了沉默。大家各自远眺溪谷，自己想着自己的问题。

过了好久，坐在青牛背上的老聃手捻山风中飘拂的长须，远望溪谷，好像突然有所感悟，自言自语道：

"谷神不死，是谓玄牝。"

老聃的话虽然声音不大，但华兮与柏矩因为就站在他骑的青牛旁，所以都听得真切。

"先生，您这话是什么意思？"柏矩脱口而出，问道。

"先生的意思是说，溪谷就是一个不死之神，就像是玄妙的女阴。"

柏矩一听，不禁惊讶地瞪大了眼睛，没想到这个平时总跟老师唱反调，喜欢质疑的南蛮子，却在嗜恋女阴上跟老师惊人的一致。

"先生说的是这个意思吗？"沉默了好久，柏矩望了一眼坐在青牛背上道貌岸然的老聃，直视华兮问道。

"溪谷奔流不息，不分昼夜，无始无终，孕育了万物，滋润了万物，你说溪谷算不得是神吗？女阴是人之所由出，人类生生不息，一代接一代，繁衍而无止境，不都是全凭它？难道不能说女阴就是不死的溪谷吗？"

"师弟，你前半句说得还算勉强，后半句俺实在不能苟同。如果你要歌颂溪谷孕育万物的大功，感慨系之，说'谷神不死'也就罢了，为什么一定要扯上女阴呢？"

老聃虽然坐在青牛上闭目沉思，但柏矩的话他听得非常清楚，而且明白柏矩质疑的不是华兮，而是自己。于是，脱口而出道：

"玄牝之门，是谓天地根。绵绵不绝，用之不勤。"

华兮一听老聃这话，顿时底气更足了，望了柏矩一眼，说道：

"师兄，我没错解先生的话吧。先生现在明白地告诉我们：女阴就是玄妙幽深的生育之门，乃人类之所由生，宇宙之所由存的根源，所以，可以称之为天地之根。它的存在绵绵不绝，它的功能使用不尽。先生，是这个意思吗？"

老聃毫不犹豫地点了点头，手捻长须，似乎非常欣赏华兮的说法。

柏矩见此，望望老聃，看看华兮，一时呆住了，不知说什么好。

就在此时，主人之子走了过来，用上蔡话跟老聃说了几句。老聃点了点头，主人之子便牵着青牛开始往下游走去。

众人见此，立即跟上。

走了大约两顿饭的工夫，瀑布的声响越来越清晰，脚边的溪水也越来越湍急。大家都兴奋起来，以为真的找到了昨天的那个瀑布。可是，走近一看，华兮与瘦仆役几乎同时情不自禁地失声叫了一声：

"这瀑布不是昨天的那个瀑布。"

大家走近一看，发现这瀑布流水虽急，但宽幅比昨天所见要小得多。这一下，大家都有些慌了神。胖仆役举着火种一路走一路吹，此时因为瘦仆役与华兮的失声一叫，注意力分散，一脚踏空，摔了一跤，手中举着的火种掉到了溪中。胖仆役虽然反应敏捷，但捞起火种时，则完全熄灭了。

望着昨天钻木取火辛苦保存下来的火种熄灭了，胖仆役顿时像傻了一样，立在溪边半天也没反应。瘦仆役见此，也大惊失色，因为他昨天亲眼见证了胖仆役生火的艰难过程，看到了他两个手掌都皮破血流的情景。其他人因为不了解内情，以为胖仆役取火很容易，所以都不以为意，继续围在那里指指点点，争论着眼前的瀑布到底是不是昨天的瀑布。

过了好一会，大家终于都认同这个瀑布不是昨天的瀑布，这个溪谷也不是昨天的那个溪谷。于是，大家只得原路返回。

回到早上出发的分水源头时，大家又没了主意。因为接下来到底应该往哪走，谁也不敢保证就会走对。柏矩问老聃有什么主意，老聃坐在青牛背上闭目不语。最后，华夸提出了一个建议：

"我们就以这个分水源头为基点，在已经走过的溪谷入口垒一个石堆，再在石堆上插上几根树枝作标志。这样，大家分头将附近不断分流出来的各个溪谷都走一遍，很快就能排除不正确的，最后就能确定昨天我们进入过的那个溪谷。只要找到那个溪谷，我们从下游往上游寻找到昨天早上的那个分水源头，然后往左手一转，就能找到我们曾经避雨的大树。查勘一下大树下有没有我们留下的印记，就能顺利出洞，回到主人家了。"

大家一听，觉得华夸毕竟是南国人，有入山的经验，所提的建议有可行性。于是，大家一致赞成华夸的意见。老聃用上蔡话将华夸的意思跟主人之子说了一遍，主人之子也表示认同。接着，胖瘦二仆役与柏矩、华夸四人合力搬运石头，先在今天进入的溪谷源头处垒起了一座石堆，上面插上一些树枝。然后，又在昨晚误入的那个溪谷入口处垒起了同样一座石堆，也插上几根树枝。然后，华夸指派大家分头行动，主人之子照顾老聃，就在原地休息。

但是，就在大家就要分头行动时，瘦仆役突然提出了一个疑问：

"大家分头行动，虽然效率比较高，但是也要考虑到一个问题。"

"什么问题？"柏矩与华夸几乎异口同声地追问道。

"如果有人在溪谷中迷路了，那是不是非常危险？"

大家一听，觉得瘦仆役的话有道理。最后，权衡了再三，大家还是觉得众人一起行动比较可靠。即使迷路了，彼此有个照应，像昨晚一样，大家群策群力，也不至于饿死或被野兽吃了。

主人之子目送着众人往左边又一处溪流分水处走去，一时茫然不知所之。对于这次山间迷路，他内心有着深深的内疚。如果当时自己阻止老聃等人去看瀑布，或是把问题想得复杂点，沿途作些记号，也不至于今日陷入如此进退维谷的地步。如今不仅带累老聃一干人众在山间吃苦，还让家中老父老母悬望担心。想到此，他不禁深深叹了一口气。

老聃虽然坐在青牛背上闭目养神，对主人之子的叹息之声却听得真切。因为他闭目静思时，耳朵尤其灵敏。别看他总是不言不语，整天闭目沉思，对于众人的心理都是一清二楚的。所以，听到主人之子的叹息声，他便用上蔡话说道：

"山不转水转，不管找到找不到昨天的那个溪谷都无妨。只要俺们顺着一条溪流往下游走，总能走出这山里的。只要走出这山里，就能找到你的家。"

　　主人之子听了老聃这番话，先是感到意外，后则觉得心中无比温暖，知道老聃虽然不大言语，只在万不得已时才跟他用上蔡话交流几句，表面上显得冷漠，实际上还是体贴人的。于是，原来的忧虑与沮丧顿时消失了。他觉得，老聃"山不转水转"的话太有道理了，这是高人才能悟出的道理。

　　情绪稳定了以后，主人之子搀扶着老聃下了青牛。然后，从附近搬了一块大石头，又捡了一些细干草铺在上面，让老聃坐在上面休息。

　　日中时分，柏矩与华兮等人因为记挂着老聃，找了两个溪谷，垒石作了标记后，就一起返回了老聃与主人之子所在的分水源头。

　　柏矩将情况向老聃说了一遍，口气中显出了莫大的沮丧。老聃睁眼看了看柏矩，又扫了一下华兮，还有立在一旁的两个仆役，从容说道：

　　"天无绝人之路，大家不必沮丧。既然山间有很多溪流，就会有汇众溪而成的大溪。有大溪，便有出山之口。顺溪流而下，总会走出山中。"

　　"先生说的是，真是让弟子茅塞顿开！"柏矩高兴地脱口而出道。

　　华兮点了点头，二仆役则连声称是。

　　过了一会，柏矩仰头看了看太阳，问道：

　　"先生饿了吧？"

　　"还好。"老聃淡淡地说道。

　　华兮知道，老师虽然说得云淡风轻，但实际上肯定饿了。早上他只吃了一个野果、一条很小的烤鱼，怎么可能不饿呢？抬头看了看柏矩，又扫了一眼两个仆役，华兮说道：

　　"师兄，我们大家还像昨天一样，分头采些野果，捉些鱼来给先生充充饥吧。"

　　"只是现在没有火种了。"胖仆役说道。

　　"那今天不能钻木取火吗？"柏矩问道。

　　胖仆役摇摇头。

　　瘦仆役见柏矩眼露不解的神色，遂连忙拿起胖仆役的双手，摊开给柏矩看，同时将昨天艰难取火的经过向大家说了一遍。大家听了，都倍感沮丧。因为没有火，很多问题都是难以解决的。

　　过了一会儿，华兮对柏矩说道：

　　"师兄，既然没火，那我们就去采点野果来给先生充充饥吧。"

　　柏矩点点头，转身就要跟华兮一道去采野果。胖仆役突然一拍脑袋说道：

　　"俺的双手受伤不能钻木取火，俺来教你们钻木取火，怎么样？"

　　华兮与柏矩几乎异口同声说道：

"对啊，这个主意好！你手受伤，我们手没受伤，我们可以来试试。"

瘦仆役听他们这样一说，连忙接口说道：

"既然这样，那还是让我来试试吧。你们二位去采些野果或捉些鱼来吧。"

柏矩与华兮点了点头，转身各干自己的老本行去了。

大约过了有两顿饭的工夫，柏矩满载而归，又用外衣包裹了许多野果回来了。但是，随后回来的华兮手上却只拎了三条小鱼。

"今天怎么只捉到这点鱼，还很小。"柏矩不解地问道。

"因为这里是溪流上游，鱼不但小，而且还很少。"

二人说着，就转身去看胖仆役指导瘦仆役钻木取火到底怎么样了。可是，令人沮丧的是，瘦仆役不仅钻不出火来，而且连钻木取火的工具还没磨制出来，只是捡来了一堆枯叶干草而已。

看看时间已经不早了，柏矩就提着野果到近前的溪水中去洗。华兮见此，拎取鱼儿也走向了溪边。柏矩回头看到华兮跟过来，问道：

"你来溪边干什么？"

"洗鱼啊！"

"洗鱼干什么？又没有火。还是俺的野果能解决问题。"

"师兄，你错了，我的鱼也能解决问题。"

柏矩瞪大眼睛问道：

"难道你要生吃？"

"生吃怎么不行，我们的祖先茹毛饮血，不也过来了吗？"华兮说道。

"那是古代，没有办法。"

"师兄，其实现今也有吃生鱼的。我们家乡有些渔民出江捕鱼时，遇到风浪生不了火时，都是吃生鱼的。"

"哦？你们南国还有这种事？"

"只是有一样，他们往往吃生鱼时都会配一种叫山葵的植物。"

"山葵是什么植物？有什么用？"柏矩好奇地问道。

"山葵是一种有辛辣味道的植物，它的根部可以研成细末，涂在生鱼上，既能添加味道，又能解毒。"

华兮一边这样说着，一边麻利地捡起一片薄而尖的石块，将手上的鱼腹剖开，在溪水中洗了洗，然后作势将鱼儿拿到嘴边，对柏矩说道：

"师兄，你看，我吃鱼了。"

"师弟，你还真吃生鱼啊？"

华兮笑了笑说：

"跟你开玩笑的，我还不想拉肚子，死在这个山里呢。待会儿我得去找山葵，不知这山里有没有？如果有山葵，那么先生就有美味可尝。"

"师弟，生鱼就着山葵吃，果真美味？"

"不瞒你说，我也没吃过，只是听人说过。师兄，你要想吃，今天恐怕没有，这三条小鱼还不够先生吃的呢。"

"如果真的美味，明天俺们就到下游多捉些鱼来，大家都来尝尝美味，那也不枉俺们在这山里遭罪一番。"

"好！你慢慢洗野果吧，我去采山葵去了。"华兮说着，就提着洗好的三条小鱼走了。

走到老聃面前，华兮将刚才跟柏矩说的话跟他说了一遍，并请他用上蔡话问一下主人之子是否认识山葵。

主人之子听了老聃用上蔡话转述的意思，明白了华兮的意思，遂连忙转身带华兮去找。找了大约有两顿饭的工夫，终于找到了一棵山葵。主人之子拿着这山葵到溪边洗了洗，然后带了一块洗净的平石回来。

华兮不解，但又跟他语言不通。想问他，还得让老聃当舌人，所以只好眼盯着主人之子，看他到底要做什么。主人之子没看华兮，先蹲下身子，然后将平石放在大腿上，接着就将山葵的根部在平石上摩擦起来。不一会儿，一丝丝绿色的细末就形成了。华兮看了，顿时兴奋起来，原来自己听说的事还真不是虚的传言。

主人之子磨好山葵细末后，伸手将华兮洗好放于一边的小鱼拿过来，麻利地在上面涂抹了一些，然后用上蔡话跟老聃说了两句，就将生鱼递了上去。老聃点了点头，接过鱼儿就吃了起来。华兮与主人之子立在一旁看着，想知道老聃吃下是什么反应。结果，出乎他们的意料，老聃竟然点了点头，咂了咂嘴，显出一副满足的神情。

这时，柏矩洗野果也回来了，看到这一幕，差点高兴得跳起来。因为明天他也有生鱼美味可以尝了。

老聃刚吃完生鱼，就听瘦仆役大声叫道：

"成功了！成功了！"

柏矩与华兮，还有主人之子都连忙凑过去，看到胖仆役正手拿一把冒烟的细草在时快时慢地吹着。不一会儿，烟便在胖仆役手掌中变成了火。瘦仆役见此，连忙从地上抓起一把枯叶往那火苗上一放，火就烧起来了。接着，一切都顺利了，昨晚的一幕提前上演了，只是今晚没有烤鱼可吃。

又是一夜平静地过去了。第二天，大家仍然一大早就起来，吃了几只野果，就按照华兮的计划，一条条溪谷排查。到了第四天，终于找到了第一天大家聚观的那个雄伟的瀑布，然后逆流而上，在当初分水溪流源头，看到了华兮所说的那棵大树。左转进入一条溪谷不久，又发现了当初避雨的大树。最终，大家顺利地出了入山时的那个山洞，回到了主人之家。

第五章　出　关

1. 盛德若不足

周敬王二十五年（公元前495年）六月二十二，天气大热。

日中时分，老聃与众人都觉得有些暑热难当。柏矩望见前方不远处有一棵临溪的大树，遂向老聃提议，到那棵大树底下歇息一下。

老聃点了点头，让瘦仆役搀扶他下了青牛之背。自从由那溪谷中脱困出来，主人将青牛赠予他为脚力以后，老聃就一直不愿意再乘马车了。他觉得坐在青牛背上非常平稳，不像马车那样颠簸。也因为如此，子轩派出给他的马车便成了柏矩、华兮二人的代步工具，这可着实让他们二人一路轻松了许多。

从大路拐入溪边那棵大树下，两个仆役驻车系马已毕，大家便围着大树坐了下来。

柏矩回头看了一眼背后这座傍溪的葱绿之山，又远眺了右前方若隐若现的群山，似乎若有所思。望了一会儿，他突然侧过脸来，望着正闭目养神的老聃说道：

"先生，如果弟子没记错的话，今天正好是俺们离开夥颐谷整整三个月的日子。"

老聃没吱声，华兮却接口问道：

"师兄，什么夥颐谷？"

"师弟，你怎么这么健忘呢？"

"我真的不记得，我们何时去过什么夥颐谷？"华兮反问道。

柏矩以为华兮是故意装糊涂，遂看了他好一阵。见他一脸茫然的样子，好像不是在装糊涂，遂回答道：

"就是俺们被困四天三夜的那个楚国溪谷啊！"

"这个我记得，怎么会忘记呢？这些年来，为了追随先生求学问道，我们南北奔波，一路遇到的危险不知有多少，但都比不上那次溪谷中的经历让我刻骨铭心。”

"为什么？"

"因为那次除了你我，还有先生和主人之子，还有子轩师兄特意派出的两个仆役。如果走不出溪谷，大家都会困死于万山之中而无人知晓。那样，我作为楚国人，死也不能安心。"

"师弟，这一路走来，俺们虽然经常斗嘴，也经常见你质疑先生而对你有看法。但是，经过那次溪谷历险，以及你刚才所说的一番话，俺发现你还真是一个善良的人。就是俺们北国人所说的那种嘴巴不饶人，心地却善良得不得了的那种人。"

华兮见柏矩这样说，遂也投桃报李地说道：

"这次我们跟先生一起出来漫游，时间这么长，还真是应了一句话：'路遥知马力，日久见人心。'这一路走来，我发现师兄对先生真的是体贴关怀备至！"

"呵呵，俺们俩好像是在互相吹拍了。是不是有些肉麻？"

"我不知道师兄说的是不是真话，反正我说的绝对是肺腑之言。"华兮认真地说道。

"俺说的也是肺腑之言。"

"哎，师兄，你刚才为什么说那溪谷叫夥颐谷呢？"

"师弟，你又忘记了吗？那次进入溪谷不久，俺们看见溪谷中许多奇花异草，先生为之沉醉不已。你指着一朵紫杆六角形绿花问先生叫什么名，先生说不知道，俺们硬是央求先生问主人之子。结果，主人之子也回答说不知道。后来，俺们问多了，让先生不能安心欣赏溪谷中的奇花异草，先生烦了，就搬出他的理论：'名可名，非常名。无名，天地之始；有名，万物之母'，结果引得你跟先生一番辩论。最后先生举例说，那个溪谷如果第一个进入的是个楚国人，他会因为谷中美景而发'夥颐'的感叹，如果是鲁国人或晋国人，可能会发出'噫嘻'的感叹，所以将这溪谷命名为'噫嘻谷'或是'夥颐谷'，都没有什么不可。"

柏矩话还没说完，华兮就连连点头道：

"我记得了，你还替先生帮腔，替先生圆说，弄得我们彼此很不开心。现在冷静想来，倒也觉得蛮有趣的。"

柏矩听了，哈哈一笑，华兮也高兴地笑了。

就在柏矩与华兮相视一笑时，突然听到"扑通"一声。二人不约而同地抬起头来，循声望去，发现原来是两个仆役正在临水打水漂玩乐。可能是用的石片太大了，所以沉水发出巨大的声响。

"师弟，你看他们现在见水就要打水漂，这都是你教出来的。你们南国到处都是水，大家都会玩这种游戏，倒也是因地制宜。不像俺们北国，干旱少雨，哪里去打水漂啊！"柏矩一面望着二仆不亦乐乎地打着水漂，一面感慨地对华兮说道。

"师兄，你到南国时间久了，好像有点爱上我们南国了，不像以前老是抱怨我们南国这也不好，那也不行。"

"其实，南国与北国都各有利弊。南国虽然山清水秀，风景优美，但是潮气太重，夏天蚊子太多，实在是让人受不了。"

华兮点点头，却侧身看了一眼坐在一旁的老聃。见他正闭目静坐，一动不动，不知是在休息，还是在沉思。于是，便用手指按了一下嘴唇。

柏矩明白其意，稍作犹豫，便从地上爬起，转身向华兮招了招手，蹑手蹑脚地往溪边去了。华兮见此，连忙起身跟上。

来到溪边，柏矩凝神观看溪水好一阵，突然指着脚边的溪水，问道：

"师弟，你看这水里有鱼吗？"

华兮没有立即回答，而是捡起脚边一块不大不小的石头，轻轻地往溪水中一丢。看着水泡不再冒了，转过脸来对柏矩说道：

"这溪水大约有一丈深，有鱼也看不见。"

"那太遗憾了！看来今天不但吃不上生鱼，连活鱼也看不到了。"

"师兄，你果真还想吃生鱼？"华兮认真地问道。

"当然。今天一路上俺看到溪流，就想着这事。再过些日子，俺们出了楚国地界，越往北就越不可能吃到生鱼了。"

华兮不知柏矩说的是真是假，侧脸认真看了看柏矩。看了好一阵，看不出他是在说笑，遂再次认真地问了一句：

"师兄果真还想尝尝生鱼美味？"

柏矩直视华兮，重重地点了点头。

"那好，今天就让大家再尝一尝生鱼的美味。"

"师弟，难道你会潜水，到这溪底去抓鱼？"柏矩望着华兮认真地问道。

"当然不是。我们可以再往溪水上游走一段路，在水浅的石滩间便能捉到鱼的。"

"要是深入溪谷，又迷在山里怎么办？师弟，俺看这生鱼还是不吃了吧。算俺跟你开了个玩笑。"柏矩连忙见风转舵道。

"这个师兄不必担心，今天我们不深入溪谷里面，也不往溪流分岔之处走，就一条道来回，肯定不会迷路的。如果要保险，我们只往这溪水的上游走一段，如果捉到就捉一些，捉不到就算大家没有口福，好不好？"

"这个办法可行。那俺们先去问问先生的意思，如果他有兴趣再尝一次这生鱼美味，那俺们就快快行动。"柏矩说道。

华兮点了点头，转身去树下问老聃了。

不一会儿，华兮就回来了。柏矩见华兮低着头，以为老师不同意，他感到沮丧。所以，还没等华兮走到近前，他就迫不及待地迎了上去，急切地问道：

"先生的意思如何？"

"先生有兴趣。师兄，这样吧，让他们二仆在此陪先生，同时看顾马车与青牛。我们二人往上游走一段，快去快回，力争在半个时辰内回到这里。"

"师弟，还有个问题。"

"什么问题？"华兮问道。

"就是山葵，这里能否找到？"

"师兄，你放心，这种植物南国山间溪边都是可以找到的，并不稀奇。由于它比较辛辣，不能当菜吃，一般也没人采摘。"

"那就好。看来今天托师弟的福，俺们可以再吃一次美味的生鱼了。"柏矩兴奋地说道。

大概是因为临近大路，经常有人出入，所以溪流沿岸的路况较好。很快，华兮和柏矩就深入到溪流的出山口。华兮见这里溪流较浅，就走到溪边，低头往水里看了看，发现有很多大小不一的鱼儿。

柏矩随后也走了过来，一见溪水中大小鱼儿欢快地嬉游着，兴奋得直叫起来，惊得鱼儿连忙钻进溪中石缝间。

华兮回头示意柏矩不要出声，然后脱掉鞋子，揭起下裳，趟进溪水中，在石缝间摸索。不一会儿，就捉到了一条约一寸大小的小鱼。柏矩见此，连忙就近在岸边折了一根树枝，接过华兮递过的小鱼，迅速从鱼鳃间穿过。这一连串的动作做得如此麻利，都是得华兮的指授。

大约有一顿饭的工夫，华兮就捉到了三十多条大小不一的鱼儿，柏矩将之串在三根树枝上，提在手中扬扬得意，好像这鱼是他捉的一样。

在石缝间又摸了一会儿，华兮连续抓到了三条约五寸大小的鱼儿。柏矩见此，又兴奋地叫了起来：

"这一下，先生可以吃到大鱼了。"

"其实，生鱼还是吃小的更美味。"华兮说道。

"那大鱼就给俺吃了吧。"

"到时问先生吧。师兄，这些鱼够我们五个人吃的了吧？"

"应该够了，只是再尝尝味道，又不是当饭吃。俺们不是带了干粮吗？"柏矩说道。

"那好，就这些吧。我去旁边采山葵了。"

说着，华兮就上了岸，穿上鞋子，整理了一下衣裳，就去采摘山葵了。柏矩提着四串鱼儿，立在原地等他。

不大一会儿，华兮就回来了，手里拿了四根山葵菜。一边向柏矩走过来，一边高兴地大声说道：

"师兄，今天你真算是有口福！没想到这么快就采到了山葵，你看，个头还蛮大的呢。"

"呵呵，那就赶快回去洗洗吃吧。也许先生都等得不耐烦了，说不定口水都流了三尺。"

"师兄，是你口水要流出三尺吧。先生那么有定力，怎么可能显出这种馋相呢？"华兮调侃道。

师兄弟这样一路说说笑笑，转眼就回到了溪边大树下。华兮洗鱼，柏矩擦山葵细末。二人配合默契，一会儿就一切妥定了。

大家先美美地品尝了大小不一的生鱼，又吃了点干粮后，就一同起身，向左边回到了大路上。过了溪上的石桥，然后顺着大路而去。

行行重行行，早起晚宿，遇山绕路，遇水寻桥，非止一日。

周敬王二十五年（公元前495年）九月初十，一个深秋的午后，老聃一行五人终于回到了宋都商丘。

胖仆役赶着马车走在前头，遥见商丘城门，兴奋不已。这一次随老聃漫游楚国，前后整整十个月。多少次，他在梦中都想着回到故乡宋都。正因为思乡情切，越是接近城门，胖仆役驾着的马车就走得越快。结果，将老聃与牵牛的瘦仆役落在了很后面。

柏矩与华兮坐在车里，觉得不对，便不断地探头提醒胖仆役，让他停下马车等候。但是，胖仆役停车等了几次后，老聃的青牛还是跟不上。胖仆役无奈，只得走走停停，并不时回头催促瘦仆役牵牛走得快点。但是，老聃所骑的青牛就像老聃一样，是个慢性子，不管怎么拍打，总是走得那么慢慢悠悠，一副从容不迫的意态。

华兮早已窥知老聃喜欢骑青牛的因由，所以一路上从不催促瘦仆役。今日见胖仆役遥见宋都城门迫不及待的样子，理解他的心情，遂连忙让柏矩与他一同从马车上下来，走到马车前，跟胖仆役说道：

"你赶马车快点进城，通知师兄迎接先生。"

胖仆役答应一声，甩了个响鞭，赶着马车飞快地去了。瘦仆役在前牵牛，华夕与柏矩则陪着老聃，随着青牛的步伐不紧不慢地走着。

大约有两顿饭的工夫，子轩乘着马车迎面赶来。看见老聃坐在青牛背上，优哉游哉，气色一如早先，手拂飘胸银须，意态安闲，更觉老师有一种仙风道骨之感。

马车快到老聃近前时，子轩让胖仆役停车，翻身跳下马车，快步走到老聃的青牛旁，轻轻地叫了一声：

"先生，您终于回来了。"

老聃闻声立即睁开眼睛，他听得出是子轩的声音。

"先生，这一路很辛苦吧。"

"还好。"老聃侧脸低头，慈祥地看了一眼立在青牛旁的子轩，轻声说道。

"看来先生的身体还是挺硬朗的。"

老聃呵呵一笑，没说什么。

回到子轩府中，子轩先安排老聃洗了个热水澡，然后吃了点东西，便辟室师生长谈。

在子轩府中待了三天，虽然被照顾得舒舒服服，子轩早晚问安，甚至整天陪伴，可谓关怀备至。可是，老聃觉得不习惯，第四天执意要离开。

"先生，那您接下来要往哪去呢？莫非还要回到沛地隐居或是商丘城外沙丘静修悟道？"子轩见挽留不住老聃，遂关切地问道。

老聃摇了摇头。

"那您是要回周都洛邑？"

老聃又摇了摇头。

子轩这就感到纳闷了，望着老聃，没有再问。因为他不知道老聃到底要到哪里去？南面的楚国去过了，他长期生活的周都洛邑又不回去，地隐居之所与商丘城外的沙丘也不去了，那他还能到哪去呢？他实在是想不出，还有什么合适的地方。

老聃看着子轩疑惑不解的眼神，知道他心里想什么，遂呵呵一笑道：

"我打算出关。"

"出关？出哪个关？"子轩急切地问道。

"函谷关。"

"出函谷关干什么？难道函谷关外有您的朋友或是弟子？"

老聃摇了摇头，

"既无朋友，又无弟子在关外，那您出关干什么？"子轩又追问道。

"去西边走走，看看。"

"听说函谷关外很荒僻，除了有一个秦国接受了王化外，其余都是化外之民，是西戎诸部族杂处的地方。"

"化外之民好哇！"老聃脱口而出道。

"化外之民好，那先生到了关外，如何跟他们相处和沟通呢？"

老聃没吱声。

子轩以为点到了要害处，已经说动了老聃，遂接着说道：

"先生大概是觉得您的政治主张与思想理念在山东不为人所接受，所以想学鲁国孔丘，是吗？"

"孔丘出关到西边去了？"老聃一听，立即瞪大眼睛，望着子轩问道。

"那倒没有，他因为周游列国宣传他'克己复礼'的政治主张屡屡碰壁，跟弟子说：'道不行，乘桴浮于海'，决定到海外去。"

"他去海外了？"

子轩看着一向淡定自若的老聃突然不能淡定了，遂莞尔一笑道：

"没去，他也只是说说而已，不过是句牢骚话罢了。不过，弟子倒是觉得有趣。"

"这有什么有趣的？"

"先生，您想想，您所要推阐的'道'与孔丘所推行的'道'是相左的吧。您看透了一切尘俗世事，厌倦了你争我夺的现实政治，主张清静无为，顺其自然，无为而治；孔丘也不满现实，但却热衷于政治，主张克己复礼，恢复周公礼法，实现'天下大同'的理想，是明知其不可为而为之。您是出世的态度，他是入世的态度。所以，你们二人'道'之不行，一个想往西，一个想往东，岂不是很自然的事吗？"子轩说到这里，抬眼望了一下老聃。

老聃直视子轩，看了他一会儿，但是没有回答。

"先生，你们二人的想法如此惊人的一致，但你们二人所想走的路线却正好相反，能说这是巧合吗？想一想，这不是很有趣吗？"

老聃看了看子轩，仍然没有回答，只是莞尔一笑。

"先生，您看这样好不好？今天快到日中时分了，就不要走了，明天一大早，弟子送您出城。如果现在出城，赶不了多少路就要天黑了。如果前不着村后不着店，先生就要受苦了。"

老聃点了点头，表示同意。

之后，师生二人又说了些闲话。

第二天，也就是周敬王二十五年（公元前 495 年）九月十五。一大早，子轩府中上上下下就忙乱开了。老聃用了些朝食，就急着上了青牛背。昨天子轩劝他坐马车，他执意不肯，说骑青牛虽然很慢，但比坐马车舒服，不颠不簸。还说青牛通人性，与他配合默契。子轩劝不动，也就只好作罢。

考虑到老聃此次西行路途遥远，子轩又叫来了柏矩，反复叮嘱他照顾好老师，并备足了路上的资用交给了他。

送老聃出城时，子轩没有乘车，而是步行随老聃的青牛亦步亦趋，一直将他送出了宋都商丘城门外。

目送着老聃与柏矩远去的背影，子轩不胜感慨，同时还有些担心。因为老师此次西行，只有柏矩一人随行，华兮因有好多年未回家，老聃西行的地方他知道自己可能很难适应，所以就此与老聃、柏矩告别。

由于青牛走路速度极慢，走到日中时分，走了近三个时辰，才走到离城十多里处的一个村庄。柏矩跟在青牛屁股后面亦步亦趋，真是急死了。如果老聃肯开口说话，走得再慢，至少不会觉得沉闷。如果华兮在，那就更好了。即使是斗嘴，也比现在一个人闷得慌要好。

想到此，柏矩情不自禁地怀念起华兮来，特别是从夥颐谷中脱困出来后师兄弟配合默契的快乐时光。

就在柏矩失神地回忆着往事时，突然听到一阵马车"哐啷哐啷"之声。柏矩下意识地抬起头来观望，发现一辆高大的马车已经风驰电掣地到了近前，而且突然停在老聃的青牛之前。

没等柏矩弄清是怎么回事，从马车里翻身跳出一个高大的男人，三步并作两步走到了老聃青牛前停住了。柏矩定睛一看，高兴得差一点跳了起来，失声叫道：

"这不是师兄阳子居吗？"

在柏矩失声大叫的时候，老聃眼都没睁，仍然闭目在牛背上沉思。

阳子居对柏矩点了点头，轻声地对着老聃叫了一声：

"先生。"

老聃没有吱声，也没有睁开眼睛看阳子居。

"先生可能是睡着了。"柏矩连忙打圆场道。

这时，阳子居的车夫已经将马车在路旁一棵树下停好了。见主人与柏矩正在说话，连忙上前捡起挂在牛脖子上的牛绳，顺势牵到路旁另一棵树上系好。

正当车夫要去搀扶老聃时，柏矩向他摇了摇手。车夫蛮是善解人意，立即明白柏矩的意思。为了不惊醒老聃，同时又能防止老聃睡着时从牛背上摔下来，他悄悄地立在青牛旁守着。

其实，坐在青牛背上的老聃根本就没睡着，也没在沉思。他之所以闭目装睡，是不想见到阳子居。因为前几天在子轩府中，子轩已经跟他说过阳子居的情况，说他到处游说诸侯，颇得各国君主的青睐，大家对他都很是崇敬。也因为如此，阳子居感觉越来越好，俨然觉得自己是个大名人，逐渐有些意得志满起来。

但是，有关阳子居的这些情况，柏矩一点也不知道，当然更不知道老师对阳子居的态度变化。所以，当车夫守候在老聃青牛边时，他便放心地跟阳子居在一旁大谈别后思念之情。越谈越投机，阳子居将他游说诸侯各国的情况告诉了柏矩，柏矩则将自己与华兮陪同老师漫游楚国，以及在夥颐谷中遇险和如何脱困的经过一五一十地告诉了阳子居，听得阳子居时而感慨，时而惊叹。

二人交谈了约有半个时辰，阳子居觉得时间差不多了，遂跟柏矩说道：

"师弟，时候不早了，现在我去将先生叫醒吧。前面不远处，就有一家客栈，我每次来宋国都下榻于这家客栈。客栈条件不错，店里上下对我都非常客气。"

"师兄，你经常来宋国吗?"

"师弟，你们陪先生到楚国漫游期间，我先去先生老家沛地找过先生。可是，他离开了。我又找到宋国，但是在沙丘先生静修处，也没有找到他，只见他静修的小屋快要倒了。于是，我找到商丘城中，见了师弟子轩，这才知道先生出去漫游了。这次，我是第三次来宋国了。正准备入城见子轩，就遇到了先生与你，真是凑巧。如果今天我从客栈出来晚点，或是你们出门早点，或是青牛走得快点，这次又要跟先生错过了。"

柏矩一听，觉得阳子居对老师的态度颇是虔诚，情不自禁地深受感动，对他又多了一分好感，尽管先生之前对他有所非议。

阳子居蹑手蹑脚走到老聃身旁，犹豫了片刻，然后仰头轻轻地叫了一声："先生。"

没想到，老聃这次虽然仍然闭目作假寐状，但听到阳子居叫他，竟然脱口而出道：

"开始时，我还以为你是孺子可教。现在看来，你是个不可受教的人。"

阳子居听了老聃这没头没脑的话，觉得莫名其妙，一时愣在那里。过了好久，望着老聃，他想说点什么，却嗫嚅了几次，终于还是没说什么。

立在一旁的柏矩，看看阳子居，又望了望老聃，则是一头雾水，不知老师为什么突然对阳子居这样大发脾气。

但是，过了好久，柏矩看着阳子居垂手侍立一旁，低着头，好像是做了什么愧疚事似的，隐约猜到了点什么。但是，眼前需要解决现实的问题，不是师生斗气的时候。于是，他走上前去，踮起脚尖，贴着老聃耳朵说道：

"先生，前面有一家客栈，有什么话到那里再说，好吗？"

老聃没吱声，但是微微睁开眼睛看了看柏矩。

柏矩见此，连忙示意阳子居退到一边。然后，轻声细语地跟老聃将刚才阳子居跟自己所说的计划说了一下。

老聃先是不吱声，后是摇头。柏矩急了，不想再委婉其辞，遂直截了当地说道：

"先生，青牛走得这么慢，前面除了这家客栈，方圆五十里都没有第二家了。您想想，就依俺们这速度，今天还能赶上五十里以上的路程吗？如果赶不到，露宿荒野，恐怕比在南国的山中更难熬。现在是深秋了，这里一马平川，没山没峰遮挡，岂不要冻死于荒野啊！"

没想到，柏矩这样一说，反而奏效了。只见老聃先犹豫了一下，最后则重重地点了点头。

柏矩不知老聃点头到底是认同自己的说法，还是同意前往阳子居所说的那家客栈就住。反正，老聃点头了，也就不管是什么意思了。于是，立即牵起牛绳，示意阳子居出发。

阳子居本想请老聃坐他的马车，自己与柏矩牵牛跟在后面。但是，看到老聃这个态度，又想到柏矩刚才说到老聃得青牛的经过及其对青牛的感情，也就不敢再提这一层了。

看见柏矩已经牵着青牛走在了前头，阳子居没有犹豫，就直接跟了上去。但是，他没有上马车，而是跟在老聃的青牛屁股后面亦步亦趋，马车则让车夫空拉着。一路上，马车发出的"哐啷哐啷"之声，算是给这对师生沉闷的行程作了伴奏。

走了近一个时辰，众人来到了阳子居所说的那家客栈。

客栈主人一见阳子居又回来了，虽然觉得奇怪，但却对他礼之甚恭。

阳子居没理会客栈主人的殷勤，进入客栈后，立即亲手给老聃呈上各种盥洗用具。然后，将鞋子脱在门外，光着脚，膝行而至老聃面前，恭敬有加地说道：

"刚才在路上遇见先生，先生教训了弟子一番。弟子本想借此机会好好请教一下先生，但又觉得那样太不礼貌，所以就不敢贸贸然启齿，当场请先生耳提面命。现在到了客栈，先生可以从容教导弟子，并恳请先生有话直说，指出弟子的过失，以便今后改正。"

"我听说你现在周游列国，颇是春风得意，感觉非常好。你自以为盛名满天下，就开始骄傲起来了。"老聃脱口而出道。

"先生，您这话是从何说起？"阳子居觉得很委屈。

"也许你自己并不觉得，但是你的态度与做派已然说明了一切。你看你，仰头张目，一副傲慢跋扈的样子，会给人什么印象？"

"先生，您竟然这样看弟子吗？"阳子居觉得更加委屈了。

"刚才你进客栈时，主人对你躬身施礼，恭敬有加。而你呢？连看人家一眼都没有，视人如无物。这还不叫傲慢跋扈？如果你这种态度不改正，那么天下还有谁愿意跟你相处呢？"

阳子居听老聃这样一说，顿时意识到了自己的过错，遂羞愧地低下了头。

老聃见此，续又说道：

"大凡能成大器者，皆懂'大白若辱，盛德若不足'的道理。"

"先生，恕弟子愚钝，何谓'大白若辱，盛德若不足'？请先生赐教！"阳子居望着老聃，态度诚恳了不少，语气中也多了些谦恭。

老聃看了看阳子居，觉得他已然知错了，遂态度不觉温和起来，说道：

"洁白无瑕的东西，看起来总觉得像是有什么污垢；道德境界最高的人，总以为自己有什么不足。"

阳子居若有所思地点了点头。

老聃见此，觉得他还是有些悟性的，遂又接着说道：

"江海之所以能为百谷王，乃因甘处百谷之下。"

"先生的意思是说，百谷万溪最终都汇入江海，江海成为百谷之王，乃是因为江海善于汇纳众流，是吗？"

老聃点点头，说道：

"做人的道理也是如此。谦虚的人，放低身段，善于听取他人的意见，汲取他人的经验，就能得到万众的拥戴，成为天下之王，或是圣人；而骄傲的人，自以为是，如何能听取他人的意见，提升自己的道德境界呢？"

"先生说的是，弟子明白了。"

老聃看了看阳子居，见其眼神中流露的是十分的真诚，遂接着说道：

"知其雄，守其雌，是为天下谷；知其荣，守其辱，是为天下谷。"

"先生的意思是说，做人应该懂得守拙藏锋，知荣守辱，总是以低姿态示人，就像溪谷处于最低的地势以接纳众流，才能臻至修德的最高境界，是吗？"

老聃点了点头，顿了顿，直视阳子居，说道：

"老朽就要出关往西边去，今后相见恐怕也没有机会了。所以，今天老朽送你八个字。如果你还肯认老朽为师，那就好好记住它，并落实到行动中。"

"哪八个字？请先生明以教我，弟子一定谨记之，慎行之！"

"上善若水，上德若谷。"

"弟子谨受教！"

说完，阳子居向老聃深施一礼。然后，膝行而退到玄关处，才慢慢地起身，倒退着出了老聃的居室。

之后，阳子居像变了一个人似的，不仅对客栈主人彬彬有礼，对客栈里来来往往的客人也是彬彬有礼，有时还跟他们开开玩笑。到他要离开客栈前，其他客人竟然无拘无束地跟他争座席了。而在以前，情况完全不是这样。阳子居前后来此住过三次，每一次客栈男主人都会亲自替他安排好座席，并扫净座席；女主人则亲手奉上毛巾梳子，并侍候他盥洗。而客栈里的其他客人呢，因为阳子居是大名人，见了他都得让出座位。如果是冬天，烤火的人见阳子居来了，都主动避让，将火塘留给他。

老聃目睹这一变化，不禁欣慰地笑了，看阳子居的眼光也慈祥了很多。

2．圣人常无心

"师兄，您这次来见过先生，接下来有什么打算？"离开客栈前，柏矩问阳子居道。

阳子居不明白柏矩的意思，以为他只是随口问问，便随口答道：

"没什么打算。这次来见先生，主要是想看看先生，同时向他请益，以期有所长进。现在看到先生身体健朗，我也就放心了。"

柏矩是想让阳子居留下来，一起陪老聃出关。这样，有阳子居的马车随行，还有一个车夫，路上万一有个什么意外，也有个照应与回旋的余地，毕竟有辆马车行动要方便多了。除此，柏矩还有一个私心，就是要让阳子居留下来给自己做个伴儿。不然，这西行的漫长旅途上，陪着整天不言不语、闭目沉思的老聃，真的是要闷死人了。

在柏矩与阳子居说话之际，客栈老板已经将老聃骑坐的青牛牵了过来，车夫则早已将阳子居的马车套好等在门前了。

柏矩见此，犹豫了一下，最终还是决定跟阳子居明说了。如果此时不说，阳子居登车而去，那后悔就来不及了。现在请求阳子居，如果他愿意留下来，那就最好了。如果不愿意，也免了自己后悔。看着客栈主人将牛绳交到老聃手里，柏矩脱口而出道：

"师兄，我有一个建议。"

"师弟，你说。"

"如果师兄确实没有什么打算的话，我希望师兄和俺一道多陪陪先生一程。如果能将先生送至函谷关，那就最好不过了。"

阳子居听了，先是一愣，因为他原来并无此计划。但是，看到柏矩目光中透露出来的恳切，犹豫了一下，然后笑着说道：

"还是师弟想得周到。先生毕竟年岁大了，他这一路西去，我还真的是不放心呢。师弟，这样吧。我原本是想到楚国，见见楚王。现在就暂时不去了，反正见楚王也不是当务之急。我与你一同将先生送到函谷关，将先生交给关尹，我再南下到楚国。"

"关尹是谁？"柏矩没有听说过这个人，所以脱口而出问道。

"师弟，关尹你都没听说过啊？"

看着阳子居惊讶的眼神，柏矩顿时觉得惭愧不已。老师虽然批评阳子居有骄傲跋扈的毛病，但是他周游列国，确实见多识广，又声名鹊起，他骄傲跋扈也是有本钱的。想到此，柏矩连忙谦恭地对阳子居说道：

"师兄，说来惭愧，跟您一比，俺实在是孤陋寡闻。曾记得，拜在先生门下之前，俺是什么也不懂，甚至连当今天下有哪些诸侯国也不甚了了，对于天下的时事则更是知之甚少。当年为了拜先生求学问道，俺虽然从燕国一直南下，但也只是先后到过齐国和鲁国之都。在宋国虽然居住多年，但蛰居于荒野沙丘之间，与世隔绝，对于外面的事情更是知之甚少了。这一次陪先生到楚国漫游，才算是稍微开了点眼界。所以，师兄刚才说到关尹，俺会茫然无知，不知所云。实在是让您见笑了！"

阳子居看到柏矩窘迫的样子，不禁莞尔一笑道：

"师弟，其实我也是个孤陋寡闻之人，对于关尹其人，我也是前些年才听人说到的。"

"刚才听师兄说到关尹的口气，好像是一个很了不起的人吧。既然师兄说到他，那就烦请师兄跟俺讲讲吧。"

就在这时，阳子居的车夫走过来了。阳子居知道其意，遂连忙回头跟柏矩说道：

"师弟，你等我一下，我跟车夫交代一下。"

柏矩看着阳子居跟车夫说了几句，车夫就转身去了。不一会儿，车夫拉起马儿走在前面，青牛不用人牵，绳子挂在脖子上，自动驮着被客栈主人扶上牛背的老聃走在后面。阳子居看到牛马配合得如此默契，不禁非常惊奇，脱口而出道：

"师弟，昨天你说青牛通人性，我还不相信呢。今天看到这一幕，还真是如此。怪不得先生要骑青牛了！"

"师兄，不要站着了，俺们跟上吧，一路走一路说。"

阳子居点点头，迈步跟上了青牛。

"师兄，刚才您说到关尹，现在就给俺说说吧。"柏矩挨着阳子居，说道。

"关尹是驻守函谷关的长官，人在官场，却醉心于我们先生之'道'。曾赴周都洛邑向先生求学问道，也算是我们同门吧。"

"哦，原来如此。怪不得，师兄说到了函谷关，届时将先生交给他就放心了。"

阳子居默默地点了点头。

"师兄，您刚才说关尹很了不起，到底有什么了不起呢？是否说来听听？"柏矩请求道。

"关尹不仅对先生之'道'笃信不疑，而且聪明透顶，悟性极高。可以说，在众多向先生请教过的人当中，包括鲁国的孔丘在内，没有一人对先生之'道'的理解有他透彻。所以，自从先生离开周都洛邑前往沛地和宋国隐居后，很多见不到先生，求学问道无门者，都要找关尹，跟他学先生之'道'。"

"哦，看来这个关尹真是了不起，着实让俺们这些长期追随在先生身边的弟子感到汗颜。"柏矩由衷地说道。

"其实，不只是一般人要向关尹请教，就是非常有名望的人，也会主动找到关尹，从中了解先生之'道'，汲取先生的智慧。"

"那么，有哪些有名的人呢？"柏矩急切地问道。

"比方说，列御寇，听说过吗？"

柏矩摇摇头。

"师弟，这个人可是个了不得的人啊！"

"是吗？"柏矩瞪大眼睛，说道。

"列御寇是郑国人，家境贫寒，脸上常有饥色。但是，他却非常有骨气，宁愿饿死也不愿意领受郑国暴虐的执政者阳子馈赠的粮食。他认为，为人在世不应为名缰利锁所束缚，更不应该在乎人世间的什么贵贱之分，而应该清心修道。"

"他的这个想法，跟俺们先生的思想有相通之处。"柏矩说道。

"正因为是有相通之处，他才会找到关尹，想了解我们先生的思想，希望从中汲取有益的东西，修成自己的'大道'。"

"那他的'大道'现在修炼得怎么样了呢？"柏矩连忙追问道。

"我听人说，现在列御寇能够御风而行了。当然，这只是听说，究竟他有没有这种超能力，我也是半信半疑。"

"那列御寇找到关尹，究竟问了他什么呢？"柏矩又问道。

"问了很多问题，其中问到一个非常核心的问题。关尹回答得非常好，由此让列御寇对先生之'道'的魅力有了深刻的印象，并表示出敬佩之意。"

"师兄快说说吧，不要再卖关子了。"

阳子居周游列国，算得上是个妙语生花的说客，他说话总能抓住他人的心，让人欲罢不能。他跟柏矩说话，仍然不改这种本色。但是，看到柏矩恳切的目光，他就不好意思再卖关子了，遂直接上题道：

"列御寇问关尹道：'悟道进入最高境界的圣人，潜行于水中，不会有窒息的感觉；跳入火中，不会有灼热难耐的感觉；行走于万物之上，不会有丝毫的畏惧。请问，至人何以能臻至如此高的境界？'"

"那关尹是怎么回答的？"柏矩急不可耐地追问道。

阳子居看着柏矩急切的样子，莞尔一笑，故意顿了顿，然后才从容不迫地说道：

"关尹回答说：'至人能企及这种境界，乃因心中有一种纯正之气，与其智力、技巧、果敢之类统统无关。'然后，关尹让列御寇坐下，从容说明了其中的道理。"

"列御寇是站着向关尹请教啊？那说明关尹确实是个了不得的人，不然御风而行的列御寇如何能对他如此敬畏呢？"

阳子居点了点头，接着说道：

"关尹跟他说：'大凡具有形象、声音、颜色的，皆是物。但是，物与物之间是不同的，其间的差别非常大。那么，是什么原因使物与物之间产生很大的差别，使它们之间区分出先后之序呢？其实，这不过是因为各自的形状、颜色有所不同，因而给人的感觉有差异而已。'"

"关尹的意思是说，物与物的差异，乃是人的视觉感知的结果，是吗?"柏矩问道。

"师弟，你一语道出了真相，看来你追随先生时间这么久，悟性确实长了不少。"

"哪里? 师兄见笑了。请师兄接着讲吧。"

"关尹又说道:'物生于无形，而止于无化。懂得这个道理，又能深究其中奥秘的人，外物哪里能够影响到他呢? 这种人永远处于他本能所为的限度之内，融于无穷循环的变化之中，逍遥于万物生灭之终始。这种人心性纯一不二，元气涵养足备，合乎道德而通于造化，从而能够使生命个体与自然相通相融。能够企及这种境界的人，他的天性都很完备，精神也很健全，外物从何侵入，能够伤害到他呢?'"

"这番道理说得很玄妙，差不多要赶上先生了。看来，关尹确实是得到了先生的真传，悟'道'进入到一个相当高的境界了。"

"师弟，你觉得关尹说得很玄妙，是吧? 其实，列御寇也有这个感觉。所以，当列御寇听了关尹这番话后，要求他举例说明。"

"那关尹举出例证予以说明没有?"柏矩急切地问道。

"关尹举例说道:'一个喝醉酒的人从车上掉下来，即使车子跑得再快，他也只是被摔得遍体鳞伤，但不会死。但是，一个意识清醒的人，要是从疾驰的车上摔下来，恐怕就会当场死于非命。按理说，醉酒人的骨骼关节跟常人是没有什么差别的，那么为什么受伤害的程度却有很大差异呢? 其间的原因就在于，喝醉酒的人神志不清，一切全然不知，既不知道自己是坐在车上，也不知道从车上摔了下来，生、死、惊、惧之念不存于心中，因而虽受外物撞击，而不存恐惧。醉酒人因为醉酒而获致精神健全，从而达到摔而不死的境界，那么通过自然之道的修养而获致的精神健全，岂能不境界更高?'"

"关尹的这个例子，还真能说明问题，听了让人有一种茅塞顿开之感。"柏矩由衷地赞叹道。

阳子居见柏矩如此佩服关尹，遂又接着说道:

"关尹以例证征服了列御寇之后，又续加发挥道:'圣人持心于天道，藏身于自然，所以没有什么外物可以伤害到他。复仇者不会折断曾经伤及于他的利剑，常存忌恨之心者也不会怨恨因风刮落下来而砸伤自己的瓦片。正因为如此，天下才能安定太平。圣人治世，之所以没有攻战之乱，没有杀戮之刑，全是因为遵循了"天道"。圣人治世，不开启人的智慧，而是开发人类的本性。因为开启了人的本性，就会提升人的道德境界；而开启了人的智慧，则会让人生出害人之心。不满足于天性的修养，不忽视于人类的本性，人类也就几近乎纯真无伪了。如此，天下何愁不治，世界何愁不太平？'"

"说得真好！可谓得先生之'道'的真谛！"柏矩又由衷地赞叹道。

"是啊，正因为关尹说得好，折服了列御寇，所以他才服膺先生之'道'，而与孔丘之'道'，还有什么其他学派之'道'渐行渐远。这就是先生之'道'的魅力！"阳子居不无得意地说道。

说到得意处，二人不禁放声大笑起来。

笑声未落，突然听见一直坐在青牛背上闭目沉思的老聃口气严厉地说道："不要自神其说！难道你们又忘了为师的训诫吗？"

"弟子不敢！"阳子居与柏矩几乎异口同声地说道。

"阳子居，为师前天跟你说了些什么？"

"先生，您说处世为人，应该时刻牢记八个字：'上善若水，上德若谷。'"

"既然记得为师的话，为何现在又要自吹自擂呢？"

"弟子再也不敢了！"阳子居谦恭地回答道。

柏矩见老聃当着自己的面如此不留情面地训斥阳子居，怕阳子居觉得难堪，遂连忙转移话题，替阳子居打圆场，说道：

"先生，刚才听师兄说到关尹跟列御寇大谈'圣人'之'道'，弟子就在想一个问题。"

"什么问题？"老聃脱口而出道。

阳子居听老聃说话的口气，隐约感知到老聃对柏矩有所偏爱，对柏矩的问题总是爽快地予以回答。而对自己的态度则完全不一样，他感到不理解。

其实，阳子居有所不知，在众弟子中，柏矩是追随老聃时间最久的，平时又处处在生活上关照着老聃，对他的观点更是无所保留地护持。因此，老聃潜意识中有一种偏爱于柏矩的倾向，那是完全可以理解的。毕竟老聃也是人，不管他怎么修炼，总有人性的弱点。

正当阳子居困惑不解时，柏矩趋前一步，贴着青牛的右侧，仰望老聃，以虔诚的口气问道：

"先生口中经常念叨着'圣人'如何，鲁国孔丘也是'圣人'如何经常挂在嘴上。大家都知道，先生之'道'不同于孔丘之'道'，孔丘也曾经跟他的弟子说过，'道不同，不相为谋'。可见，你们二人的'道'是明显有差别的。既然'道'不同，那么你们所念叨的'圣人'也应该有所不同吧？"

老聃点了点头，微微睁开眼睛，扫视了一下柏矩，从容说道：

"孔丘心目中的圣人，是世俗道德的典范；为师心目中的圣人，则是因任自然的典范。"

"恕弟子愚钝，这二者之间有什么明显的区别吗？"柏矩一边对阳子居眨了眨眼，一边追问道。

老聃闭着眼睛，没看见柏矩的表情，当然更不了解柏矩今天殷勤问学的原因，遂接着回答道：

"世俗道德的典范，注重的是道德对人们行为的规范，还有教化作用；因任自然的典范，则是自然道德，因任自然便是最高境界，它注重人之本性的充分展露与解放。"

"哦，原来如此。"柏矩与阳子居对视了一眼，异口同声地说道。

老聃继续说道：

"因任自然的圣人，主张效法天地运行的自然规律，摒弃有碍人类身心活动自由与人性自然展露的一切束缚，打破强加于人的一切清规戒律。因此，因任自然的圣人治世，不会碌碌于琐务，更不会强作妄为，而是以清静无为的态度与原则来处理政务世事。"

"先生，是不是就是您以前跟弟子所说的'处无为之事，行不言之教'？"阳子居突然脱口而出道。

柏矩一听，紧张地望了一眼老聃，怕阳子居突然岔断他的话而生气。可是，没想到，老聃居然没生气，反而点了点头，左手轻轻地拂了一下胸前的长须。柏矩看到老聃这个动作，悬着的一颗心终于放回了肚中。

阳子居见此，自信又上来了，遂又说道：

"先生的意思是不是说，因任自然的圣人治世，不作为，不妄为，山河大地原来是什么样子就是什么样子，不移山填海，不疏流开渠，让青山自青，让流水自流。对于老百姓，他们说什么干什么，都悉听其便，他们想怎样过活也任由其本性，不予以任何的干涉。"

"说得对，你有长进了。"老聃脱口而出道。

柏矩见老聃表扬阳子居，觉得原本为阳子居圆场的这一场谈话，现在竟然让阳子居抢了风头，心有不甘，遂一反往日从不轻易质疑老聃的惯例，直视老聃说道：

"先生，恕弟子不恭，这里又有一个问题。"

"什么问题？但说无妨。"老聃又微微睁开眼睛看了一下柏矩，说道。

"在上者清静无为，在下者自由自在。大家两便，好是好。但是，山上草自长，地上水自流，河道不浚，生产如何发展，天下人的幸福何来？"

老聃这次没有睁眼看柏矩，而是闭目呵呵一笑道：

"幸福是什么？幸福是一种感觉。如果自由自在，没有在上者胡作妄为带来的牵累，没有来自在上者权势的压迫感，即便是吃糠咽草，甚至是茹毛饮血，也会觉得幸福快乐。"

"先生，自由有这么重要吗？"阳子居的话表面是替柏矩帮腔，实际上是质疑老聃观点的合理性。

没想到，老聃立即以问代答道：

"假如有人给你喝酒吃肉，但整天不许你这样，不许你那样；而另一个人不给你喝酒吃肉，而是顿顿粗食野蔬，但从不干涉你的言行。对此，你怎么选择？"

阳子居没想到老聃会给他出了这样一个二难选择，顿时哑口无言。

老聃微微睁开眼睛，扫视了一下阳子居，莞尔一笑。

阳子居心知其意，犹豫了一下，说道：

"如果一定要二者选一，弟子当然是选择后者。"

"既然如此，那你怎么认为自由不重要呢？"老聃呵呵一笑道。

阳子居虽然被老聃问得噎住了，一时无语；但是，他内心是不服的。老聃坐在牛背上，闭着眼睛，没看到阳子居的表情。可是，柏矩却从阳子居的脸上看出了他真实的情绪。

老聃见二人不再说话，以为他们被自己彻底说服了，不免有些得意，遂捻着胸前长须，自言自语地说道：

"圣人处上而民不以为重，处前而民不以为害，所以天下乐推而不厌。"

柏矩一听，觉得这是打破沉寂，并给阳子居再次圆场的好机会，遂接口说道：

"先生的意思是说，圣人治世，虽有政府在上，但人民却感觉不到政府的存在；在上者与在下者虽然尊卑有别，但人民却没有受到压制的感觉。所以，人民都发自内心地推崇圣人与在上者，对他们没有厌恶之感。是这个意思吗？"

老聃点了点头，下意识地拂了拂胸前的长须。

阳子居见此，忍不住又提出质疑道：

"如此说来，人民是喜欢那些无所事事的人，只要对他们不管不问，他们就拥戴他，并视之为圣人。先生，是这个意思吗？"

虽然阳子居说得比较平静，但柏矩还是觉得有质疑的意味。遂向阳子居使了个眼色，希望他不要再说了，免得老师不高兴。

可是，出乎柏矩与阳子居的意料，老聃没有不高兴，而是从容回答道：

"圣人处无为之事，行不言之教，并非无所事事，而是不胡作妄为，做不该做的事，说不该说的话。相反，圣人无常心，以百姓心为心。他治国安世，一切都是以民心民意为依归，不擅作主张。"

"先生的意思是不是说，圣人不将自己的意志强加于人民。相反，是一切以人民的意志为转移。换言之，圣人是最谦恭的人，最能听取人民的意见，一切以民为本。是这个意思吗？"柏矩好像是给老聃圆说，又像是给阳子居打圆场。

"说得好，为师所说的'圣人无常心，以百姓心为心'，说的正是以民为本的意思。"老聃脱口而出，语气中流露出难以掩饰的赞赏之意。

阳子居见老聃表扬柏矩，不免心中有所不平。沉吟了一下，又仰头望了望坐在牛背上闭目捻须的老聃，尽量以平静的口吻说道：

"先生，您见过这样的圣人吗？"

老聃摇了摇头。

"既然先生没有见过这样的圣人，说明这个世上不存在这样的人。如此，我们谈论这样的圣人有什么用呢？"阳子居又说道。

柏矩听阳子居这是话中有话，怕老师生气，遂又连忙出来打圆场道：

"先生所说的圣人，虽然现实中不存在，但在古代是有的。"

"先生，恕弟子不恭，我还想再问一个问题。"阳子居知道柏矩的意思，遂语气更加和缓地说道。

"但说无妨。"老聃在牛背上颠了一下，但仍然气定神闲。

"弟子周游列国，事实上也看到有不少诸侯国的君主一辈子无所作为，整日无所事事，除了吃喝玩乐，什么也没做，但是他的国家也没有治理好，人民也不并不拥戴他。如果依先生所说的圣人标准，这样的国君应该怎么定位呢？"阳子居说道。

"这样的君主肯定不算是圣人。"老聃斩钉截铁地说道。

"那弟子就不明白了。他们一辈子什么也没做，不就是清静无为吗？他们对老百姓的死活不闻不问，不就是不干涉人民的自由吗？按照先生的说法，他们完全符合圣人的标准，怎么说他们就算不上是圣人呢？"

"他们只知自己吃喝玩乐，而对人民的死活不闻不问，一点同情心也没有，怎么能算得上是圣人呢？古代的圣人都是与人民同甘共苦的，苦民所苦，乐民所乐。他们注意倾听人民的心声，知道人民需要什么，也知道人民需要他们做什么，不希望他们做什么。今日的诸侯各国君主皆腐败无能，他们之所以无所事事，不干涉人民的生活，那是因为他不配干涉人民的生活，而非主观上不愿意干涉人民的生活。事实上，当今的许多诸侯国之君，尽管根本就没有资格干涉人民自由，却偏要干涉人民的自由。人民生产什么，他要干涉；人民怎样生活，他也要干涉；甚至人民怎么说话，他也要干涉。结果，越是干涉，天下忌讳越多，人民生活越艰难。所以，为师早就说过：'民多利器，国家滋昏；法令滋彰，盗贼多有。'你说，这个世上有圣人吗？这个世界有产生圣人的土壤吗？"

听老聃越说越激动，柏矩怕阳子居又要被老师训斥，遂又连忙出来打圆场道：

"师兄，您知道先生为什么要出关，而不留在周都洛邑，也不愿意居留其他诸侯国吗？"

"是因为看不惯当今的世道，是愤世嫉俗呗！或者说，是像鲁国的孔丘一样，'道'之不行，只得选择另谋他路。"

柏矩觉得阳子居这话说得有些不中听，老师听了肯定又要生气了。于是，连忙灭火道：

"师兄，我觉得您想问题是一根筋，看问题太表面化。先生之所以要出关，一定有他更宏远的理想。先生之'道'玄妙深远，博大精深，具有普世价值。俺相信，先生的思想与学说一定为天下所宗。天下之大，俺就不信没有一个明王圣主能够认识到先生之'道'无与伦比的价值，并将之付诸实施。"

老聃是个清醒的智者，对于柏矩的安慰之言当然能够听得出来其用心。但是，他不像一般人那样，听到顺耳之言就高兴，当然更不会对别人包括弟子的奉承话信以为真。因此，当他听到柏矩这番慰藉之言，只是莞尔一笑，说道：

"柏矩，不要自欺欺人了。为师之'道'，这辈子也不指望得到普世的认同了，更不会指望有什么明王圣主出世，希求他们将为师之'道'付诸实施了。"

"先生，您不要泄气！您不是教导过俺们说，是金子总会放光的，不会被埋没的。您应该相信自己，相信自己理论的救世价值。先生之'道'，将来有没有人践行，弟子不敢说。但是，先生的许多观点还是广泛为人们所传诵的，比方说，'人法地，地法天，天法道，道法自然'，不是常常为人所引用吗？不说别的，仅此而言，就足见先生之'道'是有巨大的影响力的。"柏矩又说道。

老聃呵呵一笑道：

"即使是有影响力，那又如何？自古以来便有很多劝世箴言，大家都在传诵，历千载而仍活在人们的嘴中，可是事实上又有多少人遵之奉之，并付诸实施，落实到行动中呢？"

柏矩听老聃这样说，顿时无语。

过了一会儿，老聃突然自言自语道：

"还是阳子居说得对，为师西行出关是走投无路了。"

"先生，弟子没有说您出关是走投无路，您误解了。"阳子居急忙辩解道。

老聃呵呵一笑道：

"另谋他路与走投无路，有什么区别吗？为师之所以要另谋他路，不正是因为走投无路吗？如果周天子和天下诸侯都信从为师之'道'，为师何必舍近求远，要远赴关外化胡化戎呢？"

"哦，原来先生出关西行是要化胡化戎！"阳子居瞪大眼睛，望着闭目坐在牛背上的老聃，喃喃说道。

"师兄，您看，俺说得没错吧。俺们都没理解先生出关的深意。"柏矩拍手说道。

也许是太得意忘形了，柏矩只顾说话，没看地上，加上被老聃所骑的青牛宽大的身躯所挤逼，脚下被路旁一个什么东西绊了一下，重重地摔了一个大跟斗。

阳子居见柏矩突然倒地，摔得很重，不明所以，不禁失声叫道：

"师弟，你怎么啦？"

一直闭目坐在牛背上的老聃听到"扑通"一声，又见阳子居惊叫起来，连忙睁开眼睛，发现原来是柏矩摔了一跤。

柏矩从地上爬起，低头仔细看了一下，突然大叫一声：

"先生，您看这是什么？"

老聃从青牛背上俯下身子朝地上看了一眼，平静地说道：

"这是人的骷髅，有什么大惊小怪的？"

老聃话音未落，早已从青牛另一边凑到柏矩近前的阳子居又失声叫道：

"先生，您看，这里不是一具骷髅，而是一堆骷髅。"

柏矩用脚拨了拨乱草，发现还有锈蚀的戈矛等武器，遂又失声叫道：

"先生，您看，这里还有戈矛呢！"

"看来，这肯定是战争后遗下的死者尸骨。唉，真是让人寒心啊！要是这个世上没有战争多好！"阳子居感慨系之，长叹道。

"怎么可能呢？自从平王东迁后，诸侯各国就逐渐坐大，相互征战不断。他们之所以要互相残杀，不都是因为对权位、土地、财富的贪欲吗？如果他们像上古圣人那样'常无心'，时刻以'百姓心为心'，想民所想，苦民所苦，还会相互征战杀戮吗？他们发动战争，征求过百姓的意愿吗？难道天下百姓喜欢他们的国君发动战争，愿意自己的子女曝尸荒野吗？"

听老聃又越说越激动，柏矩与阳子居连忙附和道：

"先生说的是，这世上真的无圣人了！"

"如果诸侯各国之君都因任自然，清静无为，以百姓心为心，天下就会太平无事。诸侯各国百姓各自过自己的生活，邻国相望，鸡犬之声相闻，人们老死不相往来，岂非人间至福？"老聃又说道。

"先生说的是。"阳子居与柏矩异口同声道。

老聃突然睁开眼睛，仰望苍穹，长叹一声。

听着老聃的长叹之声，阳子居与柏矩都低头陷入了沉思。他们都了解老聃，他的喜怒哀乐从不形于色。今天他在他们弟子面前真情流露，一定是对世道太绝望了。

3. 功成而弗居

"师兄，俺们从宋都商丘出发，至今已经走了一年零两个月，还不知函谷关在哪里。这要将先生送至函谷关，还需多长时间啊？"

周敬王二十六年（公元前 494 年）十一月初二，北风呼啸，大雪纷飞。一大早，柏矩与阳子居就起来了。站在客栈门口，望着白茫茫的天地，柏矩心思重重地说道。

"师弟，你是先生最得意的弟子，对先生也最忠心耿耿，怎么你现在也有早点离开先生的意思啊？"阳子居直视着柏矩，问道。

"师兄，您误解了。如果先生愿意，俺陪他出关也无妨。"

"师弟，那我就不明白了。既然你并不想早日离开先生，那你怎么显出不耐烦的意思呢？你以为我是傻子，听不出你的话外之音啊？"阳子居反问道。

"师兄，您真的是误解了。俺不是不耐烦陪先生，而是忧虑开支问题。子轩师兄临走给俺们备下的资用不可谓不多，但是先生这一路太慢了，一天才走这十几二十里地，天长日久，这资用怎么够用呢？"

"原来是开支问题，那你早说啊！"

"师兄，难道您有办法？"柏矩瞪大眼睛看着阳子居，兴奋地说道。

"愚兄虽然不才，先生看不上眼，但周游列国，所到诸侯国的君主都以礼相待，遇之甚厚，临行前赠财赠物者多有。所以，这几年下来，愚兄倒是积聚了一点财帛资用。"阳子居得意地说道。

"哦？怪不得师兄在宋都郊外的那家客栈里那么受主人厚待，原来是因为有钱啊！唉，这个世道啊，真是有钱能使鬼推磨。"

"师弟，你这说的是什么话！没想到，先生那样不食人间烟火的格调，竟然栽培出你这样一个金钱崇拜的弟子，真不知先生看待弟子是什么标准？"

柏矩听阳子居话中有吃酸之意，遂连忙说道：

"师兄，您别瞎猜，其实俺真不是先生最得意的弟子。要说得意，华夯算一个，还有就是您了。"

"瞎扯！你看先生训斥我的时候还算少吗？我就没见他训斥过你。我怎么算他的得意弟子呢？"阳子居反驳道。

"你看，你周游列国那样成功，所到之处都那样受人尊敬。有您这样的弟子，也是先生的骄傲啊！能让先生为之骄傲，怎么不是得意弟子呢？"

"呵呵，师弟这么理解。"

"师兄，您认为俺说得没道理吗？"

阳子居莞尔一笑道：

"就算你有道理，那也是狡辩有理。"

柏矩哈哈一笑。笑过之后，柏矩突然转过脸来，望着阳子居，一本正经地问道：

"师兄，您说有不少财帛资用，俺怎么没看见啊？"

"就在我的马车上。不然，我怎么让车夫时刻不离开马车呢？原来，你是惦记着我那点钱啊！"

"师兄，不是俺惦记，而是客栈惦记。"

"这倒也是，住店付钱，天经地义。这世界哪有白吃的饭，白住的店啊！"阳子居说道。

"师兄，您别多心，事先说明，不是俺惦记您那些钱，而是想合计一下，您那点钱能开销多久。如果能维持一年，随便先生走多慢，俺们也不必催他。如果不够开支一年，那么就得催先生走快点了，或每天起得早点，睡得晚点，多赶些路。"

"师弟，我实话告诉你，至少够我们四人开销三五年的。"

"师兄，您可真有钱啊！您这么有能耐，应该让先生引以为傲的，先生还时常骂你，实在有些不公平。"柏矩说道。

阳子居侧过脸来认真看了看柏矩，瞪大眼睛问道：

"师弟，你这话不是哄师兄开心吧？"

"当然不是，都是肺腑之言！"

"师弟，你算是说了句公平话。在这天寒地冻之时，你这话仿佛是给我身上加了一件皮裘，让我感到非常的温暖。"

"我说的是实话，在先生众多弟子中，谁能像您那样周游列国，所到之处都能风生水起，风光无限。这是一种能力啊！"柏矩望了望漫天的大雪，侧过脸来看了阳子居一眼，说道。

"唉，可惜先生没有你这么达观！"

"那倒不是，可能是因为您能力太强，先生对您寄予的希望更大，所以先生对您就显得特别严苛。这叫'爱之深，责之切'，也是可以理解啊！"柏矩平静地说道。

"我觉得不是这样。师生之间的关系，非常像父子之间的关系。父母对于能力最强的子女，往往并不怎么看重，在家中得宠的往往是那些能力最差、最懒、最刁、最不济事的子女。先生与弟子的关系亦然。有主见、有能力的弟子一般都不怎么得先生的钟爱，相反能力差、没主见的弟子往往最得先生宠爱。"

"师兄，不知是俺太笨，还是您话说得太绕，反正俺是听不懂您的话。"

阳子居莞尔一笑道：

"怎么听不懂？那我给你举个例子，保证你就认同我的话了。"

"那您快说。"柏矩催促道。

"我们的先生与鲁国的孔丘是'道不同而不相为谋'的两路人吧，但是他们在对待弟子的态度上却是惊人的一致。"

"师兄，您是说孔丘也是最喜欢无能的弟子，而不欣赏有能力的弟子，是吗？"柏矩急不可耐地问道。

阳子居侧过脸来，看了看柏矩，点了点头。

"孔丘多次来向俺们先生求学问道，他的弟子很多人都追随着来过，俺咋没觉得呢？"柏矩质疑道。

"孔丘在鲁国开坛授徒，号称弟子三千，贤人七十，当然有点吹牛。但是，应该承认的是，孔丘的弟子中确实有很多杰出的人才。比方说，子贡、冉求、子路，都是闻名于诸侯各国的风云人物。子贡折冲樽俎，一舌敌万师，那是多大的本事，诸侯各国的君主见了他，都要跟他分庭抗礼。冉求多才多艺，尤擅理财，还会用兵作战，那是个奇才啊！子路呢，那是勇冠三军的人物。孔丘周游列国，如果没有他的保护，他恐怕早就死于非命了，还讲什么‘克己复礼’？可是，这三杰却并不讨孔丘欢心。孔丘也很坦然，多次当着众弟子的面品评他们，都是贬低他们，尤其是子路。”

说到这里，阳子居突然不说了，侧过脸来问柏矩道：

“你知道孔丘最喜欢哪个弟子？”

柏矩摇了摇头。

阳子居顿了顿，说道：

“孔丘最喜欢的是颜渊。而颜渊是个什么样的人呢？他武不能上阵拒敌，文不能密室划策，或是像子贡那样有外交长才，能够折冲樽俎。他最大的特点就是听话，孔丘的话他句句听。所以，孔丘最喜欢他，时不时地就表扬他一通，批评子路、子贡等人一通。从这个例子，你说我总结的师徒关系不对吗？”

柏矩听了，先是连连点头，后来突然一拍脑袋，说道：

“师兄，您好坏啊！您是笑着骂人，让人不知不觉啊！”

“师弟，这话怎么说？”阳子居不解地望着柏矩道。

“师兄，您刚才不是说俺是先生最得意的弟子吗？又说大凡做先生的，都是钟爱那些能力差的，现在又举孔丘弟子颜渊的例子予以说明，您这不是在绕着弯子骂俺吗？”

阳子居呵呵一笑，连忙辩解道：

“师弟，你太多心了！我是就一般情况而言，你是一个很大的例外。你看，你既有悟性，又有能力，还最忠诚于先生，怎么在我所说的范围之内呢？”

“怎么可能不在呢？师兄，您真是会说话。怪不得，您周游列国那么成功，有您这张将死的说成活的，将活的能说死的嘴，怎么不让诸侯各国之君着了您的道呢？”

“师弟，你太没良心了吧！我为了分担你一人独自护送先生的辛苦，同时也是为了给你解闷，我放弃了游说楚王的计划，放弃了唾手可得的享乐与财富，我容易吗？而今倒好，不仅先生不领情，一路训斥我，你也不理解我，这样看我，你说我能不伤心吗？”

阳子居虽然说得一本正经，但柏矩知道他这是在说笑。于是，哈哈一笑道：

"师兄，俺是跟您开个玩笑。即使先生不领您的情，俺也会领您的情。你我相处这一路，时间也算不短了吧，俗话说：'路遥知马力，日久见人心'，俺是那种没良心的人吗？其实啊，先生对您并不薄，他只是表面严厉。对于您与子轩这样有本事的弟子，他内心不知有多得意呢！现在先生不在这里，师兄，俺跟您说句心里话，俺们的先生有时候很矫情。明明心里是喜欢的，嘴上不仅不说，还要骂。他对您是这样，对华兮也是如此。俺与华兮陪他一路南游楚国，华兮没少跟先生较劲，先生表面好像很生气，但内心却非常喜欢他，关键时刻就露出了他的欣赏之情。"

"是吗？"阳子居将信将疑。

"确实如此。"柏矩以十二分坚决的口气说道。

于是，二人相视一笑，一同立在客栈门口观赏着漫天飘舞的大雪。

过了好久，望着银装素裹的远山近川，柏矩突然觉得没有欣赏的雅兴了，转而思考起一个现实问题：这样的大雪，到底要下到什么时候？如果时间长了，有钱虽然在客栈里可以住下来，但客栈里的生活物资恐怕难以为继。毕竟，客栈里突然多出了他们四个大男人，每天的吃喝都靠客栈里的积存。一旦耗尽全部的积存，在这大雪之中如何解决。

阳子居极目远眺，眼光随着飞舞的雪花而流转，看得兴味盎然。看到兴奋处，侧脸瞅了柏矩一眼，见他正双眉紧锁，遂连忙问道：

"师弟，为什么突然愁容满面？"

"师兄，俺在想一个问题。"

"什么问题？"阳子居连忙追问道。

"这样的大雪，要是下个三天五天不停，俺们可能就要断炊了。"

"客栈难道没有足够的积存？"

"师兄，您是公子哥，周游列国又都是跟上层社会人物周旋，哪里会知道社会底层民众生活的艰辛？"

"师弟，这话怎么说？"

"像这样的小客栈，都是小本生意。店主一般都是拿了客人住店所付的钱去换生活物资的，以此维持客人与家人的日常生活。至于长时间的积粮积柴以备不时之需，他们根本没有那个经济能力。"

阳子居听了，呵呵一笑。

"师兄，您笑什么？难道您觉得俺说的不对吗？"柏矩反问道。

"师弟，先生不是说过一句话，'飘风不终朝，骤雨不终日'吗？疾风骤雨难以长时间持续，难道这雪就能例外，能下个没完没了？依我看，这雪顶多下个两天，就会雪后天晴，天气转暖。届时，我们又可以上路了。"

柏矩先是一愣，侧脸看了阳子居一会儿。见他一脸的坦然与自信，柏矩略一沉吟，暗暗点了点头，说道：

"师兄说的倒是有理。看来，还是您对先生的话理解得透彻，能够活学活用。刚才俺说您最有悟性，先生心里其实最赏识您，您还不信呢。"

"呵呵，你又来了。我只是你的师兄，又不是先生，你这样给我戴高帽子，有必要吗？我好歹还是有点自知之明的。"

柏矩对阳子居一笑，立即转换话题道：

"好了，俺们不说了。快去看看先生吧。他在宋国静修时，每天都有早起的习惯，这会儿，他应该已经睡醒了。"

"师弟，别急啊！"

"师兄，还有什么话要说吗？"柏矩不解地问道。

"是啊！我还有一些事要问问你，当着先生的面，不太方便说。"

"什么事？"

"我们将先生送到函谷关后，你有什么打算？"阳子居直视柏矩问道。

柏矩愣了一下，才回答道：

"这个问题，俺还真没想过呢。"

"这是个现实问题，不可回避。要么你陪先生出关，继续照顾他的生活；要么让他一人出关，一切的苦难都得靠他独力承担了。"

"师兄，难道您压根儿就没想过要陪先生一同出关？"柏矩也直视阳子居问道。

阳子居见问题已经提出，已经难以回避了，遂坦然地回答道：

"我确实压根儿没有这个想法。这次陪你一同送先生出关西行，也只是因为当时碍于面子，违心地答应下来了。我对关外的情况一无所知，况且那种偏僻的蛮荒之地，我也不可能适应。你刚才说我是公子哥儿，我也承认，我肯定受不了长期风餐露宿的艰苦生活。"

柏矩听了阳子居这番坦诚相见的话语，觉得也是入情入理，遂情不自禁地点了点头。

见柏矩没有说话，阳子居又说道：

"师弟，师兄的心事都跟你说了，你心里到底是怎么想的，可否也说出来？这样，我们也好商议一下，为先生作一个合适的安排。"

"师兄，说句不矫情的话，俺也不可能跟先生一起出关的。俺从家中出来好多年了，为了追随先生求学问道，长久都未与家中取得联系，不知家中双亲身体到底如何，妻儿生活上有什么困难。还有一点，跟师兄一样，俺恐怕也不适应关外的生活，尽管俺不像师兄出生于名门豪家，从小养尊处优。"

"师弟，我知道了。今天我们师兄弟谁都没有矫情，都是坦诚相见，我觉得足慰平生矣！"阳子居语气诚恳地说道。

"师兄，我从来都是尊重您的，觉得您是性情中人，表里如一的君子。"

"这个，我们不说了。现在要商议的是，如何合适地安排先生，他这么大岁数了，无论如何我们不能让他出关遭罪。"

"那有什么办法不让他遭罪呢？"柏矩眼巴巴地望着阳子居，相信只有他有办法。

"唯一的办法，就是阻止先生出关。"

"那不可能吧。先生的性格，难道您不知道？他决定的事，谁也不能阻止。不要说决定了，就是他抱持的观点，他也至死不肯改变。"

"不错，你我都不可能改变他的决定，也阻止不了他决意出关西行的行动。但是，有一个人可以。"

"谁？"柏矩瞪大眼睛问道。

"关尹。"

"关尹？"柏矩又瞪大了眼睛。

"是，就是关尹。师弟，你知道出商丘城时，你提出要我陪同先生一起到函谷关，我为什么那么爽快地答应吗？上路不久，你知道我为什么特意要当着先生的面跟你谈论关尹吗？"

"原来您早有预谋。师兄，您太有智慧了，而且高瞻远瞩、深谋远虑。我这次算是打心底服了您！怪不得，您盛名满天下，周游列国，能够混得风生水起，而包括孔丘在内的许多人都不行。"

"你又来了！你不觉得肉麻吗？"阳子居笑着推了柏矩一把。

"不过，师兄，还有一个问题。"

"什么问题？"

"你能确定关尹能阻止得了先生吗？"

见柏矩眼露狐疑的神色，阳子居莞尔一笑道：

"这个，就请师弟放心。"

"如何让俺放心？"

"师弟，你想想，关尹不是先生最得意的弟子吗？凭他跟先生的感情，还有他的口才，能谏劝不了先生？退一万步，就算不能谏劝成功，关尹还有最后一手啊！”

"什么最后一手？"柏矩又不懂了。

"关尹不是函谷关的最高长官吗？他替周天子扼守关隘，他有放行或不放行任何人的权力。如果先生执意不听他劝，他祭出周天子之令，先生还有什么办法？难道先生有能力回周都洛邑，向周天子请一道出关令。"

"实在不行，先生这样做也未尝不可能。"柏矩说道。

阳子居莞尔一笑，说道：

"师弟，你难道不知道，周天子对先生不尽职守，丢失周王室的许多典册很是不满。后来，先生又不辞而别离开了洛邑，你做周天子，你会怎么样？"

"哦，原来是这样。那样，先生就真的别想出关了。"柏矩连连点头。

"师弟，这事你知，我知，天知，地知，但千万不能让先生知道。现在，我们可以去见先生了，就当什么也没发生。"阳子居叮嘱道。

"放心，师兄。我有那么不可靠吗？"

"我当然相信你，不然也不会主动泄底给你。"

说完，二人相视一笑，一同去见老聃了。

老聃刚刚起来，推开房门，就见阳子居与柏矩立在了门口。

"先生，怎么不多睡一会儿？今天下大雪，下得满天满地都是。"柏矩抢先报告道。

老聃没吱声，默默地走到客栈门口，朝外瞅了瞅。然后，转身坐到客栈前厅中央的座席上。客栈老板一见，连忙替老聃等人张罗朝食去了。

简单地用过朝食后，因为外面大雪，既不能离店赶路，也不能到户外走动，老聃只得回到客房，准备静坐清修。阳子居见此，凑近柏矩耳朵，轻声说道：

"师弟，今天我们趁着下雪，将以前未明白的问题，一股脑儿地提出来，好好向先生请教请教。不然，以后就没有机会了。"

柏矩点了点头，遂跟在老聃后面，进了他的客房。阳子居故意不跟进，立在老聃客房门口，等着柏矩跟老聃开口。

老聃刚在席上坐下，还没来得及闭目作沉思状，柏矩就开口了：

"先生，好久没有好好听您教诲了。今天难得下大雪，俺们既不能赶路西行，也不能外出走动，所以俺们想就一直以来没弄清楚的问题，向先生请教。不知先生……"

老聃抬头瞅了瞅柏矩，见他吞吐其辞，却又毕恭毕敬的样子，又看见阳子居一直立在门口，意有所待，遂轻轻地点了点头。

阳子居一见，连忙进来，与柏矩一起在老聃面前的席上坐下。

"师兄，您先问吧。"柏矩看了看阳子居，说道。

阳子居点了点头，望着老聃说道：

"先生有许多隽语妙言，在诸侯各国广泛流传，影响很大。但是，这些隽语妙言由于表达极其简约，意蕴又玄妙无比，所以引起了人们很多不同的理解。有些理解，弟子觉得完全是对先生意思的曲解、误解。"

"噢？说说看。"老聃出乎意料地睁开眼睛，表现出了浓厚的兴趣。

阳子居见此，大为兴奋，立即接口说道：

"比方说，先生主张'用弱'，说什么'坚强者死之徒，柔弱者生之徒'，又说'坚强处下，柔弱处上'，最广为人传诵的就是你经常讲的那句，'柔弱胜刚强'。很多人都认为，先生说出这种话，说明您善于使诈，通过示弱装可怜，以求出其不意，置对手于死地。所以，很多人都说您是天下最大的伪饰家，也是内心深不可测的阴谋家。"

"师兄，您怎么这样看先生呢？"柏矩连忙插话道，他怕老聃生气。

没想到，老聃听了阳子居的话却莞尔一笑。

"先生，您笑什么？"阳子居不解地问道。

"你觉得他们说的对吗？"老聃闭目问道。

"先生思想深不可测，弟子实在吃不准，所以今天才特意提出来求证先生。先生的话，到底是什么意思，只有先生自己最清楚。"阳子居说道。

"老朽的话，一般都经过长久静思后由衷而发，是对客观事物与现象的一种认知，不过是一己之见而已。并非像你所说，句句都是隽语妙言，玄妙无比，没有那么神秘。"

"恕弟子愚钝，先生所说的'坚强者死之徒，柔弱者生之徒'，'坚强处下，柔弱处上'，'柔弱胜刚强'，这些话到底怎么理解呢？"阳子居立即追问道。

"老朽这些话，是就事物发展的趋势而言。比方说，一棵小草或是一棵小树苗破土而出，它柔弱不柔弱？"

"当然柔弱。"阳子居与柏矩几乎异口同声地说道。

"一棵长到一人高的蒿草，或是一棵有百年千年树龄的参天大树，它坚强不坚强？"

"当然坚强。"阳子居与柏矩又同声回答道。

"但是，柔弱的小草或小树苗却有着旺盛的生命力，有无限的生长发展空间，可以由弱变强。从这个角度来看，小草是不是胜于高可过人的老草？小树苗是否胜过参天古树？"

　　阳子居与柏矩点点头，望着老聃屏息以听。

　　"假如有一阵大风刮来，会折断枝干的是小草或小树苗，还是高草大树？"

　　"当然是高草与大树。"阳子居脱口而出道。

　　老聃突然睁开眼睛，看了一下阳子居，续又说道：

　　"这些自然界的现象，不都生动地说明了一个道理：'坚强者死之徒，柔弱者生之徒'，'坚强处下，柔弱处上'，'柔弱胜刚强'吗？"

　　"先生说的是，弟子明白了。"阳子居恭敬有加地说道，听他的口气，可以感受到他的心悦诚服。

　　"先生，弟子曾记得您还说过这样两句话：'强大处下，柔弱处上'，'守柔曰强'，也是从事物发展的趋势讲强弱转化的道理吧？"柏矩连忙插话道。

　　老聃点点头，睁眼看了柏矩一眼。

　　阳子居见柏矩又要抢自己风头了，遂连忙又抛出话题：

　　"先生，弟子还听说您在不同的场合都跟人说过一句话：'功遂身退，天之道。'对于这句话，弟子百思不得其解。不知到底应该怎么理解？请先生明以教我。"

　　老聃呵呵一笑，闭目从容说道：

　　"这话又有什么难以理解？仍然是从事物发展趋势的角度来说的。只不过，它讲的是为人之道与处世之道。"

　　"弟子愚钝，最缺的就是为人之道与处世之道的智慧。今日先生既然说到为人之道与处世之道，是否可以给俺们讲讲？"柏矩又插上来说道。

　　阳子居怕柏矩又抢了风头，连忙说道：

　　"先生，'功遂身退，天之道'，是讲为人之道与处世之道的，这个弟子当然明白。只是弟子不明白的是，一个人功成名就，不继续利用自己的影响多做事、多建功立业、多为天下百姓谋福祉，无论是对他个人，还是对社会，岂不都是损失吗？"

　　"你真的以为，一个人功成名就，就一定能对社会多作贡献，能给民众带来福祉？对他个人声名安危有利？"老聃不答反问道。

　　"难道先生认为不是这样吗？"阳子居也以问代答道。

　　"当然不是这样。"

　　阳子居听老聃说得斩钉截铁，质疑的冲动又萌发了：

　　"先生，弟子真是不明白。这是明明白白的道理，谁都懂的。怎么先生不以为然呢？"

"好！老朽问你，一个人功成名就，有没有可能滋生骄傲自大的情绪？"

"当然会，这是人性的弱点，任何人也难以避免。"阳子居肯定地说道。

"既然人性有这种不可避免的弱点，那么他利用其影响力继续做事，就难免听不进他人意见，甚至独断专行，将事情做坏做砸。结果，不仅不能给民众带来福祉，还会给天下造成祸害。这是对社会而言。对他个人而言，他会因为做坏了事情，而将以前建立起来的功名彻底毁掉。与其为善不终，晚节不保，不如急流勇退，见好就收，可以收万世之名。"

"没想到，先生的处世之道与为人之道也是如此的世故、自私！跟鲁国孔丘提倡的'明哲保身'的人生哲学没有什么两样。"阳子居脱口而出道。

柏矩一听，觉得不妙，阳子居慌不择言，肯定又要惹麻烦了，遂连忙打圆场道：

"师兄，俺不同意你的说法。俺要是没记错的话，先生曾经说过：'知足不辱，知止不殆，可以长久'，又说：'知足之足，常足矣'，'祸莫大于不知足，咎莫大于欲得'。所以，俺觉得先生提出'功遂身退，天之道'的观点，是提醒世人要戒除贪欲，要知足常乐。"

听了柏矩对自己观点如此这番独到的发挥，老聃情不自禁地睁开了眼睛，认真地看了看他。然后，以温和的语气对柏矩说道：

"你还有什么见解，继续说下去！"

听到老聃的鼓励，柏矩望了望老聃，又瞅了瞅阳子居，怯怯地说道：

"其实，俺也说不出什么了。不过，俺又想起了先生曾经说过的另外几句话。"

"什么话？"阳子居催促道。

"先生说过：'物壮则老'，又说：'兵强则灭，木强则折'，'甚爱必大费，多藏必厚亡'，还说：'持而盈之，不如其已；揣而锐之，不可常保；金玉满堂，莫之能守；富贵而骄，自遗其咎'，因此赞赏圣人'去甚、去奢、去泰'的处世态度。"

老聃听柏矩对自己说过的话记得如此清楚，而且还能串联起来，发挥他"功遂身退"的观点，打内心深处感到佩服。看来，柏矩追随自己时间最久，没有白费时光。以前以为他的悟性比不上华兮，现在看来也未必。想到此，老聃情不自禁地点了点头，并捋了一下胸前的长须。

阳子居看到老聃这招牌似的动作，知道老聃是在表扬柏矩，心中不免有些不服气，遂不问老聃，转而问柏矩道：

"师弟，师兄虽痴长你几岁，但悟性远远不及你。你刚才提到先生这些话，我都没有听过，对其意也不甚了了。今天，你是否可以将先生这些话的微言大义说给我听听，让我也有所长进。"

柏矩听出了阳子居的话外之音，所以愣了一下，抬眼望了望老聃。

老聃先瞥了一眼阳子居，然后看了一眼柏矩，对他说道：

"你说说看。"

柏矩犹豫了一下，便说道：

"先生所说的'物壮则老'，是说事物发展到一定程度，就要走向它的反面。就像草木长到壮盛之时，就会渐趋枯凋乃至死亡；人到了生命力最旺盛的壮年，就会渐渐精力不济，走向衰老和死亡。'兵强则灭，木强则折'，意思也差不多。因为兵强则会滋生骄傲怠慢之心，而骄傲怠慢之心滋生，势必给敌人以可乘之机，给自己的失败和灭亡埋下了种子。树大树壮，势必会生命力渐趋下降，同时树大招风，最容易折断。"

老聃微微点了点头。

阳子居见此，遂又连忙追问道：

"那'甚爱必大费，多藏必厚亡'，又怎么讲？"

柏矩看了看阳子居，又望了望老聃，接着说道：

"先生这句话的意思是说，一个人太过吝啬，就一定有很大的破费；一个人喜欢积储东西，一定会丢失更多。这是劝人对于钱财要有正确的态度。"

"那这话跟'功遂身退'有什么关系？我刚才是问先生'功遂身退'，你怎么扯到了财富问题上呢？"

柏矩知道，阳子居表面质疑的是自己，实际质疑的是老师的观点。于是，只好硬着头皮继续替先生圆说道：

"这两者看起来没有关系，实质上是一回事，讲的都是凡事不可过头，就是先生所说的圣人之所以'去甚、去奢、去泰'的原因。一个人功成名就，是人生的顶峰，如果不知足，还想再攀新高峰，势必就有失足掉下悬崖、生命不保的可能。这和一个人过分吝啬、过分积储而损失更大，不是一个道理吗？"

"好，就算你说得有理。那么，'持而盈之，不如其已；揣而锐之，不可常保；金玉满堂，莫之能守；富贵而骄，自遗其咎'，又怎么讲呢？"阳子居继续追问道。

"先生的意思是说，始终保持盈满的状态，不如适可而止；磨剑既尖又锐，锋芒难保持长久；积财太多，难以守住；富贵而得意骄傲，势必给自己惹祸。这讲的同样是'物极必反'的道理，与'功遂身退'的道理是一致的。先生，是这样吗?"

老聃没吱声，只是轻轻地点了点头。

"先生，柏矩说的就是你的原意?"阳子居心有不甘地问道。

老聃虽然没有睁眼看阳子居，但从其口气中，听得出他心里并不服自己与柏矩所讲的这番道理，所以略一犹豫后，睁开眼睛，直视阳子居，说道：

"你刚才说得很对，老朽说的'功遂身退'，跟孔丘所提倡的'明哲保身'是一回事。不过，两者还是有所区别的。"

"什么区别?"阳子居连忙追问道。

"'功遂身退'，是一种主动的自觉行为，是一种见好就收的处世智慧。比方说，一个人为国君立下大功，得到很多名誉与财富赏赐，官高爵贵，应该说是他人生的最高峰了。因为事实上，他不可能再上一层，取国君地位以代之。如果他真有此想，那就是自取灭亡。即使没有此想，他在侍奉君主的过程中，难免不因为以前的功劳而滋生骄傲自大的情绪。而这种情绪一旦滋生，就必然会引起君主的反感甚至猜忌。为了权位的稳固，君主必起杀之而后快之心。相反，如果他名誉、官爵、财富都得到后，急流勇退，安心回家做他的安乐公，不仅让君主人民称颂他高风亮节，还让全天下的人都觉得他是个高人。不仅身家性命无虞，还有万古的令名。推己及人，换位思考，假如你是个君主，你如何与你的功臣相处?你喜欢什么样的臣子?假如你是个主子，您喜欢什么的仆从?"

"先生说的是。弟子终于明白了。谢先生教诲!"阳子居真诚地说道。

4. 不敢为天下先

"先生，雪停了，太阳也出来了，估计明天俺们就可以赶路了。"

下榻客栈的第三天，一大早柏矩就开门张望，看大雪是否已经停止。当看到雪花已经不再飘飞，太阳从遥远的地平线冉冉升起，放出满天霞光时，他高兴得差点跳了起来。朝食时间，当老聃刚踏出房门时，柏矩就迫不及待地向老聃报告天气情况。

一连下了三天的大雪，师徒、主仆四人窝在小客栈里动弹不得，确实闷坏了。柏矩与阳子居虽然趁此机会，向老聃求学问道收获不少，但每天师生相谈甚欢的时间并不长。老聃好静，整天在屋内静坐，闭目沉思悟道。而柏矩与阳子居好动，窝在客栈小屋中，觉得非常不自在，整天就像热锅上的蚂蚁一样，急得团团直转。

朝食后，老聃像往常一样，仍然回到他的住室闭目静坐沉思。但是，日中时分，老聃却突然从座席上爬了起来，在室内走动起来。

阳子居因闲坐无聊，偷偷从门缝中窥见这一幕，遂连忙拽过柏矩，悄悄跟他说道：

"先生静坐沉思告一段落，现在已起身在屋内活动腿脚呢。待会儿，等他活动好了，准备再坐下去静思时，我们抓住机会，再向他请教一次。前两天他跟我们所讲的处世之道，我觉得还是非常精辟，非常受用的。我虽周游列国，见到的高人不少，但就思想深刻的程度来看，皆不及我们先生。要不，今天我们就请先生给我们讲讲为人之道，如何？"

"师兄，今天您去跟先生说吧。"

"师弟，还是你来说好。你嘴巴甜，会说话。你每次请求先生，他不都答应你了吗？如果我去说，万一说砸了，先生眼睛一闭，不睬我们，那请教的事不就化为泡影了？机不可失，时不再来，来日无多啊！"

听阳子居这样一说，柏矩不好意思了，只得点了点头，表示同意。

过了约一顿饭的工夫，老聃好像活动好了，在客房内走了几圈，重新回到房内中央的那块草席上。柏矩一见，知道他就要坐下静思悟道了，连忙趋前一步，说道：

"先生，明天俺们就要上路了。今天还有半天，是否请先生给俺们讲讲为人之道。前两天先生给俺们讲的处世之道，让俺们受益匪浅。"

"是啊！前两天先生的教诲，让弟子真正认识到自己以前狂妄自大的可笑，体会到先生之'道'的博大精深。"阳子居也上前帮腔道。

老聃没吱声，径直坐到了席上。柏矩见此，连忙又问道：

"先生，难道您觉得俺们二人就那么愚不可及，已经顽劣到不可教诲的地步了吗？"

"那就坐下吧。"

柏矩没想到情急之下激将法竟然能够奏效，不禁大喜过望，对阳子居做了个鬼脸。然后，二人相视一笑，一起在老聃的席前坐下。

"为人之道，处世之道，乃是一而二，二而一，很难决然分开。今天你们要为师讲为人之道，实在是让为师不知从何讲起。"

阳子居一听这话，以为老聃因为柏矩刚才贸然命题，有失礼貌，现在他推托不讲了。遂连忙起而补台道：

"先生说得对，为人之道与处世之道本来就是难以分开的，我们平常都说为人处世，或是处世为人，正是这个道理。"

"那先生今天就合二者一起给俺们讲讲吧。"柏矩连忙顺水推舟地请求道。

老聃见两个弟子一唱一和，知道今天不费些口舌是不行的了。于是，沉吟了一会，便从容地说道：

"为人处世，如果能坚守三个基本原则，也就算是悟道得道了。"

"哪三个原则？"柏矩与阳子居几乎异口同声地问道。

"第一个原则，就是虚怀若谷。"

老聃话音刚落，阳子居就脱口而出道：

"这个原则，就是先生在宋都商丘城郊客栈教导弟子时所说的吧，关键是八个字：'上善若水，上德若谷。'"

老聃点点头，轻轻地拂了一下胸前的长须。

柏矩见阳子居拔了头筹，遂连忙说道：

"先生，弟子记得您在楚国那个溪谷曾经说过：'旷兮其若谷'，'知其雄，守其雌，是为天下谷'，'知其荣，守其辱，是为天下谷'，都是以谷为喻，说明为人处世应该谨守'虚怀若谷'的原则，是吧？"

老聃没想到柏矩能够如此清楚地记得他所说过的每一句话，而且活学活用，触类旁通，悟出这样一番道理，不禁欣慰地笑了。

阳子居一见，也不甘示弱，望着老聃说道：

"先生，弟子曾记得有一次鲁国孔丘来求学问道，先生跟他说了一句话，至今仍让弟子记忆犹新，只是弟子当时没有好好领会，没能落实到行动中，以致言行举止都给人以骄傲跋扈的感觉，所以上次被先生狠狠批评了一通，这才幡然醒悟。"

"师兄，先生跟孔丘说了什么话？"柏矩问道。

阳子居没理会柏矩，望着老聃说道：

"先生跟他说：'良贾深藏若虚，君子盛德，容貌若愚。'说的也是'虚怀若谷'的境界吧？"

老聃点点头。

"师兄，先生这话是什么时候说的？俺咋没听说过呢？"柏矩问道。

"师弟，你怎么可能听说过呢？那时，你恐怕还在燕国不知什么地方呢？这话也不是我直接听到的，而是大师兄庚桑楚说给我听的。"

"哦，原来如此。"柏矩恍然大悟道。

"先生，那为人处世的第二条基本原则呢？"顿了顿，阳子居又问道。

"第二条原则，说说容易，其实很少有人能做得到。"

"先生，那到底是什么呢？"柏矩连忙追问道。

"与人为善。"

"先生，弟子明白了。就是不得罪人，不记人小过，甚至大过也能饶恕。这跟孔丘弟子有若所说的'和为贵'，是一个意思吧。孔丘为人处世有'和稀泥'的倾向，跟先生的思想也有相通之处吧。"阳子居直视老聃问道。

没等老聃回答，柏矩便脱口而出道：

"师兄，俺不同意你的观点。孔丘还是一个很有原则的人，他为了实现其'克己复礼'的理想，周游列国，到处碰壁，惶惶如丧家之犬，慌慌如漏网之鱼，也不改其志。这样的人，你能说他没有原则？好像说不过去吧。"

"师弟，我说的是他处世为人的原则，不是他政治上的坚持。除了政治上是死脑筋，不肯苟且外，日常生活中，孔丘其实是一个很随和的人，也很世故。他的弟子遍天下，很多都是诸侯各国官场中的重要人物。他不世故，不会与世沉浮，不会'和稀泥'，他的弟子能够得其真传而在官场混得风生水起，游刃有余吗？"

老聃听两个弟子辩论起来，遂闭上眼睛。过了一会儿，突然像是不经意地说了一句：

"和大怨，必有余怨，岂可以为善？"

阳子居与柏矩听老聃突然说出这样一句没头没脑的话，先是一愣，后是面面相觑。

"我懂先生的意思了。"过了一会儿，阳子居突然一拍大腿，兴奋地说道。

柏矩对老聃的话还没反应过来，就听阳子居说他懂了，不禁感到诧异。又见阳子突然拍腿，他更加感到惊愕了。因为他是贵族出身，一举一动都与自己不同。自己常常有拍脑袋的动作，虽然屡屡想改，可就是改不了。没想到，阳子居在得意之时也会失态。

正当柏矩诧异、惊愕之际，老聃睁开眼睛看了看阳子居，意有所待地问道：

"你懂什么了？"

"先生的意思是不是说，纵然修养再好，能饶恕他人的大过，但仍会有余怨积存，最终还是难以做到'与人为善'？"

柏矩听阳子居说到这里，终于明白了。遂望着老聃，接口问道：

"这样说来，修养再好也白搭，度量再大也没用。恕人大过，恕人小过，最终都不能解决问题。既然如此，先生，那如何落实'与人为善'的原则呢？"

"不与人结怨，不就可以了吗？"老聃脱口而出道。

"不与人结怨？先生，这可能吗？"阳子居立即反问道。

"是啊，先生。比方说，俺与华兮是师兄弟，跟阳子居也是师兄弟，这关系算是亲密的吧。但是，俺们也会往往因见解不同而斗嘴。这不是在相互结怨吗？当然，俺们师兄弟的这怨，都是些小怨罢了，再怎么累积，也成不了大怨，更不会发展到仇恨的程度。但是，不管怎么说，这也算是结怨啊！"

"先生，师弟说得不错。我们每个人都生活于群体社会之中，不是不食人间烟火的神仙，总要与人打交道，与人共事。撇开利益的冲突不说，最起码还有观点思想的不同，怎么可能不会引发人际矛盾与冲突，从而与人结下或大或小的怨呢？"阳子居补充道，表面看是给柏矩帮腔，实是进一步质疑老聃的观点。

老聃心知其意，莞尔一笑道：

"这说明你们都还没领会为师的意思，没有领悟到'与人为善'原则的真谛。"

"那真谛到底是什么呢？弟子愚钝，请先生明以教我。"阳子居紧追不舍道。

"善者，吾善之；不善者，吾亦善之。"

"先生，弟子终于明白了。先生的意思是说，对于善人，我们要以善心待之；对于不善之人，我们也要以善心待之。也就是说，以阔大的胸襟包容一切，就是'与人为善'的真谛了。先生，是这样吗？"柏矩问道。

没等老聃回答表态，阳子居就接口说道：

"换句话说，'与人为善'就是'以德报怨'，通过化敌为友，感动所有人，从而获致天下人的认同，实现社会的和谐。先生，弟子的解读对吗？"

"说得好！'以德报怨'，其实就是'与人为善'的最高境界。"老聃脱口而出，脸上洋溢着难以掩饰的笑意。

柏矩从未见老师如此赞赏阳子居，顿时潜意识中的好胜心又起来了。看着老聃得意地拂着胸前的长须，柏矩犹豫了好久，最后还是忍不住，以柔中带刚的语气反问道：

"先生，恕弟子愚钝。'以德报怨'固然是'与人为善'的最高境界，值得推崇。但是，要是遇到一个十恶不赦、冥顽不化的恶人，俺们对他'以德报怨'，跟他讲'与人为善'，恐怕很难感动他、同化他吧？如果不能，那反而会助长其为非作歹的嚣张气焰，那怎么办？"

"天道无亲，常与善人。"老聃想都没想，脱口而出道。

"先生的意思是说，恶人自有上天惩罚，善人自有天佑，不担心冥顽不化的恶人不改恶从善。是吧，先生?"阳子居连忙说道。

老聃又点了点头。

柏矩见此，知道此次谈话的风头又被阳子居抢去了，遂情急之下，又问道：

"先生的话当然不错，只是弟子在现实生活中从未见过有这样的事发生。所以，不免担心'与人为善'的处世为人原则在现实生活中能否行得通。"

老聃听了柏矩的话，呵呵一笑。

"先生，您笑什么? 您觉得弟子的问题幼稚可笑吗?"

"那倒不是，而是觉得你见识太浅了。现在，为师就给你讲一个故事。"

"先生请讲。"柏矩与阳子居异口同声道。

"从前有两个国家，一东一西，山水相邻，鸡犬之声相闻。在两国边界，有一处沙地，适宜于种瓜，两边的民众都以此为生。虽然同样是种瓜，但两国边民种出的瓜却很不一样。东国边民勤于灌溉，因此种出的瓜又大又甜。而西国边民比较懒散，不怎么给瓜浇水，种出的瓜又小又涩。"

"一分耕耘一分收获，乃是自然之理。"阳子居情不自禁地评论道。

老聃点了点头，继续说道：

"可是，西国边民不懂这个道理，不仅不反省自己懒散，反而对东国边民心生忌恨，半夜里将东国边民的瓜藤弄死了很多。因为事涉两国纠纷，东国边民不便直接找西国边民理论，只得将情况汇报到了东国边境行政长官。结果，东国边境长官不仅不准他们报复西国边民，反而要东国边民半夜里偷偷越境，去给西国边民的瓜地浇水。"

"结果呢?"柏矩急不可耐地追问道。

老聃见柏矩着急，故意停顿下来，不说了。

阳子居懂得柏矩的心理，遂帮助催促老聃道：

"先生，快说结果如何。"

老聃看了看阳子居，莞尔一笑后，才从容说道：

"结果，西国边民的瓜越长越好。他们开始不知道原因，后来侦知内情，遂将情况报告了西国的国君。西国本来与东国世代有矛盾，边境冲突时有发生。可是，当西国国君听到边民报告后，感到无比的羞愧。于是，便主动派特使往东国谢罪。从此，两国交好，边境再无冲突，两国边民之间亲如一家。"

"果真有此事？"柏矩还是不愿相信。

"难道为师还能临时编造一个故事，就是为了说服你吗？"

"先生从未有欺诳虚妄之言。这个故事，足以印证先生的观点，有力地说明了'以德报怨'是一种最崇高的境界。有此境界，一定是大怨小怨全不会发生，自然能够与人为善。"

老聃听阳子居又说出这番话，不胜欣慰之至，遂又轻拂了一下胸前的长须，说道：

"阳子居，你的悟性渐长，有进步。"

柏矩见老聃这样不避嫌疑地表扬阳子居，顿时心中有些吃酸。于是，沮丧之情不免显露于脸上。

阳子居见此，为了缓和气氛，给柏矩面子，遂连忙侧过身子，对他说道：

"我的话说得太多了。先生刚才说，为人处世有三个基本原则，现在已经说了两个。师弟，下面一个原则，你来问吧。"

"哟，师兄，这次您也知道谦让了。看来，还是先生教导有方，没白表扬您啊！"

"师弟，你是认为我没有谦让之风，是吧？"

"师兄，别误解，俺……"

没等柏矩辩解下去，老聃突然岔断了他的话，说道：

"不要再作无谓的争辩了。下面为师就给你们讲为人处世的第三个原则，这个原则更为重要。"

柏矩一听这第三个原则更为重要，而阳子居肯让给他问，顿时脸上阴转晴，兴奋地问老聃道：

"这第三个原则是什么呢？"

"谦下不争。"

"这正是弟子们所需要修炼的内容。"阳子居脱口而出道。

柏矩白了阳子居一眼，阳子居知道自己失言了，不应该出尔反尔，再抢话头。

就在柏矩侧脸看阳子居的同时，老聃提高嗓音说道：

"其实，关于'谦下不争'的道理，为师没少跟你们说过。柏矩，你跟为师时间最久，你记得多少？"

柏矩一听老师点名要他说，顿时又找到了受宠的感觉。当然，同时他也意识到这是老师有意要考较自己。于是，略一沉吟，说道：

"先生曾说过：'天之道，利而不害；圣人之道，为而不争。'"

"什么意思？"

"意思是说，天道无私，利万物而不损之一毫；圣人之道，只施与他人，而不与人相争。先生，是这个意思吗？"

"那么，圣人为什么不争呢？"老聃又追问道。

"先生说过：'夫唯不争，故无尤。'"

柏矩话音未落，阳子居又没忍住，再次脱口而出道：

"我明白了，圣人之所以不争，是怕得罪人，跟人结仇。因为不争，所以就没有仇人了，一切太平无事。如果是这样，圣人岂不是懦夫？"

"怎么是懦夫？圣人在上，他人在下。在下者退让不争，是懦夫；在上者谦下不争，那是美德。"老聃脱口而出。

"先生说的也有道理。"

老聃懂得阳子居这话的意思，但不想点破他，仍转向柏矩问道：

"柏矩，你还记得什么？"

柏矩一听老聃仍然点名要自己说，得意地看了一眼阳子居，然后回答道：

"先生还曾说过：'不自见，故明；不自是，故彰；不自伐，故有功；不自矜，故长。'"

"什么意思？"老聃接口问道。

"先生的意思是不是说，一个人不自鸣得意，只相信自己眼睛所看到的，看事物才能更分明；不自以为是，只相信自己的判断力，分辨是非才更显昭彰；不自吹自擂，总是夸耀自己的功劳，功勋才能更卓著；不自高自大，老觉得高人一等，他才能以德服人，做众人的首领。"柏矩答道。

老聃点了点头，柏矩松了口气。

"下面还有一句呢？"

就在柏矩扫了一眼坐在一旁的阳子居，面有得色时，突然又听老聃问了一句。

柏矩一紧张，望着老聃，半天也想不起来。

老聃等了一会儿，见柏矩答不上来，只好替他说了：

"夫唯不争，故天下莫能与之争。"

"对了，是有这一句。意思是说，只有具备'谦下不争'的美德，才能彻底征服他人，让天下所有人都无法与他抗衡。先生，是这个意思吧？"

老聃微闭着眼睛，点了点头。

柏矩见老聃又点了头，知道这次考试算是过关了。顿时，像是卸下了千钧之负。

过了一会，老聃突然睁开眼睛，扫视了一下阳子居。阳子居以为要提问考校他了，顿时有些紧张起来。可是，等了很久，老聃却没有提问他，而是自言自语道：

"谦下不争，其实不仅是一种美德，更是一种为人处世的智慧。"

老聃的声音虽然很小，但柏矩、阳子居与他靠得很近，所以听得很真切。

"先生，这话怎么讲?"阳子居这次又没忍住，再次抢过话头，问道。

老聃虽然听出了阳子居急切的口气，但却并不急于回答他的问题。沉吟了片刻，他才睁开眼睛，捻了一下胸前长须，从容不迫地说道：

"昔日楚庄王胜晋于河雍之间，归国后议功欲封孙叔敖。孙叔敖推辞不受。别人不理解，他的子孙也不理解。"

"论功行赏，自古以来，就是天经地义的。孙叔敖拒受封赏，是不是有些矫情?"阳子居反问道。

"孙叔敖是大贤，应该不是矫情，而是功成而弗居，是一种高风亮节吧。"柏矩说道。

老聃看看阳子居，又看了看柏矩，摇了摇头。

"先生，那到底是为什么呢?"阳子居急了。

"先生，请赐教!"柏矩也帮腔催促道。

老聃见此，遂又说道：

"孙叔敖病疽将死之际，将其子叫到榻前，跟他说道：'以前大王要封赏我，我拒而不受。但是，我死之后，大王一定会封赏你。如果他封赏你肥沃富饶之地，你千万要谦让不受。如果实在推辞不掉，只领受那种沙石之地。我知道，在楚越之间，有一个地方叫寝丘，都是些坟丘纵横的沙石之地，不仅地力贫瘠，而且地名也不好听。当地的楚人与越人都信奉鬼神，所以不会有人喜欢那片土地。'"

"然后呢?"这一次是柏矩急不可耐了。

"没有多久，孙叔敖就死了。楚庄王因为感念他的功勋，果然要将楚国最肥沃富饶的土地封赏给他的儿子。但是，孙叔敖之子谨遵父命，执意不受。最后，推辞不过，提出愿意领受楚越之间的寝丘之地。按照楚国的法律制度，功臣于国有功，封禄也只传到第二代就予以收回。但是，因为孙叔敖之子受封的是寝丘之地，所以孙氏后人所得的封禄一直没有收回。这就是谦下不争，福泽后代的好例子。"

"孙叔敖太有智慧了。"阳子居与柏矩几乎异口同声地说道。

"孙叔敖确实是有智慧，但为师以为，他最可敬的地方还是'谦下不争'

之德。如果他没有'谦下不争'的美德，仅靠弄巧的小聪明，那是不能远祸而福泽后代的。"

"先生说的是。"阳子居与柏矩又异口同声地说道。

过了一会儿，柏矩突然一拍脑袋，说道：

"先生，俺刚才忘了，您还说过一句话，也与'谦下不争'有关。"

"什么话?"

"先生说：'我有三宝，持而保之：一曰慈，二曰俭，三曰不敢为天下先。'"

柏矩话音未落，阳子居脱口而出道：

"这句话怎么跟'谦下不争'有关呢? 先生所说的第一宝'慈'，应该是说慈悲、慈爱吧。第二宝'俭'，应该说的是俭约、节省吧。只有这第三宝'不敢为天下先'，还算与'谦下不争'有些关系。"

老聃点了点头。

"先生，师兄说得对。不过，弟子对先生所说的第三宝，还是有些不明白。俺记得，当时您说完这话时，俺有些不解，正想请教您。可是，正好有人远道来拜访您，所以就搁下了。今天既然提起来，弟子倒想趁机请教先生。您将'谦下不争'视为一种美德，这个俺们可以理解。但是，您将'不敢为天下先'视为三宝之一，就让人难以理解了。"

"是啊! 先生，师弟说得对。依弟子看，'不敢为天下先'，并不算是什么美德，而只是一种遇事退让的表现，是一种消极的人生态度，这并不值得鼓励，更不值得推崇啊!"

虽然阳子居说话语气极其柔和，但老聃还是听出了质疑的意味。于是，睁眼瞥了阳子居一下，说道：

"'不敢为天下先'，并非是遇事退让，更不是一种消极的人生态度，而是一种处世的智慧，怎么算不得是一宝呢?"

"恕弟子愚钝，请先生明以教我!"阳子居望着老聃，尽量显出十二分的真诚。

柏矩明白阳子居之意，立即帮腔说道：

"请先生赐教!"

老聃沉吟了一会，捻了捻胸前的长须，说道：

"给你们打个比方吧。假如你们为楚王之臣，楚王作出一项决策，大臣对之有很多争议。在这种情况下，楚王问谁愿意去实施这项决策，你们会一马当先领受任务吗?"

"当然不会。"阳子居答道。

"为什么？"老聃反问道。

"楚王的决策既然存在很多争议，那就肯定不能保证百分之百正确。因此，贸贸然为楚王实施这项决策，就有巨大的风险。如果失败了，承担责任的肯定是实施者，而不可能是楚王。"

老聃直视阳子居，又反问道：

"这样说来，你是不愿意替楚王实施这项决策喽？"

"当然。"

"为什么？"

"这还用问吗？谁也不会那么傻，愿意当实验品、牺牲品。"

一听阳子居这话，老聃不禁呵呵一笑道：

"你这不还是认同了为师的观点，处世'不敢为天下先'吗？"

阳子居被老聃绕了进去，虽然一时无语，但内心还是不服的。

老聃虽然闭着眼睛，没看阳子居一眼，但猜得到他此时心里想什么。略一沉吟后，莞尔一笑道：

"你大概还是想不通吧。那好，为师再给你打个比方。"

"先生，请说。"

"假如你是楚王之臣。一天，楚王一高兴，要赏赐大臣一样美味，是外国进贡的桃子，粉红鲜嫩，一看就令人垂涎欲滴。但是，桃子只有一枚。楚王说：'外国进贡寡人两枚桃子，寡人吃了一枚，觉得味美无比，所以就特意留下一枚，让众位臣工也尝尝。有想尝尝的，上来咬一口。'这时候，你愿意第一个冲上去，捧起桃子咬第一口吗？"

"当然不会。"阳子居十分肯定地答道。

"那为什么不会呢？"

"如果我第一个冲上去，一来有失君子谦让风度，让楚王与同僚们都看不起；二来咬了第一口，接下来同僚们都觉得是吃了我的剩余之物，心里非常不舒服。这样，以后如何跟同僚搞好关系，一殿为臣呢？"

"说得好。看来，你还是比较明智的。可是，你知道，你这明智的行为说明了什么？"老聃直视阳子居，难得一见地笑着问道。

阳子居当然知道说明了什么，但是他不肯回答。

"这就叫'不敢为天下先'。"老聃斩钉截铁地说道。

阳子居虽然比较认同老聃的这个比喻，但总觉得他有诡辩的嫌疑。所以，当老聃替他说出了答案后，他仍然不肯回应。

老聃知道他的心理，遂又说了一句：

"为师前面一个比方，是让你在坏事中作选择；后面一个比方，是让你从好事中作选择。结果，无论是好事，还是坏事，你都不肯第一个冲上前去。这不是从正反两个方面说明了一个道理：'敢为天下先'，不是明智之举；'不敢为天下先'，才是为人处世的大智慧。你怎么能不认为，这不是人生三宝之一呢？"

老聃以为这次算是彻底说服了阳子居，但阳子居却仍未点头认同。老聃觉得奇怪，正在偷眼相看时，阳子居仰头问道：

"先生主张'不敢为天子先'，而鲁国孔丘教育其弟子'当仁，不让于师'，鼓励弟子们面对应该做的事，要一马当先地争着去做，连自己的先生也不必谦让。怪不得，孔丘说跟您是'道不同，而不相为谋'。"

"那你到底认同为师之'道'，还是孔丘之'道'？"老聃脱口而出道。

阳子居没有立即回答，而是抬头望了望老聃。略略沉吟了一会，才以问代答道：

"先生，假设是一件利国利民利天下苍生的事，难道也要秉持'不敢为天下先'，明知应该做，而要缩在人后，不肯勇于担当吗？"

"假如你'敢为天下先'，一马当先地去担当此事，事情做失败了，是不是会被人指责埋怨？"老聃直视阳子居问道。

阳子居点了点头。

"假如你'敢为天下先'，一马当先地去担当此事，事情做成功了，荣耀都归于你，是不是会让众人感到失落，使自己遭人忌恨？"老聃又问道。

阳子居又点了点头。

"为师的意思，并非是说对于应该做的事不做，而是不要急于去做。心中有勇于担当的意愿，但要等到别人觉得非你莫能为之，都出来推举你来做，这时你顺其自然，坦然接受众人之托。如果事情做不成，不会成为众人怨怼的靶子；如果事情做成了，那时大家都有'与有荣焉'的感觉，觉得其中也有自己的一份功劳。这样，你自然会成为万众拥戴的领袖。这不是'不敢为天子先'的智慧吗？"

听老聃说到这里，阳子居终于重重地点了点头，并由衷地说道：

"刚才弟子还认为先生是个诡辩家，直到听到先生最后一个比方，才真正折服于先生的思辨能力，敬佩先生悟道的深刻性。"

柏矩听到阳子居说出这番话，终于长舒了一口气。于是，故作激动状，说道：

"感谢上苍，要是没有这场突如其来的大雪，让俺们师徒三人受困于此，俺们怎么可能听到先生这几天来如此精辟的教诲？好了，师兄，让先生继续静坐悟道吧。这样，俺们以后才能领受先生源源不断的悟道成果，增长俺们的学识，提升俺处世为人的境界。纵然不能成为先生所说的圣人，起码也不能让先生丢脸啊！"

阳子居听了柏矩这番话，差一点没笑出来。

老聃听了，则莞尔一笑，对他们挥了挥手。然后，就闭上眼睛作沉思状。

阳子居与柏矩见此，立即知趣地起身，蹑手蹑脚地退出了老聃的居室，到外面雪地里玩儿去了。

5. 身与名孰亲

周敬王二十七年（公元前 493 年）五月初九，从雪中受困的小客栈出发后，朝起夜宿，又走了半年时间，老聃师徒、主仆一行四人终于到达离函谷关不远的一个小镇上。

"师兄，十天前您就说函谷关马上就到了，怎么还没到呢？"一到客栈住下后，柏矩就质疑阳子居道。

阳子居没回答，拉了拉柏矩的衣袖，指了指板壁另一面的老聃住室。柏矩终于明白其意，点了点头，不再说话了。

过了一会儿，柏矩附耳跟阳子居说道：

"师兄，先生正在静坐沉思，一时半会儿不会叫俺们。不如趁着这个机会，俺们出去逛逛？"

"这种小地方有什么好逛的，还不如在此睡觉呢。"

"师兄，您以为俺真的要出去逛啊？俺是想拉您出去说说话。"

"那好，走吧。"说着，阳子居就先起身了。

走出客栈，阳子居劈头就问柏矩：

"有什么重要的话？快说吧。说完了，我就要回去睡大觉了。"

"师兄，好像从没听说过您特别喜欢睡觉嘛。"

"我最近累了，想多睡睡不行吗？"

"师兄，您别瞒俺。俺今天拉您出来，就是想跟您再说说心里话。"

"什么心里话？难道你平时跟我说的都是假话？"阳子居故作认真地看着

柏矩，说道。

"师兄，您别扯了，好吗？"

"好好好，你说吧。"阳子居一脸严肃起来。

"师兄，这一路走来，我才算真正认识了您的本来面目。"

"那我是好人，还是坏人？"

"师兄，别说笑了。俺原来以为您是一个骄傲而冷漠的公子哥儿，还经常喜欢质疑先生，以显得自己高明，或是为博取先生对您另眼相看。"

"现在怎么看？"阳子居看着柏矩，认真地问道。

"现在俺觉得您是表面冷，里面热，对先生真的是非常好，一切都在不露声色中替先生安排打算。"

"这话怎么讲？"

"师兄，我问您，前几天您让您的车夫赶着马车出去，说是打听函谷关还有多远。您以为俺傻啊！车夫出发的前一天夜里，俺偷偷看到您半夜里起来，击石取火，在荧荧微光下写帛书。您肯定是让车夫给师兄关尹送信了，在替先生安排生活，阻止先生出关。是不是？"

"没有。师弟，你想象力太丰富了。"阳子居一本正经地说道。

"师兄，俺再问您。"

"师弟，你还有多少问题？"

"您是不是舍不得离开先生？"柏矩认真地问道。

"我巴不得立即离开先生，早点周游列国，吃喝玩乐，不知多快乐呢！哪里会舍不得先生？你以为，我没脸没皮，喜欢先生骂我啊！"

"师兄，您别说得一本正经。您不是舍不得离开先生，您大前天晚上偷偷哭什么？"柏矩直视阳子居问道。

阳子居则转过身去，不看柏矩，说道：

"师弟，我看你是灵魂出壳了，净说些莫名其妙的话。"

"那谁在梦中说：'先生，弟子实在舍不得离开您？'"柏矩反问道。

"就算我夜里真说过梦话，那您怎么会听到呢？"阳子居突然转过身来，直视柏矩，反问道。

"俺睡不着，所以听到您说梦话。"

"那我说梦话在什么时候？"阳子居再次反问道。

"都在午夜过后，甚至凌晨。"

"这说明，这个时候你是没睡着。师弟，是吗？"

柏矩一下子被阳子居问住了，半天说不出话来。

阳子居见此，哈哈大笑道：

"师弟，依我看，要不，是你在梦中做梦；要不，是你因为舍不得与先生离别而彻夜难眠。不管是哪种情况，都说明是你在舍不得先生。因为先生是越来越赏识你，你也越来越善解先生之意，所以，才会越到离别时分逼近，你就越是夜不能寐，幻觉错觉不断。是不是，师弟？"

柏矩虽然知道阳子居是在掩饰，是在狡辩，但却半天也找不出话来回驳他。于是，一时愣在了那里。

过了一会儿，阳子居突然拉了柏矩一把，说道：

"我们到那边看看山林吧。"

"山林有什么好看的？"

"师弟，你可辜负了先生对你的期许哦！"

"师兄，这话怎么讲？先生对俺有什么期许？"柏矩不解地望着阳子居道。

"先生不是天天讲'成圣成王'的道理吗？先生不是最赏识你吗？他对你的期许，自然就是你能成为他所说的圣人了。"

"就算先生期许俺成为圣人，那跟看山林有什么关系？"柏矩反问道。

"先生不是说，因任自然的就是圣人，顺其自然的就是圣人吗？我们跟山林亲近，不就是因任自然吗？我们从客栈出来，信步走到这里，就看到这片山林，这不就顺其自然吗？"

"师兄，俺是越来越佩服您了。怪不得先生说您这一路悟性大长，看您刚才说的这番话，就是'成圣成王'的胚胎。"

"好了，师弟，我们不扯了，说正经的吧。我之所以建议你看看山林，也是因一时想到先生一句话。"

"什么话？"柏矩连忙追问道。

"我记得先生曾说过这样一句话：'生而不有，为而不恃，长而不宰，是谓玄德。'"

"看来先生还是器重师兄，他就没跟俺说过这句话。先生跟您解释过这句话的意思吗？"

"先生说，生长万物而不据为己有，作养万物而不自恃其能，长育万物而不自以为主宰，便是最高境界的道德。先生说，这种最高境界的道德，只有无私的天，无私的大自然，无所不包的'道'，才能具备。先生之所以主张'人法地，地法天，天法道，道法自然'，就是因为大自然有这种崇高的道德境界。"

"师兄，俺发现您是越来越深沉了，见到山林，就能想到这么多，说出这番道理。"

阳子居没吱声。

过了一会儿，阳子居突然转身侧过脸来，看着柏矩说道：

"师弟，你刚才说要跟我说说心里话，我现在就跟你说说心里话。"

"师兄，那俺们想到一起了，真可谓是心有灵犀，不负师兄弟一场。"

"说实话，我以前总觉得先生整天闭目沉思，对人不理不睬，是在故弄玄虚，故作高深，在搞神秘。这些日子，特别是跟先生的几次长谈，我才幡然醒悟，先生整天闭目沉思不是故弄玄虚，不是搞神秘，而是真的在作深度思考，是在悟道。如果他不是整天闭目沉思，很多隽语妙言是不可能脱口而出的。这些隽语妙言，之所以显得意蕴深远，甚至让人非常难以理解，就是因为先生思考得太深刻了，一般人根本难以企及他的思考深度。"

"师兄说得非常对，俺也是这样想的。您说俺最善解人意，其实是在说我喜欢吹捧先生，讨他欢心。俺承认，是有这个倾向。但这并无阿谀之意，而是内心深处爱护先生的自然表露。"

"我当然知道，不然我就不跟你说心里话了。"阳子居说道。

"师兄，您有发现吧，俺有时也会质疑先生。您可能觉得奇怪，俺怎么一会儿那么乖巧听话，一会儿又像是刺猬一样说话刺人呢？其实，俺质疑先生，是为了更多地套取先生的话，让他多教诲俺一些。因为先生骨子里是喜欢有质疑精神的弟子，对您与华朁就是最好的例子。去年，俺与华朁陪先生漫游南国半年多，一路上华朁没少质疑他，但是在背后他还是赞赏华朁。对您也一样，最近您也发现了吧？"

"正因为如此，随着离别之时越来越逼近，我越是不舍。"

阳子居刚说到这里，柏矩立即兴奋地拍手叫道：

"您看，您这人是不是太矫情？到这时，才肯讲真话。其实，夜里哭，说梦话，有什么不好意思？这说明您对先生感情深，俺更敬重您！"

"那你呢，不也一样矫情吗？"阳子居也反唇相讥道。

"不说了。师兄，俺再问一个问题，就再也不问了。"

"什么问题？"阳子居随口说道。

"师兄，函谷关是不是早就到了？这些天，您是不是故意在兜圈子，拖延时间？"

阳子居笑而不答。

"师兄，俺再问您一个问题：您帛书上写了些什么？"

"师弟，你说话不算数。明明说好，问一个问题就不再问了，你怎么问了一个又问一个？"

"可是，刚才的那个问题您没回答啊！"柏矩振振有词道。

"其实，已经告诉你答案了啊！"

"好啊！待会儿，俺去报告先生。先生日盼夜盼，能够早日出关，您却故意拖延时间，绕圈子不让先生到达函谷关。您太没良心了！"

"我这是坏心办好事啊！你忍心看先生这么大岁数出关受苦受难啊？"阳子居反问道。

"那帛书上写了什么？"

"师弟，这个就别问了。留点念想，有个期待啊！谜底全部揭开，那还有什么意思？就好比一个人，如果他知道自己哪天死，那他活得还有滋味吗？"

"师兄，怪不得您周游列国那么成功，原来都是靠您这张油嘴啊！"

"师弟，等俺们将先生交给关尹师兄后，我带你周游列国，也吃喝玩乐一番，不枉此生，如何？"

"谢师兄好意！不过，俺上有年迈双亲，下有妻儿，不知巴望俺成什么样了，俺还是早点回家吧。"柏矩笑着回应道。

"好，不说了，应该回去看先生了。"

柏矩点点头，于是师兄弟二人装得像没事人一样，回到客栈，又跟老聃求学问道了。

过了三天，阳子居觉得再迂回绕路，迟迟不送老聃到函谷关，终究也不是个事儿，况且帛书上跟关尹约定的时间也到了。于是，第四天一大早，跟柏矩说了一下，就直送老聃往函谷关而去。

从老聃下榻的客栈到函谷关，其实也就是三十里地左右。但是，从一大早出门，直走到日中时分，才走了十多里地而已。因为老聃骑的青牛走得奇慢。阳子居知道到底有几里地，所以也不催他。

"师兄，函谷关到底还有多少路？今天能赶到吗？"柏矩抬头看看天，向阳子居问道。

阳子居笑笑，没有回答。

就在此时，只见前方尘土飞扬，转眼间，十余匹马飞奔而至。没等老聃与柏矩反应过来，就从马上陆续跳下十余名身穿不同等级官服的男子。其中，为首的一位身材高大，峨冠博带。他一跳下马，就直奔老聃所骑的青牛而来。老聃因为一直闭目坐在青牛背上，虽然听到有阵阵马蹄之声，但并不知是怎么回事。

"先生。"峨冠博带的官人走近青牛边，轻轻地叫了一声。

老聃闻声，立即睁开眼睛，吃惊地看了看关尹，然后微笑着点了点头。

"先生，弟子可将您给盼来了。"关尹一边说着，一边将老聃从青牛上搀扶了下来。

柏矩立在旁边，看着这一幕，一时呆住了。因为他没见过关尹，不知眼前的这个大官人，就是阳子居所说的老聃弟子关尹。当然，他更不知道关尹之所以远迎十里的内情，以及阳子居与这一切的关系。

正当柏矩呆立一旁，不明所以时，就听老聃问关尹道：

"你怎么知道老朽要来函谷关？而且是今天到来？"

关尹笑着回答道：

"先生，今天早晨，弟子像往常一样登上关隘最高处，极目四望，巡视周边，突然远望紫气从东而来，就知道是先生驾临了。"

"关尹，你别说笑了。世上哪有这种事情呢？"老聃莞尔一笑道。

柏矩听得清清楚楚，先生叫眼前这位峨冠博带的官人叫关尹，那就没错了，他应该就是阳子居所说的那位在函谷关任关长的师兄。想到此，柏矩就想过来与他相认。可是，当他就要走近关尹时，突然听到关尹问老聃道：

"先生，好多年没有见到您了，真是想念得紧。只是因为这公务在身，不能擅离职守，所以多少次弟子东望洛邑，感到惭愧之至。"

"其实，老朽早就离开洛邑了。"

"先生，您什么时候离开洛邑的？为什么要离开呢？难道周天子不信任您了？不可能吧。这个世界上，论道德学问，您是第一，无人能出其右。这周室守藏史的职位，也只能由您担任最合适啊！"

"老朽早就厌倦官场生活了，早在王子朝之乱前，老朽就有心离开。"

没等老聃说完，关尹就接口说道：

"前几年，我托朋友打听先生的近况，说您先是返回家乡沛地隐居，后来又到宋地隐居。再后来，就没人知道了。"

"再后来，俺与师弟华兮陪先生到楚国漫游去了。"柏矩见此，连忙凑过去，说道。

关尹不认识柏矩，见有陌生人突然走上来，并自说自话，不禁愣了一下。

就在此时，阳子居一个箭步冲了过来，他是怕柏矩问关尹什么，二人不知就里，在老聃面前说漏了嘴，那就前功尽弃了。

关尹一见阳子居，连忙迎过去，说道：

"师兄，辛苦您了。幸亏有您一路陪伴先生。"

阳子居因为帛书上无法将详细情况都写出来，更无法将全部的计划写上去，所以怕关尹问多了，就会穿帮露馅。同时，他也怕柏矩上来多问关尹。所以，采取主动，转移话题。先拉过柏矩，再对关尹说道：

"师弟，给你介绍一个小师弟，他叫柏矩，追随先生时间最久，对先生关照最多。这次，是他一路和我陪着先生漫游到此的。"

"漫游？"柏矩一愣，怎么这次专程送老师出关变成了漫游了呢？

正在柏矩发愣之际，阳子居拉了一下他的袖子，看了看他，又看了看关尹，说道：

"我们先将先生扶上牛背，快点到关隘，然后我们师兄弟三个好好商议一下接下来的接待安排，好吧？"

"好，好，好。"关尹与柏矩看到阳子居的眼神，明白其意，遂连声应道。

太阳快要落山之际，老聃在关尹、阳子居、柏矩等一大帮人的簇拥下，终于抵达了函谷关。

关尹与阳子居、柏矩三人合力，刚将老聃从青牛背上搀扶下来，就见一个同来的官员走过来，附耳跟关尹说了几句。关尹听了连连点头，随即转过身来对老聃与阳子居、柏矩说道：

"饭菜已经备好，俺们先吃饭吧。先生一路辛苦，肯定早已饿坏了。"

阳子居与柏矩连声说好，而老聃则立在原地不动，目不转睛地眺望着远处的山峦，看着太阳冉冉西沉于远山所射出的满天绚丽的霞光，好像又陷入了沉思。

关尹转身正要去催老聃，阳子居连忙对他摇了摇手。于是，师兄弟三人各自立定原地，默默地陪着老聃。

大约过了一顿饭的工夫，关尹终于憋不住了，走到老聃身边，轻轻地说道：

"先生，俺们先去吃饭吧。关隘景色，如果先生喜欢，来日方长，天天都可以看呀！"

"是啊，先生，别饿坏了身子，今天朝食您吃得不多。"柏矩体贴地说道。

老聃点了点头，收回了目光，转身跟关尹向函谷关官署走去，阳子居、柏矩紧随其旁。

进过脯食，关尹侍候老聃漱洗了一下，就对老聃说道：

"先生劳累一天，今天就先歇下吧。等您养足了精神，明后天俺们师生俩再好好叙叙别后之情，顺便也将弟子这些年来的所思所想向先生汇报一下。当然，弟子也想趁着这次机会，将这些年来一直百思不得其解的问题提出来，向先生请教。"

老聃本来每天就有早睡的习惯，加上这些日子以来，一路上确实劳顿疲惫，因此关尹建议他早点歇息时，他立即点头应允。

安排好老聃歇下后，关尹就开始与阳子居、柏矩二人秘密聚会了。

"师兄，先生歇下了吗？"柏矩急切地问道。

关尹点点头。

"好，两位师弟，接下来，我们就来商议一下如何阻止先生出关的事吧。"阳子居看了看关尹与柏矩，便开门见山地说道。

"阻止先生出关？师兄，你帛书上可没说过这事啊！"关尹惊讶地看着阳子居说道。

阳子居呵呵一笑，然后不紧不慢地说道：

"师弟，帛书上能写几个字呀？"

"先生为什么要出关？"关尹又问道。

"师兄，还不是因为看不惯当今的世道，没人理会他'清静无为''顺其自然'的政治主张，所以愤世嫉俗，才要出关化胡化戎。就像鲁国孔丘，周游列国，到处推销其'克己复礼''天下大同'的主张，没人理睬，就感慨地说：'道不行，乘桴浮于海。'"柏矩脱口而出道。

"哦，原来是这样。怪不得，先生前些年竟然擅离职守，放着周王室的守藏史不做，跑到南方去隐居。看来，他是早就看透了世情，决意要与当今社会划清界限了。"关尹恍然大悟道。

"师弟，现在底细我都跟你说了。昨天，你跟先生见面时，我之所以阻止你们二位交谈，就是怕你们不知底细，相互问来问去，说漏了嘴，让先生识破我们阻止他出关的计划。"阳子居看了看关尹，又扫了一眼柏矩，坦诚地说道。

"师兄，您藏得真深呀！俺几次问您，您都不肯说，还总说跟我说心里话。现在，我算明白了，您简直没有一句心里话。"柏矩似乎有些生气了。

"师弟，不要这样。我这不是为了保密，完成我们的伟大计划吗？你想想，我的动机并不坏呀！"阳子居以解释代道歉。

关尹见阳子居与柏矩似乎还要继续斗嘴，遂连忙调和道：

"师兄，师弟，你们都是爱护先生，用意都是好的。现在，俺们不谈用意，也不谈计划，而是应该商量一下如何实施计划。"

阳子居、柏矩见关尹这样说，遂异口同声地说道：

"对，对，对。"

关尹看了看阳子居，说道：

"师兄，俺与柏矩是师弟，肯定是听您的。"

"不能这样说。我不是早说了吗？我们师兄弟一起商量呀！再说，你是函谷关的最高行政长官，不管怎么样，也应该听你的呀！"阳子居说道。

"这样吧，师兄，既然您已经有了计划，不妨先说说您的计划。"关尹望着阳子居说道。

阳子居点了点头，又看了看柏矩，说道：

"这个计划，其实我早就跟柏矩师弟说过了。第一步，就是请关尹师弟出面劝阻先生，我与柏矩师弟从旁敲边鼓，帮衬着说服先生。这样，先生见我们弟子们一致反对他出关，也许他就会重新考虑其出关的合理性。即使他心里仍想坚持己见，也不好意思拒却我们众人之意，拂逆我们大家的面子。"

"师兄，我觉得这个计划不可行。先生的脾气，你我都是知道的。他什么时候听过俺们的劝谏？这次俺们尽管是三人齐上阵，恐怕也不会因为人多而让先生有所改变。"关尹立即提出不同意见道。

"俺也觉得是这样。"柏矩说道。

"二位师弟，不试试，怎么知道呢？也许这次先生能听从我们的劝谏，也不好说。"阳子居坚持道。

"好吧，不妨试试。"关尹说道。

柏矩也点了点头。

"假设，我是假设哦。假设先生就是不听劝，我与柏矩师弟请求先离开。"

"师兄，这是何意，是要挟先生吗？"关尹追问道。

"师弟，其实也不是要挟，本来我们就是要告别先生的。我到宋国拜见先生之后，就准备到楚国游说楚王，只是因为柏矩师弟请求，我才改变计划，历时近两年，送先生至此。柏矩师弟追随先生时间最久，很多年都未回燕国，他怕父母妻儿悬望担心，也早就计划要回去一趟了。当然，我们一起劝谏先生不要出关，他若不从，我们这时候跟他辞行，事实上会给他一种压力，让他觉得一意孤行的结果必然是众叛亲离。"

听阳子居如此娓娓道来，关尹与柏矩都惊呆了。

"师兄，您太聪明了！俺这一趟跟您真是学到了不少，不比这些年来跟先生所学到的少。"柏矩脱口而出道。

关尹看了看阳子居，也说道：

"依愚弟看来，师兄不是太聪明，而是超聪明。撇开别的不说，仅就处世为人的智慧来说，师兄的智慧肯定在先生之上。如果师兄不是清高不肯为官，而是愿意屈就为周天子之臣，这天下恐怕就不会乱成这样了。"

"哎，哎，你们二位别这么肉麻了，好吗？我们都是师兄弟，你们想骂我，说我的想法幼稚，直接说出来就好了。"阳子居笑着打断了关尹的话。

"我们说的都是实话，绝无揶揄师兄的意思。"柏矩说道。

"好了，好了。上正题吧。下面我来说第三步计划。"

"好，师兄请说。"关尹催促道。

阳子居看了看关尹，又看了看柏矩，说道：

"第三步计划，就是一个字：'拖。'"

"师兄，怎么个拖法呢？"关尹立即追问道。

"这很简单。先生不是要出关吗？你就今天招待他到附近看这个景，明天看另一个景。今天说天气太冷，明天说风太大，后天说有雨，总之找各种各样的理由，拖一天是一天，直拖得先生出关意志殆尽，不就自然不了了之吗？"

阳子居话音未落，柏矩立即质疑道：

"师兄的拖字法虽好，如果先生不吃这一套，硬是要出关，怎么办？"

阳子居没有立即回答，而是神秘一笑。

"师兄，您笑什么？您觉得俺的问题很幼稚吗？"

阳子居看了看柏矩，从容说道：

"师弟，别急啊！我这不还有第四步计划吗？"

"快说，师兄。"关尹、柏矩异口同声催促道。

"关尹师弟不是这函谷关的最高行政长官吗？进关、出关，大权不都掌握在手吗？"

"师兄，你难道是要让俺在先生面前要长官威风，要公事公办吗？那样，俺还能在人面前抬得起头吗？对自己的先生如此，那世人怎么看俺？俺手下这些官员又怎么看俺？俺以后何以服众，管理好这函谷关呢？"关尹反问道。

阳子居莞尔一笑道：

"师弟，你怎么脑子一根筋呢？你想问题不会转弯啊？你不是周天子任命的函谷关的行政长官吗？那你是不是要听命于周天子？"

"那当然。"关尹答道。

"先生也是官场中人，在朝中做了一辈子官，他难道不懂官场中规矩？先生既是朝廷命官，他要擅自出关，你作为关隘最高长官，要不要请示周天子？"

"当然要请示。"关尹不假思索地答道。

"那不就结了？先生如果硬要出关，你请他等等，等周天子命令一到就放行。这样，于公于私，你不都有交代了吗？"

"师兄太聪明了，真是考虑得面面俱到！"柏矩又脱口而出道。

关尹这次倒是没吱声，而是低头在沉思什么。

阳子居见此，觉得奇怪，柏矩也觉得奇怪。

过了一会儿，关尹突然抬头看了看阳子居，又看了看柏矩，慢条斯理地说道：

"师兄的四步计划确实考虑得非常周到，但是愚弟恐怕抹不开面子，一步步地做下去。因为这样做，俺觉得好像是在算计先生。不过，师兄的四步计划倒是给俺以很好的启示，这里俺突然有个想法，不妨也说出来，让二位指教。"

"师弟，我们是师兄弟，不必来官场上虚与委蛇那一套，有话直说吧。"阳子居说道。

"师兄的'拖'字法非常好，但是以今天下雨，明天刮风之类的理由推三阻四，一来自己太累，也不好意思，二来也会让先生看出有意拖延的用意。俺只以一个理由，就能拖住先生，让他很久走不了，但又不至于反感，相反还会很乐意。"

"噢？有这样的好办法，说出来听听！"阳子居急忙催促道。

"俺就说，先生之'道'博大精深，充满无穷的智慧。但是，先生的思想与主张都未形成文字，只是平时跟弟子相处时随口说出。所以，希望先生在出关化胡或化戎之前，先将平生所思所想，平时跟弟子所说的隽语妙言回忆一下，形之于文字留下来，以嘉惠华夏士民。同时，有了简册，先生平生静思悟道的成果都能流传下去，不仅可以传播到天下诸侯各国，还能泽被后世。相信将来有圣人出，先生'清静无为''顺其自然''垂裳而治'的治国理念一定会被践行。如此，岂不为功大矣？无论是俺们先生，还是鲁国孔丘，一生致力的不都是传布自己的政治理念，想让天下清平吗？俺留先生在函谷关著书，先生能不乐而从之？"

"师兄，你这主意虽好，但恐怕也很难拖得太久。"柏矩提醒道。

"师弟，这个你放心，俺自有办法。俺可以给先生找一个专门刻简的人，嘱咐他，借口听不懂他的楚国口音，反复问，刻写过程中反复刻错。还可以借口简札断货，让刻写无法继续下去。还有，简札刻好一片，俺就借机请教先生。这样一拖，恐怕能拖不少时间吧。再说，先生这么大岁数了，能拖多久？"

阳子居听到这里，不禁呆了，没想到关尹比自己更有心计。

关尹见阳子居看自己的眼光有些奇怪，遂问道：

"师兄，您觉得俺的办法不可行吗？"

"师弟，没想到，你比我更不厚道，简直可以说是阴险。做了坏事，还要让人对你感恩戴德。"

"师兄，不能这样说。您刚才也说过，俺们的动机都是好的，都是为留住先生，不让他出关受苦受难。顶多算是坏心办好事，是吧？"说完，关尹调皮地一笑，希望调解一下气氛。

阳子居明白其意，莞尔一笑道：

"师弟，你的'拖'字法比我高明。下面再说你的第二步吧。"

关尹看看阳子居，又瞅了瞅柏矩，顿了顿，说道：

"俺的第二步是，如果先生硬要出关，俺不准备祭出周天子来压他，而是选择辞职。让周天子另派官员来任函谷关长官，让新长官公事公办。这样，岂不就彻底断了先生出关的希望？"

"师弟，你这是耍滑头。"阳子居脱口而出道。

"师兄，您这样说也可以。但总比直接拿周天子压迫先生要厚道点吧。"关尹说道。

柏矩默默地点了点头。

师兄弟三人经过如此一番密室策划后，第二天就将计划付诸了行动。

"先生，您一直教导我们弟子，为人处世要信守诺言，言而有信。大前年，弟子曾与楚王有约，说过三年再来楚国。现在离约期将近，所以弟子要前往楚国践约了。这里有关尹师弟照顾您，他会一切替您安排好，我也就放心了。"第二天一大早，阳子居略略用过一点朝食，就来与老聃告别了。

老聃点了点头，阳子居一步三回头地走了。驱马登车时，阳子居挥袖擦了一下眼睛，关尹与柏矩知道他哭了。

第三天，柏矩陪老聃用过朝食后，嗫嚅了半天，才怯生生地说道：

"先生，弟子离家已近五载，想回燕国探望一下父母妻儿，然后再回函谷关，陪先生一道出关。希望先生在此少安毋躁，多等一些时日。"

老聃没说话，默默地点了点头。然后，柏矩也一步三回头地走了。临走时，关尹发现他也哭了。

阳子居与柏矩相继辞去后，关尹就按照自己的计划实施了。开始几天，他陪老聃游览了函谷关周边的景致，然后就请老聃著书。

由于到达函谷关时已经是周敬王二十七年（公元前493年）十一月中旬，正是天寒地冻的时候，加上柏矩说回燕国一趟后马上回来，要老聃在此等他，所以直到周敬王二十八年（公元前 492 年）三月，老聃都未跟关尹提及过要出关的事。至于著书的事，老聃也未能完成。之所以未能完成，是因为关尹每天总想方设法让刻简人出错，不断重刻，以致平均每天刻不出一片简札。

尽管刻简速度极其缓慢，但是经过一年多断断续续的工作，到周敬王二十八年（公元前 492 年）十二月中旬，老聃还是将自己能想起来的，或是想表达的，以及以前说过，或没有说过的，都口述完成。因此，刻出的简册堆得很高，看起来相当可观。老聃每天静坐沉思后，只要睁眼看到这些简札，内心都有些激动，颇感欣慰。有了这些简札，即使当世没有了解自己的思想者，后世也必有同道者。

周敬王二十八年（公元前 492 年）十二月二十八，大雪封住了函谷关的所有关隘道路，商旅、公务、外交等一切人员都不见踪影。函谷关所有守关官兵都因无所事事而躲在屋内向火取暖，以闲聊打发这一年中最难熬的时光。

关尹因为惦记老聃的冷暖，一大早就起来了，亲自为老聃室内的火塘添加木柴。待到老聃用过朝食后，关尹又来陪他闲聊解闷。这一年多来，师生朝夕相处，感情更加深厚。老聃对关尹的态度，也跟其他弟子有所不同。见了关尹，他不再闭目不语，而是慈祥地与之交谈，甚至还会真情显露，发出爽朗的笑声。今天因为大雪封山封关，公务全无，关尹心里无牵无挂，所以跟老聃谈得更是畅快。由于彼此都很放松，真情毕露，最后关尹就跟老聃谈到了他一直想问的养生之道问题。以前，老聃跟他们这些弟子，不是谈治国之道，就是说修身之道。最放松的时候，也只是偶尔讲些处世之道或为人之道。养生之道，他是绝口不谈的。但是，由于关尹让他著书，他的全部思想都已经写在了简札上，关尹都一一读过，而且是读过多遍。因此，对于其中老聃以前绝口不提的养生之道，他一直想请教。今天看谈话氛围非常好，关尹看准了时机，便顺势提了出来：

"先生，弟子读了简札，除了重温以前您所教诲的，觉得格外亲切之外，对于以前您跟弟子没有说到的内容，更是觉得新鲜有趣。只不过因为弟子愚钝，对其中的有些话似懂非懂。尤其是谈到养生的部分，更是难以把握。关于这一方面的内容，不知先生今天肯不肯给弟子好好讲一讲？"

老聃略一沉吟，然后点了点头。

关尹见此，连忙拿起事先已经另行摆放在一边的一片简札，说道：

"先生，弟子读到第五十五片简札时，有一句话百思不得其解。"

"什么话？"老聃习惯性地闭上了眼睛。

"'益生曰妖祥'，这是什么意思？人人都有求生的欲望，都有延年益寿的期许，先生怎么说'益生'是妖祥、不祥呢?"

老聃呵呵一笑道:

"一个人的生命，跟一棵树、一棵草一样，跟太阳、月亮或一颗星辰也一样，都是一个自然体。既然一个人的生命是个自然体，我们对待生命也应该本着'因任自然'的原则，不可对其妄自增益。若是违逆自然之道，贪口腹之快，纵欲望之长，生出许多不应有的非分之想，不仅不能延年益寿，反而有损自然体正常的生命力，甚至会招致不可预料的灾殃。这岂不是'益生曰妖祥'吗?"

"先生说到有些人贪口腹之快，纵欲望之长，结果招致灾殃，不禁让弟子想到先生在简札第十二片中说过的一番话。先生，您等一下，让弟子将这片简札找出来。"

说着，关尹就从另一堆简札中寻找，最后找到了那片简札，展开后说道:

"先生是这样说的:'五色令人目盲，五音令人耳聋，五味令人口爽，驰骋畋猎令人心发狂，难得之货令人行妨。是以圣人为腹不为目，故去彼取此。'"

"那你懂得这段话的意思吗?"老聃微微睁开眼睛，轻声问道。

"先生的意思是不是说，五彩缤纷的颜色虽然悦目，但是看多了，会让人视觉迟钝，结果对正常的事物视而不见;五音合奏产生的声音虽然悦耳，但是听多了，会让人听觉迟钝，结果对正常的声音充耳不闻;各种美味虽然让人口爽，但是吃多了，会让人味觉失常，结果对正常的饭菜食之无味;骑马打猎，纵情驰骋，虽然豪爽畅快，但会令人心意不宁，性情放荡;金银珠宝虽是难得的宝贝，但是过分追逐，会让人伤德失行。因此，圣人崇尚简朴的生活，只求果腹，不事奢华。他们主动摒弃一切外物的诱惑，以保有天然的本真。"

"那么，圣人为什么会不事奢华，摒弃外物的诱惑，以保天然的本真呢?"老聃脱口而出，追问道。

"弟子愚钝，请先生赐教!"

"不事奢华，主动摒弃外物的诱惑，甘愿过恬淡素朴的生活，便是'因任自然''少私寡欲'，是珍视生命、懂得养护生命，使之不受身外之物牵累的表现。"

"哦，原来是这样。先生一席话，真是让弟子茅塞顿开。"

过了一会儿，关尹又拿起另一片简札，问道:

"先生，弟子读第五十片简札，也有不理解的地方。"

"哪句不明白？"老聃问道。

"先生说：'生之徒，十有三；死之徒，十有三；人之生，置之于死地，亦十有三。夫何故？以其生生之厚。'这段话，先生说得极其简约。弟子愚钝，反复研读，仍然不得其解。请先生赐教！"

老聃呵呵一笑，捻了一下胸前长须，从容说道：

"这段话有什么难懂的？为师的意思是说，世人长寿者有十分之三，短寿者也有十分之三，本来可以长寿而自寻了短命者也有十分之三。自寻了短命者，不是别的，是因为他奉养过度了。"

"先生的意思是说，这部分人是因为不懂得养生之道，不能摒弃外物的诱惑，不愿过恬淡素朴的生活，贪肥肉厚酒烂肠之食，恋靡曼皓齿伐性之斧，所以才短寿，是吗？"关尹问道。

"关尹，你越来越有悟性了，能够将为师的话融会贯通。"

听到老聃的赞赏，关尹不禁喜出望外。兴奋之余，遂又拿起另一片简札，问道：

"先生在第四十四片简札中说：'名与身孰亲？身与货孰多？得与亡孰病？是故甚爱必大费，多藏必厚亡。知足不辱，知止不殆，可以长久。'这话是不是说，名誉与生命比起来，生命对人来说更显亲切；身体与货利比起来，身体更显贵重；得到名誉与货利与失去身体与生命相比较，失去身体与生命对人的伤害更大。因此，一个人越是贪得无厌，最后失去的就越多。只有那些看淡身外之物，知足常乐的人，才不会受辱受困，不会有什么危险，从而健康长寿。先生，是不是这个意思？"

老聃先是重重地点了点头，轻拂了一下胸前的长须，脸上露出了一丝不易为人察知的笑意，然后像是漫不经心地问了一句：

"那么，为师为什么要说这番话呢？"

听老聃这话问得奇怪，关尹不禁一愣，抬头望了老聃半天。但是，见他正眯着眼睛看着自己，好像对自己颇有期许。于是，低头略略沉思了一会儿，才怯生生地回答道：

"先生的意思是不是要提醒世人，功名利禄也好，声色犬马也好，肥肉厚酒也罢，皆是身外之物，要淡然视之，千万不可贪恋，更不可沉溺其中而乐此不疲。人有欲望，乃属正常。但是，欲望必须节制。身外之物与身内之物，需要分清主次。如果不能分清内外与主次，放纵自己的欲望而毫无节制，一味贪图感官上的刺激与生理上的享受，必然伤害身体、伤害生命这一根本，最终折损了自己的寿命。"

"说得好！为师的意图正是如此，可惜世人皆不明白这个道理。唉！"

见老聃非常感慨，关尹连忙说道：

"世上本来就是俗人多，高人少，圣人更难见。"

"其实，养生最关键的不是养身，而是养心，培养一种清心寡欲、知足常乐的心态，足矣！"

"先生说得太精辟了！弟子谨受教！"关尹由衷地说道。

函谷关的冬天是漫长的，也是最难熬的。关尹与年轻的官兵们每到年底都会犯愁，更何况老聃是个老人呢？但是，因为有关尹的悉心呵护，老聃在函谷关还是安稳地度过了第二个冬天。

度过了冬天，也就慢慢地迎来了春天。

周敬王二十九年（公元前491年）三月初，函谷关内外的山上早已绿意一片，不知名的山花渐次竞相绽放。

三月初三，老聃用过朝食后，信步登上函谷关隘的最高处，极目远眺周边的山峦与溪谷，不禁又陷入了沉思之中。

"先生，这里风大，虽然是春风，但也不能久立风中。"关尹不知什么时候悄悄地立在老聃背后，关切地轻声说道。

老聃闻声，侧身看了关尹一眼，转身又往西极目远眺。关尹知道他的意思，这些天，他一直不断跟自己念叨，柏矩怎么还不回来？他肯定是想等柏矩回来了，就准备出关西行。多少次，关尹想说出真相，但每次都不忍心说出口。所以，就这样一直拖着。其实，每拖一天，关尹心里都多难受一天。可是，他实在没有办法。这种心灵的苦痛，他跟谁也没法说。

大约极目西眺了两顿饭的时间，老聃突然转过身来，直视关尹问道：

"柏矩一去一年多，至今还没回来。你认为他还会回来吗？"

关尹没有思想准备，突然听老聃以怀疑的口气问到这个问题，不免心里一咯噔，难道老师已经洞悉了真相？

就在关尹发愣之际，又听老聃说道：

"你上次说过，函谷关离燕国遥遥数千里，一趟就要大半年，一来一回更是旷日时久。再说了，路途上的事也难说，风霜雨雪，路塌堤崩，都会时有发生的。"

"先生走南闯北，这些情况都是知道的。"关尹连忙随口附和道。

"不过，即使不是因为这些原因，柏矩不回来，也是应该的。"

关尹一听这话，心里又是咯噔一下，不知老聃到底想说什么。愣了一会，连忙问道：

"先生，您这话是什么意思？莫非您怀疑柏矩不想回来了？"

"即使是不想回来，也是可以理解的呀！"老聃脱口而出道。

"先生，这话又怎么讲？"

"关尹，你想想看，柏矩是个有家有室的人，上有老，小有下。无论是对上，还是对下，他作为一个男人，对家庭都是应该负起责任的。"

关尹一听这话，终于明白了老聃的心理了。遂连忙顺着他的话，接口说道：

"先生不愧是个仁厚的长者，总是能体谅他人的难处。"

"关尹，为师这些天已经想过了，还是不等柏矩了。如果柏矩赶来了，你就告诉他，请他回去好好奉养双亲，关照妻儿，不要再追随老朽了。他还年轻，西行之路本来多险，未来如何实在难以预测。老朽一人独自西行，既自由自在，也无牵无挂，岂不更好？"

关尹听了这话，心如刀绞，一句话也说不出来。他想哭，但是不能这样。他想说出真相，但是不忍心。陪着老聃在关隘站了很久，关尹最终下定了决心，只能祭出最后一招，实行最后一步计划，明天就往洛邑向周天子辞去函谷关行政长官的职务，让别人来履行这个职务，自然就能阻止老聃出关西行了。

打定主意后，关尹又稳了稳情绪，然后跟他说了些闲话，就陪着他慢慢下了关隘。

第二天一大早，关尹像往常一样，在固定的时间前往省视老聃，准备在陪他用朝食时，顺便跟他说明自己有公务需往洛邑一趟，请他稍等几日再说。可是，出乎关尹意料的是，当他轻轻推开老聃的住室时，发现没有他的身影。关尹以为老聃像昨天一样，又登上关隘极目远眺了，遂连忙奔往关隘。

可是，还没等关尹爬上关隘的第二级台阶，就见一个守关的士兵过来，问道：

"长官，您是要找老聃先生吗？"

"是啊！你看见他了？在哪？"关尹急切地问道。

"一大早就出关了。"

"你们不阻挡他，怎么也不通知俺呢？"

"他说昨天就跟您说好了。他是您的先生，俺们岂敢阻挡他？"士兵一脸无奈地说道。

"哎呀！"关尹无奈地跺了一下脚，然后长叹了一声。

过了好久，关尹似乎清醒过来，三步并作两步地登上了关隘最高处，极目往西边望去，只见老聃及其所骑的青牛已经远去，慢慢变成了一个小黑点。又过了约一顿饭的工夫，小黑点也不见了。

　　直到这时，关尹才意识到，从此自己再也见不到老师了，不禁悲从中来，向着老聃远去的方向，大叫了一声：

　　"先生！"

　　然后，便泪流满面地瘫倒在了关隘之上。

参考文献

一、原著类

1. 《老子》
2. 《论语》
3. 《列子》
4. 《庄子》
5. 《墨子》
6. 《尹文子》
7. 《荀子》
8. 《孟子》
9. 《韩非子》
10. 《礼记》
11. 《吕氏春秋》
12. 《史记》
13. 《淮南子》
14. 《说苑》
15. 《战国策》
16. 《韩诗外传》
17. 《孔子家语》

二、注疏考证类

1. 汉·河上公：《老子章句》。
2. 魏·王弼：《老子注》（又名《道德真经注》）。
3. 唐·陆德明：《经典释文·老子音义》。
4. 宋·苏辙：《老子解》。
5. 宋·范应元：《老子道德经古本集注》。
6. 明·释德清：《老子道德经解》。

300

7. 明・李贽:《老子解》。

8. 清・王念孙:《老子杂志》。

9. 清・魏源:《老子本义》。

11. 清・俞樾:《老子平议》。

12. 魏源:《老子本义》,上海书店,1987。

13. 马叙伦:《老子校诂》,中华书局,1974。

14. 梁启超:《论〈老子〉书作于战国之末》,载《古史辨》第四册,上海古籍出版社影印本,1982。

15. 罗根泽:《老子及〈老子〉书的问题》,载《古史辨》第四册,上海古籍出版社影印本,1982。

16. 顾颉刚:《从〈吕氏春秋〉推测〈老子〉之成书年代》,载《古史辨》第四册,上海古籍出版社影印本,1982。

17. 胡适:《与冯友兰先生论〈老子〉问题书》,载《古史辨》第四册,上海古籍出版社影印本,1982。

18. 郭沫若:《老聃、关尹、环渊》,载《青铜时代》,科学出版社,1965。

19. 黄方刚:《老子年代之考证》,载《古史辨》第四册,上海古籍出版社影印本,1982。

20. 唐兰:《老聃的姓名和时代考》,载《古史辨》第四册,上海古籍出版社影印本,1982。

21. 唐兰:《老子时代新考》,载《古史辨》第六册,上海古籍出版社影印本,1982。

22. 高亨:《〈史记・老子传〉笺证》,载《古史辨》第六册,上海古籍出版社影印本,1982。

23. 高亨:《老子正诂》(影印本),中国书店,1988。

24. 高明:《帛书老子校注》(新编诸子集成本),中华书局,1996。

25. 任继愈:《老子新译》(修订本),上海古籍出版社,1985。

26. 陈鼓应:《老子今注今译及评价》,台湾商务印书馆,1978。

27. 陈鼓应:《老子注译及评介》,中华书局,1984。

28. 国家文物局古文献研究室:《马王堆汉墓帛书》,文物出版社,1980。

三、学术著作、工具书类

1. 吕思勉:《先秦史》,中国友谊出版公司,2009。

2. 冯友兰: 《中国哲学简史》 (赵复三译),天津社会科学院出版社，2005。

    3．任继愈主编：《中国哲学发展史》（先秦卷），人民出版社，1983。

    4．林语堂：《老子的智慧》，群言出版社，2013。

    5．李泰棻：《老庄研究》，人民出版社，1958。

    6．陈鼓应、白奚：《老子评传》，（台湾）文史哲出版社，2002。

    7．陈鼓应：《老庄新论》，上海古籍出版社，1992。

    8．许抗生：《老子评传》，广西教育出版社，1996。

    9．许抗生：《老子与道家》，新华出版社，1991。

    10．刘笑敢：《老子》，（台湾）东大图书公司，1997。

    11．詹剑峰：《老子其人其书及其道论》，湖北人民出版社，1982。

    12．詹石窗、谢清果：《中国道家之精神》，复旦大学出版社，2009。

    13．谭其骧主编：《中国历史地图集》（第一册，原始社会、夏、商、西周、春秋、战国时期），地图出版社，1982。

后　记

　　老子与孔子一样，在中国都是家喻户晓的大名人。孔子因为讲的是"道德哲学"，契合了中国封建时代统治者维护统治的政治需要，遂逐渐被神化，成为万众膜拜的至圣先师、万世师表。又因为中国是历史悠久的大国，以孔子思想为核心的儒家文化曾经对东亚与东南亚产生过深刻的影响，所以享誉中国的孔子，自然也就成了世界名人。外国人稍微了解点中国文化的，大多知道中国有个"孔夫子"。今日之世界，因为中国经济实力的日益强大，政治与文化影响也随之扩大，孔子又借中国政府在世界各国广建"孔子学院"之东风，名气更是骤然飙升。

　　与孔子不同，老子因为讲的是"思辨哲学"，是形而上的东西，跟统治者的政治功利与百姓的日常生活都有点"隔"。因此，老子在中国历来都不怎么受统治者们抬爱。不过，因为老子是道家的创始人，而道家与在中国有广泛影响的道教有着密切的关系，因此老子在中国还是名气不小的。在国外，老子虽然知名度不及孔子，却深得诸如莱布尼茨、笛卡尔、康德、黑格尔等西方哲学家的推崇，在西方学术界还是颇有些名气的。

　　老子与孔子不仅名气大，让几乎所有中国人都记住了他们的名字，而且他们的思想学说还深刻地影响了全体中国人。读书人受他们思想的影响，相对于一般人又更多些。我成长于一个世代读书的家庭，从会说话开始便与读书分不开了。从小学到中学，从中学到大学，从硕士到博士，从助教到讲师直到教授，几乎无时无刻不在读书中寻生活。这样的一种情况，加上我学习与研究的兴趣一直偏于中国古典的方面，这就注定我比一般人受到老子与孔子的影响要大很多。记得上初中时，我就开始接触《史记》了，对孔子与老子的生平事略有了一些了解。特别是对于孔子，由于《论语》的关系，加上有关他的故事比较多，所以知道得更多些。不过，那时我所了解的孔子大多是负面的。因为那时候中国的政治运动"文化大革命"刚刚结束，"批林批孔"的政治闹剧还记忆犹新。十多岁的孩子正是青春叛逆期，大家都说孔老二如何不好，我就越是好奇。一个死了两千多年的人，还让全国人民群起批判，这肯定不是一般的人物。于是，当时的我便油然生出一种强烈的好奇之心，并萌发了一个想法，长大后一定要学好历史，自己弄清事实真相，替这个遭中国八亿人民同声痛批的孔老二写部书。现在想来，当时真是幼稚得可爱。事实上，正如我在 2014 年出版的历史小说《镜花水月：游士孔子》的后记中所说的那样，随着年龄渐长，学问稍有长进，才知道弄清历史的真相有多难，少年时代的理想是多么狂悖可笑。因为古书读得越多，世事经历越多，少年时代头脑中清晰的孔子形象（其实是别人强加的假象）反而越来越模糊了。再加上现实的人生命题，考大学，考研究生，拿博士学位，升副教授，升教授，当博导，要这个要那个，要完成这个任务又要完成那个任务，所以我在四十岁以前，一直认为少年时代的理想永远只是一个理想，就像孔子要"克己复礼"，恢复周公礼法，实现"天下大同"的理想一样，只是镜花水月，不可能实现。

不过，世事难料。人生有时真是不由自主，很难事先规划。2005 年至 2006 年，我第二次赴日本任京都外大客座教授，正好期间有一段难得的空暇。每天走在京都具有中国唐代风情的市井建筑与街巷之间，目睹日本人一本正经地鞠躬行礼，或是跟日本教授学着在榻榻米上正襟跪坐，都让我情不自禁地思接千古，想到盛极一时的大唐文化，想到一生以恢复周公礼法为职志的孔子。于是，少年时代萌发于心的念头再次蠢蠢欲动起来，终于下定决心，要将酝酿已久的几部历史小说写出来。基于当时的条件及资料准备，我首先完成了《远水孤云：说客苏秦》《冷月飘风：策士张仪》两部长篇历史小说的初稿。之后，在对这两部初稿进行修改的过程中，由苏秦、张仪游士兼说客的身世经历，联想到比他们二人更有名的游士兼说客孔子。于是，从 2006 年 9 月至 2011 年 9 月，我在对《说客苏秦》《策士张仪》二书前后进行六次修改的同时，也开始了《镜花水月：游士孔子》的史料考据、田野调查等准备工作。2011 年 9 月，《说客苏秦》《策士张仪》由云南人民出版社出版面世。2012 年 6 月，台湾商务印书馆推出此二书的繁体字版。由此，引起了海峡两岸学术界与读书界的关注。在此情势下，长篇历史小说《镜花水月：游士孔子》的创作在一切准备就绪的情况下便顺利展开了。在写作孔子的过程中，特别是写到孔、老相会一节时，又自然而然地萌动了要将老子也写出来的想法。因为孔子与老子是中国思想史上的两个巨人，也是在中国家喻户晓的大名人。写了孔子，就必须再写老子。

众所周知，孔、老生活的时代背景是一样的。我在写孔子时所备下的史料，以及为写孔子周游列国所清理勾勒的历史情境，事实上也是在为写老子作了准备。因此，2013年2月，当《镜花水月：游士孔子》初稿杀青后，我就一边修改《镜花水月：游士孔子》，一边在写《道可道：智者老子》了。《镜花水月：游士孔子》经过两次修改，于2013年11月由台湾商务印书馆出版，2014年4月简体版亦由暨南大学出版社推出。在此期间，《道可道：智者老子》的写作已然过半。到2014年11月，全稿已经杀青。今天是2015年的清明节，是中国人思念祖先、告慰先人的日子。《道可道：智者老子》恰好在此时修改定稿，画下了最后一个句点，不知道这是巧合，还是天意。老子与孔子一样，都是我们中华民族为之骄傲的先祖，今天我写完这部作品，并准备将之呈献给世人，目的是想让更多读不懂《老子》、对老子知之甚少的人对老子多一点了解。今天是清明节，这本小书的定稿就算是对老子的一种祭奠吧。

说祭奠，其实话有点儿大了。因为以这种方式对老子予以祭奠，虽然就我本人来说是出于十二分的真诚，但是我对老子哲学思想及其形象如此这般的文学呈现，究竟是否准确，究竟是否符合老子的心意，我实在是心中没底。如果我对老子的哲学思想解读错了，对老子的形象呈现偏了，纵使在天有灵的达者老子能够对我予以宽容，恐怕读到这本书的很多现代学者和普通读者也不能对我予以宽容。所以，我今天写这个后记觉得非常惶恐。

不过，想到孔子追求自己的理想"知其不可而为之"的执着，想到庄子面对生活的苦难"知其不可奈何而安之若命"的达观，我在诚惶诚恐中还是有一丝的情感慰藉。因为今天我终于算是完成了一件自己多年以来一直想做的事。这件事虽然很难，做了别人也未必叫好，但是我还是鼓起勇气做了。不仅做了，而且是认真地做了，这是可以对自己良心有所交代的。这件事，我不知道是否有人也想过要做，但是至今还没见有人做过。因此，这部写老子的历史小说不管写得多么不尽如人意，对我个人来说，还是觉得有一丝的情感慰藉。

那么，为什么会有一丝的情感慰藉呢？因为自古及今，研究老子的学者不知有多少，但是似乎谁也不敢说他对老子的解读就是对的。我从1986年进入学术研究领域，至今将近三十年，《老子》不知读过多少遍，《老子》注译疏证之类的东西读得也不算少。对于现代学者有关老子哲学思想研究的论著，读得更多。可是，读来读去，我并未发现有多少令人佩服的高见。相反，这些论著看得越多，往往失望越大。所以，后来我索性不再看这些东西了，而是重新拿起《老子》原著，自己一边读一边省思。《道可道：智者老子》这部历史小说对于老子哲学思想、政治主张以及为人之道、处世之道的解读，虽吸收了不少前贤的思想成果，但也有自己的思考。如果属于我解读不当的地方，大家可以一笑了之，以"小说家言"视之就好。因为我已经明言这部小书是历史小说（书中较多地运用了《庄子》中的材料），不是哲学史研究专著，况且我也不专门从事中国哲学史研究，当然更不是什么老子研究专家。如果大家觉得多少还有一点可取之处，那就当是"愚者千虑"之"一得"就好。如果读完全书，大家觉得老子的形象清晰地浮现于脑海，那我就要谢天谢地了。因为这正是我创作这部历史小说的终极目标。如果大家觉得我所呈现的老子形象虽然清晰，但并不与其心中的老子形象吻合，那就将之作为参照物，自己在心中重新构拟一个新的老子形象。西方有句名言："一千个读者就有一千个哈姆雷特"，说的是文学评论的见仁见智。同样，文学创作特别是人物形象塑造也是可以见仁见智的。如果读者觉得我所呈现的老子形象不成功，可以将我这部不成功的小说作为镜借，重新创作出一部新的历史小说，再现一个满意的老子形象。无论结果是上面的哪一种，多少都是有一点正面效果，于我都会有一丝的情感慰藉。

老子有句名言："天下万物生于有，有生于无。"写老子的历史小说，自古及今不曾有过，是"无"；现在我写了一部《道可道：智者老子》，算是"有"。老子还有一句名言："道生一，一生二，二生三，三生万物。"写老子的历史小说，现在有了我这一部，希望不久有第二部，然后再有第三部或更多部。如果按照老子的说法推演下去，将来果真"三生万物"，出现一万部写老子的历史小说，那也不是什么坏事。有，聊胜于无。这虽是自我安慰之语，但也是寻常真理。

最后，衷心感谢暨南大学出版社破例为我出版长篇历史小说，并且是以一个书系的形式。感谢暨南大学出版社社长徐义雄先生与人文分社社长杜小陆先生的大力支持！感谢这套历史小说书系的责任编辑和校对的辛勤劳动！

感谢台湾商务印书馆原主编李俊男先生，如果当初没有他给我策划一个"说春秋道战国"的历史小说系列创作计划，就不会有今天我的这第五部长篇历史小说《道可道：智者老子》。

感谢许多学界前辈与时贤多年以来对我创作历史小说的关注与支持！感谢在此之前读过我的历史小说或其他学术著作的广大读者多年来的厚爱与鼓励！

感谢我的太太蒙益女士给予的支持！她是世界五百强的一家德国公司中国区的财务老总，日忙夜忙，却还承担起我们儿子吴括宇课业的辅导任务，这样我才能有足够的时间在学术研究与历史小说创作两条战线上左右开弓。感谢我的岳父蒙进才先生与岳母唐翠芳女士，他们从高级工程师与国有大企业领导岗位上退休下来后，十多年来一直帮助我们，替我承担了全部的家务劳动，这样我才能过着衣来伸手、饭来张口的生活，安心地坐在书斋中做学问和写作。

　　　　　　　　　　　　　　　　　　　　　吴礼权
　　　　　　　　　　　　　　　　　　　记于复旦大学
　　　　　　　　　　　　　　　　　　2015 年 4 月 5 日

又 记

　　这部名曰《道可道：智者老子》的长篇历史小说，2015 年 4 月 5 日就已全稿杀青，本计划于 2015 年出版面世。但是，我反复读过几遍之后，觉得不满意，于是就跟出版社要求推迟出版，让我再修改几次。这样，一拖就是两年多时间过去了。其间，我虽然不断进行局部修改，但改来改去，也改不动多少了。如果推翻重写，觉得也写不出令自己更满意的新稿来。这样，前前后后在文字上小打小敲地改了十多次后，我也就没有耐心了。今天，看看我窗台上养的植物又高了很多，觉得时间过得真快。于是，最终下定决心，觉得还是早点让这部并不成熟的作品出版面世。这样，至少可以早些听到读者们的反应与批评意见。以后要再修改，也就有所参照了。

吴礼权

记于复旦大学光华楼西主楼 1407 室

2018 年 1 月 8 日